KARA KALEM

Ve Bir Delikanlının Tuhaf Hikâyesi

Karakalem ve Bir Delikanlının Tuhaf Hikâyesi

Yazan: N. İpek Gökdel

Yayına hazırlayan: Senem Kale
Kapak tasarım: Ring Reklam
Kapak uygulama: Şenoy Alanbay
Grafik uygulama: Havva Alp

Türkiye Yayın Hakları: Doğan ve Egmont Yayıncılık ve Yapımcılık Tic. A.Ş.

Her 2.000 adet, bir baskı olarak kabul edilmektedir.

1. Baskı / İstanbul, 2018
ISBN: 978-605-09-5135-6
Sertifika no: 11940

Doğan Egmont Yayıncılık ve Yapımcılık Tic. A.Ş.
19 Mayıs Cad. Golden Plaza No: 1 Kat: 10 Şişli 34360
Tel: (0212) 373 77 00 / Faks: (0212) 246 66 66
www.dexkitap.com / satis@dogankitap.com.tr

Basım yeri: Yıkılmazlar Basın Yayın Prom. ve Kağıt San. Tic. Ltd. Şti.
Adres: Evren Mah. Gülbahar Cad. No: 62/C Güneşli-Bağcılar /İSTANBUL
Tel: (0212) 515 49 47
Sertifika no: 11965

Toplu sipariş için tel: (0212) 373 77 44 **E-posta:** satis@de.com.tr

KARA KALEM

Ve Bir Delikanlının Tuhaf Hikâyesi

N. İPEK GÖKDEL

DEX

Hevesinin peşinde koşan annesine sabreden
canım kızım Zeynep Can Aksoy'a,
Her geçen gün özlemiyle daha çok yandığım
merhum kardeşim K. Onur Gökdel'in anısına.

İÇİNDEKİLER

4.BÖLÜM

5. BÖLÜM

1. BÖLÜM

GEÇMİŞİNİ BİLEN GELECEĞİNİ KURTARIR

Geçmiş, tecrübe ve bilginin saklandığı hazinendir.
Onu tozlu raflara gömersen,
dolap beygiri misali döner durursun...
Neye vakıfsın, neye ne kadar gücün yeter bilemezsin.
Kim ağyar, kim dost seçemezsin.
İşte o zaman, tarihteki ayak izlerin silinmeye mahkûmdur.
Geçmişini tahlil eden, geleceğin ilmine sahip olur,
kendini bilir, değerlerini korur.

DEMİR ANAHTAR

"Allah" diye haykıran sesine mi, yoksa yıllar sonra ilk kez gördüğü rüya yüzünden mi uyandı, anlayamamıştı. Ensesinden akan ter beline damlıyor, hücrelerinden taşan su cildinden fışkırıyordu. Yavuz yataktan kalktı, ışığı açtı, duvara sırtını dayayıp nefes almakta neden zorlandığını düşündü. Rüya gören insanların maruz kaldığı fiziki değişimlere dair bir belgesel izlediğini hatırladı. Beyin düşlerde görülen imgelere tepki veriyor, gerçek ile fantezi arasındaki farkı algılamıyordu. Odanın ortasına yürüdü, tek ampullü lambanın altında durdu, anlamlandıramadığı acıya bakmak için avuçlarını açtı. İki ayası da sıkmaktan pancar gibi morarmıştı.

Yatağının kenarında yatmadan önce okuduğu suç bilimleri ve cinayet psikolojisine dair internetten satın aldığı araştırma kitapları üst üste yığılmış duruyordu. Hep yaptığı gibi sayfalarca okumuş, sonra uyuyabilmek için Patrick Süskind'in *Koku* adlı romanıyla geceye cila çekmişti.

Onu kan ter içinde uyandıran kâbusu anımsamanın bir yolu olmalıydı! Çalışma masasının sandalyesini çekip ucuna ilişti. Gözlerini kapadı. Parça parça görüntüler gelmeye başladı zihnine; küçük çerçevelerin ardından seyredilmiş sinema filmi karelerine benzeyen, garip imgeler hatırladı. Rüyasını, cumbalı bir evin penceresine takılmış kafesin ardından izlemişti sanki. Kumral, uzun saçlı, yüzünü hatırlayamadığı bir kız vardı mesela. Genç kız, İstanbul'un panoramik fotoğraflarında gördüğü gökdelenlerden birinin tepesine çıkmış, atlamak üzereydi. Yavuz uzanıyor, onu tutmaya çalışıyordu ama beyaz elbiseli kız, elinde tuttuğu lale ile sonsuzluğa düşüyordu.

Okuduğu yüzlerce kitaptan kafası allak bullak halde, kuantum teorisyenlerinin ispatsız tezini düşündü, *rüya başka boyutta yaşanan gerçekliğin yansımasıdır!*

Kendi kendine mırıldandı: "Bu zırvaların insana ne faydası var ki! Hormonlarımın beynimle oyunu, işte! Hepsi bu."

Zihni, rüyada gördüğü figürlerin bilinçaltı anlamlarını hızlıca gözden geçirdi. Masasının üzerindeki kurşun kalemlerden birini eline aldı, defterinin arka yaprağına not almaya başladı.

Genç kız: Muhtemelen cinsellik

Lale: Tasavvufta tanrının birliği, tekliği...

Yüksekten düşmek: Başarısızlık korkusu diye kafa sesini kâğıda döktü.

Birden boynunda bir yanma hissetti. Daha önce bilmediği bir histi bu. Giderek artan yanmanın sebebini anlamak için odadan çıktı, sahanlığın ışığını açıp duvarda asılı duran eski aynada kendine baktı. Canını yakan, yıllardır boynunda taşıdığı zincirin ucundaki demirden yapılmış antika anahtardı! Söylentilere göre annesi öldürülmeden hemen önce yedi santimetre uzunluğundaki bu demir çubuğu kendi boynundan çıkarıp oğluna takmıştı. Hangi kilidi açtığı bilinmeyen demir parçası tenine yapışmıştı. Derisi yüzülmesin diye anahtarı yavaşça kaldırdı. Hafif bir sızı hissetse de cildinde üçüncü derece yanığa benzer keskin bir renk farkı vardı. Garip olan, boynundaki izin demir çubuktan farklı bir formda olmasıydı. İnce, uzun değil, üç santimetre çapında mükemmel bir daire şeklindeydi. Aynaya iyice yaklaştı, ateşle çizilmiş gibi duran kusursuz yuvarlak ize bakakaldı.

"Yuh, nasıl deli yattıysam yatakta," diye mırıldanarak önemsememeye karar verdi. İnsan, aklının almadığı gerçeklik karşısında çaresizleşmek yerine, yaşananı küçümseyerek unutmayı seçer. Yavuz da öyle yaptı.

Mutfağa doğru yürüdü. Artık sadece Anadolu köy evlerinde kullanılan toprak küpten, zincirli bakır maşrapayla su aldı. Vücudunun kaybettiği suyu ona geri vermek istercesine kana kana içti. Pazen kumaştan dikilmiş torbadan kurumuş ekmek parçası koparıp mutfaktan çıktı. Duvardaki Nacar marka metal duvar saatine gözü ilişti, üçü yirmi geçiyordu. Sessizce odasına döndü. Yerde duran bir kâğıt parçası, çıplak ayağının tabanına yapıştı. Kâğıdı tabanından çekip aldı, ne yazdığını anlamak için okudu. İnternetten alışveriş yaptığı şirketin, satın aldığı kitapları adresine her gönderdiğinde kolinin içine koyduğu, samimiyetsiz ve sıradan sorulardan oluşmuş müşteri memnuniyeti anketiydi. Ankete bakıp, *kim cevaplıyor bunları,* diye düşündü.

Gözlerine yerleşen hüzünle kâğıda daldı gitti. Onun da cevaplanmasını istediği o kadar çok soru vardı ki...

Bu uğurda okuduğu kitaplar sayesinde genel kültürü yaşıtlarına fark atmış, liselerarası yarışmalarda birincilikler almış, üniversite seçme sınavının ilk aşamasında Ege bölge birincisi olmuştu.

Evine kadar gelen dershane sahiplerinin reklamlarına malzeme olmamak için herhangi birine kaydolmamış, sınava birkaç test kitabı çözerek hazırlanmıştı. Yavuz'u düzenli ders çalışıyor zannedenlerin ortak yanılgısı buydu; o, ailesinin katledilmesiyle içine çöreklenen sorulara cevap arıyor, eline geçen her kitabı okuyor, benzer cinayet davalarını inceleyip suç psikolojisi hakkında araştırmalar yapıyordu, hepsi bu!

On dört yıldır her gece, uykusunda annesi ve babasını görmek için gözlerini kapatıyordu ama ne mümkün! Zihnini daha da bulandıran, filtreyle soluklaşmış, birkaç silik görüntüyle uyanıyordu. Ne annesi ne babası ne de katilin suratı! Kafesler ardından birkaç anlamsız imge...

Odasındaki duvarın nişlerine ahşap raflar çakılarak, tek kapak monte edilerek yapılmış derme çatma giyinme dolabını açtı. İç kapağın menteşesine sıkıştırdığı, Denizli merkezde bir stüdyoda beraber çekilmiş tek fotoğraflarına yaklaştı. Annesinin gülümseyen yüzüne, onun kucağında salopet pantolonu, dik yaka kazağı ve afacan bir bakışla oturan dört yaşındaki haline, babasının gururlu pozuna baktı. O biricik fotoğrafta, yıllardır hoşlanmadığı bir detayı yeniden fark etti. Annesinin boynundaki zincirin ucunda sallanan, Yavuz'un yıkanırken bile çıkarmadığı demir çubuk fotoğrafta öylesine parlamıştı ki, şekli seçilmiyordu. Bir an için aklı, Kuran'da gayb diye bahsedilen, beş duyu ile algılanamaz âleme kaydı. İnsanî bir merakla, bu parlamanın ardındaki esrarengizliği düşündü. Kendini hiç yakın hissetmemesine rağmen, metafizik konulu kitaplar da okumuş ama mantığın dışında kalan her bilgiyi dışlamıştı. Aklına üşüşen bilinemez, gözlemlenemez varsayımları kovaladı. "Optik yanılsama" diye geçiştirmek işine geldi. İnsan, sınırlı duyularıyla algıladığı üç boyutun dışında kalan delilleri reddetmeyi tercih eder. Yavuz da öyle yaptı.

Pencereyi açtı, elinin ısısıyla yumuşamaya başlayan kuru ekmek parçasını pervaza koydu. Bekledi.

Alacası dağılmamış gökyüzünde, uzaktan süzülerek yaklaşan karaltıyı hemen tanıdı. Bin karga bir araya gelse bile Karakalem'i nerede görse ayırt ederdi.

Gagasının tam ucundaki kızıl lekesi, kuzguni tüyleriyle dile gelse anlatacakları varmış gibi bakan, zamanlı zamansız penceresine konup, onu gittiği her yerde takip eden bu kargaya Karakalem adını takmıştı. Ne gerçek adı ne coğrafyası belli, tarih içinde silinip gitmiş 12. yüzyıl minyatür sanatçısı Siyah Kalem'e ithafen koymuştu bu ismi ona.

Etrafında kedi besleyen kız arkadaşları, bahçesinde köpeği olan tanıdıkları vardı da peşinde kargası olan bildiği tek genç kendisiydi. Karakalem bazı sabahlar onu okulun bahçesine kadar izler, akşamları da pervazı gagalar dururdu. Kargayla garabet boyutuna varan dostluklarına yıllar geçtikçe hayreti azalmış, yabancılaşma duygusunu yitirmiş, hatta alışmıştı. Onu evlat edinen yaşlı adam önceleri kara kuşun varlığından huzursuzluk duymuş, birkaç kez sapanla uzaklaştırmaya çalışmış, sonunda o bile insanla karganın bu tuhaf arkadaşlığına pes etmişti.

Boynunda, Çukurova sıcağında demlenmiş acı biber gibi yakan bir iz, aklında gördüğü garip rüya... Uykusu tamamen kaçtı. Eve sığamayacağını hissetti. Eşofmanını çıkardı, hayranı olduğu belgeselci Coşkun Aral'ın giydiği stilde bol cepli kanvas pantolonu, liselerarası genel kültür yarışmasında hediye edilen logolu tişörtü üzerine geçirdi. Sessizce sahanlığa yürüdü, ayakkabılarını eline aldı, odasına geri girdi. Sandalyeye oturup botlarının eskimiş bağcıklarını düğümledi. Çalışma masasının çekmecesinden el fenerini çıkardı, pillerini kontrol edip pantolonunun dizine yakın ceplerinden birine sıkıştırdı. Yatağın tam yanında dizlerinin üzerine çöktü. Karyolanın altına doğru elini uzattı, parmaklarının ucuyla, içi resmi kâğıtlarla dolu, yıpranmış bir dosyayı çekip çıkardı.

Pembe karton dosyanın üzerinde büyük ve özensiz harflerle, "2002 Denizli / Tavas Bahar Tonguz-Veli Tonguz / Dava Dosyası No: 99" yazıyordu. Kâğıdı erimeye yüz tutmuş solgun dosyayı, sahaflarda aradığı bin yıllık kitabı bulmuş bir koleksiyoner titizliğiyle açtı. Dosyanın ortasındaki tele tutturulmuş her evrakı, atılan her imzayı, basılan her damgayı, mührü ezberlemişti. Adli tıp raporlarını kelime kelime biliyordu. Denizli'ye gelen bilirkişilerin, cinayet büro komiserlerinin, savcıların resmi görüşlerini satır satır etüt etmişti.

Pembe dosyayı yanına alarak pencereden dışarı atladı, bahçeden çıktı. Karanlık gökyüzüne bakmadan, Karakalem'in tepesinde uçtuğundan emin, yürümeye başladı.

Havanın aydınlanmasına daha çok vardı.

Civar köylerde uluyan köpeklerin sesi Tavas Ovası'na yayılıyor, platoyu çevreleyen tepelere çarpıp yükseliyordu. Herkesin uyuduğu saatler Yavuz'un yalnızlığıyla barışma zamanıydı. Işığı çapı kadar olan el fenerini cebinden çıkardı. Cumhuriyet'in ilk zamanlarında asayişi sağlamak üzere mahalle mahalle dolaşan kahverengi üniformalı bekçiler gibi karanlıkta yürümeye başladı. Kırlık alana çıkmanın yollarını, kimin tarlası geçit verir, hangisinde çit var, hangi bahçe kapısında asma kilit olur, iyi bilirdi.

Ağaçlık araziye saptı. Kendini bilmez birkaç köpeğin hırlamasına itibar etmeden loş patikalardan, yıllar içinde keşfettiği kısa yollardan geçerek su kenarına ulaştı. Islak toprak botlarının tabanını ağırlaştırıncaya kadar Tavas Baraj Göleti'nin kıyısında dakikalarca yürüdü. Bastığı zemin balçık haline gelince durdu. İlk kurbağanın sesini beklemeye başladı. Bir tanesinin ses vermesi diğerlerini de tetikleyecek, ardından çok sesli koro halinde şeritli binlerce kurbağa müzik yapmaya başlayacaktı. Kurbağaları ürkütmemek için sessizleşti, nefesini tuttu.

Dünyada sadece Tavas'ta bulunan ve "Rana tavasensis" adıyla literatüre geçen bu kurbağaların çıkardıkları senfonik sesler onu her defasında hayrete düşürüyordu. Doğa, kurbağalar aracılığıyla tepeye yaklaştığını fısıldıyor, şiirsel bir rehberlik sunuyordu. Onlar müziğe başladı, Yavuz da tepeye tırmanmaya...

Bir süre daha yürüdü, tepenin en yüksek noktasına ulaştı. Elindeki cılız fener ışığı, fundalık ve bodur ağaçların arasında devasa gövdesiyle Rönesans heykeli gibi tek ve mağrur duran çınarı kısmen aydınlattı. Yörede bulunan en yaşlı ağaçtı bu. Birkaç yıl önce ilçeye gelen ve kendilerine "ağaç dedektifleri" diyen doğasever bir ekip tarafından keşfedilince, Yavuz'un canı epey sıkılmıştı. Koca çınarın en az beş yüzyıllık olduğunu söylemiş, yüzlerce fotoğrafını çekip internet sitesinden paylaşmışlardı.

Kendini bildi bileli bu ağacın gölgesine kaçar, yazın sıcak bastığında kitaplarını burada okurdu. Çalıların arkasına sakladığı su geçirmez sırt çantasını buldu, içinden bir yaygı çıkardı ve ağacın köklerinin dünyanın üst kabuğuyla buluştuğu yere serdi.

Karakalem de sessizce süzülerek dallardan birine tünedi. Ne rüyasında gördüğü kız ne boynundaki yanık izi... hepsi geride kalmıştı.

Çınar, Karakalem ve faili meçhul bir cinayetin süssüz kelimelerle raporlandığı eski bir dava dosyası... Yavuz'un en sevdiği üçlü yine bir aradaydı.

SEPETTEKİ TANIK

“Hay Yarabbi! Bu iki karı beni deli goycek be! Gafamı sonunda göletin dibine bandırıvercem!” diye avaz avaz bağırmaya başladı. Hızır Yılmazağa, ne zaman birine kızıp sinirlense, ağzı şive yapar, yörenin vurgusu diline yerleşiverirdi. Muhtarlık makamından kalktı, tek katlı mütevazı binanın önüne çıktı, ellerini beline koydu ve iki kadının cipi park edip binaya yaklaşmalarını bekledi. Aylardır kendini bilmez, haddini aşmış bu züppe kadınlara biriktirdiği cümleleri dökme zamanı gelmişti!

Aslında sakin bir adam sayılırdı; bir sırrı saklarmış gibi bakar, az konuşur, çok düşünür, bir oturuşta bir tencere yemek yer, su içmeyi hep unuturdu. Altmış yaşına kadar Denizli'ye bağlı Tavas Kaymakamlığı Nüfus Müdürlüğü'nde çalışmış, yıllarca her sabah yedide çalar saat kurulmuş gibi kalkmış, makamındaki alçak masasına oturmuş ve emekli olana kadar devlet memurluğunu şerefiyle icra etmişti. Tavas'a tayin edilen İstanbullu kaymakamlardan Türkçenin mükemmel telaffuzunu öğrenmiş, babadan kalma tek katlı evin duvarında asılı duran sırrı dökülmüş aynanın karşısına geçip, güzel konuşma provaları yapmıştı. İstanbul'u görmek hiç nasip olmasa da şivesiz ve kibar Türkçe kullanmayı düstur edinmişti.

Emekli olmasına rağmen, "Memlekete hizmet ibadettir," diyerek yerel seçimlerde ilçeye bağlı köylerden birine muhtar adayı olmuştu. Gönlünde ne varsa dilinde olan, her cuma namazından sonra cemaatle sohbet eden, tanıyanın akıl danıştığı, tanımayanın "ağa" diye sevip saydığı biriydi. Seçim öncesi yaptığı kısa meydan konuşmasındaki, "Erkeğin namusu kadınınkinden evladır, çünkü erkek hayâsız olursa kadını da yoldan çıkarır," cümlesi, karşı cinsin oylarını almasına, hatta rakibi Ramazan Bey'in bile ona oy vermesine sebep olmuştu.

Namuslu bir erkekti Hızır Yılmazağa. Canından çok sevdiği ebe eşi onlarca doğum yaptırmış ama kaderin anlaşılmazlığına misal teşkil etmek istercesine, kendi bebeğini doğururken vefat etmişti. Üstelik, Hızır'ın kucağına aldığı yeni doğmuş oğlu dünyaya gözlerini hiç açamamış, hiç ağlamamış, anasından birkaç dakika sonra onun da kalbi ilelebet durmuştu.

Ertesi gün çifte cenazede kaymakamın, "Sen bir hafta işe mişe gelme Hızır," demesi üzerine, delişmen bakışlarla, "Bana sakın izin vermeyesin Kaymakam Bey! İşe gelmezsem baraj gölünün dibinden cesedim çıkar," demişti.

O günden sonra, memuriyet masasından kalkmadan çalışmış, eşinin erken vefatına rağmen hiçbir kadına yan gözle bile bakmamıştı. Tahminlerin ötesinde oy alıp muhtar seçilmesine asıl sebep ne namusu ne memurluğu ne okumuş yazmışlığı ne de apansız dul kalışıydı.

Hızır Ağa'yı sevenlerin yüreğine kazınmış bir hikâye daha vardı: Yavuz.

19 yıl önceydi. Tavas'ın eski ailelerinden birinin kızı Bahar, çok sevdiği merhum komşusunun oğlu Veli ile evlenip yan eve gelin gelmişti. Genç çiftin taşınmasıyla, iki ev arasındaki duvarsız bahçe adeta birbirine kaynamış, bir olmuştu. Ortak kurulan sofralarda geceler şenlenmiş, gündüzler komşulukla bereketlenmişti. Dokuz ay on gün sonra genç çiftin nur topu gibi bir de oğlu olunca, bahçe bebek sesiyle kutsanmıştı. Hızır Ağa, oğlanın doğumunda tam cumhuriyet altını takmış ve yıllar sonra ilk defa bir bebeği kucağına almıştı. Bu sahneyi gören Tavas halkı mutluluktan ağlamıştı ancak, bu mutluluk o melun güne kadar sürmüştü.

Ta ki bir gündüz vakti, tüm Denizli Emniyeti'ni hayrete düşüren, yıllarca kapanmayacak faili meçhul bir davaya dönüşen, Ege'ye tayini çıkan her savcıyı, her cinayet büro dedektifini huzursuz eden muamma cinayet işlenene kadar! Kimseyle husumeti olmayan bu çiçeği burnunda çift hunharca öldürülmüş, olayın tek tanığı dört yaşındaki oğulları Yavuz ise katilin dikkatinden kaçmıştı.

Raporlandığı üzere katil bütün evi talan etmiş, aradığı her neyse onu da çocuğu da bulamamıştı. Annesi, öldürülmeden dakikalar önce, içgüdüsel bir hareketle oğlunu çamaşır sepetinin içine gizlemiş, plastik sepetin üzerine kirli havluları, çarşafları yerleştirmişti. Jandarma ve polisler eve gelip de cesetleri bulduktan neredeyse kırk dakika sonra Yavuz'u fark etmişlerdi.

Çamaşır sepetinin içinde sessizce annesini bekleyen çocuğun hikâyesi yerel gazetelere manşet olmuştu. Söylentiler ışık hızıyla yayılmış, küçük Yavuz'un çifte cinayeti seyrettiği, ancak katilin eşkâline dair yorum yapamadığı anlaşılmıştı. Emniyet kadrosundaki pedagoglar raporlarına, cinayetlere tanık olsa da çocuğun hatırladıklarını paylaşamayacak kadar büyük bir travma yaşadığını yazmışlardı.

Hızır Ağa, annesiyle babasının faili meçhul bir cinayete kurban gitmesiyle hem öksüz hem yetim kalan Yavuz'u evlat edinmek için nüfus müdürlüklerindeki tanıdıkları araya koymuş, ne yapmış ne etmiş, çocuk esirgeme yurduna gitmesini engellemişti. Tavas halkı, define bulmuş korsan heyecanıyla komşunun oğlunu evladı gibi büyüten dul memurun öyküsünü dilden dile anlatır, efsaneyi canlı tutardı.

Bu sabah ise, Hızır Ağa'nın üzerinde başka bir hal vardı; Zeybekler Anadolu Lisesi'nden birincilikle mezun olan Yavuz'un LYS sonuçları, birkaç saate açıklanacaktı! Erkenden kalkmış, delikanlıyı yatağında bulamayınca tepedeki çınarın altına gittiğini anlamıştı. Ağzına lokma koymadan, çayını bile hüpletmeden, pencere kenarında dönmesini beklemişti. Sonunda, Yavuz ayağında bir karış çamurla eve dönmüştü.

Biri geçkin, diğeri genç iki adam, 1998 model Fiat marka yeşil arabaya binmiş, bomboş yollarda sohbetsiz ilerlemişlerdi.

Hızır Ağa, onu belediye kütüphanesinin önünde indirirken Yavuz'a, "Büfeden bir tost ye," diye sıkı sıkı tembihlemiş, içinden Felak suresini okumuş, oğlu gibi sevdiği delikanlının ardından tüm nefesini üflemişti.

Turuncu boyalı muhtarlık binasının önüne eski arabasını park edip içeri girerken, camdan yansıyan siluetine baktı. Yer çekimine ayak direyen koca göbeğini, kasketinin bile saklayamadığı kel kafasını göz ucuyla süzdü. Şişmanlığına genetik bir bahane ararcasına, *İnsan kocadıkça babasına benziyor*, diye düşündü.

Muhtarlık binasının kapısını açıp sağ ayağıyla içeri girdi, masasına oturdu, "Ya bismillah," deyip bilgisayarını açtı. Yavuz'un ona öğrettiği kısa yollarla internete bağlandı, günlük gazetelerin web sitelerine girip memleket haberlerini hatim etti.

Neden sonra, odanın çok sıcak olduğunu, karşı ki kahvehaneden de demli çayının hâlâ yollanmadığını fark etti. Masasının arkasındaki duvara asılı Gazi Kemal fotoğrafının tam üzerine taktırdığı klimayı açarken söylenmeye başladı: "Klima değil işkence aleti! Sırtım, Babadağı gibi karlar altında kalacak, böğrüm şıp şıp terleyecek! Faturası da cabası!"

Söylendiği sırada, tek katlı mütevazı binanın kapısı açıldı. İçeri, Türbe Mahallesi'nden genç bir kız girdi, nüfus kâğıdını ona uzatıp ikametgâh ilmühaberi almak istediğini söyledi.

Kısık bir sesle, "Kaç para?" diye sordu. Hızır Ağa, "Üç lira," dedi.

Evrakı bilgisayarda hazırladı, baskı makinesinde yazdırdı, mührünü bastı, dolma kalemiyle imzaladı ve genç kıza uzattı. Genç kız, "Bilgisayar kursuna yazılacağım," dedi.

Hızır Ağa, "Geç bile kalmışsın kızım, bu zamanda herkese şart," dedi gururla.

Genç kız teşekkür ederek muhtarlıktan çıkarken, son model bir cip muhtarlığın önüne yanaşmaktaydı. Dört çeker aracı egzoz sesinden tanıyan Hızır Ağa, dövüşe kalkmış Denizli horozu gibi kabardı.

"Geldi gene musallatlar! Gevur saati gibi dakik bunlar be," diye homurdandı.

Hızır Ağa'yı her ayın ilk günü ziyarete gelen, onu İstanbul Türkçesinden uzaklaştıracak kadar sinirlendiren iki şık kadın, iri kıyım araçtan indiler. Ege sosyal yardımlaşma derneklerinden birinde gönüllü çalışan bu zengin hanımlar, her ay muhtarlığın kapısına çuval çuval kıyafet, koliler dolusu ayakkabı getiriyorlardı. Muhtar seçileli beri bu yardım derneği onu adeta mimlemişti. İhtiyaç sahiplerine dağıtsın diye İzmir'den, etraf şehirlerden zenginlerin eskilerini toplayıp, yüzlerce pis kıyafeti muhtarlık binasına yığıyorlar, üstelik kıyafetlerden yayılan kötü kokulara, lekelere aldırmadan, utanmadan çekip gidiyorlardı.

"İnsan, ruhunu semaya yükselten yardımlaşmayı bile çirkinleştirebiliyor ya... Yuh olsun!" diye söylendi.

Röfleli saçları, abartılı takıları, pahalı kıyafetleriyle Tavas sokaklarına hiç yakışmayan bu kadınların içeri girmesine mahal vermeden binanın önüne çıktı ve burnundan soluyarak bayramlık ağzını açtı.

"Durun hele bakem siz accık orda!"

Kadınlar, hiç beklemedikleri bu emir kipine uydular, oldukları yerde çakılı kaldılar.

Hızır Ağa sinirlendikçe kelimeler çarpıldı, harfler eğildi, büküldü.

"Gene yardım kisvesi altında hortladınız bakıyom! Bohlu, lekeli gıyafetleri fakire dağıtmayı insanlık mı zannediyonuz goca gafalar! Ayyıptır, yazıhtır bu memleketin haline! Ulan, atanızı da mı bilmiyonuz siz? Osmanlı, fukara utanmasın deyi yaptığı yardımı komşusundan bile saklarmış. Ecdat böyle edepli iken, siz ne ara dangalaklaştınız bakem hepciniz?"

İki kadın, kollarında arabadan indirmek için hamle yaptıkları koliler, cansız vitrin mankenleri gibi, kaldırımda susup pustular. Makyajlarının altına saklanan ciltleri domates gibi kızardı. Ağızlarını bile açamadılar. Turşu küpünü kırmış kız çocuklarının suçunu kabullenmiş bakışlarıyla, azar işitmeye devam ettiler.

Hızır Ağa hırsını alamamıştı. "Ben bu pis kıyafetleri ne yapiyom haberiniz var mı bakem? Hepsini önce alıp eve göttürüyom. On sekiz yaşında delikanlıyla beraber, belimiz kopana kadar tek tek ayırıyoz, taksim ediyoz, en sıcak suyla kaynatıp yıkıyoz. Karı gibi ütülüyoz, katlıyoz! Tek tek jelatine sokuyoz. Emekliyim ben ulan! Verdiğim deterjan parasını biliyonuz mu? Arap sabununun, leke sökücünün fiyatını bi hesap edin bakem. Edemezsiniz tabii, zenginsiniz ya, hiçbi şeyin ederini bilmezsiniz de mi! Çamaşır makinesi bile iflas etti de homurdana homurdana yürümeye başladı be! Tüh yazzıklar ossun sizin cibilliyetinize!"

Kadınlar, celallenmiş muhtarın iğneli laflarından ara sıra kıpraşıyor, terzi çuvaldızından korkan gelin gibi ürkek, dinliyorlardı.

Hızır Ağa parmağını sallayarak tehditkâr bir tonla devam etti, "Bir daha ya poşetinde yeni kıyafet getirin ya da eksik olsun sizin gibi dernek de o derneğe yardım yaptım diye dolaşan zengin de..."

Şişman cüssesi oranında mülayim görünen muhtardan böylesine ateşli bir tepki beklemeyen iki kadın, "Ama biz... şey... pardon," gibi bir araya gelince anlamsızlaşan kelimeleri art arda dizerek cipe binip, hızla uzaklaştılar.

Hızır Ağa, muhtarlığın kapısında çenesi semaya dönük, omuzları yükselmiş, gözlerinde mağrur bir bakışla etrafı süzdü. Verdiği ahlak dersine tanıklık eden kimse var mı diye sağı solu kolaçan etti. Sokakta, elinde beşik gibi salladığı metal tepsiyle çay taşıyan kahveci yamağı dışında kimseler yoktu. Seyircisiz oynanan bir maçta gol atmış forvet misali hem gururlu hem yalnız, makamına geri döndü. Akşam olsa da eve gitse, karılara söylediklerini ballandıra ballandıra Yavuz'a anlatsa diye yüreği pırpır etti.

Masasına oturdu, bilgisayarını tekrar açtı, *bu meretin başında zaman uçup gider*, diye düşündü.

Ege haberlerini okuyor gibi yapan gözleri, kaçamak bakışlarla LYS sonuçlarının açıklanacağı web sitesinde geziniyor, saatler tükenmek bilmiyordu. Günlerdir ÖSYM internet sitesi hakkında her şeyi ezberlemişti. Sınav sonuçlarını öğrenmek için ne yapacağını, hangi satırı tıklayacağını, hangi kutucuğa ne yazacağını onlarca kez prova etmişti. Sonunda beklediği saat geldi, çattı.

Ellerini havaya açtı, ağzından bir yakarış döküldü: "Lokma kadarken çamaşır sepetinin kafesleri ardından dünyanın acısına şahit ettiğin Yavuz da senin kulun, ya rabbim. Üstelik bugün doğduğu gün. Doğum günü kutlamaz ama hediye senden gelirse hayır da demez."

Titreyerek klavyeye uzandı, Yavuz Tengizer'in kimlik bilgilerini kutucuklara tuşladı, dizleri birbirine çarparak numaraları kontrol etti. Çenesi kitlendi, dişleri gıcırdamaya, parmak uçları buz kesmeye başladı. Sınav giriş kodunu zangırdamaktan yazamadı. Ayağa kalktı, tepesinde uğuldayarak çalışan klimayı, "Mendebur," diyerek kapattı. Vücudu o kadar sallanıyordu ki, masaya tutunarak oturdu. Giriş kodunu dikkatle, ağır ağır tuşladı. Ekranda bir yazı peydahlandı ama heyecandan yükselen tansiyonu sebebiyle yazıyı okuyamıyor, başı dönüyordu. Sulanan gözlerini ovuşturdu, harfleri zar zor çözdü, okudu: "Öğrenci: Yavuz Tengizer, Türkiye Geneli, 19."

Boğazına yerleşen düğüm düğüm duygular gözpınarlarına hücum etti, koca göbeği oturduğu masayı titretmeye başladı.

Bir daha okudu: "Öğrenci: Yavuz Tengizer, Türkiye Geneli, 19."

Hızır Ağa makam masasına kapandı, karısını ve oğlunu toprağa verdiği günden bu yana ilk kez doya doya ağladı.

ANA YADİGÂRI

İlçe kütüphanesinin mütevazı salonunda, masalardan birine dirseklerini dayamış, *Sokrates'in Savunması*'nı bitirmek üzereydi. Çaprazındaki masada, kitap okuyormuş gibi yaparak sayfaların üzerinden dikkatle ona bakan iki kız oturuyordu. Yavuz onların huzursuzluk yayan bakışlarını fark etti ama aldırmadı.

Kızıl saçlarını yandan örüp, uyumsuz renkte tokalarla süslemiş olan sıska kız, arkadaşına, "İşte bu, o! Amma yakışıklı, değil mi? Bizden beş yaş falan büyük. Annemler konuşurken duydum; katil, babasının boğazına sapladığı bıçağı çıkarıp annesinin kalbine sokmuş. Bu çocuk da hepsini seyretmiş diyorlar," diye fısıldadı.

Kızlar kendi aralarında konuştuklarını zannetseler de akustik şöyle dursun, mühendislik hatalarıyla dolu kütüphane binasının tek kat kiremitle örülmüş ince sıvalı duvarlarından yansıyan sesler, Yavuz'un kulağında patlıyordu. Hakkında fısıldaşılmasına o kadar alışmıştı ki, duymazdan geldi.

Kısa saçlı, tombulca suratlı diğer kız bir süre dikkatle onu seyretti, sonra arkadaşına dönüp imrenerek, "Bak boynuna dövme yaptırmış. Ay, ne güzel! Kimseden izin almasına gerek yok tabii... Ne karışanı var ne soranı," dedi.

Yavuz, nasıl olduğunu çözemediği gece yanığını dövme zanneden kızların saflığına gülse mi, duyarsızlıklarına bozulsa mı, karar veremedi. Sonunda, küçük kızların altın gününde sohbet eden kadın edasıyla konuşmalarından dikkati dağıldı, sayfayı işaretleyip kitabı kapadı. Anlaşılan burada rahat edemeyecekti.

Kitabı yanına alarak okuma salonundan çıktı, kütüphanecinin oturduğu bankoya yaklaşıp üyelik kartını uzattı, "Cengiz Abi, bunu eve alayım, yarın getiririm," dedi.

Kütüphaneci Cengiz başını "olur" gibilerden umarsızca salladı, kitabın kapağına göz ucuyla baktı, yazarın adını çalakalem bir deftere kaydedip gazetesini okumaya devam etti.

Yavuz kütüphaneden çıktı, hava o kadar güzeldi ki, canı tekrar tepeye dönmek, çınarın altına uzanmak istedi.

Sınıf arkadaşları çoktan bir yerlere dağılmıştı. Bazıları babalarının dükkânında çalışmaya başlamış, şanslı olanlar ise hayallerindeki mezuniyet tatilini yapmaya Bodrum'a, Didim'e kaçmıştı.

"Yalnızlık, gereksiz sohbetlerle zaman tüketen kalabalıklardan daha bereketli bir çokluk," diye iddia eden bir yazara hak verdi.

Tepeye doğru yürümeye başladı. Gökyüzüne baktı, ne binlercesi birbirine benzer serçe, ne emsalsiz karga... hiçbiri ortada yoktu. Hızlanırsa, yirmi dakikada çınarın dibine uzanırdı. Bir ara sokağa saptı.

Kütüphanede okuyormuş gibi yapmaktan sıkılan iki genç kız da dışarı çıkmıştı ki, fıstık yeşili eski araba hızla köşeyi döndü, sert bir frenle durup kaldırım kenarına park etti. Hızır Ağa yaşından beklenmeyen bir çeviklikle arabadan indi, koşarak kütüphaneye girdi. Nefes nefese, kütüphaneci Cengiz'in bankosuna yaklaştı,

"Kazanıvedi! Hiç yanlışı yokmuş. Hangi üniversiteyi isterse ona gidivecekmiş. Nerde o?" dedi.

Cengiz, aynı soğuk ve ilgisiz bakışlarını gazetenin spor sayfasından kaldırıp, "Kim?" diye sordu.

Hızır Ağa, çocukluğunu bildiği, yıllar evvel "yüreği beş para etmez bunun!" diye teşhis koyduğu Cengiz'e baktı, "Ehh!" deyip içeri yürüdü.

Anadolu'daki birçok boynu bükük benzeri gibi okuma salonu bomboştu. Yavuz da ortalarda yoktu. Hızla kütüphaneden çıkıp yürümeye başladı. Hızır Ağa, onu nerede bulacağını iyi biliyordu ama daha önce uğraması gereken bir yer vardı.

Tavas gözüne pek güzel görünüyordu bugün. İki sokak ötedeki Nalbur Kâzım'ın dükkânına yaya gitmeye karar verdi. Kaldırımda aheste aheste yürürken kendi kendine mırıldandı: "Şükürler olsun, şükürler olsun..."

Nalbur Kâzım dükkânının önüne iki hasır tabure koymuş, demli çayı elinde gelene geçene bakıyordu. Hızır'ın dükkânına doğru geldiğini anlayınca, "Hayırdır inşallah," diyerek ayaklandı.

Hızır Ağa, "Sabah şeriflerin hayır olsun Kâzım," dedi.

Kâzım bu ziyaretten ziyadesiyle endişelenmiş bir tavırla, "Benim dükkâna kadar yürüdüğüne göre kötü haber vercen de mi?" diye sordu.

Hızır bıyık altından gülerek, "Noldu, vergi memuru görmüş gibi soluverdin? Alışveriş etcem, alışveriş! Kazma, kürek, bir de tüplü gaz lambası lazım."

Kâzım elinde çay bardağıyla dükkâna girdi.

"Kazma, kürek tamam da... gaz lambası mı kaldı bu zamanda? Işıldak vereyim."

Peşinden içeri giren muhtar, "Ne verirsen ver ama kazıklama sakın," diyerek kahkaha attı.

Nalbur Kâzım raftan aldığı kazma kürek elinde öylece kalakaldı. Şaşkınlıktan küçük dilini yutmak üzereydi. Çocukluk arkadaşını hayatında ilk kez gülerken görmüştü. Üstüne üstlük kahkaha atmıştı!

Elindekileri usulca tezgâha bıraktı, kekliğini ürkütmekten imtina eden avcı gibi nefesini tutup hayretle sordu: "Bana bak muhtar, sen niye neşelisin bakem?"

"Hiiç... Benim oğlan üniversiteyi kazandı, ondandır. Kaç para ediyo hepsi?"

Kâzım raflardan birine uzanıp ışıldak kutusunu çekerken, "Ne var bunda sevinecek, kazanmasa şaşardım," diyerek bir kâğıdın arkasına hesap yaptı. "Elli kâğıt ver, yeter."

Muhtar arka cebindeki eskimiş cüzdanından elli lirayı tezgâha bıraktı, edevatı yüklenip, "Hadi eyvallah," diyerek nalburdan çıktı.

Kâzım muhtarın arkasından dışarı koştu, meraktan titreyen bir sesle bağırdı, "Senin elin anca kalem tutar. Bu aldıklarınla ne yapcan ki?"

"Bugün Yavuz'un doğduğu gün. Hediye vercem, hediye!"

Hızır Ağa göbeğini hoplata hoplata yürüyerek arabasına bindi. Büyükşehre göç edenlerden arda kalanların bile yazlığa gittiği Tavas'ın iyice boşalan ara yollarından geçerek ana yola çıktı. İlçeyi boydan boya kesen sapaktan tali köy yoluna sapıp bir süre daha yol aldı. Vidası düşmüş, sağa yatmış "Gölet" yazılı tabeladan U dönüşü yapıp, Memeşlerin tarlasının kenarındaki toprak yola girdi. Hem kendi kendine söyleniyor hem de taşlı yollarda savrulan arabasının hâkimiyetini sağlamaya çalışıyordu.

"Yaptıramadık şu yolu, yuh olsun bize! Patlatcaz bir lastik daha!"

Göletin kıyısına arabayla inmenin tek yolu bu balçık patikaydı. Yıllar içinde tepeye kestirmeden varıp mesafeyi kısaltmanın yollarını keşfetmişti. Az kaybolmamıştı Yavuz'un peşinde ama suç ondaydı! Çınar ağacını çocuğa ilk o göstermiş, onu minik ellerinden tutup tepeye her götürdüğünde, "Bu ağaç atandan sana yadigâr," deyip durmuştu. Yetim bir çocuğun kalbine su serpecek, acısını bir nebze dindirecek tek hediye ailesinden kalan hikâyelerdi. Anasıyla babasının yokluğunu hissetmesin diye Yavuz'a gözü gibi bakmış ve onları unutmasın diye uğraşıp didinmişti.

Yıllarca, her gece yatağının kenarına oturmuş, *Üç Yadigâr* hikâyesini anlatmıştı. *"Annenden sana kalan birinci yadigâr boynunda taşıdığın demir çubuktur. İkinci yadigâr Dede Tepesi'ndeki çınar ağacıdır. Üçüncüsü de toprağın altında seni bekleyen gömüdür."*

Küçük Yavuz efsane dinler gibi yüzüne bakar, birkaç dakika sonra gözlerini kapatıp uykuya dalardı. Hızır, onun alnına düşen saçını okşayıp üzerini sıkıca örter, odadan öyle çıkardı.

Mevsimler geçti, çocuk büyüdü, masallar anlatılmaz oldu ama delikanlı o çınarın altında vakit geçirme alışkanlığını hiç bırakmadı. Hızır Ağa Dede Tepesi'nin eteklerine vardığında fıstık yeşili arabasını durdurup indi. Kurbağalar kıymetli arabasına girmesin diye pencerelerini sıkıca kapadı. Muhtarlıkta yazdırdığı LYS sonuç kâğıdını gömlek cebine, tam kalbinin üzerine yerleştirdi. Arka koltukların üzerine yatırdığı kazma, kürek ve ışıldağı yüklenip tırmanmaya başladı. Artık iyice yaşlandığını her geçen gün tepeye daha uzun sürede çıkmasından, kalbinden yükselen yorgun seslerden ve sık sık tökezlemesinden anlıyordu. Soluklanmak için durdu, bir taşın üzerine çömeldi.

Nabzı biraz olsun durulunca ayaklanıp cılız nefesiyle, "Yavuz, ulan çocuk! Yavuuz, gel al şunları elimden," diye bağırmaya başladı.

Yavuz ağacın dibine uzanmış, bir yandan *Sokrates'in Savunması*'nın son sayfasını okuyor, bir yandan da bir yarışmada kazandığı Mp3 çalardan müzik dinliyordu. İki şarkı arasında birinin ona seslendiğini duyar gibi olunca kulaklıkları çıkardı. Yakın mesafeden gelen inlemeyi duyunca hızla ayaklanıp Hızır Ağa'ya doğru koşmaya başladı.

Yaşlı muhtarın elindekileri aldı ve koluna girip destek oldu, "İyi misin?" diye sordu.

Hızır Ağa dalağı şişmiş, ipi göğüslemiş atletler gibi nefes nefese, "Çok iyiyim," dedi.

"Suratın öyle demiyor. Otur, dinlen biraz."

"Oturmam. Su var mı azıcık?"

Yavuz elindekileri yere koyup sırt çantasının yan cebindeki yarım şişe suyu getirip uzattı. Hızır Ağa suyu kafasına dikip kana kana içti.

"O kadar para verip telefon aldık. Yaşıtların bayılıyor, sen niye kullanmıyorsun a oğlum? Sorguya çekcem seni!"

"Savunmam hazır sayılır. Biraz önce bu konuda bir kitap devirdim."

Hızır Ağa yumruk yaptığı sağ elini kendi kafasına vurarak, "Ah dangalak kafam, o kadar çok kitap almayacaktım sana. Okudukça aklın uçtu, uçtukça daha çok okudun! Söyle bakalım, bugün günlerden ne?"

Yavuz omuzlarını silkti. "Ne önemi var? Tatil işte."

"Peh, tatilmiş! Bugün senin doğduğun gün!"

"Dünyanın da benim de umurumda değil."

"Benim umurumda efendim! Üniversite sonuçlarını açıkladılar internette. Bütün soruları doğru bilmişsin."

"İyi."

"İyi mi? Türkiye 19.'su olmuşsun!"

Yavuz önemsemediğini hissettirmek istercesine gözlerini uzak tepelere çevirdi. Hızır Ağa heyecanla konuşmaya devam etti: "Üniversitenin birinden bir kadın arayıp ayda bin beş yüz lira burs yardımı vereceklerini söyledi. Emekli maaşımdan fazla!"

Yavuz, sınav sonucunda aldığı yüksek puandan rahatsız olmuşçasına yüzünü ekşitti, gözlerini yaşlı adamdan tekrar kaçırdı. "Büyükşehirde okumak ne kadar pahalı biliyor musun? Verdikleri para ev kirasına yetmez."

Hızır Ağa sabrının sonuna gelmişti, "Kısmetle dalaşa girilmez, şükret önce," dedi.

Yavuz eserini okuduğu yazarların, dünya tarihini değiştirmiş komutanların, filozofların, sanatçıların biyografilerini incelemişti. *İz bırakmak için diploma değil, sadece istikrar ve emek gerekiyor*, diye düşündü.

Yaşlı muhtar onun muhabbetten uzaklaştığını, kendi düşünce dünyasına daldığını sezince bodoslama konuşmaya devam etti: "Sonra iki üniversiteden daha aradılar. Yüzde yüz burs veriyorlarmış. Ortalık kızıştı anlayacağın. Çok puan toplayan öğrencileri kendi okullarına çekmek istiyorlar herhalde."

Yavuz omuzlarını silkerek, "Boş ver," dedi.

"Veremem, bugün benim en mutlu günüm!"

"İyi madem, tadını çıkar."

Muhtar "Neden muhtarlığın numarasını yazdın evraka? Herkes beni arıyor," diye sordu.

Yavuz sustu.

Hızır Ağa, "Al," diyerek LYS puanının yazılı olduğu kâğıdı uzattı. Yavuz gözünün ucuyla baktı kâğıda. Omuzlarına İstanbul'un uzak, mavi ve mesafeli karmaşası çöktü.

"Biliyorsun değil mi, diploma uğruna seni burada tek başına bırakmam."

"Höst, esas gitmezsen hakkımı helal etmem!"

Yavuz "Kalabalıkları sevmiyorum, İstanbul'da yapamam ben," dedi.

"Bal gibi de yaparsın. Hem seni ziyarete gelme bahanesiyle Yedi Tepeli Şehir'i göreceğim. Hangi üniversiteye gitcen, sen ona karar ver."

"Ben buraları bırakamam. Ne seni ne de anamla babamı."

Hızır Ağa gözyaşlarının birikmesine engel olmaya çalışarak, "Esas okumazsan ben mezara girerim, onlar da mezarlarında ters dönerler!"

"Tehdit etme beni. Yakışıyor mu sana duygu sömürmek?" diyerek güldü Yavuz.

Hızır Ağa koca göbeğiyle delikanlıya sımsıkı sarıldı. O da uzun boyu, geniş omuzlarıyla hafif eğilerek baba gibi sevdiği adama kollarını doladı. Bir süre öyle kaldılar.

"De bakalım aslanım, gönlünde hangi fakülte yatıyor?"

"Ezberim kuvvetli, hukuk mu okusam?"

"Ezber bahane, savcı olmak istiyorsun değil mi?"

İkisi de emindi, Yavuz'u hayata bağlayan urganın ucunda ana babasının çözülememiş cinayet davası asılıydı. Gene sustular. Birkaç dakika geçmiş, Hızır Ağa'nın nefesi de nabzı da düzene girmiş, neşesi yerine gelmişti. Belini doğrulttu, canı kadar sevdiği delikanlıya kazma ve küreği işaret ederek, "Hadi kaz bakalım," dedi.

Yavuz anlamadı.

"Neyi kazayım?"

Hızır Ağa seçim konuşması yapmaya hazırlanan milletvekili adayları gibi yutkunup öksürdü, "Doğum günün geldi çattı. On sekiz olduğuna göre ananın atasından yadigâr gömüyü arayıp bulcan."

"Ne atası ne gömüsü ya!"

Hızır Ağa, on dört yıldır anlatmayı beklediği hikâyeyi bir çırpıda dile getirdi: "Üç yaşındayken sünnet ettiler seni. Sünnet töreni bitip de tüm ahbaplar evlerine çekilince ananla baban kapımı çaldıydılar. 'Sana bir sır vercez,' deyip içeri daldılar. Annen, Tonguzlu denen bir dokuma ustasının soyundan gelecek ilk erkek çocuğa verilmek üzere bir gömü bırakıldığını anlattı."

Yavuz, "Hayda," dedi.

Hızır Ağa ciddiyetini belli etmek için yüzünü asıp sesini kalınlaştırdı. Ellerini beline koyarak, "Kesme sözümü!

Nice yıllar sonra o ailede doğan ilk erkek çocuk senmişsin. Eğer onlara bir şey olursa, on sekiz yaşına geldiğinde Dede Dağı'ndaki gömüyü bulman için beni vekil tayin ettiklerini söylediler. Rahmetlilere o gece çok kızıp, 'Gidin işinize bakem, siz gencecik insanlarsınız. Zamanı gelince oğlunuza kendiniz anlatırsınız,' dediydim. Kader işte... İçlerine doğmuş demek ki, aradan bir yıl geçmeden yuvaları talan edildi ve o korkunç olay oldu. Bugün on sekizine bastığın gündür. Mirasını çıkarma vakti!" dedi.

Delikanlı daha fazla dayanamayıp kahkahayı patlattı. "Çocukken bana anlattığın masallara iyi kaptırmışsın kendini."

Hızır Ağa, işaret parmağını sallaya sallaya, "Bak sinirleniyorum ha!" dedi.

Yavuz içinde yükselen hüznü, alayla bastırmaya gayret ederek, "Kabul et, anlattıkların çok mantıksız. Zaten hiç erkek çocuk doğmamışsa o ailenin soyu çoktan kurumuştur," dedi.

Muhtarın gözleri kısıldı, yüzünü albastı. Kazmayı Yavuz'un eline tutuştururken, "Anlamam ben, kazıp çıkaracaksın o gömüyü!" dedi.

"Bırakalım bu saçma işleri."

"Kaz dedim! Rahmetli anana söz verdim."

"Sen ciddi misin?"

"Ciddiyim elbet! Bir an evvel başlasan iyi olur, çünkü mirasını bulana kadar kazacaksın!"

Yıllardır yaşlı kalbi duracak diye üzerine titrediği, her gün okuldan dönerken muhtarlıkta yokladığı, akşamları ilacını hazırladığı, horlaması kesilince nefesini sayıp üzerini örttüğü adamın kıpkırmızı yüzüne, boncuk boncuk terleyen alnına, sinirden şişmiş şah damarına baktı, Yavuz. Çaresizce eline kazmayı aldı, beş asırlık çınarın dibindeki toprağa olanca gücüyle vurdu. Karakalem de süzülerek ihtiyar ağacın dallarından birine kondu, gözlerini ikisine dikti.

GÖMÜ

Boşa kazma sallamaktan, kürekle toprak atmaktan kolları kasılmaya başlamış, sağ avcunun içi su toplamıştı. Tepeye gece çoktan çökmüş, bulutlar görünmez olmuş, civardaki köyler ıssızlaşmıştı. Tavas kurbağaları atışması biten bezgin ozanlar gibi susmuştu. Karakalem bile saatlerdir ortalarda yoktu. Hızır Ağa, Yavuz çınar ağacının hangi tarafında kazma sallıyorsa orada duruyor, ışıldağın pili bitmeden gömüyü bulmanın telaşıyla homurdanıyordu. Küreğin çıkardığı her tok sesle umutlanıyor, dikkat kesiliyordu.

Yavuz boşuna uğraştıklarını söylemekten usanmış, saçma bir arayışla geçen zamana yanıyordu ama asıl endişesi ne ağrıyan kolları ne de kanayan avucuydu. Yüzyıllardır bu topraktan can alan çınarın köklerine zarar vermekten çekiniyordu. Kazdığı yerden çıkan toprağı kürekle toplayıp uzağa attı, yalvaran gözlerle son bir umutla Hızır Ağa'ya baktı, "Bu kadar saçma birşey yaptığımıza inanamıyorum, bırakalım artık," dedi.

"Daha çok kazman lazım, kökü derinde."

"Ben de bundan korkuyorum ya! Ağacın mikro klimasını bozuyoruz."

"Anlamadığım laflar söyleme, kaz sen! Neredeyse gece yarısı oldu hâlâ bulamadın!"

Yavuz on dört senedir en küçük bir konuda tartışmadıklarını, birbirlerini hiç kırmadıklarını düşünüp sesini yumuşatarak, "Gözünü seveyim biraz mantıklı ol. Etraftaki Roma kalıntılarını bile yüklenip götürmüşler. Buralarda define ne arar? Hem madem annemler biliyormuş, neden onlar kazıp çıkarmamış?" dedi.

Hızır Ağa ne inşa ettiğini bilmeden heba olup giden piramit işçilerine acımasızca bakan firavun gibi gözlerini delikanlıya dikip, "Kaz dedim sana! Gömü ilk erkek çocuğa ait dediler. Senin bulup çıkarman lazımmış, durma!" dedi.

Yavuz ilk kez şahit olduğu bu sert tavır karşısında şaşırıp kaldı.

"İnanamıyorum sana ya. İçinden bir ustabaşı çıktı! Saatlerdir başka laf çıkmıyor ağzından," diyerek neredeyse üç metre derinlikte, dört metre çapındaki çukurda kazma sallamaya devam etti.

Gecenin karanlığında Karakalem uzaklardan süzülerek geri döndü, ağacın geniş gövdesindeki alt dallardan birine yerleşti.

Hızır Ağa, "Hah, meraklı karga da teşrif ettiler," diyerek çıkan toprak yığınının üzerine oturdu.

Birkaç dakika geçmişti ki Yavuz'un salladığı kazma bir taşa saplanarak tok bir ses çıkardı. Kazmayı taştan kurtarmak için küreğin sapını eline alıp ucunu ayağıyla kazmanın üzerine bastırdı ve tüm gücüyle yüklendi. O anda kazdığı çukurun dibinde ahşap bir sandık olduğunu fark etti. O kadar şaşırmıştı ki, Hızır Ağa'yı boşuna heveslendirmemek için ne olduğunu anlayana kadar susmayı tercih etti. Eğilip otuz santimetre eninde, altmış santimetre boyundaki eski sandığın etrafındaki toprağı elleriyle eşelemeye başladı. Sandık tanımadığı bir ahşaptan yapılmış, üzerindeki oymaların arasına toprak dolmuştu. Onu sıkıştığı yerden söküp çıkarırken mahcup bir ses tonuyla, "Bir şey buldum," dedi.

Ne dediğini duymayan inatçı muhtar söylenmeye devam etti: "Vıdı vıdı ne diyorsun oğlum? Bırak artık şikâyet etmeyi de kaz ya!"

Yavuz çukurdan kafasını uzatıp, "Sandık gibi bir şey buldum," dedi.

Hızır Ağa, "Ne! Valla mı diyorsun?" diyerek oturduğu yerden hoplayarak ayağa kalktı.

Yavuz eski sandığı toprak tümseğe bırakıp tek hamlede yukarı tırmandı. Muhtar lambadan çıkan cine rastlamış gibi şaşırdı, adeta dilsizleşti. İkisi de abanoz ağacından oyulma, demir mıhları paslanmış, çürümeye yüz tutmuş yekpare sandığa bakakaldı.

Karakalem tünediği daldan havalanıp sandığın üzerine konmaya kalktı. Hızır Ağa gömüyü gözünden bile sakınan bir tavırla, "Kışt," diyerek kargayı kovaladı.

Yavuz, "Doğruymuş," dedi şaşkın şaşkın.

Hızır Ağa sandıktan gözlerini alamayarak, "Yavuz zengin oldun! Saf altından çil çil Osmanlı parası vardır burada," dedi.

Yavuz sandığı kucakladı, kulağına yaklaştırıp salladı. "Çok hafif bu, altın maltın yok."

"Ne varsa var, aç şunu hadi."

Işıldağı yaklaştırıp sandığın sağına soluna, altına üstüne iyice baktılar. Üzerinde ne bir kilit ne de anahtar deliği vardı. Tam o sırada ışıldağın yaydığı huzme yaşlıların biteviye öksürüğü gibi tekledi ve tamamen söndü.

"Eyvah," dedi ikisi de aynı anda.

Her yer zifiri karanlık olmuştu. Yavuz bir eline sandığı aldı, diğer eliyle Hızır Ağa'nın bileğini tuttu.

Yavuz "Ben indiririm seni, bir adım arkamda dur," dedi.

"Birkaç saate hava ağarır, bekleyelim."

"Güvenmiyor musun bana?"

Hızır Ağa delikanlının gözlerinin içine bakarak, "Herkesten çok," dedi.

Yavuz her virajını, taşını, tümseğini ezbere bildiği bu tepeden bir gün karanlıkta inmek zorunda kalacağını daha önceden hissetmişti. Dört yaşında yapayalnız kaldığı bu dünyada ona güvenen bir kişinin dahi olduğunu bilmek acısını hafifletiyordu.

Adım adım aşağı inmeye başlamalarından dakikalar sonra göletin kenarında bulunan eski otomobile ulaştılar. Hızır Ağa ceketinin cebinden kontak anahtarını bulup şoför koltuğuna geçip farları yaktı. Ciddi bir tavırla, "Örtelim," diyerek çıkardığı ceketini sandığa sardı.

Yavuz gülmeye başladı, "Ne o, üşütmesinden mi korkuyorsun?" diye sordu.

"Ukala herif, kimse görmesin diye!"

"Kim görecek ki?"

"Rızıkta, kısmette göz olur, korumak gerekir," dedi

Hızır Ağa ve debriyajla gaza basıp, külüstür arabayı birinci viteste harekete geçirdi. Koca muhtar on beşindeki ergenler gibi heyecanlı bir şekilde hem arabayı kullanıyor hem de gözlerini sık sık Yavuz'un kucağındaki sandığa çevirip dikkatle bakıyordu. "Ne çıkacak dersin içinden?"

Yavuz omuzlarını silkerek "Nereden bileyim?" dedi.

"Belki yüzük, cevher... Belki de bir harita! Hı?"

"Belki akrep, solucan, böcek..." diyerek güldü Yavuz.

"Ya oğlum deli goma beni, neden heyecanlanmıyon! İnanmıyodun ama bulduk işte."

"Köhne bir sandık yerine mesela annemden bir mektup kalsaydı ya da daha iyisi polis katili bulsaydı! Yüzlerce yıl önce ölmüş dededen bana ne?"

"Şişşt, atalarından bahsederken destur çekeceksin. Geçmişini bilen geleceğini kurar. Sandığın içinde ne varsa kaderindir. Valla çarpılırsın!"

Yavuz kazmaktan ellerinde açılmış yaralara, avucunun su toplamış derisine baktı, "Çarpıldım zaten," dedi.

Kahkahalarla gülmeye başladılar.

Eve yaklaştıklarında yaşlı adam arabanın farlarını söndürdü. Delikanlıyı evin giriş kapısına en yakın noktada indirip, "Hemen içeri gir," diye tembihledi. Yavuz onun bu telaşlı hallerinden keyif almaya başlamıştı. Gülümseyerek içeri girdi.

Hızır Ağa, *meraklı gözler var mı* diye etrafı iyice kolaçan ettikten sonra arabayı park etti, eve girip perdeleri sımsıkı kapattı. Mutfaktan elbezini ıslattı, eski bir gazeteyi odanın ortasına yayıp sandığı üzerine koydu. Nemli bezle, tıpkı bir bebeği temizler gibi, sandığın çamuru nazikçe sildi. Zarif oymalar ortaya çıkmaya başladı.

İkisi de pürdikkat yekpare sandığı açmanın bir yolunu aradı. Ne kilit ne bir işaret bulabildikleri sandığı açmayı başaramadılar. Yaşlı muhtar tepede saatlerce heyecanla beklemiş, sandık bulununca sevinçten deliye dönmüştü ama yorgun vücudu sonunda pes etti. Divana uzandı, hafif kaykıldı ve uyuyakaldı.

Yavuz üzerine bir pike örtüp banyoya girdi. Kulaklarının içine kadar toprağa bulanmış, boynu tutulmuştu. Bu da yetmezmiş gibi kollarına da ağrılar saplanıyordu. Sıcak bir duş alıp çıkınca beline havlu sardı ve saçını kurulamak için aynanın karşısına geçti. Görüntüsüne bakarken boynundaki demir çubuğa gözü takıldı. Hemen banyodan fırladı, oturma odasına gidip sandığı sessizce kucakladı ve odasına taşıdı. Gecenin karanlığında Karakalem pervaza konmuş onu seyrediyordu.

Boynundan çubuğu çıkardı, kilitsiz sandığın bir yerine uyar mı diye inceledi ama nafile... Sandığı yatağının yanına çekip yattı.

Derin bir uykuya daldı.

PAÇAVRA

Bir ışık huzmesi, gözkapaklarını yalamaya başlamıştı. Uyandı. Oda karanlıktı. Onu uyandıran parlamanın nereden geldiğini anlayamadı. Lambayı yakmak için yataktan kalkarken, ayağı eski sandığa çarptı. O darbeyle, sandığın tabanına yakın, saatlerce uğraşıp bulamadıkları gizli bölme açığa çıkmıştı! Ahşap oymaların arasındaki bölmenin ortasında bir delik olduğunu fark etti. Boynunda yıllardır taşığı demir çubuğu o boşluğa yavaşça soktu. Aynı anda, tavandaki lambanın tek ampulü patladı. Odadan çıktı, mutfak çekmecelerinden birinden ampul bulup geri döndü. Sandalyeye çıkıp ampulü değiştirdi, yerde duran sandığı kucaklayıp çalışma masasının üzerine koydu. Yuvasına tam oturan demir çubuğu hafifçe çevirdi. Demir anahtar, yağlanmış edavat gibi mükemmel işleyerek kendi çevresinde tam tur döndü. Sandık, tık sesiyle açıldı. Kapağı yavaşça açtı, içinden üzerinde Arapça yazılar olan, rengi solmuş, kumaşı yer yer erimiş pamuklu bir gömlek çıktı. Gömleği iki yakasından dikkatle kaldırıp ışığa tuttu... O kadar inceydi ki, parmağını hafifçe bastırsa yırtılırdı.

Gömleğin yuvarlak kesim yakasının arkasına bulut motifi işliydi. Ön yüzünde nübüvvet mührü, astronomi haritalarına benzeyen gökyüzü cisimleri, Hz. Süleyman'a atfedilen yıldız ve çeşitli geometrik desenler çizilmişti. Eteğinde kutular içinde şifrelenmiş rakamlar, Hz. Ali'nin çift ağızlı kılıcı, Arapça harflerle yazılmış metinler vardı. Karın bölgesine siyah ve kırmızı mürekkeple, altın tozuyla Arapça dualar yazılmıştı. Sandığın dibinde deri bir kese olduğunu fark etti.

Keseyi açtı, içinden eski Türkçe ile yazılmış, solmuş bir kâğıt çıktı.

"Ne gömü ama... Okuyamadığım bir mektup, bir de paçavra!" diyerek, hayal kırıklığıyla her ikisini de abanoz sandığa geri koyup kapağı kapattı.

Bütün gece boşuna kürek sallamıştı.

Çok yorgundu. Ne gömlek ne sandık, ne de mektup umurundaydı.

Işığı söndürüp yatağına yattı. O uyur uyumaz, sandıktan ince bir ışık sızmaya başladı. Işığın tek tanığı, pencerenin pervazından odaya bakan Karakalem'in meraklı gözleriydi.

2. BÖLÜM

BİR GARİP YOLCULUK

Yolculuğun kendisidir kahramanı halden hale sokan...
Bazen iki ray boyunca, bazen uçan bir halıyla.
Takıldıkça, düştükçe, kanadıkça yaklaşır kaderinde bekleyen imtihana.
Kimi kıpırdayamaz ayakları çimentoya dalmışçasına, çakıldığı çukurdan tekâmül eder...
Kimi uzaklaştıkça yakınlaşır aslına.

VASİYET

Yaz geceleri sıcakta eriyen dondurma gibi damla damla tükeniyor, İstanbul'a gitme zamanı yaklaştıkça, Yavuz endişelerini dışarı vurmak yerine içine atıyordu. Hızır Ağa ise o kadar neşeliydi ki bütün yazı övünerek, gerinerek, böbürlenerek geçirdi. Sonunda eline kâğıt kalem alıp uzun bir liste yaptı. Muhabbeti kuvvetli birkaç arkadaşını, ona saygıda kusur etmeyen genç yaşlı elli kişiyi evin bahçesine davet etti. İnce uzun bir masa kuruldu, elli tahta sandalye kiralandı. Tavas'ın en meşhur esnaf lokantası, sofrayı geleneksel Ege yemekleriyle donattı. İki dirhem bir çekirdek giyinerek masanın başına oturdu.

Yavuz'un üniversite için İstanbul'a gidişi kutlanıyor, garsonlar ellerinde tepsilerle yiyecek ikramında bulunuyordu. Düğünlerin vazgeçilmez neşesi renkli ampuller masa boyunca yerden üç metre yukarıdan sarkıtılmış, sunulanların rengini cümbüşe çeviriyordu. Bu veda yemeği de, Hızır Baba'nın önüne gelene, yanına oturana onun hakkında övgüler dizmesi de, Yavuz'un canını hayli sıkıyordu.

Tatlılara geçildiğinde, sofra başındakilerin sesleri anlamsız bir uğultuya dönüşmüştü. Herkes aynı anda bağırarak konuşuyor, Yavuz işittiklerinden uzaklaşmak için fırsat kolluyordu. Ayağa kalkıp onuruna verilen yemekten firar etti. Elleri cebinde sevdiği bahçelerden geçti, pencerelerden sızan mutlu gölgeleri izledi. Yumuşak sesli annelerin kızlarına seslenişini, televizyonda heyecanla maç seyreden babaların oğullarına yaptığı yorumları dinledi.

Tavas Kabristanı'na geldiğinde yalnızlığı daha da büyüdü. İnsanlar geceleri mezarlık ziyareti yapmadığından kabristanın girişinde ve çıkışında iki süzgün sokak lambası vardı. Geceyi pırıl pırıl aydınlatansa ay ışığıydı. Yarım ay beyaz mezar taşlarına çarpıyor, çoğalıyor, kabristanı açılış gecesine hazırlanmış bir sahne gibi ışıkla donatıyordu.

Kurtuluş Savaşı'nda şehit düşen zeybek mezarlarının, eski Osmanlı kabirlerinin arasından yürüdü. Gökyüzünden inen ışık, yıllardır ziyaret ettiği bu mezarlıkta "Köpekçi Nuri" gibi daha önce hiç fark etmediği taşları gösteriyordu ona.

Baş taşında, kahramanlığı tescil edilmiş efenin ünlü lafı yazılıydı: *"Bu dünyada atın ürkeği, insanın korkağı yaşar."*

Anne ve babasının o gece hiç korkmadıklarına emindi. Ne bir çığlık ne yardım sesi duymuştu. Keşke, sessiz cinayetin detaylarını hatırlayabilseydi! Keşke katilin yüzü aklına gelseydi! Keşke bu kadar çaresiz, bu derece aciz hissetmeseydi!

Ailesinin koyun koyuna gömüldüğü parselin başına geldi. Gri damarlı beyaz Afyon mermeriyle çevrilmiş, baş taşında *"Bahar-Veli Tonguz 2002 Ruhuna El-Fatiha"* yazan mezarın kenarına oturdu.

Kabristana ne zaman gelse, Tavas civarında söylenen türküler, gelin kızların dilinden düşmeyen maniler zihninde resmigeçit yapmaya başlardı. Bu ağıtları, ninnileri ne zaman nerede dinlediğini bile hatırlamıyordu. Mp3 çalarında Apocalyptica dinleyen bir genç için oldukça garip bir durum sayılırdı. Hafızasına bilmediği bir kaynaktan zerk edilmiş gibi, mezarlığa her girdiğinde gizli bir el tarafından çal tuşuna basılmış gibi, sırasını bekleyen solist gibi en hüzünlü ağıt sahneye çıktı, diline dolandı:

"Ateşten sıcaktır ana kucağı,
Ağlatır insanı gurbet ocağı.
Ayrılık vuruyor bana bıçağı,
Ağla anam, ağla babam, dönerim bir gün,
O mübarek ellerinizden öpeydim o gün."

İstanbul'a gitmek istemiyordu! Yolu, o garip şehre hiç düşmemiş, hiç de merak etmemişti. Her televizyon kanalında gördüğü keşmekeş, kalabalıkları tüketen telaş yüreğini sıkıştırıyordu. Haber programlarında izlediği görüntüler, İstanbul'un insanı insanlığından utandıran bir suç yatağı olduğunun kanıtı gibiydi.

Hatta üniversiteye gitmek, diploma almak da istemiyordu. Ana babasının mezarına yakın olmak; kalbindeki kütlesi ağır, rengi kara deliği biraz olsun hafifletiyordu. Aynı damın altında aynı havayı soluduğu, her sabah uyandığında gördüğü Hızır Ağa'yı yalnız bırakma düşüncesi ise onu huzursuz ediyordu.

Mezarın ortasında biten ayrık otlarını yolmaya başlamıştı ki, Karakalem uçup mezar taşına kondu. Yavuz, bu kuşu da çok özleyeceğini düşündü.

Birden arkasından yaklaşan ayakların çıkardığı çıtırtılarını işitti ama dönüp bakmadı bile. Gelenin kim olduğunu biliyordu. Şefkatli bir el omuzuna dokundu. Evin bahçesindekileri bırakıp peşinden gelen Hızır Ağa ona sevgiyle baktı, mezarın başına geçip Fatiha okumaya başladı. Yavuz, duasının bitmesini bekledi.

Hızır Ağa elleriyle yüzünü sıvazladıktan sonra sitemkâr bir sesle, "Seni gidi kaçak," dedi.

Yavuz kinayeli "Ev sahibi, misafirlerini yalnız bırakır mı hiç?" dedi.

"Keyifleri çakır. Anlamazlar kaçtığımızı."

Delikanlı kararlı bir sesle, "İstanbul'a gitmek istemiyorum," dedi.

"Biliyorum."

Yavuz'un günlerdir içinde biriktirdiği kırgınlık dile geldi: "Öyleyse ne diye oldubittiye getirip, şerefime davetler veriyorsun? Bayramlık kıyafetlerini giyip, sofralar kuruyorsun!"

"İstemesen de gideceğin için. Kendin için değil, rahmetliler hatırına, benim hatırıma, memleket uğruna."

"Abartma. Dolduruşa gelmem, bilirsin."

Hızır Ağa, cebinden çıkardığı tren bileti elinde, iki kolunu açtı, "Yarın o trene bin. Git, üniversiteye kayıt yaptır. Mutlu olmazsan döner gelirsin. Kollarım da evimizin kapısı da açık olacak," dedi.

Yavuz, göbekli ihtiyara kollarını doladı. Hızır Ağa gözlerinden akmaya niyetli yaşlara hâkim olarak, "Hadi bahçeye dönelim, nispet yapacak çok insan var daha. Çatlatacağım hepsini," dedi.

Issız ve toprak yolların karanlığında yan yana yürüdüler. Onlar eve yaklaştıkça voltajı artan sokak lambalarının rehberliğinde bahçeye girdiler. Misafirler sohbetten yorulana kadar güler yüzlerini eksik etmediler. Davet bittiğinde, hepsini tek tek dış kapıya kadar uğurladılar. Bahçedeki masaları, sandalyeleri toparlayan adamlar onları küçük bir kamyonete yükledi. Esnaf lokantasının garsonları tabak çanaklarını, metal yemek kaplarını yüklenip bir arabanın arkasına yerleştirdi. Geriye, gecenin anılarını taze tutmaya yarayan renkli ampuller kaldı.

Yavuz eve girdi, odasının penceresindeki pervaza konan Karakalem'e ekmek ufaladı. Bunca yıldır aralarında devam eden yakın takibe rağmen, Karakalem bir kez olsun elinden yemlenmemişti. *Niye*, diye düşündü. Yabanıl olan bile gün gelip ehlileşirken, bu karga niye bir kez olsun eline konmamıştı? Hızır Ağa odaya girince Karakalem kanatlarını açtı, hızla yükselerek gözden kayboldu. Yaşlı adam, "Tövbe, tövbe. Sevemedim şu mahlûku gitti. Gerçi o da benden haz etmiyor ya," dedi.

Yavuz masasının çekmecesinden bir A4 çıkartıp ona uzattı.

"Nasıl Skype yapacağını yazdım. Bu talimatları izlersen, her akşam birbirimizi görürüz."

Hızır Ağa yakın gözlüğünü takıp kâğıtta yazanları inceledi.

"Ben beceririm bunu. Olmadı, bizim Nalbur Kâzım'ın

torununa sorarım, o gösterir. Olmadı, telefonda sesini duysam bile yeter."

Yavuz, "Bana yetmez," deyince, Hızır Ağa'nın gözlerinin ucunda hazır bekleyen damlaları fark etti, lafı toparladı: "Kilo alıp almadığını, ilaçlarını içip içmediğini gözümle görmem lazım."

Muhtar yatağa oturdu, o da cebinden üçe katlanmış bir kâğıt çıkardı, "Varınca gideceğin adres bu. Ahmet seni karşılamaya gelemez. Mazereti var. Etrafındakilerden öğrenirsin hangi otobüsle gideceğini. Metro bile varmış yakınlara kadar giden," dedi.

Yavuz kâğıdı eline aldı, soru dolu gözlerle yüzüne baktı. Hızır Ağa sanki delikanlının aklından geçenleri duymuş gibi, "Bundan böyle sorularını Ahmet'e sorar, cevaplarını ondan alırsın. O benim şu hayatta güvendiğim tek insandır. Senin de İstanbul'daki hamindir. Saygıda kusur etme," dedi.

"Madem İstanbul'da bir arkadaşın var, benim niye haberim yok? Adını ilk defa geçen gün duydum ağzından."

"Sonra anlatırım."

"Yurtta kalmamı neden istemiyorsun? Bedava oda veriyorlar. Ya o adamın yanında rahat edemezsem?"

"Edersin. Biraz nemruttur ama beyefendidir. Nesli tükenenlerden anlayacağın. Sandığı da yanına alacaksın. Ahmet nasıl açılacağını bulur."

Yavuz gülümseyerek kalktı, yüzlerce yıl toprağın altında kalmış ahşap sandığı dolabından çıkarıp muhtarın kucağına koydu. Sandığın sağındaki oymalardan birine başparmağını bastırdı. Sandığın gizli bölmesi mekanik bir sesle açıldı.

Hızır Ağa'nın gözleri fal taşı gibi büyüdü, "Vay!" diyebildi.

Yavuz boynundaki demir anahtarı çıkardı, gizli bölmenin ortasındaki deliğe soktu ve bir tur çevirdi.

"Köftehor! Niye haber etmedin açtığını? Ne varmış içinde?" dedi Hızır Ağa.

Yavuz içindekileri çıkarırken, "Gömlek gibi bir şey. Üzerinde Arap harfleri, sayılar var. Bir de solmuş bir mektup. Eski Türkçe bilen birine sormak lazım," dedi.

Hızır Ağa gömleğe şaşkın şaşkın bakarak, "Ahmet bilir," dedi.

Yavuz "Kim bu Ahmet ya?" diye ısrarla yüzüne baktı.

Hızır Ağa gözlerini kaçırarak sustu. Sandığın içini eliyle iyice yokladı. "Başka bir şey yok mu?"

"Yok. Senin çil çil altınlar hayal oldu yani."

"Olsun, vardır bir hikmeti."

Yavuz, ailesizliğinin tescili gibi duran eski mektuba, kimsesizliği üzerine işlenmiş pamuklu gömleğe göz ucuyla baktı. "Bu sandığı, gömleği at gitsin. Sadece mektubu alacağım yanıma."

Hızır Ağa heyecanla ayağa kalkıp kararlı bir tonla, "Olmaz! Bu gömleği İstanbul'da kaldığın müddetçe içine giyeceksin," dedi.

Yavuz mana veremediği bu garip istek karşısında isyan etti, "Nedenmiş ya? Yok artık. Hiç böyle saçma bir şey duymadım!"

Hızır Ağa, gözlerindeki ciddiyet anlaşılsın diye delikanlının çenesini tuttu, "Bu yaşına kadar senden tek bir şey istedim mi? Hayır! Madem annen bu kadar önem verdi bu gömüye, benim de sana vasiyetim budur; o gömlek giyilecek, o mektup okunacak!" dedi.

Yavuz, "Ya sabır" der gibi başını iki tarafa salladı, terbiyesinden sustu. Hızır Ağa suskunluğuyla yetinmedi, "Ant ver!" dedi.

Yavuz cevap vermedi.

"Yemin et, dedim!"

Yavuz "Tamam söz ya, söz," diyerek pes etti.

PAMUKKALE EKSPRESİ

Tren istasyonundaki yolcular mıknatıs ucuna toplanmış toplu iğneler gibi kümelenmişti. Kimi vedalaşıyor, kimi ayakta son sohbetin tadına varıyordu. Yavuz, Ziraat Bankası'nın Denizli Garı'nın peronlarına yerleştirdiği ahşap banklardan birine oturmuş, iki bacağının arasına muhtarın yıllar önce satın aldığı, hayatında sadece bir kere, abisinin cenazesini almaya Köln'e giderken kullandığı lacivert bavulu koymuş bekliyordu. Hızır Ağa ise başında Ecevit kasketi, kolları arkasında bağlı, peronda volta atıyordu.

Yaşlı adamda görmeye alışkın olmadığı haller, bir garabet olduğunu hissetti. Daha önce rastlamadığı yüz ifadeleri, duymadığı bir ses tonu, bilmediği telaşlı tavırlar... Ayrılık hüznü değil, bıkkınlık vardı sanki üzerinde. Onunla sohbet etmek yerine, istasyonun en ucuna gitmiş, sabırsızca raylara bakıyordu. Bir an önce Yavuz'u yolcu etmek, bir yükten kurtulmak ister gibiydi.

Hızır Ağa, ona selam veren Tavaslıların arasından yürüdü, delikanlının yanına kadar gelip başına dikildi. Elini, onun ensesine götürüp tişörtünün yakasını izinsiz açtı. Yadigâr gömleği içine giyip giymediğini kontrol etti. Buz gibi bir sesle, "Güzel, aferin. Mektup nerede?" diye sordu.

"Arka cebimde. Cüzdanda," diye cevapladı Yavuz. Bin yıl düşünse, ayrılışlarının böyle soğuk geçeceği aklına gelmezdi. Aralarındaki mesafe henüz evdeyken açılmış, yolculuk saati yaklaştıkça uçuruma dönüşmüştü. Tam ağzını açıp bir şey söylemek üzereyken Pamukkale Ekspresi'nin sesi, cisminden önce peydahlandı.

Hızır Ağa heyecanla, "Geldi şükür," dedi.

Yavuz elinde bileti, bavulunu almaya yeltendi, ayaklandı. Hızır Ağa eline aldığı kasketini sallayarak, ona hiç de yakışmayan duygusuz bir tonla, "Oo, daha çok var, otur! Yolcu indirecek, temizlenecek! Ölme eşeğim ölme," dedi.

Yavuz alınganlığını gizlemeye gayret ederek külçe gibi banka geri oturdu.

"Sekiz saate Eskişehir'e girersiniz. Orada, hızlı trene aktarma yapacaksın."

"Biliyorum, internetten baktım."

Yolcular seyreldi, eşyalar boşaldı, kompartımanlar yeni sefere hazırlandı. Yaşlı muhtar, metresine geç kalmış sadakatsiz bir koca gibi sabırsız, saatine bakıp durdu. Sonunda ayrılık vakti geldi, çattı.

Hızır Ağa, "Bin hadi. Allah yolunu açık etsin. Ben bekleyemeyeceğim, kaymakam bey bizim muhtarlığa uğrayacakmış," dedi.

Yavuz, düğüm düğüm kırgınlığını tükürüğüyle boğmak istercesine yutkundu, "İyi," dedi.

Hızır Ağa, "Zaten vedaları sevmem," diyerek, omuzuna yalandan pat pat vurdu.

Delikanlı o kadar şaşkındı ki, akşama görüşeceklermiş gibi davranan adamı anlamakta zorlanıyordu. Her fırsatta sevgisini belirtmek için bahaneler üreten, öğütler verip sohbet açan Hızır Ağa gitmiş, sanki başka biri gelmişti. Sesindeki sitemi gizlemeye gayret ederek, "Sen geç kalma o zaman," diyebildi.

Hızır Ağa hızlıca sarıldı, koptu ve arkasına bakmadan uzaklaştı. Yavuz, bineceği vagonu ararken içinde hortlayan yalnızlığa küfür ediyordu. Tavas mezarlığında bile bugünkü kadar kimsesiz hissetmemişti kendini.

Trene bindi, biletinde yazan kompartımanı bulup içeri girdi. Bavulunu yatağın üzerindeki rafa yerleştirdi, pencereden dışarı baktı. Sevgi sözcüklerinin, duaların havada uçuştuğu peronda vedalaşmak için pencereden sarkanları, el sallayanları, ağlayıp sızlananları seyretti. Karakalem bile onu geçirmeye gelmemişti. Tren, tüm ağırlığıyla hareket ederken sanki rayları değil de yüreğini ezdi.

Hızır Ağa ise hızlı adımlarla gardan çıktı, otoparktaki yeşil arabasına bindi, külüstür kapısını hırsla çarpıp marşa bastı. Denizli-Tavas otoyoluna çıktı. Bir süre ilerledikten sonra aniden arabayı yol kenarına çekip durdu. O kadar çok ağlıyordu ki, hiç beklemediği bir anda anasından dayak yemiş çocuklar gibi hıçkırıyordu. Sarsılışına zar zor hâkim olarak eski model cep telefonunu cebinden çıkarıp tuşladı. Telefon iki kere çaldı ve açıldı.

"Süleymaniye Yazma Eserler Kütüphanesi, nasıl yardımcı olabilirim?" dedi karşı taraf.

Ağlamaktan boğulmuş sesini toparladı, "Alo, Profesör Ahmet Kavancı'yı bağla kızım. Denizli'den Muhtar Hızır arıyor deyiver," dedi.

Karşı taraftaki kadın sesi, "Hatta kalın efendim," dedi ve muhtarı beklemeye aldı.

Kütüphanenin merkezi telefon sisteminde, klasik Türk musikisinden Ferahfeza makamında saz semaisi çalmaya başlayınca daha da dertlendi.

Sonunda aradığı kişi telefona bağlandı, "Alo?" dedi.

Hızır Ağa, karşısındaki sesten medet umarcasına hüngür hüngür ağlamaya başladı.

"Ahmet, çocuk İstanbul'a yola çıktı. Gömlek de yanında. Arkasında düşman yok. Kimse bir şey bilmiyor. Ben on dört yıllık görevimi bitirdim. Sıra sende. Gözün gibi bak ona, e mi? Artık sana emanet!" dedi, hıçkırarak telefonu kapattı.

Fıstık yeşili araba yol kenarındaki cepte bir süre daha hareketsiz durdu. İçindeki yaşlı muhtarın boğulurcasına ağladığını ne gören oldu ne duyan...

KARABASAN

Yüzü, varacağı istikamete değil, ayrıldığı topraklara dönük oturuyordu. Başını dayadığı tren camından hızla küçülen tarlaları, giderek uzaklaşan tepeleri, trenle yarışan bulutları seyretti bir süre.

Yataklı kompartımana yerleşmiş, bavulundan çıkarttığı kitabı eline almıştı ama alışık olmadığı sarsıntıdan midesi bulanmaya, kelimeler iç içe geçmeye başlayınca okumaktan vazgeçmişti. Aklında İstanbul'da yaşayacağı yalnızlık; yüreğinde Hızır Ağa'nın garip vedalaşmasıyla gözleri hafifçe kapanmaya başladı. Tam o sırada raylara paralel uçan, treni yakalamak istercesine kanat çırpan kargayı fark etti. *Karakalem olabilir mi,* diye düşünürken tren hızla bir tünele girdi, kuşu göremez oldu. Kompartıman da etrafı da kararmıştı. Dağ oyulmuş, kilometrelerce uzayan karanlık deliğe ray döşenmişti. Tünelin içe eğimli duvarları boyunca yerleştirilmiş kırmızı işaret lambaları birbiri ardınca çakıp duruyordu. Birden, kompartımanda yalnız olmadığını hissetti, vücudunu bir ürperti kapladı.

Işıksız ortama alışamayan gözleri gölgelerden medet umdu. Sırtını cama dayadı, duyduğu ikinci soluğu dinlemeye başladı. Tünel boyunca çakan kırmızı ışıkların aydınlatmasıyla kompartımanında birini gördü. Üzerindeki siyah kapüşonlu kıyafetle suratının sadece sağ kısmını seçebildiği sakallı, esmerliği bulanık, karanlık bakışlı bir adam gözlerini ona dikmişti! Yavuz o kadar irkildi ki, bağırmaya çalıştı, olmadı. Tünelin derinliği sesini de yutmuş gibiydi. Tekrar bağırdı, sesi yine çıkmadı. Tren ilerledikçe çakıp sönen tünel ışıkları, bu garip adamın siluetinin bir görünüp bir kaybolmasına sebep oluyordu.

Yavuz içinden, *"Uyan, kâbus görüyorsun!"* diye sessiz çığlıklar atıyordu.

Siyah pelerinli adam, her ışık kırıntısında biraz daha Yavuz'a yaklaştı, yaklaştı, dip dibe nefes almaya başladılar. Sonunda, tehditkâr bakışlı adam, kabzası altın armalı bir kamayı delikanlının boynundaki gece yanığı izine değdirdi. Aynı anda, tren tünelden çıktı, Yavuz başını dayadığı camda alnının izi kalmış halde, kan ter içinde uyandı!

Panikle ayağa kalktı. Yaşadığının kâbus olmadığına o kadar emindi ki, kompartımanın kapısını açıp koridora baktı. Kimse yoktu! "Bu da neydi?" dedi, kendi kendine.

Kapıyı kapattı. Cebinden telefonunu çıkarıp saatine baktı, *olamaz,* diye düşündü. Denizli'den bineli en fazla 40-45 dakika olduğunu zannederken, neredeyse sekiz saatlik yol almışlardı. Tren Eskişehir'e yaklaşıyordu.

Karabasanla uçup giden saatlerin şaşkınlığını atmak için Pamukkale Ekspresi'nin camını hafifçe araladı, derin derin nefes aldı. Çıkardığı eşyaları bavuluna geri koymak üzere elini rafa uzattı ama bavulu yerinde yoktu! Çalınmıştı. Demek gerçekten kompartımana biri girmişti!

Aklından bir sürü fikir geçmeye başladı. Günlük gazetelerin üçüncü sayfa haberlerinde okuduğu hırsızlık vakalarında kullanılan bayıltıcı spreyle uyutulduğuna emindi. Trenin güvenliğine gidip gitmemekte karar veremedi. Eski bir valiz içinde üç beş parça kıyafet, bir bot, dört de kitapla çalınmıştı. Kimliği, cüzdanı, telefonu arka cebindeydi. Hırsızın o kadar insan arasından neden bir öğrencinin bavuluna dadandığını, parasını ya da telefonunu neden çalmadığını anlayamıyordu. Treni aratsa zaman kaybı olacağını, başına bir sürü evrak işi çıkacağını düşündü. Şikâyetçi olmaktan vazgeçti.

Yeniçağın hastalığı obeziteye yakalanmış birinin asla sığamayacağı tuvalete girdi, saf zeytinyağından üretilmiş kesif kokulu sabunun kâğıdını yırtıp cılız akan suyla ter içindeki ensesini, boynunu yıkadı. Kartondan dönüştürülmüş kadar sert kâğıt havlulardan birine uzandı, yüzünü kurularken aynada kendine baktı ve dondu kaldı! Birkaç hafta önce, nasıl olduğunu hâlâ çözemediği, sandığı açan demir anahtarın yaktığı, çoktan kabuk bağlayıp iyileşmiş yara ince ince kanıyordu!

KEŞMEKEŞ

Yüksek Hızlı Tren İstanbul'a vardığını cihana duyururcasına gürültüyle durdu. Yavuz huzursuzca toparlandı, bir an önce inmek için koridora çıktı. Birkaç adım atmıştı ki, kompartımanlardan fırlayan telaşlı yolcuların arasında sıkıştı kaldı. Ağır ilerleyen insan selinin arasına karıştı, zar zor ilerledi ve sonunda, varmak istemediği şehrin betonuna ayak bastı.

Pendik Garı'nın ortasında, köpürmüş dalgalar gibi peş peşe çoğalan, birbirini kabaca itip kakan, bağrışan, koşuşturan kalabalığı seyretmek için durdu. Etrafındaki herkes hızlandırılmış film karelerindeki gibi hareket ederken, o, kıpırtısız, yere çakılı kalakalmıştı. Ne yapacağını ne yana gideceğini bilmez bir halde, sağa sola bakındı.

İnsanlar arasında üzerinde siyah kapüşonlu bir üstlük giymiş, dikkatle ona bakan birini fark etti. Pervasızca itişenler arasında durmuş, uzaktan Yavuz'u süzen bir çift göz... Suratının bir yanını saçları, diğer yanını kapüşonu kapattığı için yaşını kestiremediği adamın, bavulunu çalan hırsız olduğuna emindi. Araya giren bir grup yolcu yüzünden dikkati dağıldı, kapüşonlu adamı gözden kaybetti.

Çıkışa doğru ilerlemeye başladı. Omuzuna dokunan bir elle irkildi. Kendini korumak için, kolunu hızla havaya kaldırıp arkasına döndü. Hınzırca ona bakan kapüşonlu delikanlıyla göz göze, burun buruna geldi. Yavuz tam bir yumruk indirmek üzereyken delikanlı, "Hop, vurma birader," dedi.

Yavuz, "Ne istiyorsun ulan?" diye koluna yapıştı.

Trink Ali, Yavuz'un etrafını kolaçan ederek, "Abicim, af buyur da, bavulu trende mi unuttun?" diye sordu.

"Yok bavul falan! Kimsin?"

"Atarlanma ya. Ahmet Hoca gönderdi beni. Seni paketleyip ona teslim edeceğim."

Yavuz; esmer, kısa boylu, muzip suratlı gencin bileğini bıraktı. "Bu kadar insanın içinde nasıl tanıdın beni?" diye sordu.

Trink Ali, "Senin muhtar emmin fotoğrafını maillemiş," diyerek, Yavuz'un lise son sınıf fotoğrafının bir kâğıda çıktısını gösterdi. "Yakışıklı çıkmışsın ha," diye ekleyip yüzsüzce elini uzattı, "Trink Ali ben," dedi.

Yavuz tokalaşmak için elini uzattı isteksizce. "Trink mi? Ne demek trink?"

"İş yaparsam paramı trink alırım demek. Prensip."

Yavuz bir an tereddütle durdu, delikanlıyı baştan aşağı süzdü. O sırada acelesi olan birkaç kişi omuzuna çarptı, umursamadan uzaklaştı. Trink Ali ukala bir edayla, "Hareket etmezsen ezilirsin abicim," dedi.

Yavuz etraftaki kaba kalabalığa bakarak, "Mahşer gibi," dedi şaşkın.

Trink Ali onun şaşkın haline gülümsedi, "İstanbul adamı çiğ çiğ yer, doymaz. Ya kaçacaksın ya yem olacaksın," dedi.

Bilmiş cümlelerle, büyük jestlerle, elini kolunu sallayarak konuşan gence bakıp *rapçi sanıyor kendini*, diye düşündü.

Trink Ali koluna yapışıp çekiştirmeye başladı, "E hadi güzel abim, kıpırda."

Gar çıkışına doğru yan yana yürümeye başladılar.

"Denizli'den buraya eşyasız mı geldin, çok havalısın ha!"

"Çaldılar."

"İstanbul'a ayak basmadan çarpılmışın," diye kahkaha attı Trink Ali.

Yavuz bozulduğunu belli etmemeye gayret ederek konuyu değiştirmek istedi. "Nerede bu Ahmet Hoca'nın evi, uzak mı?" diye sordu.

"Uzak da kelime mi! Pendik nere, Küçük Ayasofya nere... İş çıkışını da hesaba katarsak, en az üç saat!"

"İyi ya, büyük iş kapmışsın. Parayı trink aldın mı, bari?"

Trink Ali birden durup ciddileşti, "Ahmet Hoca velinimetimdir, ona tarife işlemez! Ne derse yaparım. Canımı istesin veririm," dedi.

Gardan çıktılar.

İki delikanlı toplu taşıma araçları silsilesine yetiştiler, otobüslere akbil bastılar, metro hattı değiştirdiler, minibüsten inip vapura bindiler. Yavuz, karınca kolonileri gibi amacına kitlenmiş binlerce insanın koşuşturmasını seyretmeye doyamıyordu. Küçük bir köyden gelmemişti, hatta İzmir'i, Denizli'yi defalarca görmüştü ama İstanbul tam bir ucubeydi! Dar sokakların çok şeritli otoyollara bağlandığı, binek araba fazlasının trafiği arapsaçına çevirdiği, çeşit çeşit aracın aynı güzergâhta seyrettiği, beklenmedik anda karanın bitip denizin engel teşkil ettiği darmadağın bir şehirdi burası.

Halk otobüsleri uzakları birbirine bağlayıp tepeleri aşıyor, minibüsler deniz kenarına inip vapurlara paralel seyrediyordu. *Hava kirliliği insanların burun deliklerini tıkamış olmalı*, diye düşündü. Şehir leş gibi egzoz kokuyordu. Yavuz'u asıl deli edense seslerdi. Ne bir kuş cıvıltısı ne de rüzgârın sesi... Gökyüzünden, İstanbulluya işkence eden tiz bir uğultu yağıyordu. İçine düşmeden çöplükten sızan suyun yapışkanlığı nasıl kavranamazsa, İstanbul'daki kalabalığa karışmadan da şehrin nasıl hastalık yaydığı anlaşılamazdı.

Daha görmeden haz etmeyeceğine emin olduğu İstanbul'dan bu derece nefret edeceğini hiç hesaplamamıştı doğrusu. Eminönü'ne vardıklarında şehrin bütün ışıkları yanmıştı. Yavuz kalabalıklardan ezilen kaldırımların rahatladığını, yıpranmış mimari detayların kaybolduğunu, boyası dökülmüş duvarların karanlığa saklandığını fark etti. Geriye kalan siluetler ise haddinden fazla görkemli ve oryantal görünüyordu. Tarihi Yarımada'nın tepelerine dizili minareler, kubbeler, Üsküdar ve ötesi... İstanbul, gece olunca göze güzel görünen, geçkin ama mihrabı yerinde Doğulu bir kadın gibiydi. *Her tarafı sarkmış, benim için çok yaşlı*, diye düşünüp kendi kendine gülümsedi. Bu şehrin koynunda beş sene geçirmeye hiç niyeti yoktu.

Yürümeye devam ettiler. Yanından geçip giden gençlerin üzerindeki son moda kıyafetlere dikkatle baktı, Trink Ali'ye dönüp "Nereden ucuza kıyafet bulurum?" diye sordu.

"Sen Ahmet Hoca'nın akrabası mısın?"

"Yoo."

"O zaman, soru sormak bedava ama cevapların bedeli var."

"Ne kadar?"

"Kendine aldığın her beş parça için bana bir parça. Beş don alırsan altıncı benim."

"İki pantolon, iki de gömlek alırsam ne olacak?"

"Üniversite okumaya gelmedin mi? Öğrencilik iki kıyafetle geçer mi? Bunun montu, atleti, çorabı, eldiveni, kazağı var. Tüketim şehrine hoş geldin abicim."

"Ben çok kalmam burada."

"Tabii tabii... Herkes öyle diyor ama İstanbul'dan memleketine geri dönenine daha rastlamadım!"

"Beni sabah dokuzda al. Alışveriş yapmam lazım."

Trink Ali yaptığı anlaşmadan memnun kervancılar gibi omuzlarını dikleştirdi, "Eyvallah," dedi.

Yavuz, talebini bu kadar rahat dile getiren delikanlıya bakıp merakla, "Kaç yaşındasın sen?" diye sordu.

Trink Ali, onun yüzüne daha da ukala bir tavırla baktı, "İstanbul'da yaşın önemi yok. Geçerli akçe tecrübe, abicim. Ne kadar yaşadığına değil ne yaşadığına bakarlar burada," dedi.

Yavuz konuşma biçiminden, kurduğu cümlelerden hiç hoşlanmadığı delikanlıyı süzdü, "Yok, ben çok kalmam bu şehirde," diye karar verdi.

IŞIKTAN KORKAN ADAM

İki genç, Hamam Sokak'a saptılar, "Süleymaniye Yazma Eserler Kütüphanesi" yazan pirinç bir tabelanın başında durdular.

Trink Ali "Benim boynumun borcu buraya kadar. Buradan sonrasında tek başınasın. Güvenliğe geleceğini haber verdik. Ahmet Hoca geç saatlere kadar çalışır zaten, içeridedir," dedi.

Yavuz'dan "Sağ ol," lafını işitince arkasını döndü, tam gidecekken durup yüzüne düşünceli bir tavır takındı, "Ya şimdi sen içeri giricen, kafan iyice karışacak. En iyisi ben ayaküstü biraz anlatayım," dedi.

"Neyi?"

"Bak abicim, bu Ahmet Hoca, babamın dediği gibi muhterem biri. Onun hakkında bilmen gerekenler var."

"Ne gibi?"

"Bir kere, dünyanın en iyi insanıdır. Gerçi insanlığını bilen yoktur da, uzmanlığını bilen çoktur. Bu çatının altındaki el yazmaları ona emanet. Dünyanın her yerinden danışmaya, fikrini almaya geliyorlar. O pek çıkmaz buradan. Çıkamaz daha doğrusu."

Yavuz anlamadı, "Ne demek çıkamaz? Burada mı yatıp kalkıyor?" diye sordu.

Trink Ali "Öyle sayılır. Üniversitede staj için girmiş buraya. Profesör olmuş ama hâlâ kitapların arasında yaşıyor. Helyofobi diye bir illeti var, ışık korkusu... Aydınlığa, gün ışığına çıkamıyor yani. Sabah, gün ışımadan buraya gelir, akşam olmadan çıkmaz. İlla çıkacaksa, dehlizleri kullanır," dedi.

"Dehliz mi?"

"Hı, İstanbul'un altında, üstünden daha çok yol vardır. Kısa keselim, Ahmet Hoca pek konuşmayı da sevmez. Yani sen de kısa kes," dedi elini kalbinin üzerine koyarak selam verip uzaklaştı.

Yavuz, hızlı eğitime tâbi tutulmuş öğrenciler kadar yorgun, külliyeye girdi. Taş duvarlar arasından yürüdü, güvenlik kulübesine yaklaştı, kimliğini uzattı. Güvenlik memurlarından biri kaydını aldı, kulübeden çıkıp önü sıra yürümeye başladı. Süleymaniye Yazma Eserler Kütüphanesi'nden içeri girip kapalı kapıların arasında ilerlediler. Tabelalarında, *"Yazma Eser Uzmanları"*, *"Restorasyon Servisi"*, *"Okuyucu Hizmetleri"* yazan plaketlerin önünden geçtiler.

Kimyager önlüğü giymiş bir memurun omuzunun üzerinden, yarı açık bir odanın içine kaçamak bir bakış attı. Özel tasarlanmış odanın havası, nemi ayarlanmış, metal kitap kasaları duvarlara monte edilmiş, binlerce el yazması, uzayıp giden raflara dizilmişti. Yüzlerce yıllık paha biçilmez yazma eserlerin modern yöntemlerle, dedektör ve kameralarla korunduğu koridorlardan ilerleyerek geniş bir avluya geldiler. Kapısında, *"Kitap Şifahanesi ve Nadir Eserler Arşiv Başkanı - Profesör Dr. Ahmet Kavancı"* yazan bir salona girdiler.

Güvenlik memuru sesini yükselterek, "Hocam, misafiriniz geldi," diye ortaya bağırdı. Ses gelmemesine rağmen onu tek başına bırakıp odadan çıktı. Yavuz etrafına bakındı, kimseyi göremedi. Bir ayak sesi duydu, ancak nereden geldiğini kestiremedi. Salonda kimse yoktu. Seslerinin nerden geldiğini anlamak için dikkatini topladı. Sonunda, duvara dayalı ahşap kütüphanenin bir bölümü, mekanik bir düzenek üzerinde kenara kaymaya başladı. İçinde bulunduğu salondan daha geniş bir odaya açılan gizli bir kapı çıktı ortaya. Şaşırarak ancak Hollywood filmlerinde görülebilecek gizemli kapıdan geçti, saklı bölüme girdi.

Beyaz duvarlarla çevrilmiş penceresiz alan, külliyenin diğer mekânlarından çok farklıydı. Kütüphaneden çok, laboratuvara benzeyen odanın dört köşesinde cam fanuslarla korunan eski kitaplar, soğutma sistemleri ve parlak florasan ampullerle aydınlatılan metal bir masa vardı. Masanın ortasına yerleştirilmiş deri ciltli bir kitabın başında gözünde yuvarlak çerçeveli kemik gözlük, elinde pamuklu beyaz bir eldivenle dikkatle sayfaları çeviren Ahmet'i gördü. Sevgiliye bakar gibi baktığı, tutmaya bile korktuğu kitaptan notlar alan özensiz giyimli adam, kafasını kaldırmadan emir tonuyla konuştu.

"Oturma sakın, çıkacağız birazdan."

Yavuz etrafını kolaçan ederek, "Oturacak yer yok zaten," dedi.

Demode kesim pilili kadife pantolonu, yeşil tonlarında oduncu gömleğiyle seksenli yıllarda kalmış gibi duran adamın Adidas'ın en son moda Stan Smith modeli ayakkabıları dikkatini çekmişti.

Ahmet birkaç dakika sonra ceylan derisi sayfalardan kafasını kaldırıp kitabı özenle kapattı. Oturduğu sandalyeye hafifçe yaslanarak karşısındaki genci dikkatle süzüp, "Hoş geldin," dedi.

Yavuz, yakışıklı olmasına rağmen farkında olmayan, kırklı yaşlarda, soluk benizli, yorgun görünen adama, "Siz... tahminimden daha gençsiniz. Hızır Ağa'yı nereden tanıyorsunuz?" diye sordu.

Ahmet buz kesmiş bir ses tonuyla, "Anlatırım sonra," diyerek konuyu kapattı, Yavuz'un etrafında bir şey arar gibi endişeyle baktı, "Bavulun nerede senin?"

"Trende çaldılar," diye cevaplayınca, Ahmet panikle çalışma sandalyesinden kalktı. Onun bu ani hareketiyle ivme alan kahverengi deriden yapılmış tekerlekli çalışma sandalyesi kaydı, duvara çarptı. Delikanlıya iki adımda yaklaştı, gözlüğünü çıkarttı.

"Ne demek çaldılar! Gömlek? Sandıktan çıkan gömlek çalındı mı?"

Yavuz öyle şaşırmıştı ki, zihninde onlarca soru uçuşuyordu. "Yok. O eski şey içimde. Hızır Ağa giymemi istedi," diyebildi.

Ahmet bir derin nefes aldı, merakla, "Göster," dedi.

Yavuz bir iki düğmesini açtı, atletini yukarı sıyırarak altındaki gömleği gösterdi. Ahmet elindeki eldivenle gözlüğünün camlarını temizledi ve eşsiz bir esere bakarcasına gözünü değdirse incitecek gibi, sakınarak yüzlerce yıllık gömleğe baktı.

"Muhteşem!"

"Bavulumu bu eski gömlek için mi çaldılar yani?"

Ahmet kaçamak bir tavırla cevap verdi, "Ne bileyim."

Yavuz, "Boşuna uğraşmışlar, isteselerdi çıkarıp verirdim. Bavulun içindeki kitaplar bu paçavradan değerliydi," diye hayıflandı.

Ahmet Hoca son derece ciddi bir ifadeyle delikanlıyı azarladı: "Boş konuşma. Üzerinde taşıdığın en az beş yüzyıllık bir sanat eseri."

Yavuz bozulduğunu hissettirerek, "Boş konuşmam, benimle yüksek tondan konuşulmasını da sevmem!" dedi.

Ahmet Hoca sert kayaya çarptığını anlamıştı. "Olmadı böyle. Baştan başlayalım. Uzun süre aynı evi paylaşacağız ne de olsa."

"Hiç sanmam. Ben bu şehre alışamam. Dönüp Denizli'de okuyacağım."

"Zannetmem."

İki erkek, birbirine galip gelmeye, sürünün liderliğini ele geçirmeye çalışan yırtıcılar gibi bir süre bakıştılar. İkisi de suskun bekledi. Ahmet Hoca'nın masum bir sorusu sessizliği böldü, "Saat kaç sence?"

"Dokuz buçuk falan."

Ahmet'in yorgun ve zaman mefhumunu yitirmiş gözlerinden çocukça bir korku geçti, "Akşam, değil mi?" dedi, endişeyle.

Yavuz, "Gece," diye düzeltti.

"İyi, çıkalım o zaman. Acıktım." Beyaz ışıklı soğuk odadan peş peşe çıktılar. Ahmet Hoca bir urgana bağlı eski anahtarla, kütüphanenin duvarında açılan kapıyı kilitledi. Salonun ortasında durdu, delikanlıya baktı. "Sana parmaklarını yedirtecek bir esnaf lokantası biliyorum," dedi.

GEÇMİŞTEN MEKTUP

Külliyeden çıkıp birkaç cadde geçtiler, kırmızı ışıklarda bekleyip ara sokaklarda yürüdüler. Tayvan malı neon ışıklarla renklendirilmiş görgüsüz bir tabelanın, zarif oymalarını haince delip geçtiği ahşap bir Osmanlı köşküne girdiler. "Kuru Fasulyeci Bekir Usta" bol yaldızlı dekorasyonuyla Fransız restoranlarına öykünüyor, esnaf lokantalığından utanıyor gibiydi. Yavuz, *bu şehirde her şey özgünlüğünü yitirmiş*, diye düşündü.

İki garson birbiriyle yarışarak Ahmet'in yanına geldiler, cam kenarında bir masayı gösterdiler. Ahmet Hoca, "Yemek kaldı mı?" diye sordu masaya otururken.

Şef garson yalaka bir tavırla, "Ayırdık size hocam," diyerek açık büfenin arkasında bekleyen aşçıya bir işaret çaktı. Önlerine kenarları logolu beyaz tabaklar, hasır bir sepete dizilmiş mis kokan ekmek dilimleri ve bira bardağına benzer kesme kristallere doldurulmuş köpüklü ayranlar geldi. Yavuz hayatında yediği en lezzetli pilav üstü kuruyu ve lahana turşusunu yedi. İkisi, yemek boyunca sıkça yanak kaslarını çalıştırsalar da hiç konuşmadılar. Ahmet Hoca kahvesini içerken hesabı istedi. Estetikten yoksun, deri bir tabakta gelen adisyonda yazan rakamı göz ucuyla gören Yavuz çok şaşırdı. Hesap, Denizli'nin en işlek caddesindeki bir lokantanın günlük cirosu kadardı! Üstüne, neredeyse hesap kadar bahşiş bıraktığını görünce kendini tutamadı, "Resmen kazıkladılar sizi," dedi.

"İstanbul'da fiyatlar böyle..."

Yavuz, *Ya bana hava satıyor ya da hesap yapmayı bilmiyor,* diye geçirdi içinden.

Kapılara kadar geçirilip lokantadan uğurlandılar. Ana caddeye kadar yan yana ama konuşmadan yürüdüler. Ahmet Hoca, derin deniz diplerinde avını arayan köpekbalıkları gibi ağır ağır ilerleyen sarı taksilere el kaldırdı. Önlerinde ilk duran araca bindiklerinde şoföre, "Küçük Ayasofya, Kadırga Limanı," dedi.

Yavuz yol boyunca Tarihi Yarımada'nın dar sokaklarını, kelepçelerinden kurtulup firar etmişçesine tedirgin dolaşan hipster'larını, dövmelerini göstermek için yarışan yarı çıplak genç kızlarını, boş binaların kapılarına yayılmış miskin kedilerini seyretti.

Taksi, İstanbul'a üşüşen tarihe meraklı turistlerin gözdesi butik oteller arasında sıkışmış üç katlı cumbalı bir eve yanaştı. İndiler.

Yavuz, *satsa zengin olur,* diye düşünürken, Ahmet onun aklından geçeni duymuş gibi konuşmaya başladı, "Bu evde doğmuşum. Çok tamir gördü ama içi de, dışı da sağlamdır. Depreme dayanıklı yani," diyerek kapıyı açtı.

Yavuz eve girer girmez holden yayılan mis gibi lavanta kokusunu duydu. Yerdeki Hereke halısına basmaya çekinerek ayakkabılarını çıkardı. Birlikte pırıl pırıl parlayan kristal avizenin altından geçip duvara dayalı gül ağacından oyma antika bir gümüşlüğün önünden salona girdiler. Yavuz, ceviz yemek masanın ortasında duran porselen aşureliğe hayranlıkla baktı. Evde kadife yelek giyen, saçını taramayı çoktan unutmuş bir akademisyen değil de, titiz, soylu bir kadın yaşıyordu sanki. Kapitone koltuklara oturdular. İkisi de huzursuz, çekingen tavırlarla, ürkek cümlelerle konuşmaya başladı.

"En üst katı sana hazırlattım."

"Sağ olun."

"Umarım rahat edersin."

"Ben her yerde rahat ederim."

"Yorgun musun?"

"Biraz."

"Odanı göstereyim."

Aynı anda koltuklardan kalkıp peş peşe salondan çıktılar. Merdivenlerden yukarı çıkarken Yavuz evde kütüphane ya da kitap olmadığını fark etti. *Eve iş getirmiyor anlaşılan,* diye düşünüp kendi kendine gülümsedi.

Ahmet yatak odasına girip bir şifonyerden kolalı, ütülü pijama takımı çıkardı, uzatıp, "Temizdir," dedi.

Yavuz, hiç tanımadığı birinin pijamasını almaktan mahcup, "Yarın Trink Ali ile buluşup kıyafet filan alacağım," dedi.

Ahmet Hoca, "Kerataya söyle senden para almasın sakın. Hadi, iyi geceler," diyerek odasına girip kapıyı kapattı.

Yavuz, merdiven boşluğu boyunca duvarlara asılmış aile yadigârı yağlıboya tablolara bakarak yukarı çıktı, karşısına çıkan kapıyı açtı. Hayatında hiç bu kadar uyumlu dekore edilmiş bir oda görmediğini düşündü. Pirinç başlıklı tek kişilik bir yatak, deri bir çalışma sandalyesi, antika oymalı bir masa, etiketi hâlâ üzerinde duran bir gece lambası... Jilet gibi yayılmış beyaz bir yatak örtüsü altında tertemiz beyaz çarşaflar. Kendisi için yeni bir oda düzüldüğüne üzüldü. Odanın içindeki banyoya başını uzatınca yeni havlular, duş teknesinin yanına konmuş şampuan ve sabun, paketinde tıraş köpüğü, yeni bir fırça ve kullanılmamış bir diş macunu gördü. "Amma zahmet etmiş," diye hayıflandı.

Ev, eşyalar, lavanta kokulu çarşaflar... Kendini, Anadolu'nun olanca tozunu toprağını sırtında taşımış kadar kirli hissetti. Soyundu. Terine bulaşmış eski gömleği de çıkarıp dikkatle yatağın üzerine koydu, banyoya girdi. O kadar bitkindi ki, duştan akan suyun verdiği haz dahi yorgunluğunu almaya yetmiyordu. Elini duvara dayadı, bir süre ılık suyun altında öylece kaldı. Odasının kapısının açıldığını, Ahmet Hoca'nın gizlice odaya girdiğini duymadı bile.

Ahmet kulağı su sesinde, tedirgin adımlarla ilerleyip yatağın üzerindeki gömleğe yaklaştı, dijital bir makineyle ön yüzünün fotoğraflarını çekti. Sonra, elindeki tahta maşayla tutup gömleği ters çevirdi. Flaş patlatmadan sırt bölümündeki desenleri, yazıları fotoğrafladı. Tam odadan çıkacakken delikanlının cüzdanındaki poşete konmuş eski bir mektup dikkatini çekti. Mektubu poşetten çıkarıp onu da fotoğrafladı.

Her şeyi bulduğu gibi bırakarak odadan sessizce çıktı, salona indi. Fotoğraf makinesi kucağında en sevdiği koltuğa oturdu. Yukarıda akan suyun sesi duvarlardaki borulardan yankılanmaya devam ediyordu.

Evini biriyle paylaşmayalı yıllar olduğunu düşündü. Birkaç dakika geçmişti ki, ev telefonunun sesiyle irkildi. Çalan telefon zillerine de alışık olmadığı aşikârdı. Arayan Muhtar Hızır'dı.

"Alo Ahmet, emanet geldi mi sağ salim?"

"Burada, merak etme. Yatmaya çıktı."

"Hiç özlemiyor mu beni bu köftehor, aramadı bile."

"Arar herhalde... Akıllı adamsın vesselam, iyi ki gömleği içine giydirmişsin. Peşinde birileri varmış! Bavulunu çalmışlar."

"Tesadüftür. Çocuğun yaşadığını bilen yok ki. Soyadını bile değiştirmedik mi Ahmet?"

"Emin misin takip edilmediğine? Kimseye bir şey söylemedin değil mi?"

"Gözüm gibi baktığım çocuğu kendi elimle deşifre eder miyim, ba!"

"İyi..."

Muhtar "Gömüden bir de mektup çıktı. Okuyamadık haliyle," dedi.

Ahmet Hoca "Gördüm. Çok yıpranmış... Çözmeye çalışacağım," dedi.

Hızır Ağa sitem dolu bir sesle, "Aradığımı söylersin. Hadi eyvallah," deyip telefonu kapattı. Beline sardığı havluyla banyodan çıkan Yavuz, başucundaki komodine, cüzdanından çıkardığı aile fotoğrafını ve Hızır Ağa'nın yerel seçimler için çektirdiği vesikalığını koyup yatağa uzandı. Tam içi geçmek üzereyken penceresinde bir tıkırtı duydu. Yavaşça yataktan kalkıp perdeyi araladı.

Pervazında tünemiş dikkatle ona bakan Karakalem'i görünce o kadar şaşırdı ki, farkında olmadan birkaç adım pencereden uzaklaştı.

Kuşun gagasındaki benzersiz kızıl lekeden ilk defa ürkmüş, varlığından ilk kez huzursuz olmuştu. Perdeye yaklaşıp camı açtı. Karga, kendini tanıtmak isteyen ısrarcı akrabalar gibi Yavuz'un gözlerinin içine baktı bir süre. Sonra havalandı ve uzaklaştı.

"Tavas'tan İstanbul'a nasıl uçtu? Hadi uçtu diyelim, beni nasıl buldu? Hadi buldu diyelim, neden peşimde bir karga var?" diye mırıldandı.

İnsan, mantığının almadığı her olaydan uzaklaşmayı, yüzleşmeye tercih eder. Yavuz da yorgunluğunun bahanesiyle zihnini susturdu, huzursuz bir uykuya dalacağını bile bile, perdeyi sımsıkı örttü, kendini yatağa bıraktı.

Ahmet ise kafasında sorular, elinde fotoğraf makinesiyle ayağa kalktı, mutfaktan bir bardak su alıp odasına çıktı, kapıyı kilitledi. Evde kullandığı dizüstü bilgisayarını açıp yatağın kenarına oturdu. Fotoğraf makinedeki görüntüleri bir ara kabloyla bilgisayara yükledi. Eski Türkçe yazılmış mektup ekrana yansıdı. Dikkatle tercüme etmeye başladı;

"Ben, Tonguzlu dokuma ustası Dede Dengiz,
İki gömlek dokudum tıpatıp aynı.
Biri sultanıma, öteki doğacak ilk erkek torunuma.
Ne zaman ki bu iki gömlek karşı karşıya gele,
Şifası, hükmü, gücü, diğerine geçe."

Ahmet Hoca'nın solgun yüzü aydınlandı.

3. BÖLÜM

SIRLARLA DOKUNMUŞ GÖMLEK

Bu dünyaya gözünün gördüğü kadarıyla
bakanla işimiz olmaz bizim!
Kalbine koyduğu inançla gören, bazen
bir derviş hırkası giyer üzerine,
bazen bir şaman gibi ağaç diker yeryüzüne.
Kimi ellerini semaya açar, döner.
Kimi yerden havalanır, bulutları deler.
İnandığında Koca Seyit gibi, vücudundan
ağır gülleler kaldırır.
Kimi de sırlarla dokur gömleği; giyen inansın,
inanan giysin, diye.

YILDIZ YAKALAYAN

Suriçi / 1515

"Bismillahirrahmanirrahim!" feryat oldu, bir çırpıda döküldü ağzından.

İshak Çelebi, saatlerdir oturduğu minderden endişe dolu gözlerle sendeleyerek kalktı. Kâgir ev zelzeleye uğramış gibi sallandı o kalkışla. Amasya'da kurulan yeni Kâğıthane'den getirilen, sarayın birun efradına zimmetli kâğıt tomarlar avucundan kaydı, saatlerdir yazıp çizdiği ölçümler yere saçıldı. Kalyon kürekçileri gibi güçlü kolları, siyah gür saçları, geniş omuzlarıyla, müneccim değil, başıbozuk taburuna reis olacak kadar iriydi ama odanın ortasına dağılmış astrolojik hesaplarla dolu kâğıtlara bakarken küçüldüğünü hissetti. Beti benzi attı, sıfatı da mintanı gibi bembeyaz oldu. Bin çuvaldız damarlarına zerk olmuş, uzuvlarına işkence yapmaktaydı. "Hatalı bu hesap!" dedi kendi sesinden irkilerek.

Tahta sininin üzerinde duran usturlaba, divit takımına, is mürekkep şişesine bir tekme sallamak geldi içinden. Sonra, uykuya aç gözlerine hicap çöktü.

Genç müneccim İshak Çelebi'nin Devleti Aliyye'nin saray kadrosuna kabul edilmesine sebep, Bağdat'ta öğrendiği aritmetik ve Mirim Çelebi'den aldığı yıldız ilmi dersleriydi. Müneccim olalı beri hesap tutturamadığı hiç vaki değildi. Yıldız Takımları'nın döngüsünü, Ay ile Güneş'in hareketlerini hep doğru ölçer, namaz takvimini şaşmadan denkleştirirdi.

Avuçlarını göğe her kaldırdığında ser müneccim olacağı günün hayali dilinden dua olup dökülürdü. Padişah cülusuna gün tayin etmek, ordunun sefer zamanına, kadırgaların denize indirilme vaktine karar vermek gibi muhterem bir hizmete talipti. Ser müneccim olursa, barutlu topların dökümüne en doğru zamanı o tespit edecek, sultan düğünlerine münasip günleri o söyleyecekti. Ama yaptığı bu hesap hatası sadece onun hayallerine değil, saraydan birçok âlimin kellesine mal olacağa benziyordu!

Göğüs kafesine yerleşen yüz okka sıkıntıdan kurtulmak istercesine pencereye yaklaştı. İstanbul semalarında ne yıldız ne de ay gözükmekteydi. İkisini gökyüzüne doğru tutsa, âdemoğlunun gözü, kara ibrişim ile ak ibrişimi birbirinden ayırt edemezdi. Ne sabahın ışığı, ne gecenin alacası...

Kocamış anacığının ısrarlarına rağmen kursağına bir lokma girmemişti. Bütün gece Yıldız Takımları'nın hareketlerini son kez ölçümlemek, Yeni Saray'a verdikleri tarihlerden emin olmak için çalışmıştı. Gece boyunca takvim rakamlarını yedi kez gözden geçirmişti. Bu da yetmemiş, kırk bir sefer baştan tetkik etmişti ama nafile! Kuyruğunu yakalamaya çalışan it misali hep aynı neticeye ulaşmıştı. Koç Burcu Takımyıldızı haritasındaki hesaplar kaymıştı!

"Meğer yanlış hesaplamışız," derken, ölümün bile bu utançtan daha caiz olduğunu düşündü. Başını dilsiz cellatların satırına verse bir nebze üzülmezdi ama Ümmet-i Muhammed'in istikbali söz konusuydu! Tahta yeni oturmuş, öfkesi de yüreği kadar güçlü olan Yavuz Selim Han'a dikilecek tılsımlı gömleğin zamanlamasında hata yapmıştı. "Eyvah ki eyvah," deyip durdu, dizlerini dövdü. Koç burcunun başlama tarihi, ölçüp de şeyhülislama söyledikleri tarihten yetmiş yedi gün evvele denk düşüyordu.

Böyle büyük bir hesap hatası, şifalanacak padişah gömleğinin gücünü de, kutsiyetini de bozardı. Nakkaşlar, hattatlar, imam başı ve dahi şeyhülislam, hatta veziri azam... Hepsi yeni padişah Selim'in şifalı gömleğinin dokunması, ebcetlerle tılsımlanması ve mübarek sefer öncesi sultana giydirilmesi için aylardır gizlilik ve titizlik içinde hazırlanıyordu! Üstüne üstlük, zatının ısrarı ve bitip tükenmek bilmez talepleriyle Frenk ülkesinden Abraham Zacuto'nun demir usturlabı, namı diğer "yıldız yakalayan" getirtilmiş ve hesaplamalar bu yeni alet ile yapılmıştı.

Gömleğin ilk ilmeğinin atılacağı vakit, Koç Takımyıldızı'nın görüneceği ilk güne denk gelmeliydi. Cihan padişahı için hazırlanacak iç gömleği eşref saatinde dokunmalı, nakışlanmalı ve şifalanmalıydı. Böylece sultan; düşmana, nazara, hastalığa karşı zırhlanacaktı.

Ser müneccim İbrahim Seyit ile birlikte hazırladıkları takvimi yırttı, "Vah ki, vah! Benden müneccim değil, olsa olsa Gazali'nin hamamına tellak olur," diye hayıflandı.

Pencereyi açtı, Ahırkapı'nın ve dahi Marmara'nın bütün havasını yutmak, bir daha da salıvermemek üzere ciğerlerine bir nefes çekti. Eski padişah Beyazıt'ın Ayasofya Cami'ne yaptırdığı ikinci minareden başlayan ezan sesiyle soluğunu çaresizce geri bıraktı.

Hesaplar tutsun, takvim hatası olmasın diye gecenin önünde abdest almış, dualar etmiş, hacet namazı bile kılmıştı. Önü kıbleye doğru serilmiş hazırda bekleyen seccadesine adım attı, sabah namazına sığınmak istercesine kollarını bağlayıp, boynunu edeple yana eğdi, "Buyurun cenaze namazıma," dedi.

ZEMBİLLİ

Zeyrekhane / 1515

Müneccim Ahırkapı'dan yola çıkmış, nefes nefese yürüyordu. Güneş çoktan doğmuştu. Leventler kalyonlarına binip tekmil vermeye, küfeciler Unkapanı'na inip iş kapmaya gidiyorlardı.

İshak Çelebi üzerinde cepkeni, başında kâtibi kavuğuyla esasen daha yavaş yürümeli, temsil ettiği ilmiye sınıfına yakışır hareket etmeliydi, lakin vaziyet elzemdi. Bir an evvel ser müneccimin evine varmalı, muhtemel ki hayatlarına mal olacak bu hatayı etraflıca anlatıp hakikati biçare dile getirmeliydi. Hem yürüyor, hem de önüne geleni sayıyordu, "Beş it, sekiz kedi, dokuz martı, iki eşek, üç kumru..."

Ara bir sokağa sapıp iki katlı, gösterişli bir evin önünde durdu. Kapıyı çalsa mı, çalmasa mı bilemedi. Evin önünde aşağı yukarı dolanmaya başladı. Kendi kendine, "üç erik, iki manolya, iki kavak, beş gül ağacı, üç fıstık çamı," diye sayıp duruyordu.

Sokakta biraz daha dolansa, ser müneccim camdan bakıp acaba onu görür müydü? Bekleyecek takati, sabrı kalmadı. Beş mermer basamaktan çıktı ve Edirnekari işlemelerle süslü kapının üç çivili tokmağını hafifçe iki kere vurdu, açan olmadı. İki kere daha vurdu. İçeriden gelen terlik sesini duyunca kulağını kapıdan çekti.

Ser müneccimin *"Hayırdır, kimdir o?"* diye söylenerek ahşap merdivenlerden indiğini duyuyor, içinden ihtiyarın tek tek bastığı basamakları sayıyordu, "on sekiz, on dokuz, yirmi, yirmi bir..."

Sonunda kapı açıldı. Ser Müneccim Şeydi İbrahim Seyit karşısında yardımcısı İshak Çelebi'yi görünce epey şaşırdı. "Şer bir haber mi var, yoksa?" diye sordu.

İshak Çelebi ellerini karnının üzerinde bağlayıp açık kapıdan görünen namahremden sakınan gözlerini aşağıda tutup, "Bir müşkülat var efendim," dedi.

Ser Müneccim İbrahim Seyit, "Pek merak ettim, buyur gir," diye Çelebi'yi içeri davet etti.

İshak bir adım geri çekildi "Hemencik saraya gitmemiz lazım geliyor," deyip başını öne eğdi.

"Allah Allah, sebep?"

İshak Çelebi'nin sıfatını lohusa kadınlar gibi albastı. Koltuğunun altındaki deri dosyanın ipli kilidini çözdü, gece boyu hesapladığı evrakı ser müneccimin gözüne sokarak bir çırpıda, "Yıldız Yakalayan'la hesapladığımız takvim hatalı. Koç burcu yetmiş yedi gün evvele rast geliyor. Padişaha dikilecek gömlek daha evvel hazır edilmeli!" dedi.

Şeydi İbrahim Seyit bayılacak gibi oldu, nabzı yüz kırka dayandı, kapıya tutundu. "Ne diyorsun sen efendi! Veziri azam duyarsa... en fenası celalli padişah öğrenirse başımızı vururlar! O gömlek, eşref saatinde dokunmalı, işlenmeli, şifalanmalı. Yoksa işe yaramaz," dedi.

"Müsebbip, gâvurun usturlabıdır!" diye suçu üzerinden atmaya çalışan yardımcısına baktı, gözlerine mağrur bir ifade doldu, "Alet işler, el öğünür iken iyiydi de hata yapınca suçu Yıldız Yakalayan'a atmak reva mıdır? Bahanesi yok! Bedeli başım olsa da, mesuliyet zatımındır," diyerek, eve geri girdi.

İshak Çelebi o kadar müteessir oldu ki, zihnindeki mahcubiyeti durdurmak için bahçede ne varsa saymaya başladı. "Beş Arap menekşesi, dokuz lale, yedi sümbül, sekiz Şam dikeni, üç zerrinkadeh..."

Birkaç dakika sonra ser müneccim saraya giderken giydiği esvabı üzerine çekmiş, elinde rulo halinde dürdüğü bir mektupla dışarı çıktı. Mektubu, yuvarladığı iki ucunu da birbirine denk getirmiş, balmumuna bastığı yüzüğü ile mühürlemişti. "Tut hele şunu," diyerek İshak Çelebi'ye uzattı. Eğilip kösele tabanlı ayakkabılarını giydi, ilmiye mensubu olduğunu belli eden molla kavuğunu başına geçirdi, "Düş önüme," diyerek İshak'ı kolundan çekiştirdi.

İshak Çelebi bir adım geride, Şeydi İbrahim Seyit önde, Suriçi'ndeki mahallelerden geçtiler. Çelebi, Ayasofya Cami'ne yaklaşmak şöyle dursun, Yeni Saray'dan uzaklaştıklarını fark etti, lakin ser müneccime nereye gittiklerini soracak yüzü yoktu.

Hem yürüyor hem de gözüne değen ne varsa sayıyordu. Çocukluğunda tutulmuştu bu takıntı illetine. Aritmetik ya da yıldız ilmiyle uğraşmadığında zihni hiç durmaz, sayar da sayardı.

Yürüdükleri yedi sokak boyunca üç berber tezgâhı, bir

aktar dükkânı geçtiler. Dört şerbetçi, iki sakaya rast geldiler. On dört acemi, beş sipahi, bir hekim, iki de tellak gördüler. Sonunda sarnıç civarında aşı boyalı, yemyeşil bir bahçenin ardında yükselen sıralı Zeyrek evlerinden birinin önüne geldiler. Tahta oymalı bahçe kapısı sonuna kadar açıktı. Ahali, akın akın bahçeye giriyor, peş peşe sıralanıp ceplerinden çıkardıkları arzuhallerini üst kattaki kafesli cumbadan sarkan zembilin içine koyuyorlardı. Zembili görünmez bir el ağır ağır yukarı çekiyordu. Birkaç dakika geçmeden zembile cevabın yazılı olduğu bir kâğıt konuyor, sepet iple geri sarkıtılıyordu. Derman, adalet, icazet ya da sorusuna cevap arayan zat, zembille inen mektubu eline alıp, okuyarak bahçeden çıkıyordu. İshak Çelebi cumbanın altına dizilmiş, derdine derman arayan doksan üç dertli kişiye şaştı kaldı.

Ser müneccim halkı yararak, "Devlet-i Aliyye Osmaniyye meselesi, çekilin!" diye en ön saflara ilerledi.

İshak Çelebi de "Müsaade buyurun," diyerek peşinden gitti.

Ser müneccim zembile yaklaştı, mührünü bastığı mektubu içine koydu. Zembil yukarı çekildi ama boşaldıktan sonra bir türlü aşağı salınmadı.

Dakikalar geçti, sepet üst katta hareketsiz kaldı. Sırada bekleyenler homurdanmaya, müneccimlere, *"Ne sordunuz ki?"* der gibi sert sert bakmaya başladı.

Birkaç dakika geçmişti ki, evin kapısı açıldı. Başında örf kavuğuyla Şeyhülislam Zembilli Ali Efendi dışarı çıktı. Müneccimlere yanına yaklaşmalarını emreden bir el işareti yaptı.

İshak Çelebi korkuyla harmanlanmış mahcubiyetten

bir müddet şeyhülislamın yüzüne bakamadı. İkisi de hicap duyarak eşiğe doğru ilerledi ve sonunda başlarını kaldırıp şeyhülislamla göz göze geldiler. Genç müneccim, ulemanın en büyüğü olan, görevini her daim hakkıyla yapan Şeyhülislam Zembilli Ali Efendi'nin yüzünde anlamlandıramadığı bir ciddiyet, gözlerinde endişenin yanında dudaklarının kıvrımında şefkat gördü.

Şeyhülislam elindeki mektubu tekrar okuyup katladı, mintan cebine koydu. Kafasını kaldırıp ser müneccimi baştan ayağa süzdü. İshak Çelebi, *Şimdi bize bağırıp bütün şehre rezil rüsva edecek,* diye düşünürken, şeyhülislam elini ser müneccimin omuzuna koydu, "Kul hata yapacak, yaradan yardımına koşacak, düzen böyle. Bakacağız bir çaresine. Beni takip edin," dedi.

Ser müneccim ve İshak Çelebi neredeyse eğilip Zembilli'nin mübarek eteğini öpeceklerdi!

İshak Çelebi, "Âlim olmak yetmiyor, insan-ı kâmil olmak lazım. Boşuna iki padişah da onun dizinin dibinden ayrılmamışlar," diye fısıldadı ama duyan olmadı.

Şeyhülislam Zembilli Ali Cemali Efendi önde, iki muavini onun ardında, ser müneccim üçünün peşi sıra, İshak Çelebi ise en sonda Yeni Saray'a doğru yürümeye başladılar.

İshak Çelebi içinden saymaya başladı, "Bir Allah, bir Allah, Allah bir, bir Allah... bir..."

NECEFLİ FERMAN KUTUSU

Yeni Saray / 1515

Divan erkânı, sabah namazını Ayasofya Camisi'nde kılmış, iki sıra dizilmiş süvari bölüğü ve bir alay yeniçeri arasından, sarayın Bâb-ı Hümayun kapısına doğru yürüyordu.

Duacıbaşı Kuran'dan sureler okuduktan sonra çift kanatlı yüksek kapı ağır ağır açıldı, devlet büyükleri saraya girdi. Divan-ı Hümayun'a katılacak olanlar, kuşluk zamanına kadar memleket işlerini karara bağlamak üzere meclis alanına gittiler. Fatih Sultan Mehmet kafes ardından dinlemeye başladığından beri, Divan-ı Hümayun'u padişaha vekâleten sadrazamın yönetmesi gelenek olmuştu.

O gün mecliste devlet kethüdası, kubbealtı vezirleri, defterdar, kazasker, yeniçeri ağası hatta kaptan-ı derya bile mevcuttu. Vakanüvis Şükrî-i Bitlisî ise bu mühim divana özellikle icabet etmiş, yazacağı *Selimname* kitabı için notlar tutmakta, tarihe tanıklık etmekteydi.

Divandakiler Padişah Yavuz Selim'in yapacağı Mısır seferi hazırlıklarını hararetle görüşmeye başladılar. Kâtipler ve beylikçi mühimme defterine alınan kararları yazmakta, konuşulan her konuyu kayıt altına almaktaydılar. Akdeniz ve çevresini gösteren haritaların başında, yapılacak seferin askeri, idari, mali kararları fermanlara yazılıyor, nişancı evraka padişahın tuğrasını basıyordu.

Birdenbire, Kubbealtı'nın kapısı izinsiz açıldı. Baş teşrifatçı Hüseyin Ağa, mum alevi gibi titreyerek içeri daldı, korku dolu gözlerle kafesin ardına baktı. "Acaba Yavuz Sultan Selim divanı dinliyor mu?" diye merak içinde, tereddütlü adımlarla odada ilerlemeye başladı. Meclise dâhil olmayanların divanı bu şekilde bölmesi hem yasak, hem de hiç alışılmadık bir vaziyetti.

Kaptan-ı Derya, "Destur!" diye bağırarak kızgınlığını dile getirdi. Baş teşrifatçı, belinden ikiye katlanmış, elleri saygıyla göğüs hizasında bağlanmış, gözleri yerdeki İsfahan ve Uşak halılarının desenlerine kitlenmiş halde sadrazama yaklaştı, kulağına eğildi ve fısıltıyla konuşmaya başladı.

Her ne söylediyse, sadrazamın elleri buz kesti, sıfatı bembeyaz oldu. Hızla bağdaş kurduğu sedirden kalktı. Kükreyerek, "Tez elden Ayak Divanı'na gelsinler!" diyerek aciliyeti olan vakaların, yarım kalan işlerin görüldüğü toplantıya gelmelerini emretti. Buyruğu alan baş teşrifatçı geldiği gibi eğik ve titrek, geri geri huzurdan ayrıldı.

Sadrazam, Divan-ı Hümayun'dakilere döndü, "Siz devam buyurun," diyerek çıkarken, onun da gözleri, kafesin ardında padişahın olup olmadığını anlamak istercesine yukarı kaydı.

Tam kapıdan çıkarken durdu, arkasına dönüp Vakanüvis Şükrî-i Bitlisî'ye gözlerini devirerek, *Sen de gel,* dercesine bir işaret çaktı. Adam toparlandı, divit ve hokkasını alıp peşinden dışarı çıktı. Sadrazam ve Şükrî-i Bitlisî koridorda yürürken, iki kavas da peşlerinden ilerliyordu. Sadrazam, kavaslardan birine, "İçeri kimseyi almayın. Baş çuhadarı, nakkaşı, hattatbaşını çağırın! Bir de, Hasan Can Efendi'ye haber salın," diye emirler yağdırdı.

Hasan Can Efendi, Yavuz Sultan Selim Han'ın musahibi, en yakın arkadaşıydı. Padişahın ısrarı üzerine Tebriz'den İstanbul'a gelmiş, ziyadesiyle kıymet verilen, fikrine danışılan muhterem bir zat idi. Sadrazam, Ayak Divanı'na girince yerlere kadar eğilen Ser müneccim ve İshak Çelebi'ye öyle sert baktı ki, iki adam da yerin dibine girseler daha iyiydi. Karşısında dimdik duran Şeyhülislam Zembilli Ali Efendi'ye saygıyla selam verip, "Takvimde hata varmış, ne yapmak caizdir?" diye sordu.

Zembilli, "Etraflıca tefekkür ettim. Yegâne çare gömleği kim dokuyacaksa ebcet hesaplarını da, tılsımları da o işlemelidir. Gömleğin tek elden hazır edilmesi lazım. Vakit dar. Eşref saati yaklaştı. Nakkaşlara, hattatlara ayıracak zaman yok," dedi.

"Padişah efendimiz buna rıza gösterir mi?"

"Sultana izahatı bizzat yapacağım."

Ayak Divanı'nın kapısı açıldı, içeri telaşlı adımlarla üç kişi daha girdi. Sadrazam, öndeki Hasan Can Efendi'ye selam verip ondan medet umarak ahvali anlatmaya başladı: "Gâvuristan'dan gelen usturlapla yapılan yıldız hesaplarında bir hata peyda olmuş. Sultan Selim Han için ebcetlenecek, şifalanacak iç gömleğinin takvimi tahminden önceye denk düşecekmiş. O gömlek olmadan zırhını giyemez, Mısır seferine çıkamaz!"

Hasan Can Efendi konunun önemini gayet iyi anlayarak, "Velhasılı gömleği kim dokuyacaksa o şifalayacak demektir. Sureler, ayetler ve ebcetle yazılmış çizilmiş tılsımlar hemen dokumacıya yollana," dedi.

Aylardır bu iş için hazırlanan nakkaş başı ve hattat çaresizce başlarını öne eğdiler. Vakanüvis Şükrî-i Bitlisî, konuşulanların hepsini tek tek kaleme almaktaydı.

Şeyhülislam Zembilli Ali Efendi tekrar söz aldı: "Gömleğe işlenecekleri izah eden evrak düzenlensin. Ferman hazır edilsin. Biz de, Hasan Can Efendi'yle, sultanımızın huzuruna çıkıp lisan-ı münasiple durumu anlatalım."

Müneccim İshak Çelebi, padişahın vereceği tepkiden o kadar korkuyordu ki, kulaklarına bir uğultu çöreklendi, dizlerinin bağı çözüldü.

Sadrazam müneccimlere gözlerini dikip, "Gaflet cezasız kalmaz. Dua edin, padişahımızın yüreği yumuşasın," diyerek, asabiyet içinde odadan çıktı. Ayak Divanı başladığı gibi tez dağıldı.

Şeyhülislam ile Hasan Can Efendi, yanlarında baş teşrifatçıyı alıp Has Oda'ya doğru uzanan koridorlarda yürümeye başladılar. Has Oda başı, iki mühim zatın Sultan Dairesi'ne yaklaştığını görünce elzem bir durum olduğunu hemen kavradı. Onlar gelmeden odaya girdi ve kapıyı kapattı.

Kısa bir süre sonra Has Oda'nın kapıları açıldı.

Yavuz Selim Han, dairesinin geniş penceresinden sessizce dışarı bakmaktaydı. Odasına girenlere yüzünü dönüp elini kalbinin üzerine koyarak selam verdi, "Hoş gelmişsiniz," dedi.

Hasan Can Efendi tam lafa girip maruzatlarını dile getirmeye hazırlanırken, Yavuz Selim Han ondan evvel davrandı, "Demirden zırh bahane. Zırhın altına yürek, dile dua, sırta gömlek gerek. Allah bize de nasip etsin," dedi ve mührünü şeyhülislama uzattı.

Sonra, şeyhülislamın kulağına eğilip, "Şimdi sana, o kabiliyetsiz müneccimlerin kellesini istiyorum desem, beni Kuran ile imtihana çeker, onları müdafaa edersin ve dahi masum olduklarına beni ikna edersin. Bari ikisini de baştan affedeyim de, sefer öncesi senin mübarek kalbini kazanayım," dedi gülümseyerek.

Şeyhülislam'ın gözleri doldu. Hasan Can Efendi ise dostuyla iftihar etti.

İkisi de saygıyla, geri geri adımlayarak çıktılar Has Oda'dan. Kubbealtı'nda, sultandan gelecek buyruğu bekleyen İshak Çelebi, duvarlardaki çini işlemelerdeki çiçek motiflerini sayıyordu, "809, 810, 811, 812, 813..."

Bir müddet sonra şeyhülislam, kubbealtı veziri ve ser müneccim ellerinde incili ve necefli bir ferman kutusuyla onun yanına geldiler. İshak Çelebi, adamların göz bebeklerindeki muzaffer bakışı gördü, *affedildik herhalde*, diye düşündü ama sormaya korktu.

Tam o sırada, yanlarına uzun boylu, pala bıyıklı, sıkıntıdan sakalına sikke büyüklüğünde saçkıran girmiş mirahur yaklaştı. Adamcağızın gözlerinde birikmiş endişe sesinden işitiliyordu. Has Ahır'ın en değerli iki atını yola revan edeceğini anlayınca yıkılmış, haberi aldığı anda sakalı dökülmüş, saçkıran illeti hâsıl olmuştu.

Önlerinde saygıyla eğildi, "Padişahımız efendimize ayrılan iki nadide Arap aygırı hazır. En hızlı iki süvarilerimiz de ulaklık edecek. Cengâverler buyruklarınızı bekler," diyerek, hüzünle yüzlerine baktı.

Vezir, mirahurun üzüntüsünü sezdi, "Merak buyurma efendi! Atlar da, ulaklar da saraya sağ salim dönecek inşallah," diyerek, adamcağızın içini ferahlatmaya çalıştı.

Mirahur, "Söylenen o ki, on üç günlük sarp yolu, yedi günde alacaklarmış. Hem de menzil haricinde zorlu patikalardan gideceklermiş. Çatlamadan varırlar inşallah," dedi umutsuzca.

Hep birlikte, Yeni Saray'ın At Kapısı'na doğru yürümeye başladılar. Ordunun binlerce süvari atından katbekat değerli, paha biçilmez atların bakıldığı ahırlara vardılar. İki saray ulağı, onları hazır bekliyordu. Şeyhülislam ulakları yanına çağırttı. İkisinin kulağına bir şeyler fısıldadı, dualarla sırtlarını sıvazlayarak, ferman kutusunu teslim etti. Has Odabaşı hızlı adımlarla yanlarına geldi, kucağında taşıdığı mücevherlerle bezeli küçük bir sandığı ve menzil harici yolları tarif eden haritayı ulaklara verdi.

Ahırlardan birinin kapısı açıldı ve iki Arap aygırı göründü. Müneccim İshak Çelebi bir müddet gözlerini atlardan alamadı. Hayatında gördüğü en güzel mahlûklar olduğunu düşündü. Ulaklardan biri yağız ata, diğeri doru ata bindi. Kılıçlarını, başlıklarını düzelttiler.

Ulak Mehmet padişah fermanını eyer çantasına yerleştirdi, Ulak Hasan mücevherlerle bezeli sandığın üzerine örtü yayıp eyerinin arkasına bağladı. Onları selamet dualarıyla uğurlayanlara bakıp at üzerinde saygıyla eğilip aygırları mahmuzladılar.

MENZİL

Batı Anadolu / 1515

Ağır ahşap kapı alacakaranlıkta gıcırdayarak yavaş yavaş açıldı. İki süvari görkemli Arap atlarının tepesinde zırhlı giysileri, eğri kılıçları, taşıdıkları saray sancağıyla, dörtnala vakıf hanının avlusuna girdiler. Üç gün, üç gece at sürmüş, az yemiş, az soluklanmışlardı. Birkaç saat uyumak, yıkanıp paklanıp yola devam edecek gücü toplamak niyetindeydiler. Menziller arası yolculuklarının sonuna gelmişlerdi.

Bu han, bir dam altında uyuyacakları son yerdi. Birkaç saat konaklayıp atlarını yemleyecek, abdest alıp namaz kıldıktan sonra dört gün idare edecek kadar ekmek ve kuru eti yolluk yapıp tekrar yola revan olacaklardı. Güzergâhın kalan kısmı geçit vermez dağlar, dipsiz uçurumlar, bayırlar, taşkın su yataklarıydı. İhtimaldir ki, orman kıyısında mola verecekler, uyumak için ağaç kovuğu arayacaklardı. Talihleri yaver giderse bir köyde birkaç saat misafir edilirlerdi.

Menzil kâhyası sancağı görünce telaşla yanlarına koşup, "Selamın aleyküm," diyerek önlerinde yerlere kadar eğildi.

Yanlarına gelen ahır kâhyası, hayatında ilk defa bu kadar güzel Arap atları görüyordu. Seyisle birlikte aygırların yularlarını tuttular, hayvanların kaslarına, bacaklarındaki endama, kıllarının parlaklığına, yelelerine, büyülenmiş gibi bakakaldılar.

Saray ulaklarıysa hiç konuşmadan eyerlerindeki kıymetli emanetleri kucaklayarak hana girdiler. İncili ve neceftaşıyla süslü, Sultan Selim Han mühürlü ferman kabı, Ulak Mehmet'in kalbinin tam üzerindeydi.

Menzilhanenin orta odasında, üç duvar boyunca yerleştirilmiş sedirlerde, posta tatarları oturuyordu. Onları görünce saygıyla ayağa kalktılar. Tatarlar yaz sıcağında bile giydikleri kürk yakalı gocukları, bellerine sardıkları kuşakları, yanlarından sarkan tütün keseleri ve enfiye torbasıyla şatafatlı görünseler de, saray ulaklarının asaleti yanında sönük kaldılar. Sultan sancağı taşımak imtiyazdı ve Mehmet ile Hasan, bu şerefli göreve yakışır biçimde hareket ediyorlardı.

Posta tatarlarının selamını alıp cevaben mütevazı bir selam verdiler. Sini başında aş kaşıklayan yolcular, ayran içen kervancılar imrenerek ulakların kılıklarına, has pamuklu gömleklerine, zırhlı yeleklerine, cepkenlerinin düğmelerine baktılar.

Hasan, merdivenlerinden yukarı çıkarken odacıya, "Bizi öğle namazından önce uyandır, mükellef bir sofra donat," diye buyurdu.

İkisi de odalarına yöneldiler, kapıları açmadan evvel

göz göze geldiler. Mehmet tedirgin, "Sol sedirde oturan zat tekinsiz! Tedbirli olasın," diyerek, Hasan'ı ikaz etti. Menziller arası hanlarda, hırlı hırsız her cinsten adam dolanıyordu ve Hasan'ın kucağında taşıdığı örtüye sarmalanmış mücevherli kutu ziyadesiyle dikkat çekiyordu.

Mehmet odasına girip soyundu, ferman kutusunu tam göğsünün üzerine yerleştirdi. Kılıcını uzanabileceği bir mesafeye koydu. Saman ve keçeyle doldurulmuş yer yatağına başını koyar koymaz uykuya daldı.

Hasan da odasına girip soyunmuş, padişah gömleği dokunup tılsımlandıktan sonra içine yerleştirecekleri yakutlarla bezeli ahşap sandığı nereye koyacağını düşünüyordu. Sonunda sandığın üzerine bir yorgan serdi, yarı oturur halde, başını ona dayayarak tetikte uyumaya başladı. Birkaç saat geçmişti ki, hafif uykusunun ortasında tek göz oda kapısının kurcalandığını hissetti. İçeri giren acemi hırsızın korkak adımlarının zeminde çıkardığı gıcırtıyı dinlerken zihninde, *Öldüreyim mi, sakat mı bırakayım,* diye ikircikli fikirler dolaşıyordu. Hasan bir an durdu ve karar verdi, çıktıkları cenk yolu değildi! Cihat yapmak, kan dökmek, savaşmak için değil; mübarek bir görev uğruna yolculuk etmekteydiler. *Beddua almanın, kan akıtmanın zamanı değil,* diye düşündü ve şeyhülislamın kulağına fısıldadıkları aklına geldi, "Temiz niyeti yüreğinize koyarsanız yolunuzda karşınıza çıkacak her musibet, hayra döner."

Hırsız odanın ortasına vardığında Hasan ona keseceği cezaya karar vermişti bile. Göz ermez bir süratle, hayalet kadar sessiz, ok gibi fırlayıp döşekten, adamın boğazına çöktü. Acemi hırsız uyuyor sandığı ulağın hamlesinden o kadar korkmuştu ki, altına işemeye başladı. Ulak Hasan gülse mi, üzülse mi bilemedi. Hırsız boğazına dayanmış eğri kabzalı, gümüş gibi parlayan kılıcın ucunda canını vereceğinden emin, kelime-i şehadet getirmeye başladı.

Hasan kılıcını herifin şahdamarından çekti, "Bu topraklardan gidersen elimi kana bulamayacağım. Yok kalırsan, fizana gitsen kılıcım bulur seni!" dedi.

Canının bağışlandığını anlayan hırsız, paçasından damlayan idrarına basarak merdivenlerden aşağı inerken sahanlıkta deriden yapılma torbasını düşürdü. Arkasına bile bakmadan handan koşarak uzaklaştı. Hasan peşinden kahkahalarla güldü, deri torbayı yerden aldı, açıp içine baktı. Kuru ekmek, birkaç sikke, kesme cam şişede Arap yağı ve küçük tahta bir kutu vardı içinde. Kutuyu açınca Bağdatlı âlimlerin kullandığı cinsten mıknatıs taşından yapılma bir pusula olduğunu gördü. Ucu kuzeyi işaret ediyordu.

Hem şeyhülislamın mübarek sözlerini hatırladı, hem de olan biteni yoldaşına anlatmak için sabırsızlandı. Bir zaman sonra Mehmet de uyanıp Hasan'ın kapısını çaldı. İki saray ulağı sohbet ederek merdivenlerden aşağı indiler, sini başında hırsızı yâd edip güldüler.

Menzilemini sofralarına bizzat hizmete durdu; tarhana çorbası, ayran, soğanlı et ikram etti. Hasan hırsızdan arda kalan sikkeleri aşçıya bahşiş bıraktı. Arap esansını nikâhlı olduğunu öğrendiği kâhyalardan birine hediye etti. Gitme vakti gelmiş çatmış, atların koşumları cilalanıp temizlenmiş, seyisler aygırları hazır etmişti. Kırbalarına su, heybelerine yolluk konuldu. Ulaklar dörtnala vakıf hanından ayrıldılar. Dağlarda, ovalarda, uçurum boylarında hız kesmeden at sürdüler. Ormanın derinliklerinden geçerken baykuşlar öttü, bakmadılar. Sabah alacasında bülbüller öttü, durup dinlediler. Yabanıl hayvanların ürkütücü seslerini duyduklarında huysuzlaşan aygırların yelelerini şefkatle sevdiler. Dere başında atlarıyla aynı sudan içtiler. Yanlarındaki haritanın isabetli rehberliğinde hiç uyumadan üç gün, üç gece daha yol aldılar. Geceleri mola verdiklerinde ateş başında ısındılar.

Yönlerinden emin olmak için mıknatıs taşından yapılma Arap pusulasına, gökyüzü açık olduğunda Şimal Yıldızı'na baktılar. Bu süratle devam ederlerse mübarek görevi yerine getirecekler, Tonguzlu'ya tam zamanında varacaklardı.

DOKUMACI DEDE'NİN SIRRI

Tonguzlu (Denizli) / 1515

Tonguzlu semalarını yırtan, kapının dışında volta atanları dehşete düşüren bir çığlık duyuldu: "Ah anam, ah!" Doğum sancısı çeken kadının avazı, küçük Osmanlı şehrini çevreleyen tepelere çarptı, aksetti, kerpiç eve geri döndü. Ebe kadının, "Ayıptır kızım, bağırmak yakışmaz, ana olacan!" diye azarladığı genç kadın, "Doğurmam! Valla da doğurmam. Ya kız olursa!" diye nefesini tuttu. Bir eli demir bazalı yatağın kenarlarını sımsıkı tutuyor, diğer eli ona yardım etmeye çalışan ebeyi itiyordu.

Ebe, "Ikın be," diye yalvarmaya başladı.

Genç kadın, "Yok! Kız olursa kimsenin yüzüne bakamam. Doğurmam," diye ağlıyor, başına geleceklerden ödü kopuyordu. İyice sinirlenen ebe, "Bana bak, sen Allah'a karşı mı geliyorsun bakayım? Kız da bir, oğlan da!" diye gözünü günahla korkutmaya çalıştı ama nafile. Genç kadın bedenin belden aşağısını kasmış, doğurmamak için tabiata karşı ayak diriyordu.

Doğum odasının dışında, sofadaki ocağın başında toplaşmış kadınlı kızlı aile, heyecanla bebeğin ilk ağlayışını duymayı bekliyordu. Hepsi aynı sülaleden kız kardeşler, yeğenler, teyzeler, nineler, küçük kız çocuklarıyla dolu sofada tek bir erkek vardı; Dengiz Dede! Yetmişine varmış nur yüzlü adamın aksakalı dokuduğu pamuklular kadar yumuşak, yüreği ise üzerine giydiği şalvarı gibi kara yastaydı. Gözlerinde umutsuz bir bekleyiş vardı. Etrafında toplaşmış rengârenk esvaplı onca kadının arasında Dengiz Dede, tarifsiz bir yalnızlık çekiyordu. Kocamış adamın hüznüne sebep soyunda sopunda ne bir erkek evlat doğması, ne de erkek bir torun sahibi olmasıydı. Hep kız, hep kız... Hep kız! Tonguzlu Dokumacı Dede'nin hanesinde yıllardır sadece kız çocuk doğuyordu!

Doğum yapan genç kadın her bağırdığında sofadakiler önce Dengiz Dede'ye bakıyor, ondan yüz bulurlarsa edeple aralarında fısıldaşabiliyorlardı. Bahçede, Bizans sütun başlarına oturmuş damatlar, değnek cezasına mahkûm edilmiş gibi çekingen ve ürkek, bebeğin doğumunu bekliyorlardı. Eve girebilmek için Dengiz Dede'den icazet alamadıklarından, gecenin ayazı altında titreşerek aralarında sessizce sohbet ediyorlardı.

Doğacak bebeğin yağız babası, "Allah şahidimdir, eğer erkek olursa iki ineğimi kurban edeceğim," diye adaklar adıyordu.

Damatların en kıdemlisi olduğu anlaşılan Mustafa, "Bu ailede er doğuran kadın yok dediler, biz bile bile nikâhlandık. Biz üzülmüyoruz da, Dengiz Dede hâlâ umutla erkek torun bekliyor ya, vallahi içim acıyor haline," dedi.

Birden, gebenin son avazı duyuldu. Çığlığın şiddetiyle evin temelinde kullanılan Bizans garnizonundan kalma taşlar, Roma tapınaklarından kalma mermer sütunlar sarsıldı. Odadan gelen şaplak ve peşi sıra yükselen ağlama sesiyle herkes bir "oh" çekti.

Kapı açıldı, ebe kucağında en yumuşağından ak pak pamukluya sarılmış, yüzü tülbentle örtülmüş yeni doğanla sofaya çıktı. Küçük adımlarla Dengiz Dede'ye yaklaştı. Sofadaki kadınlar, kızlar soluğunu tuttu, ellerini açıp mırıldanarak dua etmeye başladılar, "İnşallah bu sefer oğlandır."

Ebe, Dengiz Dede'nin kucağına bebeği bir çırpıda verip, "Bir kız torunun daha oldu," dedi ve kapının yanındaki feracesini giyip kerpiç evden ateş almış gibi hızla ayrıldı.

Herkes dilsizleşmişti. Sanki eve Azrail inmişti. İhtiyar kadınlardan bazıları, "eyvahlar olsun!" der gibi dizlerini dövüyorlardı.

Dengiz Dede'nin gözlerinden, sefere koyulmuş Osmanlı ordusu ağırlığınca hayal kırıklığı geldi geçti. Pembe yanaklı, kel kafalı bebeğe bir süre baktı, sonra eğilip alnını öptü. "Allah böyle yazmış. Adıyla yaşasın," diyerek kulağına eğildi, dualarla üç kere ismini fısıldadı, "Hatice, Hatice, Hatice."

İşte tam o sırada, evin kapısı yumruklanmaya başladı. Dengiz Dede, kucağındaki yirmi birinci kız torununu teyzelerinden birinin kollarına bıraktı.

"Kim ola bu densiz!" diyerek hiddetle kapıyı açtı. Karşısında Arap aygırlarını yularlarından tutmuş, gözleri yorgunluktan belermiş iki yakışıklı saray süvarisi, taştan heykel gibi dimdik duruyordu. İhtiyar öylesine şaşırmıştı ki, taşıdıkları ipekli sultan sancağını görünce, sol elini hürmetle kalbinin üzerine koydu. İki ulağın arkasına dizilmiş hayretle bakan damatlar da, ufak ufak kapıya yaklaştılar.

Ulak Hasan, "Dokumacı Dengiz sen misin?" diye sordu.

Dengiz Dede, "Öyleyim," dedi sesi titreyerek.

Ulak Mehmet yedi gündür, tam kalbinin üzerinde taşıdığı ferman kutusunu göstererek, "Sultan Selim Han'ın buyruğunu getirdik," dedi ve kapı eşiğinden başını uzatan kız çocuklarına, ninelere, teyzelere, giderek yaklaşan damatlara bakarak, "Lakin fermanı sana yalnızken okumamız lazım," diye etraftakileri işaret etti.

Dengiz Dede iki ulağın haline acıdı, "Hele bir ayran için, soluklanın. Karnınızı doyuralım. Yol yorgunusunuz," dedi.

Ulak Mehmet, "Su kâfidir," diyerek içeri girmeyi reddetti.

Dengiz Dede ev ahalisine döndü, "Su getirin, lohusa şerbeti ikram edin," dedi.

Saray ulaklarına evin arkasındaki taştan örülme tek göz binayı gösterdi. "Oraya benden başkası giremez," diyerek dışarı çıktı.

Hasan ve Mehmet, atlarının yularını bırakmadan ihtiyarı takip ettiler.

Torunlarından biri elindeki bakır tepside taşıdığı su bakraçları, topraktan yapılma şerbet kapları ve sürahiyle peşlerine takıldı. Dokumahanenin önüne geldiler. Küçük kız, hayret ve hayranlıkla açtığı koca gözlerini yere devirerek ulaklara içecekleri ikram etti. Ulaklar şerbeti kafalarına diktiler, atlarını yalağın kenarına bağlayıp

Dengiz Dede'nin peşinden dokumahaneye girdiler.

İçerde ne bir sedir, ne de döşek vardı. Koca binanın tam ortasında, büyük bir dokuma tezgâhı ve pamuk ipliklerin saklandığı sepetlerden başka hiç eşya yoktu. Yere döşenmiş taşlar bal döksen yalanacak kadar temizdi. Penceresi olmayan tek katlı yapının tavanından sarkan zincirin ucunda yağ kandilleri asılıydı.

Dengiz Dede, "Ta payitahttan buraya, beni bulmaya at sürmüşsünüz. Müsaade buyurun da sizi misafir edelim," dedi.

Mehmet, "Vakit yok dedem. Fermanı okuyacağız ki, sen çalışmaya başlayasın!" deyip göğsünde taşıdığı, değerli taşlarla bezeli deri kılıfı çıkardı. Kılıfın kapağını açtı, besmeleyle fermanı çıkardı. Aksakallı Dengiz Dede'nin gözlerinin içine bakarak mührünü kırdı, okumaya başladı:

"Padişahımız Sultan Selim Han'a ayetlerle,
Şifalı bir gömlek dokuna,
Saf pamuktan ilmiği, koç burcunda atıla,
Dokuyandan gayrı, kim ki bu gömleğe göz değdire,
O gözlere mil çekile, soyu kurutula."

Ulak Hasan yüzünde endişeli bir hal ile Dengiz Dede'ye döndü, "Okuman yazman vardır inşallah?" diye sordu.

Dengiz Dede omuzlarını yükselterek, "Var şükür," dedi.

Hasan ahşap sandığın içinden teferruatlı çizimler, yazılar, geometrik tarifler olan bir tomar evrak uzattı. Yazı takımlarını ve üç renk is mürekkebini Dengiz Dede'ye verdi, "Bu talimatları sırasıyla okuyacaksın, her şeyi anlatıldığı üzere aynen yapacaksın. Gömlek dokunup, işlenip, tılsımlanıncaya kadar kırk bir gün kimseyle temas etmeyeceksin, göz göze bile değmeyeceksin. Günde beş vakit abdest alıp namaza duracaksın. Kırk bir gün ağzına lokma koymayacaksın. Sadece su ve ekmek..." dedi.

Dengiz Dede emirleri ezberliyor, ulak talimatları sıralarken kısık sesle tekrar ediyordu.

Ulak, "Gömleğin dokunduğu tezgâha güneş ışığı değmeyecek. Ayın nuru içeri sızmayacak. Bittiğinde gömleği, kâğıtları bu sandığa yerleştireceksin. Kırk bir gün sonra gelip alacağız. Allah'a emanet ol," diye devam etti.

İki ulak dışarı çıktılar, atlarına binip geldikleri gibi hızlı uzaklaştılar.

Dokumacı Dengiz Dede, aldığı görevin ağırlığıyla, omuzlarına binen manevi yükle baş başa kaldı. Dokumahanenin eşiğinde durdu, bahçede onu bekleyen meraklı ev ahalisine baktı, "Her akşam iki küp su, yarım somun ekmek bırakın kapıya. Ben sarayın istediklerini yapana kadar gözüme ilişmeyin. Kubur için sabun, kandiller için iki küp yağ getirin. Seccademi, takkemi, peştemalimi ve tespihimi de unutmayın," deyip içeri girdi, kapıyı sürgüledi.

Dışarıda kalakalan ev halkı şaşkınlık içinde olan biteni anlamaya çalışıyor, hep bir ağızdan konuşuyordu. Aralarında akıl yürütüyor, her biri farklı bir hikâye uyduruyordu.

Uğultuyla birleşen fikir ayrılıkları giderek çoğaldı. Dengiz Dede'nin karısı sonunda dayanamayıp elindeki ağaçtan oyma değneği yere vurdu, var gücüyle bağırdı, "De susun! Çileye girene sebep sual edilmez. Kuru gürültü etmeyin," dedi.

Herkes başını eğerek zılgıt yemiş olmanın mahcubiyetiyle eve döndü. Dengiz Dede ise dokumahanedeki duvarların her köşesine elini sürmeye başladı. Taşlar arasında aralık kalmış yerden *rüzgâr giriyor mu* diye hissetmeye çalışıyordu.

"Yel giriyorsa güneş de sızar, ay da..." diyerek, üfleyen her deliğe mıh çaktı.

Çok geçmeden nevaleleri içeri almak için kapıyı açtı. Etrafta kimseler yoktu. Ev halkının buyruklarına boyun eğişinden memnun gülümsedi. Kapısına bırakılan seccadesiyle Kuran'ı kucakladı. Ekmek somunlarını, su küplerini, yağ tenekelerini tek tek içeri taşıdı. Tam kapıyı kapatacakken dokumahaneden içeri kızıl gagalı, kapkara bir karga girdi! Kuşu dışarı kovalamaya çalıştı, beceremedi. Eşref saati yaklaşmak üzereydi. Kargayla uğraşmayı bırakıp kandillerin fitillerini yaktı. Dokumahanenin köşesindeki kurnada abdestini aldı, hacet namazını kılıp ehl-i hireften gelen talimatları okudu.

Vakit geldi çattı. Gömleğin kumaşını sekiz bin çözgü ipiyle dokumaya başladı.

Güneş kırk bir kere doğdu, kırk bir kere battı.

Kar gibi beyaz pamukludan dokuduğu gömleği dikmiş, bezemelerle motiflemiş, nakışlamış, dualarla şifalamıştı. Üzerine ayetler, sureler yazıp, desenler çizmiş, sonunda hazır etmişti. Padişahın gömleği tezgâhta yeni doğmuş kuzu gibi lekesiz yatıyordu.

Dengiz Dede dizlerinden yayılan iğneli ağrılarıyla ayağa kalktı, dokumahanenin duvarları arasında bir tur attı. Kırk bir gün boyunca yediği ekmek, içtiği su ona o kadar lezzetli gelmişti ki, hiç acıkmadığını düşündü.

Gözleri karanlığa iyice alışmış, sakalı bir karış uzamıştı.

Tezgâhın başına dönüp gömleği besmeleyle katladı, kırmızı ipekli bir örtüye sardı. Mücevherli sandığın en altına evrakı geri koydu. En üste ipek kumaşla bohçaladığı tılsımlı gömleği yerleştirdi. Sandığı kilitledi ve beklemeye başladı.

Ezan okunurken dokumahanenin kapısı çalınmaya başladı.

Dengiz Dede kapıyı açtı ve birdenbire gözlerine dolan gün ışığı canını öyle yaktı ki, acıyla yere kapaklanıp yüzünü kollarına gömdü. İki ulak onun ayağa kalkmasını beklediler. Gözlerinden akan yaşın iyileştirici gücüyle yavaş yavaş göz kapaklarını araladı, ışığa alıştı.

Hasan ile Mehmet ihtişamlı duruşlarıyla karşısında dikilmekteydi.

Hasan içeri girip tezgâhının üzerinde hazır duran sedef kakmalı, firuze taşlı sandığı kucakladı, "Gömlek padişahımıza takdim edilmeden evvel Konya'ya, Şeyh Sinadeddin'in dergâhına gidiyor. Sultanımız giymeden evvel gömleğin üzerine hatim indirilecek. Hakkını helal ediyor musun?" dedi.

"Helal ettim," dedi Dengiz Dede.

Kapıda bekleyen Ulak Mehmet bir kese altın sikke uzatıp, "Padişahımızın hazinesinden payına düşen budur. Selametle kal," diyerek yaşlı adamın emeğinin karşılığı olan ödemeyi yaptı.

Dengiz Dede, "Yolunuz açık olsun," diyerek onları uğurladı. İki ulak atlarına bindiler, tozu dumana katarak uzaklaştılar.

Dokumahanenin önünde bekleşen sülalesi, kırk bir

gündür nur yüzünü görmedikleri ihtiyara hasretle bakıyordu. Küçük kız torunları dayanamayıp dedelerine doğru koşmaya başladılar. Kızları, damatları elini öpmek üzere atıldılar. Dengiz Dede ise onların yaklaşmasını engellemek üzere elini havaya kaldırdı, "Destur!" diye bağırdı.

Herkes yerine çakıldı kaldı. Ne torunlarına sarılmış, ne kızlarının alnını öpmüş, ne de gözü siniye dizilmiş kap kap yemekleri görmüştü. Yavaşça dokumahanesine geri dönüp kapıyı sıkıca örttü.

Bahçede kalanlardan bir uğultu daha yükseldi. Her kafadan bir ses çıkıyor, Dengiz Dede'nin neden dışarı çıkmadığını anlamaya çalışıyorlardı. Sülalenin en büyüğü hanım, bastonunu ikinci kez yere vurdu, "Demek işi bitmemiş. Düşün önüme bakem," diyerek herkesi susturdu.

Dokumahanesine kapanan Dengiz Dede yüzünde esrarengiz bir ifadeyle tezgâhın başına oturdu. Eğilip tezgâhın altına gizlediği sepetten Yavuz Sultan Selim'e dokuduğu gömleğin tıpkısı, beyaz bir gömlek çıkardı. Ölümü bile göze alıp gizlice ikinci bir gömlek dokumuştu! Gömleğin üzerindeki dualar, desenler, ebcet hesabıyla şifrelenmiş şekiller, Zülfikar, Süleyman Mührü... Hepsi padişahınkiyle tıpatıp aynıydı.

Kalemi is mürekkebine bandırıp bir mektup yazdı. Gömleği de mektubu da tahta bir sandığa koydu. Dokumahaneden günlerdir çıkmayan meraklı karga tepesinde uçuyordu. Yemeğini, suyunu paylaştığı kuş uçup gidebilsin diye kapıyı açtı. Karga hızla gözden kayboldu.

Dengiz Dede kucağında ahşap bir sandıkla bahçeye çıktı, dere tepe yürümeye başladı.

DUA

Tonguzlu (Denizli) / 1515

Elinde yağ kandili, iç cebinde bir fidan, kucağında tahta sandıkla ıssız yollardan, bağ bahçelerden geçti. Dere kenarında ayakları ıslandı, devrilmiş ağaçlardan atladı, boyunu geçen ekinler arasında yürüdü. Gecenin karanlığını maviye boyayan dolunay feneri, kıpraşan yıldızlar şahidiydi. Kehkeşan Dengiz Dede'nin başının üstünde dönüyor, o dua edecek mübarek bir yer arıyordu.

Bir tepenin eteklerine vardı. Ayağından köselesini ve keçeden yapılma ıslak çoraplarını çıkardı. Çıplak tabanlarına taşlar, dikenler battı, kanı toprağa karışarak tırmanmaya başladı. Doruğa vardığında yere çömelip zemini yokladı, yumuşak sayılırdı. Pençe gibi elleriyle var gücüyle bir çukur kazmaya başladı. İki kulaç derinliğe gelince durdu. Çukurun yanına koyduğu sandığı besmeleyle açtı.

Padişahınkiyle birebir, gizlice dokuyup hat yazılarıyla, ayetlerle bezediği gömleği çıkarıp dolunaya doğru tuttu.

Üzerindeki desenler o kadar güzel görünüyordu ki, Zühre ile yarışırdı. O anda deli bir rüzgâr esmeye başladı. Gökkubbeyi aydınlatan ay kara bulutların ardına kaçtı. Yıldızlar telaşlı biri gelip de hepsini süpürmüş gibi görünmez oldu. Yağmur çiseledi, mahlûkat sessizleşti. Birkaç dakika içinde mülayim hava yerini kasırgaya bırakmıştı. Topraktan bulutlara gergin şimşekler çakıyor, öfkeli yıldırımlar göğü dövüyordu. Gecenin apansız şerrinden sakınmak için gömleği sandığa geri koydu. Ayakta zor duruyor, rüzgârın gücüyle sallanıp gökyüzünden inen seslerle irkiliyordu. Böyle tez kopan bir borana hiç şahit olmamıştı. Günler boyunca onu merakla izleyen karga tepesinde daireler çizerek uçuyordu. İçindeki ses hızlı hareket etmesi gerektiğini fısıldadı.

Dengiz Dede fırtınayı alamet, tepeyi mübarek, zamanı eşref belledi. Başını semaya kaldırıp ellerini açtı. Elektrik yüklenmiş bulutların şehadetiyle yüzüne vuran yağmurun eşliğinde duaya durdu:

"Ben Tonguzlu dokuma ustası Dengiz Dede,
İki gömlek dokudum tıpatıp aynı.
Biri sultanıma, öteki doğacak ilk erkek torunuma.
Ne zaman ki bu iki gömlek karşı karşıya gele,
Şifası, hükmü, gücü, diğerine geçe."

Duasını mühürler gibi kırk bir kere tekrarladı. Sandığı demir bir anahtarla kilitleyip elleriyle kazdığı çukura gömdü. Yeri belli olsun, yitip gitmesin diye üzerindeki taze toprağa çınar fidanı dikti.

Çıplak ayakla geldiği tepeden inerken ay bulutlardan sıyrılınca yağmur yağmaz, şimşekler çakmaz oldu.

4. BÖLÜM

BEŞ ASIRLIK VUSLAT

Sanma ki sevgililer kavuşur ancak.
Eşyanın tabiatında da vardır buluşmak.
Bazen bir kitap, bir rafa gelir yerleşir.
Bazen cevher, denizler dibinde bir kabuğa gizlenir.
Miras olur, yüzyıllar sonraya açılır sandıklar.
Eskiler yenilenir, yeniler bir bakmışsın eskiyiverir.

ASLI GİBİ

Küçüğüm... Plastik bir sepetin içinde, kirli çamaşırların altındayım. Sepetin kafeslerinin ardından odayı seyrediyorum. Nefes alıp verişim duyulmasın diye iki elimle ağzımı, burnumu kapatmışım. Yüzünü göremediğim bir adam evimizde dolaşıyor. Annem ve babam yerde çırpınıyor ama sessizler. Neden susuyorlar acıya? Niye bağırmıyorlar avaz avaz? İkisinin de elleri, ayakları bağlı. Yabancının elinde bir asa var. Asanın ucunda kara bir karga figürü! Kırmızı gözlü karga sanki bana bakıyor. Soluk alamıyorum!

Uyandı.

Yataktan o kadar hızla fırladı ki, eski Osmanlı evinin zemini sallandı. Kuyuya atılan taş nasıl ki suya düşene kadar boşlukta asılı kalırsa Yavuz da bir süre nerede olduğunu kavrayamadı, boş gözlerle etrafına baktı. Neden sonra hiç tanımadığı, ışıktan korkan bir adamla aynı çatı altında olduğunu, sevdiği ne varsa Tavas'ta bırakıp İstanbul'a geldiğini anımsadı.

Masaya yaklaşıp unutmamak için bulduğu ilk boş sayfaya rüyasını yazmaya başladı. Ellerinin titreyişinden kendi el yazısını tanıyamadı. İlk defa katille ilgili bir detayı hatırlamıştı! Katilin bir asası, asasının ucunda da kırmızı gözlü bir karga figürü vardı! Karakalem diye isim taktığı, yıllardır beslediği kargadan da, gördüğü rüyadan da öylesine rahatsız olmuştu ki nabzının giderek hızlanan sesi kulaklarında patlıyordu.

İstanbul Suriçi'ndeki 295 camiden aynı anda yükselen ezan sesiyle kalbini yatıştırdı, *Katilin cezasını vermeden canımı alma,* diye Allah'a yakardı.

Saate baktığında tekrar yatıp uyumak için geç, kalkmak için çok erken olduğunu düşündü. Henüz hava aydınlanmamıştı bile. Kapısında bir tıkırtı duydu. Odanın kapısını açınca eşiğe bırakılmış zarfı gördü, merdivenlerden uzaklaşan ayak sesini dinledi. Belli ki Ahmet Hoca gökyüzünde güneş ortaya çıkmadan işe kaçıyordu.

Ne illet herif, diye düşündü. Helyofobi denen takıntıyı daha iyi anlamak üzere bir kitap okumaya karar verdi. Eğilip zarfı aldı. İçinde evin yedek anahtarı ve beş bin lira vardı. Üzerinde, "Okula kayıt yaptır. Geç gelirim, beni bekleme," yazıyordu.

Giyinmek üzere dolabını açtı. Tam gömleğini giyecekken içine o eski püskü gömleği giymediğini hatırladı. Hızır Ağa'ya verdiği söz olmasa o paçavra giyilecek şey değildi. Söylenerek asırlardır toprak altında beklemiş pamukluyu içine giydi. Oradan buradan sarkıp da görünmesin diye iyice çekiştirdi, nispeten modern sayılan gömleğinin yakasını son iliğine kadar ilikledi. Mutfağa indi, para zarfını bir kenara bırakıp zarfın üstüne, "Benim param var, sağ olun," yazdı.

Bilmediği bir eve girdiğinde kendini en yabancı hissettiği yer mutfaktı. Tezgâha, buzdolabına, masaya baktı. Mutfak dolaplarının karmaşası, çekmecelerdeki eşyalar, ne işe yaradığını bilmediği aletler... Yavuz, günlük hayatını bir anne ile paylaşmamış olmanın tecrübesizliğiyle mutfakta kendini acemi asker gibi hissediyordu. Her sabah üşenmeden ona çay demleyen, ekmek kızartan yaşlı adam burnunda tüttü. Cep telefonundan Hızır Ağa'yı aradı.

"Alo?"

"Nerelerdesin hayırsız? İstanbul'u mesken tuttun, beni unuttun mu?"

"Çok sürmez hasretlik, dönerim haftaya."

"Hasbin Allah... Acele karar pişmanlık getirir oğlum!"

"Yapışkan bir kalabalık var. Ben ayak uyduramam buraya."

"Sen hayatında hiç pes demedin. İstanbul'a mı yenilcen?"

İkisi de sustu.

Yavuz "Bir rüya gördüm..." diye söze girdi.

"Hayırdır inşallah?"

"Katille ilgili bir şey hatırladım," diye rüyasını anlatmaya başladı ki, biri alacaklı gibi kapı ziline kesintisiz basmaya başladı. Yavuz, "Ben Skype'tan ararım seni sonra. Kendine iyi bak," deyip telefonu kapadı.

Kapıyı açar açmaz elindeki şeffaf naylon poşeti suratına sallayan Trink Ali, "Çay var mı çay, simit aldım abicim. Çıtır çıtır," diyerek içeri daldı. Ayakkabılarını çıkarıp mutfağa yöneldi. Yavuz delikanlının evi gayet iyi tanıdığını anladı.

"Sana da günaydın," diyerek Trink Ali'yi takip etti.

Ocakta demlenen çay görmeyince, "İş başa düştü," diye söylenerek mutfak dolabını açan Trink Ali çay kutusunu bulup çaydanlığa su koydu ve demliğe iki kaşık çay atıp beklemeye koyuldu. Yavuz da boş durmamak için buzdolabında gördüğü peynir, zeytin tabaklarını sofraya koyup öyle masaya oturdu.

Trink Ali, "Program şöyle abicim, Tahtakale'de ihraç fazlası satan üç dükkân var, onlara bakacağız. Ayakkabılar için Beyoğlu'nda bir pasaja gidicez. Öğle yemeği Balık Pazarı'nda ve hesaplar senden!" dedi.

Yavuz omuzlarını silkip itiraz etmeden, "Tamam," dedi.

"Sonrasında ben Galatasaray'da takılırım, sen dönersin. Ok?" diye sordu Trink Ali.

Taze simit eşliğinde kahvaltı edip çıktılar. İstanbul'un en hareketli yerlerini gezerken zamanı unuttular. Trink Ali'nin tezgâhtarları çıldırtana kadar pazarlık edişini seyretmek, Beyoğlu'nun arka sokaklarında dolaşmak, binalardan sokaklara taşmış kaldırım kafelerinde oturmak, kokoreç yemek Yavuz'u o kadar oyalamıştı ki, akşam olduğunu zor anladı.

Ayrıldılar.

Trink Ali'nin, "Yayan gidersen kaybolmazsın," diye tarif ettiği güzergâhı takip ederek yürümeye başladı. Elinde torbalarla Galatasaray'dan Karaköy'e indi, şehri Eminönü'ne bağlayan köprüye yöneldi. Galata Köprüsü'ne yaklaştıkça gökyüzü kararıyor, tek tek yanan şehir ışıkları gözüne hoş görünüyordu. İstanbul siluetinin bir parçası haline gelen, aslında balık tutup sofrasını bedava şenlendirmekten başka derdi olmayan oltacıların arasından yürürken köprünün diğer ucunda kümelenmiş bir kalabalık gördü.

Kadın, erkek, çoluk çocuk, hatta köprüde seyrederken arabasını durdurup inen insan güruhu kameralı telefonlarını çıkarmış genç bir kızın videosunu, fotoğrafını çekiyordu. Acınası bir açlıkla, sosyal medyada birkaç kişinin ilgisini çekebilmek uğruna, yaşanan olaya değil, kaydetmenin derdine düşmüşlerdi.

Genç kız köprünün parmaklık demirlerine tırmanmış, tehlikeli bir yürüyüş yapıyordu. Etrafındakiler de ağızlarının suyu akarak düştü düşecek diye bekleşiyordu. Kafasında motosiklet kaskı, kaskın altından yayılan muhteşem kumral saçları, dar kesim pantolonuyla iyice ortaya çıkan uzun bacaklarıyla podyumda yürümesi gerekirken Galata Köprüsü'nün parmaklıkları üzerinde ilerlemeye çalışıyordu kız. Dengesini sağlamak için ip üzerinde yürüyen cambazlar gibi kollarını kullanıyordu.

Yavuz kalabalığa yaklaştı, köprünün altına bakınca kahvehane ve restoranların teraslarını gördü. Genç kız sağa düşerse sadece birkaç kaburgasının kırılma ihtimali dışında bir tehlike olmadığını anladı. Sola düşerse burnu bile kanamaz, temâşa peşindeki izleyicilerinden birkaç alaycı eleştiri alırdı, hepsi bu.

Ya birkaç bira yuvarlamış ya da kimyasal bir hap atmış, diye düşündü. Tam yanlarından geçip gidecekken onu alıkoyan bir detayı fark etti. Genç kızın gözlerinden dökülen yaş, başındaki kaskın altından çenesine damlıyor, süzülüp boynuna akıyordu. Ne ona laf atanlara cevap veriyor ne de etrafını saranların uyarılarını duyuyordu. Sanki dünyadan uzakta, başka bir frekansta acı çekiyordu. Genç kızın etrafında çöreklenen duyarsız kalabalığı yarıp ön saflara geçti. Kızın düşmesinden umudunu kesenler dağılmaya başlamıştı bile. Gayriihtiyari, koruma içgüdüsüyle parmaklılara yaklaşıp genç kızın gözlerine bakarak ona elini uzattı. Tam o anda kızın dengesi bozuldu, deniz tarafına doğru yalpalayarak düşecekken delikanlının elini tuttu! Yavuz onu kucaklayıp köprüye indirdi. Parmaklıklara sırtlarını vererek yan yana yere oturdular.

Akıllı telefonlarıyla görüntü almak derdine düşmüş, kalan kıt aklını da yitirmiş kalabalık tatminsizlik içinde homurdanarak dağıldı. Birkaç dakika soluklandıktan sonra genç kız başındaki kaskı yavaşça çıkardı, dikkatle Yavuz'a baktı. Gözyaşlarının parlattığı, hüznün uzun kirpiklerinden aktığı bir çift ela göz... Yavuz, *rüyamdaki kız bu,* diye içinden geçirirken şaşkınlıktan dili tutulmuştu.

Genç kız elini uzattı, "Merhaba, Aslı ben," dedi.

Yavuz kızın sağ bileğindeki lale dövmesine bakakaldı. Rüyasında beyaz elbiseli genç bir kız elindeki beyaz laleyle sonsuzluğa düşüyordu! Öylesine şaşkındı ki, ne düşüneceğini ne hissedeceğini bilemediğinden karışık duyguları yatışsın diye sustu. İskeleye yanaşan bir şehir hatları vapurunun inatçı düdüğü hariç, köprünün etrafındaki tüm sesler kesilmiş gibiydi.

Aslı, ona hayretle bakan delikanlının kulağına eğilip fısıldadı, "Kirpiklerimi mi sayıyorsun?"

"Ne?"

Aslı "Bu kadar dikkatle neye bakıyorsun?" diye sordu.

"Hiç."

"Tanışsak diyorum. Adın ne?"

"Yavuz... Ya düşseydin?"

Aslı gözlerinden geçen kara bir bulutla, "Keşke!" deyip ayağa kalktı ve ekledi: "Motorum Yeni Cami'nin arkasında. Yürüyelim mi?"

Yan yana yürürlerken, *Keşke köprü daha uzun olsaydı,* diye geçirdi içinden Yavuz. Genç kız sessizce yürürken, Yavuz sohbet başlatmaya yeltendi. "Köprüyü epey meşgul ettin," dedi.

"Ne tipler gördü bu köprü. Ben çerez sayılırım," diye karşılık verdi Aslı.

Yavuz içinden, *Senin kadar güzeli geçmemiştir,* diye düşünürken yakaladı kendini.

"Eski zamanlarda bu köprüden para vererek geçilirmiş. At arabası yüz para, yayalar beş para. Sırtı yüklü insanlar on para," diye devam etti Aslı.

Yavuz'un, "Yüreği yüklü olanlar kaça geçermiş?" sorusuna, "Sıkı laf," dedi Aslı.

Yavuz saçları İstanbul rüzgârıyla uçuşan, kalbindeki hüznü saklama gayretiyle yalandan gülümseyen genç kızdan gözlerini ayıramıyordu. Köprü bitti, Yeni Cami'nin önüne geçtiler. İkisi de kısa yolculuğun sonuna gelmenin üzüntüsünü hissetti. Aslı zamandan çalmak istercesine sorular sormaya başladı.

"Elindeki torbalarda ne var?"

"Çaput."

"Nereye gidiyorsun? Seni bırakayım."

"Motora binmem."

"Nerelisin?"

"Denizli."

"Neden geldin İstanbul'a?"

"Üniversite."

"Hangisi?"

"Galatasaray Hukuk."

"Havalı. Demek sözelde derece yapmışsın."

"Sen?"

Aslı "Boğaziçi Tarih," dedi.

Caminin ilerisindeki otoparka girdiler. Aslı şehrin ilerlemeyen trafiğini aşmanın tek yolu haline gelen açık mavi motoruna binip kaskını takmadan önce durdu, Yavuz'a bakıp, "Neden ağladığımı sormadığın için sağ ol," dedi.

"Rüyaların gelecekle bağlantısı olabileceğini ispatladığın için sen sağ ol," dedi Yavuz da.

Aslı onun ne demek istediğini tam olarak anlayamasa da delikanlının gözlerinden taşan hayranlık duygusunu sezince gururu okşandı, "Edebiyat okumalısın bence. Kelimelerin kuvvetli. Numaramı yaz istersen, belki okullar açılınca bir nargile içeriz. 05933715656," diye numarasını verdi.

Yavuz kalbinin sesini bastırmaya çalışarak, "Sen de benimkini kaydet," dedi ve bir seferde ezberlediği numarayı tuşladı.

Aslı arka cebindeki telefonunu çıkardı, ismi kaydederken uzun bir tamlama yazmaya başladı.

"Adım beş harfli. Ne yazdın oraya?" diye sordu, Yavuz.

"*Köprü Altı Çocuğu* yazdım," cevabı üzerine, Yavuz "Huriye Öniz'in romanına ithafen mi?" diye sordu.

Aslı kahkahayı bastı, "Sana ithafen. Edebiyat okumayacağına emin misin? Bir daha düşün bence," diyerek motora gaz verdi.

Genç kız İstanbul'un trafiğine karıştı, arabaların

sağından solundan ilerledi ve gözden kayboldu.

Yavuz göğüs kafesinde bir hafiflik, aklında kazınan kareler, suratında mutluluk hormonunun tetiklediği bir gülümsemeyle, *aşk mı,* diye düşündü. Ertesi sabah hukuk fakültesine kayıt yaptırmaya, İstanbul'u yalayıp yutmaya karar verdi.

BÜYÜK BULUŞMA

Ahmet Hoca'yla geceden geceye mutfakta karşılaşıyor, pek konuşmuyorlardı. Eve iyice alışmış sayılırdı. Sabahları yalnız uyanıyor, kendini sokağa atıp İstanbul'u geziyordu.

Bazı günler eve döndüğünde odası daha çok lavanta kokuyordu. Gizemli bir kadının eli her yeri temizlemiş, ahşapları parlatmış, buzdolabını birbirinden leziz yemeklerle doldurmuş oluyordu. Çarşaflarını değiştiren, evi silip süpüren o muamma kadına henüz rastlamasa da minnettarlığı giderek büyüyordu.

Üniversitenin açılacağı günü iple çekmeye başlamıştı. Hazırlık sınıfında alacağı Fransızca dersleri, hangi derse hangi öğretim üyesinin gireceğini, kitapları nereden temin edeceğini öğrenmiş, öğrenci destek parası yatsın diye bir bankada hesap bile açtırmıştı ama zaman geçmek bilmiyordu bir türlü.

Birkaç kez şehri keşfe çıkmış, İstanbul'da gidilmedik Boğaz köyü, sokak, müze bırakmamıştı. Rumeli Kavağı'ndan, Yuşa Tepesi'ne, İstanbul Modern'den, Pera

Müzesi'ne kadar dolaşmıştı. Bindiği her şehir hatları vapurunda, bastığı her akbilde, gördüğü her manzarada Aslı'yı düşünmeden duramamıştı. Bir süre sonra kendisiyle girdiği mücadeleyi kaybedip Aslı'yı aramaya karar verdi. Eli telefona gitti ama aynı anda cesareti çekingenliğinin ardına saklandı. Bir sms mesajı yazdı: *"Bu şehirde okullar başlamadan nargile içilemiyor mu?"*

Birkaç saniye geçmeden Aslı'dan cevap geldi: *"Yarın saat 11:00'da Tophane'de ol. Seni duman altı edelim."*

Yavuz mesajı okurken kalbine adrenalin enjekte edilmiş gibi nabzı yükseldi. İçindeki neşeli, naif, çocuksu ses yine ortaya çıkıp kulağına fısıldadı, "Aşk mı bu?"

Vakit geçsin diye yeni aldığı pantolonunu ütüledi, internette dolaştı, okul programını ezberledi. Mutfağa girip tavada marketten aldığı hazır Akçaabat köftesini kızartıp yedi. Uykusu kendisinden daha tedirgindi, uyuyamadı. Bir kitap daha devirdi.

Dijital saati 07:10'u gösterdiğinde evde alışık olmadığı bir ses duydu. İstanbul Belediyesi'nin kanalizasyon işçileri içeri girmiş, bir logarı açıyorlar gibiydi. Bodrumdan yükselen metal kapak sesine kulak kabarttı, giderek yükselen merak duygusuyla sesleri dinledi. Dış kapı hiç açılmamıştı ama Ahmet Hoca evde dolaşıyordu.

Yataktan kalktı, ikişer üçer atlayarak aşağı indi. Ahmet Hoca mutfaktaki buzdolabını öne çekmiş, ardına gizlenmiş demir bir kapıya asma kilit takmakla meşguldü.

Yavuz sessizce yaklaşıp, "Merhaba," dedi.

Ahmet suçüstü yakalanmış ebeveynler gibi gereksiz açıklamalara başladı, "Çalışırken gün ağarmış, fark etmemişim. Ben de dehlizi kullandım. Bizim evin altından geçen bir Bizans tüneli var..."

"Bizans tüneli mi?"

"Aşağıda koca bir ağ var. Dehlizlerle İstanbul'u bir uçtan diğerine kat edebilirsin. Herkes mit zanneder ama doğru. Ben yıllardır kullanıyorum. Buradan Balat'a kadar iner bazıları."

Yavuz, Aslı ile buluşacağı saate kadar zihnini oyalamak bahanesiyle ilgileniyormuş gibi yaptı, "Yok ya, nasıl keşfettiniz?" dedi.

"Tez yazdığım dönemde kitaplar arasında eski bir harita bulmuştum."

Yavuz bıyık altından güldü, "Indiana Jones'un maceraları gibi," dedi.

"Macera merakımdan değil, ihtiyaçtan."

"Gün ışığı fobisi varmış sizde, değil mi? Çaresi var mı?"

Ahmet, "Var ama konuşmanın anlamı yok," diyerek kestirip attı.

Yavuz ilk kez sohbet ettiklerini fark etti. Mesafeli, kısa, saçma ama doyurucu bir konuşma olmuştu. Her zamanki gibi beraber susup yardımlaşarak kahvaltı hazırlamaya başladılar. Zaman taşıdığı yükten karinası suya batmış gemiler gibi yavaş ilerledi. Nihayet Aslı ile buluşma saati sonunda yaklaştı. Yavuz evden çıkıp otobüslere bindi, indi, yürüdü... Giderek yükselen bir heyecanla buluşacakları yere geldi. Her gün kapatılma tehdidiyle açılan kahvehane mi, türkü bar mı, nargileci mi olduğu belli olmayan, ürkek bir işletme sahibi ve paranoyak garsonların çalıştığı garip bir mekâna girdi.

Genç kız yuvarlak pirinç siniden bozma sehpanın kenarında yedi cüceler için imal edilmiş gibi duran hasır bir tabureye oturmuş onu bekliyordu. O kadar güzeldi ki, Yavuz çekinerek yaklaştı. Beyaz kotuna, altın rengi bluzuna, deri botlarına bakıp sadece, "Çok şıksın," diyebildi.

"İltifat etmek istiyorsan ağzını korkak alıştırma! Malum bizim cins güzel söze bayılır."

"Hoşsun desem tatmin eder mi?"

Aslı "Eh, daha yaratıcı olabilirsin," dedi.

Yavuz gülümseyerek, "Zamanla açılırım," dedi.

Yaptığı işten bezmiş, kahveci olmasa cerrah olacakmış edasıyla etrafı süzen mekân sahibi garsonlardan birine işaret çaktı. Emri alan garson önlerine iki nargile getirdi, tömbeki tütünü koyup plastik sipsileri uzattı. Aslı uzun uzun nargilenin tarihini anlatırken Yavuz başını sallıyor ama anlattıklarını dinlemiyordu. Aslı'nın mimiklerine, ellerini kullanma biçimine, gözbebeğindeki kehribar halelere bakıyordu.

Genç kız aniden susup pat diye, "En son ne dedim?" diye sordu.

"Yalan söylemeyeceğim, dinlemiyordum," dedi Yavuz.

Aslı "O kadar dikkati nereye yoğunlaştırdın peki?" diye sordu.

"Bu sefer yalan söyleyeceğim, nargilenin tadına."

"Sevdin mi bari?"

Yavuz "Nefret ettim," dedi gülümseyerek.

Hesabı ödeyip çıktılar. Vespa'yı Tophane'de bırakıp yürümeye başladılar. Köprüden geçtiler, ara sokakları kat edip yokuşlar tırmandılar. Genç kız İstanbul'da onu en çok etkileyen yerleri gösterdi, Yavuz dinler gibi yapmaya devam etti. At Meydanı'na kadar geldiler. Soluk soluğa bir banka oturdular. Aslı şimdi yerinde yeller esen hipodromun bir zamanlar şehrin eğlence ve spor merkezi olduğunu anlattı. Savaş arabalarıyla yapılan yarışları, dansözleri, akrobatları, vahşi hayvan gösterilerini tanıklık etmişçesine tasvir etti. Yavuz genç kızın şehrin tarihine olan aşkını kıskanmaya başlamıştı.

Aslı, "Kapanmadan sarayı da gezelim mi?" dedi.

"Ne yani, daha önce gezmedin mi?" diye sordu Yavuz şaşırarak.

Aslı gözlerinde başlayan havai fişek gösterisiyle, "Sence? Neden tarih okumak istediğimi zannediyorsun? Küçükken yaşıtlarım *Ice Age* seyrederdi, bense anneme, hadi Kaşıkçı Elması'na gidelim diye yalvarırdım. İster misin, gezelim mi?"

Yavuz "Merak ediyorum aslında," dedi.

"Bir top dondurma karşılığında bedava rehberlik yaparım," dedi Aslı.

Yavuz, *aşk mı,* diye sorup duran iç sesini susturmaya çalışarak, "Anlaştık," diyebildi.

Bab-ı Hümayun kapısına yürüdüler, gişeye altmış lira verip iki bilet aldılar. Birinci avluda çınar ağaçları arasında ilerlerken Aslı sol taraftaki kiliseden anlatmaya başladı: "Aya İrini dördüncü yüzyılda yapılmış bir Bizans şapeli. Saray duvarları arasında kalınca uzun yıllar cephanelik olarak kullanılmış. Topkapı 1466'da yaptırılmaya başlanmış, 1478'de tamamlanmış. 700 dekar alana yayılması yüzünden dünyada günümüze kadar gelebilmiş en geniş saray unvanını taşıyor. Devlet işleri için ayrılmış daireler, padişah ailelerinin yaşadığı köşkler, avlular ve rüya gibi bahçelerden oluşuyor."

Yan yana ilerlediler, Aslı anlattı, o anlattıkça Yavuz, genç kızın içinde büyüttüğü tutkuya hayran kaldı. Aslı'nın coşkuyla betimlediği kenarı kırık bir taş, eski bir sarmal sütun, dudaklarından dökülen tarih, İstanbul olmak istedi.

İkinci avludan geçtiklerinde yaşlı bir ağacın dalına tünemiş bir kargaya gözü takıldı, *Karakalem olabilir mi,* diye düşündü.

Aslı dondurma almak için uzaklaşınca Yavuz çekingen adımlarla ağacın altına doğru yaklaştığı anda, kuş hızla havalanıp uzaklaştı. O karganın Karakalem olduğuna emindi!

Birden, biri tarafından izlendiği duygusuna kapıldı. Bakışlarıyla etrafı taradı, bir köşkün sütunlarının arkasından ona bakan siyah kapüşonlu birini gördü! Aralarına giren turist grubu yüzünden adamı gözden kaybetti. Bilinçsizce o güruhun peşine takıldı, üçüncü avluya kadar ilerledi.

Babüsselam'ın sol yanında, Mukaddes Emanetler'in saklandığı Has Oda'ya giren yerli turistlerin peşinden Hırka-i Saadet Dairesi'ne girmişti.

Yavuz'un gözleri kalabalık kafilenin arasında Pamukkale Ekspresi'nde kompartımanına giren, boğazına armalı bir kama dayayan ve bağnaz tarikatların ritüel kostümlerine benzer bir üstlük giymiş esrarengiz adamı aradı, bulamadı. Uzun uzun bilgiler veren rehberin peş peşe sıraladığı cümleleri dinlerken hipnotize olmuş gibi sergiyi gezmeye başladı.

Rehber, "Bu görkemli oda, padişahların Enderun avlusundaki özel dairesi olarak yapılmıştır. Yavuz Sultan Selim'in 1517'de, Mısır'ı fethiyle İstanbul'a taşınan hilafet Abbasîlerden Osmanlı padişahlarına geçince Has Oda mukaddes emanetlere ayrılmıştır," diye anlattıkça anlatıyor, delikanlı koleksiyona yaklaştıkça başı dönüyor, gözleri kararıyordu. Kendini Has Oda'nın duvarları arasında sıkışıp kalacakmış gibi hissetti, giderek nefes almakta zorlandı. Derinlerde, hatim indiren bir müezzinin sesini duymasıyla içinde ağırlaşan bir yük ve kalbinde sebebini çözemediği bir hüzünle kendini dışarı attı. Aslı'yı cep telefonundan aradı.

Genç kız, "Kuyruk var, sıradayım. Etrafı dolaş, on dakikaya dondurmaları kapar gelirim," diyerek telefonu kapattı.

Ne yapacağını bilemeyen Yavuz üçüncü avlunun sağ tarafındaki sergi alanının önünde bir taşa oturdu. Karşısındaki galerinin girişindeki "Osmanlı Padişah Elbiseleri" yazan levha dikkatini çekti. Koleksiyonu gezmek üzere yaklaşan Japon turistlerden birinin elinde taşıdığı son teknoloji kameraya gözü ilişti. Modelini anlamak için kafileye yaklaşıp onların peşinden içeri girdi. Koca galeride altı Uzakdoğulu turist, bir yorgun rehber ve Yavuz vardı. Rehbere ayıp olmasın diye sergi ile ilgileniyormuş gibi yapmaya başladı. "Şifalı Gömlekler" yazan koleksiyon onun da dikkatini çekti. Atletinin altındaki eski gömleğin benzerleri etrafını sarmıştı!

Müşterilerini bilgiye boğan çalçene rehber konuştukça turistler hayret nidalarıyla kıyafetleri inceliyordu. Yavuz bir camekânın yanındaki kulaklığı takıp üzerinde "Türkçe" yazan tuşa bastı ve merakla dinlemeye başladı:

"Tılsımlı ya da namı diğer 'şifalı' gömlekler, Topkapı Sarayı'nın en gözde koleksiyonları arasındadır. Padişah elbiseleri koleksiyonunda 87 adet tılsımlı gömlek, bir takma yaka, beş takkeden oluşan yaklaşık yüz civarında önemli parça mevcuttur. Şifalı gömleklerinin şifresi hâlâ çözülememiştir! Kumaşların nasıl olup da sekiz bin çözgü ipiyle dokunduğu da anlaşılabilmiş değildir. Padişahlar bu gömlekleri savaşta galip gelmek, insan içine çıktıklarında nazardan, kem gözlerden korunmak için içlerine giyerlerdi. Üzerlerinde Hz. Süleyman Mührü, Kuran ayetleri, gizemli ebcet hesapları, Esmaül Hüsna ve dört baş meleğin ismi ve bazı şifrelenmiş semboller, ak büyüler yer alır. Sırları hâlâ araştırılmaktadır."

Annesinin büyük atasından kaldığı söylenen eski paçavra, koleksiyondaki tılsımlı gömleklere öyle çok benziyordu ki, şaşkın halde tüm galeriyi gezmeye başladı. Camekânlar önünde ilerlerken gömleklerden biri özellikle dikkatini çekti. Tek parça olarak sergilenen gömleğin yanındaki pirinç levhada, "16. Yüzyıl -Yavuz Sultan Selim Han" yazıyordu.

Tam karşısına geçti ve gözlerine inanamadı. Padişahın gömleği, içindeki gömleğin ikizi gibiydi! Yakanın etrafındaki geometrik desenler, sağ tarafına işlenmiş Arapça rakamlar, renkler, harfler... Her şey birebir aynıydı!

Birdenbire, Yavuz'un tüm vücuduna garip bir dalgalanma yayıldı. Dizleri titriyor, ensesinden ter boşanıyordu. Sergi alanında elektrikler aniden kesildi. Derin bir karanlık etrafa hükmetti. Dünya karanlığa gömülmüş, güneş tutulmuş gibi, renkler görünmez, cisimler seçilmez olmuştu. Ne olduğunu anlamaya fırsat bile bulamadan

Yavuz Sultan Selim Han'ın iç gömleğinin bulunduğu cam korumalı bölmeden bir ışık huzmesi yayılmaya başladı. Aynı güç, aynı parlaklıkta yedi renkten oluşan ışık demeti camı deldi, birleşti ve keskin beyaz bir renge dönüşüp Yavuz'un kalbine dogru akmaya başladı. Salon beyaz bir ışığın buyruğu altına girmişti!

Yavuz giderek yavaşlayan hareketlerle etrafına baktı, odadaki Japon turistin elindeki son model kameraların sarsıntıyla fırlayıp, havada asılı kaldığını gördü. Rehber son kelimesi ağzından çıkmadan kaskatı kesildi. Turistler bir buzulun içinde donmuş fosiller gibi hareketsiz kaldılar.

Padişahın gömleğinden fışkıran akım, Yavuz'un keten ceketinin düğmelerini kopardı. Düğmeler dört tarafa ağır çekim dağılırken yere düşmeden boşlukta asılı kaldılar. Zamanın akışı durmuş, yer çekimi yok olmuştu!

Yavuz bir yandan ne olduğunu anlamaya çalışıyor, öte yandan düşüncelerinin ağır işlediğini, beynindeki nöronlar arası iletişimin yavaşladığını hissediyordu. Bilinci yerinde, varlığı mekândan bağımsız, olan biteni dışardan seyrediyordu sanki.

Tam kalbine doğru akan beyaz ışığın gücü giderek çoğaldı, tüm vücudunu sardı. O anda ayakları yerden on beş santim havalandı, bedeni camekâna doğru havada sürüklenmeye başladı. Çağlayarak akan bir nehirde, akıntıya kapılmış bir yaprak gibi ışığın içinde yüzüyordu! Çekim öylesine kuvvetliydi ki, Yavuz camekâna çarpacağını varsayarak gözlerini kapatmak istedi. Kapatamadı. Gözkapaklarına bile hâkim değildi!

Denizli'nin ücra bir kasabasında, bir çınar ağacının altından çıkardığı eski gömlek padişahın şifalı gömleğine doğru çekiliyordu. İki gömlek adeta birbirine kenetlenmişti, yüzyıllar sonra buluşup hasretle kavuşan âşıklar gibi aralarında bir güç akımı yaşanıyordu.

Her şey birkaç saniye içinde yaşandı bitti. Beyaz ışık huzmesi aniden söndü! Çekim alanından azat olan Yavuz geriye doğru havalanıp yere düştü.

Güçlükle ayağa kalktıktan sonra dehşetle etrafına bakındı. Rehber hiç anormal bir şey yaşanmamış gibi cümlesini tamamladı. Japon turist, az kalsın yere düşmek üzere olan kamerasını sıkı bir hamleyle havada yakaladı. Yavuz'un ceketinden kopan düğmeler yerçekimiyle etrafa saçıldı. Kafile sohbet ederek dışarı çıktı.

Yavuz atletinin altındaki eski gömlekten yayılmaya devam eden parlaklığı kapatmak istercesine kollarını göğsünde bağlayıp kendini avluya attı. Aslı elinde iki külah, yüzünde içten bir gülümsemeyle ona doğru yaklaşıyordu. Aslı'dan gözlerini kaçırıp yanından hızla geçti, Topkapı Sarayı'ndan kaçtı! Genç kız olanca gücüyle arkasından seslendi. Yavuz duydu, durmadı.

Kulaklarında uğultu, aklında binlerce soruyla Sultanahmet Meydanı'ndaki kalabalığa çarparak koşmaya başladı.

İNKÂR VE İDRAK

Cebindeki son parasını taksiciye verip Süleymaniye Külliyesi'nin önünde indi. Güvenliğe, "Ahmet Hoca'ya geldim," diyerek Yazma Eserler Kütüphanesi'ne girdi, koridorlarda koştu ve çalışma odasına destursuz daldı.

Ahmet çalışma masasında fotoğraflanmış ve bilgisayara aktarılmış el yazması bir Kuran'ın ebruli kenar süslerine işlenmiş tefsirlerini inceliyordu.

Kapısının bu şekilde saygısızca açılmasına alışık olmadığından Yavuz'u tam azarlayacaktı ki, delikanlı üzerindeki düğmeleri kopmuş ceketi çıkarıp tişörtünü sıyırdı, "Ne bu?" diye sordu.

Eski püskü pamuklu gömlek göz alıcı bir beyazlıkta ışıldamaktaydı! Ahmet Hoca'nın gözleri yuvalarından fırlayacak gibi açıldı, hemen ayağa kalkıp, odasının kapısını kilitledi. Gün ışığı içeri girmesin diye uç uca birleştirdiği perde kanatlarını kontrol edip odanın ışıklarını ve bilgisayarının ekranını kapattı.

Soğukkanlılığını çoktan yitirmiş olan Yavuz, onun bu

temkinli ilgisine sabredemedi, "Neden parlıyor bu zıkkım hocam!" diye bağırdı.

Üzerindeki gömlek karanlık odanın ortasında güneşten ışık almış ay gibi ışıl ışıldı. Ahmet Hoca elini yavaşça gömleğe doğru uzattır uzatmaz delikanlının etrafındaki elektrik akımıyla çarpıldı, birkaç adım geriye fırladı.

"Gördün mü? Üzerimden çıkaramıyorum, sanki derime yapıştı. Dokunamıyorum, çarpıyor! Neler oluyor?" dedi Yavuz.

Ahmet yaraya bakan cerrah titizliğiyle gömleği incelerken, "Esas ben sana sormalıyım, neler oldu?"

"Topkapı Sarayı'ndaydım, padişah gömlekleri sergisine girdim..." dediği anda cümlenin devamını Ahmet tamamladı: "İlk halife I. Selim Han'ın gömleğiyle karşı karşıya gelince ışıldamaya başladı, öyle mi?"

Yavuz şaşkın, "Nereden biliyorsun?" diye sordu.

"İki gömlek arasında güç değişimi yaşanmış!"

"Ne değişimi ya? Fiziki bir olaydı. Yere fırlattı beni! Ceketimin düğmeleri falan koptu."

Karşısına geçip hayran hayran gömleğe bakan Ahmet fısıltıyla "Dua kabul olmuş, kehanet gerçekleşmiş. İnanılmaz!" dedi.

Yavuz sonunda isyan etti: "Yeter be! Etrafımdaki herkeste esrarengiz havalar! Peşimde bir karga! Her yerde karşıma çıkan Houdini kılıklı bir hırsız! Üzerimde elektrik yüklü bir paçavra! Bana doğru düzgün neler olup bittiğini anlatacak mısın yoksa... Şimdi yırtıp çıkaracağım bu gömleği!"

Ahmet Hoca mucizeye tanık olmuş bir çocuk gibi, gömlekten yayılan ışığa baka baka bilgisayarının başına geçip ekranı açtı. Dengiz Dede'nin beş yüzyıl önce kaleme aldığı mektubu masa üstüne taşıdı.

Yavuz şaşkın, "Sandıktan çıkan mektup mu o? Ne zaman çektin o fotoğrafı? Odama mı girdin!" diye sordu.

"Sakin olursan bildiğim kadarını anlatırım," dedi Ahmet Hoca.

Yavuz, "Olamam! Saçma sapan bir şey duymak istemiyorum! Yırtıcam bunu!" deyip gömleği çıkarmaya hamle etti.

Ahmet şefkatle Yavuz'un eline uzanıp, "Aman oğlum, sakın," dedi.

Ahmet'in sesindeki içtenliği ilk kez fark eden Yavuz, "Bak hocam, ben doğaüstü olaylara, antik dönem efsanelerine inanmam. Senin gibi tünellerde gezmem, yerin üstünde otobüse binerim. Olan biteni kafamın alacağı, mantığımın kavrayacağı şekilde anlat. Masallara karnım toktur ona göre," dedi.

Ahmet Hoca sesinde hırçın bir tınıyla, "İyi de, anlatacaklarımın seyrettiğin Amerikan polisiyeleriyle, okuduğun cinayet romanlarıyla hiç alakası yok. Eski kayıtlardan ve kadim bilgilerden topladıklarımı aktarabilirim. İnanacaksan dinle," dedi.

Yavuz, "İyi tamam!" diyerek pes edip koltuğa çöktü.

Ahmet Hoca kahverengi gözlerini çevreleyen gözlüklerini hırkasının ucuyla silip boğazını temizledi, ciddi bir sesle konuşmaya başladı: "Üniversitede lisansüstü yaparken Bizans Eserleri ve Türk-İslam Sanatları ana bilim dalı dersleri alıyordum."

Yavuz, "Oo, fi tarihinden başladığına göre uzun sürecek!" dedi umutsuzca.

Ahmet Hoca tınmadı, devam etti: "Topkapı Sarayı'nda bir envanter çalışması başlatıldı o dönemde. Doktora öğrencilerinden bazılarını sayıma davet ettiler. Koşarak gittik tabii."

Yavuz "Kim kim?" diye sordu.

Ahmet'in gözlerine nefret yüklü bulutların gölgesi düştü. "Ben, kimya bölümünden Korkut ve eskiçağ dilbilimleri bölümünden Güneş."

"Ee?"

"Bir gece sarayın uçsuz bucaksız depolarında eserleri sayarken bir dolabın gizli bölümüne saklanmış kurşun muhafazalı, eski bir el yazması buldum. Doğu Bizans'ın 7. yüzyıldan sonra resmi dili Yunanca'dır. Bu kitap ise Latinceydi!"

"Ne olmuş Latinceyse?"

"Yani sarayda, İstanbul koleksiyonlarında, hatta Vatikan'da bile zor bulacağın kadar eski bir kitap! Muhteşem bir parça! Öğrencilik hayatımda gördüğüm en eski yazmaydı. Üstelik içinde saray mührü taşıyan bir uyarı mektubu vardı."

"Ne uyarısıymış?"

"Osmanlı âlimleri kitabın içine ek bilgiler şifrelemişlerdi. Çözemedik."

"Nereye varacak bu hikâye! Ek bilgi neymiş?"

"Biraz sabredersen anlarsın! Ne kitabı ne de mektubu deşifre edebildik. Resmi prosedürlerle inceleme izni istesek o kitabı bir daha asla göremezdik. Ya, erişim bürokratik engellere takılırdı ya da böyle bir eser, el altından milyon dolara koleksiyonculara satılırdı. O gece hayatımızın en zor kararını verdik ve kitabın esrarını çözene kadar saraydan çıkarmaya karar verdik."

Yavuz, "Çaldınız yani," diyerek kahkaha attı.

Ahmet o geceyi hatırlayarak utanıp kızardı. "Ödünç aldık. Ya da ben öyle olduğuna inandım," dedi.

Yavuz sabırsızlığına engel olamayarak "Neyse ne... bu gömlekle ne alakası varmış, o kitabın?" diye sordu.

"Kitap 628 yılında yılında bir simyacı tarafından yazılmıştı."

Yavuz yine gülerek, "Simya diye bir ilim yok, tamamen uydurma. Demek yedinci yüzyılda fantastik öyküler yazan birinin zırvalarını bulmuşsunuz," dedi.

"Öyle mi? Bence sonuna kadar dinle. Nihayetinde üzerinde beş yüz küsur yıllık bir gömlek var ve şu an disko topu gibi parlıyor!" dedi, Ahmet Hoca.

Yavuz üzerindeki gömlekten yayılan ışığın azalmakta olduğunu fark etti, dinlemeye devam etti.

Ahmet "O zamanlar Konstantinople, Doğu Bizans'ın baş şehriydi ve Bukoleon Sarayı'ndan yönetiliyordu. Çatısında tarihte ilk kez düz haç kullanılan Ayasofya Kilisesi, dikilitaşları, meydanları ile dünyanın en büyük metropollerinden biriydi. Hz. İsa'nın doğumunun 628. ve Hz. Muhammed'in doğumunun 58. yılında dönemin Bizans İmparatoru Heraklius, son peygamberin kendisini İslamiyet'e davet eden mektubunu almıştı! Müslümanların Konstantinople'u kuşatıp fethetmesinden o kadar korkmuş ki, dünyanın her yerinden 40 simyacıyı başkente davet etmiş, onlara Hz. Muhammed'in mektubunu okumuştu," dedi.

"Böyle bir mektup var mı gerçekten?"

Ahmet bilgisayarına yaklaşıp Google'a bir şeyler yazdı. Ekranda Arapça yazılmış bir mektup ve tercümesi belirdi. "Oku," diyerek işaret etti.

Yavuz mektubun tercümesini okumaya başladı: *"Bismillahirrahmanirrahim, Allah'ın kulu ve elçisi Muhammed'den, Bizanslıların büyük reisi Herakliyus'a... Hakikat yolunu izleyene selam olsun! İlave edeyim ki, seni bütün olarak İslama davet ediyorum. İslamı kabul et ki felah bulasın. İslamı kabul et ki, Allah değerini iki kat artırsın. Ama eğer kaçınırsan tebaanın günahı da, senin üzerine yüklenecektir!"*

Ahmet tam hikâyeye devam edecekken delikanlı sözünü kesti, "Dur hocam, dur. Doğru mu anlamışım? İmparatorun teki, Hz. Muhammed'in ordusundan korkup simyacıları İstanbul'a çağırmış? Sene 628... Of, günümüze daha çok var!"

Ahmet Hoca, "Sabredersen bitireceğim," dedi.

"Sonunu nasıl bağlayacağınızı gerçekten merak ediyorum."

"Roma İmparatorluğu'nun son kalesi olan Konstantinople'un İslam orduları tarafından fethedilmesinden korkan Heraklius, sarayında topladığı kırk simyacıya başkenti her türlü musibetten, feth edilmekten, depremlerden, yangınlardan, salgınlardan koruyacak bir tılsım yapmalarını buyurmuş. Ayasofya'nın dehlizlerinde bir simya laboratuvarı kurulmuş. Kırk simyacı, Hıristiyanlığın kutsal toprakları olan İznik'ten su, Kudüs'ten sönmeyen ateş, Vatikan'dan hava ve İstanbul'dan toprak katarak şehri işgalden koruyacak bir tılsım yapmışlar. Ancak ortaya çıkan karışım başka bir sırrı daha saklıyormuş..."

"Neymiş?"

"Dört elementin karıştırılmasıyla hazırlanan bu tılsımın eriyiğinde ölümsüzlüğün sırrını da bulmuşlar!"

Yavuz "Hassiktir, yok artık!" dedi, gülerek.

"Alay edeceksen keselim!"

"Sizin gibi değerli bir profesör bunlara inanıyor olamaz!"

"Bulduğumuz kitapta bunlar yazıyordu. Ne tılsımı gördüm, ne ölümsüzlük iksirini içtim. Ta ki, bugüne kadar. Üzerinde ışıldayan gömlek hikâyenin gerçekliğini aydınlatıyor."

"Bugün yaşadığım olayın mutlaka pozitif bilimde bir açıklaması vardır."

"Belki de yoktur."

Yavuz sustu, o devam etti, "Kırk simyacı Konstantinople'u koruyacak tılsımı imparatora teslim etmiş, sonra Ayasofya'dan çıkıp Boğaz'ın it ürümez, kervan geçmez bir kıyısında bir ateş yakmış, ateşin etrafında bir çember oluşturmuşlar. Ölümsüzlük iksirinin varlığı duyulursa dünyada yaratacağı kaosu, savaşları, adaletsizliği uzun uzadıya tartışmışlar."

"Tolkien yaşasaydı kıskanırdı bu hikâyeyi. Süper fantastik. Eee, sonra?"

"Sonunda formülü unutmak üzere yemin etmişler. Keşfettikleri gizli iksirin formülünü unutmak için hafıza silen bir karışımı hepsi aynı anda içmiş! Aralarından bir tanesi hariç! Baş simyacı hazırladıkları unutma iksirini içmemiş!"

"Akıllı herifmiş, kim ölümsüzlükten vazgeçer ki?"

"Baş simyacı, diğer simyacılar uzaklaşınca cebindeki iksir şişesini çıkarıp ölümsüzlüğü yudumlamış. Ruhunu ebediyete kadar tılsıma bağlamış. Bir karga yakalamış, kendi kanını mürekkep yapıp karganın gagasını bandırarak tüm hikâyeyi ve ölümsüzlüğün formülünü işte o kitaba yazmış. Öğrenciyken bulduğumuz Tılsımlar Kitabı'na, yani."

Yavuz gagası mürekkebe batırılıp kalem niyetine kullanılan karga lafını duyunca irkildi. Onu yıllardır takip eden ve bilmeden adını Karakalem koyduğu kuşla hikâye arasındaki bağ onu acayip rahatsız etmişti. Üstelik bir gece önce gördüğü kâbustaki detayı da hatırlayınca tüyleri diken diken oldu. Rüyasında anne ve babasını öldüren katilin karga başlı bir asası vardı!

Huzursuzlaştı. Oturduğu sandalyeden kalkıp odada bir tur attı. Efsane ve yaşadıkları arasındaki bu bağlaçlardan hiç hoşlanmamıştı. İnsan yaşadığı acıların karşısında ayakta kalabilmek uğruna hayali bastonlar edinir, hayatı hafife alıp alaya dayanır. Yavuz da öyle yapmayı tercih edip sırıtarak, "Siz de üç kafadar, gidip tılsımı çıkardınız ve sonra erittiniz. Üçünüz de içtiniz ve ölümsüz oldunuz. O yüzden genç görünüyorsunuz ama aslında çok yaşlısınız," diye dalga geçti.

Ahmet delikanlının alaycılığını umursamadan anlatmaya devam etti.

"Bulduğumuz kitabın üzerinde aylarca çalıştık. Korkut her sayfaya ayrı analizler yaptı. Kimyasal çözümlemelerle sayfalara zarar vermeden kan ile yazılmış bazı metinleri, gizlenmiş kelimeleri ortaya çıkardı. Güneş ve ben satır satır tercüme ettik ve sonunda bir kısmını okumayı başardık."

"Ne yazıyordu?"

"İstanbul'u koruyan tılsımın Ayasofya'ya gömüldüğünü, tılsım eritildiğinde ortaya çıkan sıvının hangi tepkimelere yol açacağını, ölümsüzlük iksirinin kullanma talimatlarını deşifre ettik."

"Bu ne tırışka tılsımmış ya! Fatih Sultan Mehmet İstanbul'u fethettiğine göre palavraymış! İstanbul'u Osmanlı ordusundan koruyamamış işte..."

"Duruma nereden baktığına bağlı! Yazılanlara göre 628'den 1453'e kadar korumuş. Baş simyacı yüzyıllarca yaşamış, Ayasofya'dan hiç çıkmamış, hiç yaşlanmamış, gelen her imparatora bir önceki rahibin torunu olduğunu söyleyerek Ayasofya Kilisesi'nde yüzlerce yıl başrahiplik yapmış."

Yavuz, "Hiper fantastik," diye kahkaha attı.

Ahmet, "İstanbul'da birçok efsane dolaşır. En ilginci de Ayasofya'daki son ayindir. Hiç duydun mu?" diye sordu.

"İlgi alanıma girmiyor hocam. Ben daha ziyade elle tutulur, gözle görülür, akılla açıklanır durumlarla ilgiliyim!"

"Keselim istersen."

"Yok devam edin, masal gibi dinliyorum işte. Merak ettim sonunu."

Ahmet, delikanlının bu hadsiz tavırlarına ya sabır çekip, anlatmaya devam etti: "Birleşmiş Hıristiyanlığın son ayini Ayasofya'da 1453'te yapılmıştır. Doğu Roma İmparatoru XI. Konstantin, Papa'ya iki büyük Hıristiyan mezhebini Ortodoksluk ve Katolikliği, Osmanlı kuşatmasına karşı birleştirmek için başvurmuştu. Ayasofya'da ilk ve son kez ortak bir ayin yaptılar. Fatih'in ordusu İstanbul'u fethetmeden birkaç saat önce, 28 Mayıs gecesi, şehir halkı Ayasofya kubbesinin altında toplanmış."

Yavuz, "Gerçek mi bu?" diye sordu.

"Tarih kitaplarında var. Fatih Sultan Mehmet İstanbul surlarını delmiş, şehri fethetmiş. Ayasofya'ya atıyla girdiğinde bir kemere yaklaşırken atı huzursuzlanıp şaha kalkmış. Nalıyla bir sütuna vurmuş. Böylece, sütunların arasına gizlenmiş Bizans tılsımı yüzlerce yıl sonra kırılmış ve İstanbul'da Müslümanların egemenliği başlamış."

Yavuz gülümsedi, "Efsanelere bayılıyor insanlar. Birbirlerine bu tip hikâyelerle bağlanıyorlar," dedi.

"Sütundaki o nal izi hâlâ duruyor. İlk fırsatta git bak. Bitireyim mi?"

"Buyurun, dinliyorum."

"Tılsım kırılınca Ayasofya'da yapılan son ayin yarım kalmış, rahip kılığındaki ölümsüz baş simyacı bir duvarın ardına girmiş ve iz bırakmadan kaybolmuş. Baş simyacının sonsuza dek yaşama hayalleri de böylece Osmanlı sancağının altında nihayete ermiş. Rivayet o ki, bir gün İstanbul gene Batı'nın başşehri olacak, Ayasofya kubbesi altında yarım kalan ayin tamamlanacak ve Baş simyacı hayata geri dönecek."

Yavuz uykulu gözlerle ona baktı, "Toparlayalım mı hocam?" dedi.

Ahmet, "Ne kadarı aklında kaldıysa," dedi.

Yavuz sözlüye kalkmış öğrenciler gibi anladıklarını özetlemeye başladı: "Koruma tılsımı yaparken tesadüfen ölümsüzlük iksirini bulan baş simyacı, Ayasofya'ya kendi kendini rahip olarak atamış ve ta 628 yılından 1453'e kadar yaşamış. Yuh! Sonra herif, bizim sultandan korkup Ayasofya'da bir duvarın içine girmiş ve İstanbul onların eline geçince tekrar hortlayıp ortaya çıkacakmış. Siz de iki arkadaşınızla birlikte bütün bunları bir karganın gagasıyla yazıldığı yazılan kitapta okudunuz. Özetle bu. Doğru anlamış mıyım?"

"Garip geldiğine eminim ama eğer o kitabın içinde Osmanlı mührüyle yazılı mektubu okumasaydık biz de sosyo-kültürel bir infial, muhafazakâr bir tarikatın uydurması der geçerdik," dedi Ahmet Hoca.

"Ne yazıyormuş mektupta?"

"Osmanlı ordusunun İstanbul'u almasıyla kırılan Doğu Bizans tılsımı dört parçaya ayrılmış. Müneccimbaşı, Fatih'in atının darbesiyle parçalanan tılsımın kara büyü olduğunu hemen anlamış. Fatih Sultan Mehmet tılsım parçalarının saklanmasını buyurmuş. Dört parça tılsım, İstanbul'un doğusuna, batısına, kuzeyine, güneyine gömülmüş."

"Hâlâ konuyu şu gömleğe nasıl getireceğinizi merakla bekliyorum."

"Dörde bölünen tılsım, İstanbul'un dört köşesine gömülürken bu şehir her daim Müslümanlarda kalsın diye dualar edilmiş ve kimse o dört parçayı bir araya toplayamasın diye ak büyüler yapılmış. İstanbul'a ayak basacak ilk halifenin tenine değen gömlek de muhafız tayin edilmiş!"

Yavuz "Benim içimdeki paçavrayla ne ilişkisi olabilir!" diye sordu.

"Daha yeni üniversite sınavına girdin. Söyle bakalım, ilk Osmanlı Halifesi kim?"

"Yavuz Sultan Selim."

"Senin içindeki gömlek, hangi padişah gömleğinden akım aldı?"

"Yavuz Sultan Selim'in gömleğinden."

"Senin gömlek o gömleğe benziyor muydu?"

"Bire bir."

"İşte kitabın arasında bulduğumuz mektupta bunlar yazılıydı. İkinci bir gömlek dokunduğuna dair bir rivayetten bahsediyordu. Tılsım parçalarının gömüldüğü yerde kalmasını halife gömleği sağlayamazsa, ikinci gömlek sağlar, yazıyordu."

"Çok saçma."

"Saçma öyle mi?"

"Neden ilk Osmanlı halifesinin gömleği? Neden Fatih Sultan Mehmet'in gömleği değil?"

"Mektupta; İstanbul'u fetheden padişahın tılsımı parçalamakla, şehre ayak basan ilk halifenin de bu şehirdeki ezan sesinin devamını sağlamakla görevlendirildiği yazıyordu."

"Bırak hocam ya, ne hilafeti, ne halifesi! Benim gibi laik cumhuriyet çocuğunun kafası pek basmaz bunlara!"

"Cumhuriyet de Osmanlı da, Selçuklu da, Göktürkler de... Ne kadar geriye gidersen git, aynı bütünün parçalarıyız. Mezhep, dil, din, ırk fark etmeksizin bu topraklara aitiz. Bu hikâyeler bizim."

Yavuz üzerinde feri sönmek üzere olan gömleğe bakarak, "Tılsımlı gömleğe ulaşsalar ne olacakmış yani?" diye sordu.

"Anlasana... İstanbul'u Müslümanlardan geri almak isteyen bir tarikat var. İstanbul onların eline geçerse, Deccal'in yeryüzüne ineceğine inanıyorlar."

"Dinler arası kavganın bitmez tükenmez zırvalıkları işte!"

"Bazıları da ölümsüzlük iksirini elde edeceğine kafayı takmış. Bu uğurda korkunç şeyler planlayıp uyguluyorlar."

"Ne gibi?"

"Cinayet gibi..."

Yavuz cinayet lafıyla irkildi, sormaya korktuğu soruyu sormadı. "Önemli olan gömleği giyenin niyeti. Kimi o tılsım parçalarının birleşmesini engeller, kimi tılsımı bir araya getirip iksirin formülüne ulaşmaya çalışır. Niyet eylemden güçlüdür."

"Kafam kazan oldu."

"Sözün özü, Osmanlı halifesinin gücü artık senin gömleğe geçti. İstanbul'u korumak ve onun üzerine oynanan oyunları durdurmak artık senin görevin. İstanbul'un muhafızı sensin!" dedi Ahmet Hoca.

Yavuz dakikalarca güldü. Durdu, ağzını eliyle kapatmaya çalıştı ama olmadı, gene kahkahalara boğuldu.

Ahmet, delikanlının alaycı kahkahalarının sonunun gelmesini sabırla bekleyip, "Ne kadar reddetmeye çalışırsan çalış, olacak olan ne varsa, yaşanır bu hayatta. Asla yapmam dediğin ne varsa yaparsın, çıkmam dediğin sahnede bulursun kendini," dedi.

Yavuz, "İstanbul muhafızı ha... Bırakın bu işleri ya! Bu şehirde bile doğmadım, üstelik hiç de sevmiyorum," dedi gülmeye devam ederek.

Ahmet Hoca bilgisayarının ekranındaki fotoğraftan beş yüzyıl önce gömülen abanoz bir sandıktan çıkan mektubu alçak sesle tercüme etmeye başladı:

"Ben Tonguzlu dokuma ustası Dede Dengiz,
İki gömlek dokudum tıpatıp aynı.
Biri sultanıma, öteki doğacak ilk erkek torunuma.
Ne zaman ki bu iki gömlek karşı karşıya gele,
Şifası, hükmü, gücü diğerine geçe."

Yavuz Tavas'ta bir tepede, toprağın altında bulduğu

gömüden çıkan mektubun ne anlama geldiğini ilk defa duyuyordu. Dinledikçe buz kesti. Annesi ölmeden önce Hızır Ağa'ya, "Yavuz ilk erkek torun," demişti. On sekiz yaşına bastığı gün, beş asırlık bir çınarın dibinde bu gömleği bulmuştu! Gömlek Topkapı Sarayı'nda anlamlandıramadığı bir güce maruz kalmış, paratoner gibi elektrik yüklenip ışıklar saçmaya başlamıştı. Yavuz ani bir hareketle gömleği üzerinden çıkarıp odanın öbür köşesine fırlattı.

Tam odadan çıkmak üzereyken Ahmet Hoca'nın sesiyle durdu. "Ailenin neden öldürüldüğünü öğrenmek istemiyor musun?"

Duyduğu cümlenin ağırlığıyla arkasını dönüp adama baktı. "Ne demek şimdi bu?" diyerek tüm çevikliğiyle yaklaşıp hocanın yakasına yapıştı, "Onların ölümü hakkında ne biliyorsun?" diye sordu.

Ahmet Hoca kibar bir hareketle delikanlının elini çekti, yakasını kurtardı.

"Katili beraber bulacağız. Sırrı beraber çözeceğiz. On dört yıldır seni korumaya çalışıyoruz."

"Sen neden bahsediyorsun!"

Ahmet Hoca odanın köşesine attığı gömleği yerden almasını söyledi.

"Giy onu, gömlek seni katile götürecek," dedi.

Yavuz çocuksu bir inançla gömleği yerden alıp tekrar üzerine giydi.

Ahmet, "Baş simyacının 628 yılında yazdığı kitabın içinden 1515'te yazılmış eski Türkçe bir mektup çıktı dedim ya..." diye devam etti.

"Evet?"

"O mektupta Tonguzlu bir dokumacının ikinci bir gömlek

dokuduğuna dair bir söylentiden bahsediliyordu. O mektubu okuyan, bu bilgiye sahip, sadece üç kişi var! Ben, Güneş ve Korkut."

"Yani?"

"Bir gece üçümüz Tılsımlar Kitabı'nın detaylarını çalışıyorduk. Korkut'u giderek saran ölümsüzlük hırsının gözünü döndürdüğünden habersizdim. O gece kitabı çaldı! Ne dediysem yolundan çeviremedim. Bir daha ne onu ne de Güneş'i gördüm. Kendimi de onları da ihbar etmeyi çok düşündüm ama Güneş'e kıyamadım," dedi Ahmet Hoca.

Yavuz kafası allak bullak olmuş halde, "Kitabı çalıp ne yaptı, anlamıyorum?" diye sordu.

"O kitap bir yol haritası! Korkut, Bizans tılsımını bulup İstanbul'u Türklerden geri almak isteyen karanlık güçlerle irtibata geçti. Yavuz Sultan Selim'in gömleğini müzeden çalma imkânı olmadığı için ikinci gömleğin peşine düştüğünü öğrendim. Şu an giydiğin gömleği bulmak uğruna her şeyi yapar! Trink Ali var ya..."

"Ne olmuş Trink Ali'ye?"

"Trink Ali'nin babasını Korkut'un her hareketini izlemesi için tuttum. Korkut'un bu işe kafasını taktığını, hastalık derecesinde efsaneyi araştırdığını biliyordum."

"Ailemin cinayetinde bu Korkut denen pezevengin rolü mü var?"

"Ölümsüzlük iksiri uğruna yapmayacağı şey yoktur!"

"Anamı, babamı o mu öldürdü?"

"On dört yıl önce Denizli'de dokumacının soyundan gelenlerin izine ulaştık. Trink Ali'nin babasını, annenle babanı uyarmak için Tavas'a yolladım ama çok geç kalmıştım. Korkunç bir cinayet işlenmişti! Polisler seni bir sepetin içinde canlı buldu. Hikâyeyi bir tek Hızır Ağa'yla paylaştık. O zamanlar nüfus müdürlüğünde çalışan bir memurdu. Anlattıklarımıza, benim telefonda söylediklerime inandı. Seni ailenin kütüğünden sildik, soyadını değiştirdik ve yıllarca herkesten sakladık."

Yavuz üzerindeki gömleğe nefretle bakıp, "Bu... Bu paçavra yüzünden mi öldürdüler ailemi!" dedi.

"Tılsımlı gömleğin gücü olmadan kehanet gerçekleşemez. Korkut yıllardır peşinde..."

Yavuz duyguları darmadağın, öğrendiklerinin ağırlığıyla, "Kim ulan bu Korkut? Geberteceğim o herifi!" diye bağırdı.

"Hukuk okuyacaksın, bilirsin. Delil bulmadan yapacağın her hamle ters teper," dedi Ahmet Hoca.

"Sikmişim delili! Bedeli ne olursa olsun anamın babamın katilinin cezasını vereceğim!" diyerek bağırmaya devam etti Yavuz. Ahmet Hoca, "İntikam mühendislik ister, her aşamasını planlamak zorundasın. Düşmanını iyi tanımayan, kodes parmaklıklarının ardındaki kader mahkûmlarını tanır," dedi.

"Bana ucuz cümleler kurma hocam!" diyen Yavuz'un omuzları çöktü. Başı ellerinin arasında, gözleri yerdeki Özbek kilimine takılmış, çaresizce oturdu.

Bir süre sustular.

Neden sonra Ahmet sesindeki baba şefkatiyle, "Acıkmadın mı?" diye sordu. Yavuz başını kaldırıp adamın suratına baktı, "O kuru fasulyeciye gidelim," dedi.

Kütüphaneden çıktıklarında İstanbul'da güneş çoktan batmıştı.

5. BÖLÜM

İSTANBUL TILSIMLARI

Bir şehir ki kara büyü yapar uğruna korkaklar.
Bir şehir ki görünmez bir duvar örer
Batı'yla Doğu arasına.
Bir şehir ki Doğu geçemez ondan ileriye,
Batı boğulur denizinde.
Bir şehir ki dünyanın göbeğinde, gözler üzerinde.

FE-29467G

Ambulans çığlık atan sireniyle Üsküdar'daki arkeolojik kazı alanına girdi.

Gencecik bir stajyer kalp krizi geçirmiş, arkeologların ve işçilerin çaresizce çırpınışları fayda etmemişti. Ekibin gözleri önünde, göz göre göre ölmüştü. Henüz yirmi yaşındaki genç kızın kalbi ayaktayken durmuş, sonra yere yığılmıştı. Her şey o kadar ani olmuştu ki kazı ekibi şok içindeydi.

Ambulanstan inen sağlıkçılar stajyerin taze cesedini siyah plastik bir torbaya yerleştirdiler, sedyeye koyup uzaklaştılar. Kazı alanındaki tüm projektörler kapatılıp kısa bir anonsla paydos verildiği söylendi. İşçiler de, arkeologlar da dağıldı. İstanbul'da hüzün dolu bir gece daha başlamıştı.

İşçi başı Şuayip, belediyenin arkeoloji ekibi için tahsis ettiği seyyar tuvaletlerden birine girip yıllardır güneşe maruz kalan yüzünü, kuruyan derisi çatlaklarla dolmuş ellerini yıkadı. Aynaya her baktığında daha da zayıflamış olduğunu düşünüyordu. Gömleğinin yakasından taze dal gibi uzayan boynu o kadar inceydi ki, görenler ürkmesin diye düğmeleri iliklemek zorunda kalıyordu.

Nem oranının dayanılmaz olduğu yaz günlerinde açık alanda çalışmak akıl kârı değildi. Ne saklanacak bir gölge, ne serin akan derenin kıyısı! Köyünde üzerine eğilmiş söğüt dallarını yalayarak çağlayan tuzsuz suları o kadar özlemişti ki... Boğaz'ın haşin suyunu da, binalardan yansıdıkça çoğalan sıcağını da hiç sevmiyordu. *Zavallı kız terlemekten öldü herhalde,* diye düşündü.

Asya ile Avrupa'yı denizin altından bağlayan Marmaray inşaatında çalışmak üzere taşeron şirketin işçi kadrosuna girmesinin üzerinden on iki yıl geçmişti. Yenikapı'daki ilk tünel çalışmasında binlerce yıllık bir köy ve eski çağlardan kalma dünyanın en büyük limanı ortaya çıkınca Arkeoloji Müzeleri Müdürlüğü başkanlığında kazılar başlamış, Şuayip de arkeologlarla çalışan sözleşmeli işçi ekibine dâhil olmuştu.

Yıllarca toprağı kat kat süpürmüşler, 35.000 tarihi eser ve Theodosius Limanı'ndaki çamurun yuttuğu otuz üç batık gemiyi gün yüzüne çıkarmışlardı. Başına gelen garip olay, işte o günlerde yaşanmaya başlamıştı.

Vasıfsız işçi kadrosuna dâhil olduğu ilk ayın sonunda maaşlar dağıtıldığında, o da öğle paydosunda memlekete para göndermek üzere Sirkeci'deki PTT binasına gidiyordu. Meçhul bir adam yanına yaklaşmış, "Çok para kazanmak ister misin?" diye sormuştu. Şuayip bu garip adamla birlikte bir kahvehaneye girmiş, karbonatlı çayını içerken hayatının teklifini duymuştu.

Ondan talep edilen o kadar basit bir işti ki... Adam

ona son teknoloji kameralı bir Nokia cep telefonu verecek, Şuayip o telefonla toprak altından çıkan metal tarihi eserlerin fotoğrafını çekecekti. Altın, gümüş, kalay, bronz, demir ya da bakır... Gece yarısından önce metal parçaların fotoğraflarını mesaj olarak yollarsa, gönderdiği parça başına on dolar alacaktı. Teklifi duyunca Şuayip'in gözleri parlamış, hemen kabul etmişti.

Yenikapı'daki kazılar tamamlanıp ekip Üsküdar'daki kazı alanına taşınmış, hayalet patronu parça başı ödeme yapmaya devam etmişti. Adını bilmediği, yüzünü hiç görmediği muamma adamla yaptığı bu anlaşma neticesinde hesabına şimdiye kadar 47.000 Amerikan doları yatırılmıştı!

Genç kızın ölümüyle sonlanan yorucu ve yakıcı günün ağırlığından kurtulmak, havasını değiştirmek umuduyla Üsküdar'ın meşhur esnaf lokantasında incik ve bulgur pilavı yemeye karar verdi. Kursağında yer kalırsa sade kahvesinin yanında bir dilim fıstıklı baklava bile yiyebilirdi. Diğer işçilerle beraber kaldığı pansiyona dönünce aylık kira borcunu ödemeyi, abdest alıp Aziz Mahmut Hüdayi Camisi'nde yatsı namazını kılmayı planladı. Sonra da erkenden uyumayı hayal etti.

Gün boyu çıkarılan tarihi eserlerden sadece altı tanesi metaldi. Gizlice çektiği fotoğrafları mms ile patronuna yolladı ve karnını güzelce doyurmanın peşine düştü. Hızlı adımlarla Kanaat'e doğru yürümeye başladı. Ardahan Çarşı'nın önüne geldiğinde cep telefonuna bir mesaj geldi. Cebinden telefonu çıkarıp mesajı okudu: "Daha çok para kazanmak ister misin?"

Şuayip şaşkınlıktan olduğu yerde çakıldı, kaldı! Yıllar

sonra ilk kez esrarengiz patronundan bir mesaj almıştı. Cevaben, "Evet" yazıp gönderme tuşuna bastı.

Birkaç saniye sonra bir başka mesaj sesi duyuldu. Aceleyle mesajı okudu, "Fe-29467g no'lu metal parçayı bana getir," yazıyordu.

Şuayip'ten, çoktan kayıt altına alınmış tarihi bir eseri kaçırması, yani hırsızlık yapması isteniyordu! Bunu yapıp yapamayacağını düşünürken bir mesaj daha düştü kutuya: "Yarın sabah eserler müzeye teslim edilmeden o parçayı alıp bana getirirsen hesabına 47.000 dolar daha yatacak. Karar senin. Sen yapamazsan yapacak birilerini bulurum."

Şuayip ruhunu para için satmaya hazır olduğunu bildiren cevabı yazdı: "Nereye getireyim?"

Mesaj kutusuna gelen cevabı okudu: "Kapalıçarşı – Bedesten, No 66."

Şuayip açlığını unutmuş, yazışmalarda geçen meblağ ile karnı doymuştu. Ertesi sabah erkenden o metal parçayı çaldığını, muamma patronuna götürüp karşılığında binlerce dolar aldığını düşledi. Bu yapış yapış şehirden kurtulmayı hayal etti. Memleketine kesin dönüş yapıp dere kenarındaki söğüdün yakınlarına bir ev yapabilir, Sarıcıların kızı Hüsniye'nin karşısına dikilip evlenme teklif edebilirdi. Kurduğu hayallerin sarhoşluğuyla pansiyona geri döndü. Odasına çıkıp abdest aldı. Aziz Mahmut Hüdai'nin huzurunda yatsı namazı kılmaya yüzü yoktu. Seccadesini odaya serip orada namaza durdu.

Heyecan veren teklifin üzerinden birkaç saat geçmiş olmalıydı. Şuayip pansiyon odasındaki tüplü televizyonda haberleri seyrederken uyuyakalmıştı. Kapıyı tereddütle tıklatan sesle irkildi. Gözleri yarı kapalı kapıyı açtı. Pansiyoncu Nihat eşikte durmuş, şaşkın bir ifadeyle ona bakıyordu.

Şuayip odanın aylık kirasını almaya geldiğini düşünüp, "Ödemeyi unuttum değil mi abi? Kusura bakma," diyerek kapının yanındaki duvar askısına uzandı. Pantolonunun cebinden cüzdanını çıkarıp altı tane yüz lira uzattı. Pansiyoncu parayı aldı ama kapıdan uzaklaşmadı. Soru dolu gözlerle eşikte dikiliyordu.

Şuayip bu uzayıp giden bakışmaya bir anlam veremeyip, "Bir sıkıntı mı var Nihat abi?" diye sordu.

Pansiyoncu Nihat yutkundu, "Son model bir Mercedes geldi. İçinden iri kıyım üç herif indi. Sana bu paketi teslim etmem için bana tomarla para verdiler. Bana bak Şuayip, ne iş? O kalantorların senin gibi bir ameleyle ne işi olur?" diyerek balonlu bir naylonla paketlenmiş zarfı uzattı.

Şuayip zarfı adamın elinden kapıp meraklı bakışlarından kurtulmak için, "Ne bileyim abi? Hadi iyi geceler," deyip kapıyı kapattı. Sıcak yüzünden bütün gece açık bıraktığı pencerenin perdesini sıkıca örttü. Yatağın kenarına oturup zarfı dikkatle açtı. İçinden kazıda çıkan metal parçanın aceleyle yapılmış kötü bir kopyası çıktı. Kopyaya iliştirilmiş bir de not vardı:

"Fe-29467g no'lu parçayı çıplak elle dokunmadan bir beze sar. Onun yerine bu replikayı koy. Saat 08:30'da verdiğim adrese gel. Dikkat çekme. Hata yaparsan nerede olursan ol seni bulurum ama cesedini kimse bulamaz!"

İstanbul sıcaktan kavrulurken Şuayip korkudan buz kesti.

GAİPTEN GELEN MESAJ

Ahmet sıcaktan kavrulan bir sabaha uyandıktan sonra duş alıp mutfağa indi, çay demledi. Yavuz ise kafası eski hikâyelerden, kadim efsanelerden karman çorman olmuş, gerçekle fantezi arasında sıkışmış kalmış halde ve uykusuzdu. Bilgisayar başında sabahlamış, İstanbul efsanelerine dair yazılmış çizilmiş ne varsa hatmetmişti. Bazılarına gülmüş, bazılarına şaşmış kalmıştı. Sekiz bin yıllık tarihiyle dünyanın en eski yerleşimlerinden biri olan kocamış şehir hakkında o kadar çok şey öğrenmişti ki sonunda bitap düşmüştü.

Yatağa uzandı ve Aslı'ya bir sms mesajı yazdı: "Seni sarayda yalnız bıraktığım için üzgünüm." Cevap bekledi ama gelmedi.

Bir sms daha mı atsam diye düşündü, "Özür dilerim," yazdı.

Özrüne de cevap bekledi, gelmedi.

Gerçi Aslı'yla görüşse, genç kız o güne dair sorular sorsa ne anlatacaktı? Yapacağı her açıklama akıl dışı hikâyelerle dolup taşacak, muhtemelen genç kız, Yavuz'un kafayı sıyırdığını düşünecekti. Başına gelenlerin kelimelerle anlatılması güç, üçüncü şahıslarca anlaşılması imkânsızdı.

Odasının kapısı tıklatıldı. İsteksizce kalkıp kapıyı açtı. Ahmet Hoca bir fotoğraf albümünün üzerine koyduğu iki bardak çayla odaya girip, "Günaydın," dedi.

Yavuz da ona, "Günaydın," dedi.

Yavuz yatağına bağdaş kurdu, o da çalışma sandalyesine oturdu. İkisi de çaylarını yudumlarken sessizliği ilk kim bozacak diye beklediler.

Yavuz gençliğin verdiği heyecanla lafa girdi: "Diyelim doğaüstü olaylara maruz kaldım, fizik yasalarıyla açıklayamıyorum. Diyelim ki bir kehanetin içine düştüm. E, ne olacak şimdi?"

"Sana bağlı. İnanmayı tercih edersen parçası olacaksın. Reddedersen olacaklara seyirci kalacaksın," dedi Ahmet Hoca.

"Ailemin bu lanetli hikâye yüzünden öldürüldüğünü söylüyorsun. Nasıl seyirci kalabilirim?" diye sordu Yavuz.

"O zaman gömleğin işaretlerini bekle ve gerekeni yap," dedi Ahmet Hoca.

Yavuz'un sustuğunu görünce, "Bir de Hızır Ağa'yı ara, seni çok özlüyor," dedi.

"Ha, bir de o konu var tabii. Sevdiği için değil, sana söz verdi diye evlatlık edinmiş beni öyle mi?" diye sitemkâr sordu Yavuz.

Ahmet Hoca, "Kendine acımayı bırakmalısın bence, yakışmıyor sana," diyerek getirdiği albümü uzattı. İçi Yavuz'un dört yaşından itibaren çekilmiş fotoğraflarıyla doluydu. Kargayı ekmekle beslerken, bisiklete binerken, asabi bir horozdan kaçarken, çınarın altında ders çalışırken, Ege birincisi olduğunda kürsüde takdir belgesi alırken, mezun olurken... Onlarca fotoğraf vardı.

Ahmet biraz zorlanarak, sesindeki şefkati saklamaya gayret ederek, "Hızır seni oğlu gibi sevdi. Ben de uzaktan..." diyebildi.

Tam o sırada Yavuz'un üzerindeki eski gömlek vakumlanmış gibi vücuduna yapıştı, göz alıcı parlaklıkta ışıklar saçmaya başladı!

"Gene başladı bu. Sakın yaklaşma!" diye haykırdı Yavuz.

Ahmet bir an ne yapacağına karar veremedi, sonra "Kıpırdama!" diyerek hızla banyoya koştu. Duvardaki aynayı söktü, getirip Yavuz'un tam karşısına koydu. Gömlekten yayılan ışıklar bazı harf ve rakamları sırayla, belli bir düzende parlatıyordu.

Yavuz aynanın karşısında gömleğin üzerinde yer değiştiren desenleri dehşetle izlerken Ahmet ışıldayan harfleri, rakamları tek tek not ediyordu. Yavuz vücuduna yayılan güçlü akımla kıpırdayamıyordu. "Bir düzen içinde tekrarlanıyor, farkında mısın?" diyebildi güçlükle.

"Elif, nun, ha, dal, ye, dal..." diye okumaya başladı Ahmet Hoca. "Harfler değil sadece. Bazı desenler de parlıyor, görüyorsun değil mi?" diye devam etti Yavuz. Ahmet Hoca istifini bozmadan not almaya devam etti. Gömlekteki ışıldama başladığı gibi beklenmedik bir anda durdu. Yavuz akımın etkisinden kurtuldu, vücudundaki kasılmalar, ağrılar azalmaya başladı. Aynanın önünde yere çökerken, "Kriptolojiden anlıyorsun umarım," dedi.

Ahmet gömlekten gözlerini alamıyor, yaşadıkları akıl ötesi olayı ifade etmenin yollarını arıyordu. "Muhteşem bir şey bu. Zamanın gerisinden gelen bir şifre!" dedi.

Yavuz, "Sen onu bir de bana sor!" dedi zar zor gülümseyerek.

Ahmet masasının başına geçip elindeki kâğıda not aldığı harfleri birleştirdi, cümleyi tercüme etmeye başladı. Yavuz, yerden zar zor kalkarak ilerledi, onun başına dikildi ve heyecanla beklemeye başladı.

"Bu bir bilmece," dedi Ahmet Hoca.

"O kadarını anladık hocam, ne diyor?" dedi sabırsızca Yavuz.

Ahmet Arapça harflerden oluşan metni Türkçeye tercüme etmeye başladı:

"Scutarii'de bir çukur, değersen ruhun kurur.
Semadan geldiğini bilmezler, ateşle döverler.
Birleşirse dişisiyle, gammazlar kardeşini bile."

Onlarca yıl mürekkep yalamış, binlerce kitap tercüme etmiş Ahmet Hoca susmuştu.

İlk deşifreyi Yavuz yaptı, "Semadan gelip ateşle dövülen... Demir! Demir madeni milyonlarca yıl evvel yerkabuğu henüz soğumadan çok önce bir göktaşı dünyayla çarpışınca çekirdeğe karışmıştır."

Ahmet de kendi uzmanlığını konuşturdu: "Scutarii, Üsküdar'ın ilk çağlardaki ismi..."

Yavuz, "Üsküdar'da bir çukurda demir bir parça... Ne demek bu peki?" diye sordu.

"Dişi ve erkek... Metal parçaların eşleşmesi için kullanılan bir terim. Yani bu demir yuvasına oturursa..."

"Demir'in kardeşi nedir ki?"

"Bir teorim var ama söylemeye dilim varmıyor."

"Hocam delirtme beni, söyle işte!"

"Bu bahsedilen, tılsımın ilk parçası ise... İlk parça demir ise... Eğer yerine oturursa, yani yuvasına yerleşirse, tılsımın ikinci parçasının yerini belli edecek demektir."

"Korkut dediğin orospu çocuğunun çaldığı kitapta oyuk falan var mıydı?"

"Tılsımlar Kitabı'nın arka kapağında üç santim derinliğinde bir yuva vardır," diye cevapladı Ahmet Hoca.

"Her parça, diğer parçanın nerde saklı olduğunu gösterecek yani," diye Ahmet Hoca'nın söylediklerinin devamını getirdi Yavuz.

Ahmet Hoca düşünceli "Anladığım budur. Tılsımın bir parçası diğerinin yerini deşifre ederse dört parça birleşir. O zaman İstanbul onu yeniden fethetmek isteyenlerin emeline direnemez, savunmasız kalır. İstanbul demek Türkiye demek!" dedi.

Yavuz, "Komplo teorisine bak!" diye dalga geçecek olunca, Ahmet Hoca, "Gözünle gördün mesajın gelişini. Hâlâ inanmıyor olamazsın!" dedi sinirlenerek.

Yavuz başını öne eğdi, çünkü bu olayı aklının kabullenmesi öyle zordu ki... Ahmet Hoca üzgün, "Tılsımlar Kitabı Korkut'ta. Eğer ilk parçayı bulup yerine koyduysa ikinci tılsımı eliyle koymuş gibi kolayca bulacak demektir," dedi.

"Bir adım gerideyiz demek bu! O zaman bu gömlek ne işe yarıyor anlamadım ki?" diye sordu Yavuz.

"İkinci tılsımın yerini bilmiyoruz henüz. Bir mesaj daha gelmeli... Sabredeceğiz."

"Yok ya... Gömleğe vahiy inmesini mi bekleyeceğim sanıyorsun! Sen bana şu Korkut denen pezevengin adresini versene hocam!"

"Ne yapacaksın adresini? Mekânına gidip uğruna her şeyden vazgeçtiği kitabını mı alacaksın?"

"Yo, bildiğin geberticem herifi. Kesin ve kısa çözüm!"

"Özel eğitimden geçmiş bir güvenlik ordusunun koruduğu adamın yanına yaklaşabileceğini mi sanıyorsun! Senden daha akıllı hamleler bekliyorum."

"Ne öneriyorsun peki? Mal gibi oturup bekleyecek miyiz?"

Ahmet, "Biraz düşünmeliyim," dedi ve odadan çıktı.

Yavuz, çalışma sandalyesine sıkı bir tekme attı.

İstanbul'u sabah telaşı sarmıştı. Şuayip erkenden kazı alanına geldi, nöbet devralan güvenlik ekibine abartılı bir sıradanlıkla, "Günaydın" deyip gereğinden yavaş adımlarla içeri girdi.

Güvenlik elemanlarından biri kulübeden çıkıp önünü kesti, "Abi başınız sağ olsun. Yeni gelen arkeolog kızlardan biri ölmüş ha?" dedi.

Şuayip, "Hiç sorma," diye geçiştirdi.

Boşboğazlığına işgüzarlık katan güvenlik elemanı, "Taze simitle kaşar var, buyur," diyerek onu kulübeye davet etti. Şuayip kelimelerin üzerine basa basa, böle küçülte konuşmaya başladı, "Yok kar-deş sağ-ol, ben kah-val-tımı yap-tım. Si-ze a-fi-yet ol- sun," deyip ağır hareketlerle uzaklaştı.

Hırsızlık yapmak için soğukkanlı olmak, dikkat çekmemek, sakin görünmek gerektiğini biliyordu. Hareketlerini, konuşmasını, hatta göz kırpışını bile yavaşlatmıştı. Kış geldiğinde daha az yağ harcamak için tembelleşen ayılar kadar tasarrufluydu. Küçük adımlarla yürüyor, nefesini bile sayarak alıyordu. Tulumunu giymek üzere portatif dolapların olduğu işçi çadırına girdi. Lacivert tulum ve turuncu tişörtünü giyip baretini taktı.

Büyük çadırda sahadan çıkan her parçanın üzerinde kimyasal çalışmalar yapılır, parçalar tek tek kayıt altına alınır, fotoğraflanır, çizimlerle belgelenir, en geç 48 saat içinde de müze ekibine ya da uzmanlara teslim edilmek üzere araçlara yüklenirdi.

Arkeolog ve projede çalışan stajyer öğrenciler gelmeden büyük çadıra girmeli o parçayı almalıydı. Yavaşça çadıra doğru yürüyüp eserlerin incelenip numaralandırıldığı bölümden içeri süzüldü. Hayallerini gerçekleştirmesine, zengin olmasına ramak kalmıştı.

Etrafı kolaçan ederek Fe kod'lu kasalara yaklaştı. Yıllardır Yenikapı ve Üsküdar kazılarında çalıştığından arkeoloji öğrencilerinden daha bilgili, tez yazan öğretim görevlilerinden daha tecrübeli sayılırdı. "Fe" Latince "ferrum" kelimesinin kısaltmasıydı ve demir madeninden yapılma tarihi eserleri dosyalamak üzere kullanılıyordu.

Heyecandan sırılsıklam terliyordu. Turuncu tişörtünün koltukaltı kahverengiye çalmaya başladı. Sonunda parçalar arasında meçhul patronunun çalmasını istediği avuç büyüklüğündeki demir levhayı gördü.

Yerine replikasını koyup parçayı tam alacakken telefon mesajındaki uyarıyı hatırladı, *"Çıplak elle dokunma!"* Nasıl da unutmuştu! Gözleri, arkeologların kullandığı eldivenlerden aradı, bulamadı. Birazdan tüm ekip kazı alanına gelmiş olacaktı, o yüzden acele etmeliydi. Elini uzatıp demir parçayı alınca yeryüzünün kabuğu ayaklarının altında beşik misali sallanıyormuşçasına titremeye başladı. Şuayip heyecandan tansiyonunun yükseldiğini düşünerek sallantıyı önemsemedi ve demir parçayı baretinin içine sakladı. Hızla çadırdan çıktı, güvenlik kulübesine doğru yürümeye başladı. Başı dönüyor, gözleri kararıyordu. *Hırsızlık zor iş,* diye düşündü.

Ana kapıdan tam çıkmak üzereyken az önce konuştuğu güvenlik aynı işgüzarlıkla yolunu kesip, "Hayırdır abi?" diye sordu.

Şuayip "Pan-si-yon-da te-le-fo-nu-mu u-nut-mu-şum, me-sa-i baş-la- ma-dan ala-yım da ge-le-yim," diyerek geceden hazırladığı yalanı söyledi, kazı alanından hızla uzaklaştı.

Gördüğü ilk taksiye binip tek kolunu arabanın camından sarkıtmış taksi şoförüne, "Nuruosmaniye Kapısı'na, çabuk," dedi.

Genç şoför, "Abi Marmaray'a bin gözünü seveyim, beni köprüden geçirme bu saatte," derken Şuayip adama öyle bir baktı ki, şoför başına gelebilecekleri sezmiş gibi tırstı, itiraz edemeden gaza bastı ve sola kırıp trafiğe karıştı.

Şuayip arka camı açtı, baretini çıkarıp koltuğa koydu. Yağdan kıl çeker gibi kolayca çaldığı demir levhayı incelemeye başladı. Üzerinde garip şekiller olan avuç büyüklüğündeki parça gözüne oldukça sıradan göründü. Sonra birden elinin üzerinde bir gariplik olduğunu fark etti. Parmak uçları siyahlaşmaya başlamıştı. Binlerce yıllık paslı demirin boyadığını düşünerek parmak uçlarına tükürdü, elini tulumuna sürterek lekeyi çıkarmaya çalıştı ama nafile... İnatçı leke bir türlü çıkmadı.

Kuzguncuk yakınlarında baş dönmesine mide bulantısı da eklendi. Taksinin penceresini sonuna kadar açıp etrafına bakındı. İstanbul'un sabah trafiğinde beş dakikalık yolu, elli beş dakikada almaya alışmış olan halk, sıkıntıyla boğuşuyordu. Kendini hasta hisseden Şuayip şoförün omuzuna dokundu, "Birader uzanacağım, gelince haber ver," diyerek koltuğa kıvrıldı.

Ne kadar uyuduğunu tahmin edemiyordu, bir elin onu sarsmasıyla gözlerini açtı. Şoförün yüzünde dalgalanan dehşete baktı, "Ne var?" diye sordu.

Şoför hayretle "Abi seni bir hastaneye götüreyim. Yüzün... Yüzünde bir şey var!" diyebildi.

Şuayip arka koltuktan öne uzanıp dikiz aynasına baktı. Suratındaki bütün damarlar kabarmış, içlerinde kan yerine siyah mürekkep dolaşıyormuşçasına morarmıştı. Ellerine, kollarına baktı. Derisi ıskartaya çıkmış paslı gemi enkazı gibi acı kahverengiydi. Korkudan gözleri kocaman olmuş şoföre, "Saat kaç?" diye sordu.

"Ne saati ya? Çapa'ya götüreyim mi seni?" diyen şoföre, "Saat kaç dedim sana!" dedi sertçe.

"Sekizi çeyrek geçiyor," diye yanıtladı, taksici.

Şuayip araçtan indiğinde ayakta zar zor duruyordu. Cebinden çıkardığı yüz lirayı şoföre uzattı, paranın üzerini beklemeden sarsılarak Nuruosmaniye Kapısı'na yürümeye başladı. Caminin avlusundan geçerken beline saplanan ıstırapla iki büklüm yere düştü. Oradan geçmekte olan turistler yardım etmek üzere Şuayip'e yaklaşmışlardı ki, göz pınarlarından kan damladığını görünce panikle yanından uzaklaştılar. Şuayip son gücünü kullanarak bir hamle yapıp kalktı. Bacaklarındaki dayanılmaz ağrılarla Kapalıçarşı'ya girdi.

O yürürken herkes ondan uzaklaşıyor, cüzzamlı görmüş gibi yön değiştirip aksi tarafa geçiyordu. Bedesten'e doğru saptığı anda zayıf boynuna saplanan acılarla kafası bedeninden ayrılacak zannetti. Bir duvara yaslandı, elini boynuna götürdü, derisinin altında tümsekler oluştuğunu hissetti! Küçük adımlarla bir kuyumcunun vitrinine yaklaşıp eliyle gözünden akan kanı sildi, camdan yansıyan aksine baktı. Sırtında küfe taşıyor gibi belinden bükülmüş, boynunda onlarca kara yumru kabarmış, göz pınarlarından damlayan kan tüm suratına bulaşmıştı.

Yanından geçen, elinde taşıdığı oryantal çay tepsisiyle tezat giyimli, saçları jöleli delikanlının önünü kesti, "66 numara nerede?" diye sordu.

Delikanlı dehşetle açılan gözlerini ondan kaçırarak, "Vıyy! Abi ne oldu sana?" derken birkaç adım uzağa zıpladı.

Tam o sırada nereden çıktığını anlamadığı takım elbiseli, iri kıyım iki adam, Şuayip'i kollarının altından tutup yerden bir karış havalandırarak vitrini antika mücevherlerle dolu bir dükkândan içeri sürüklediler. Çarşının içinde bin bir çeşit insan görerek büyümüş olan çaycı yamağı, bana ne ya, der gibi omuzlarını silkip uzaklaştı.

Adamlar dükkânın kapısını kilitleyip onu bir çuval gibi koltuğa bıraktılar. Dükkânın kapısındaki stor perdeleri indirip *"kapalı"* yazan levhayı dışa çevirdiler. Bedesten 66 numaralı dükkânın içinde cam vitrinlerde duran antika parçalar o kadar görkemli bir ışık yayıyordu ki, Şuayip başının döndüğünü, acılar içinde kıvrandığını bir an için unutup hayranlıkla etrafına bakmaya başladı.

Bu yüzyılın başında Kızıl Devrim'den İstanbul'a kaçan Beyaz Rusların yok pahasına sattığı elmas küpeler, artdeco yeşim taşlı yüzükler, gümüş çay takımları ve güvercin kanı yakut pandantifler... İnsanlar çoktan göçmüş, hatıraları dükkânı doldurmuştu. *Bunlar bize gelmez. Halime'yi koluma takıp merkezdeki kuyumcuya gider, burma altın bileziklerle donatırım bileklerini. Salına salına yürüdükçe kervan devesi gibi çıngırdar*, diye hayal kurdu.

Sonra, vücudunda dolaşan zehrin yayılmacı üstünlüğüne yenilip tekrar inlemeye başladı. İri korumalardan biri konsolun üzerinde duran eski tip ahizeyi kaldırıp tek bir numara çevirdi, "Taşıyıcı geldi. Kapıyı açabilirsiniz Korkut Bey," deyip telefonu kapattı.

Bordo kadifeyle düğmelenmiş kapitone kaplı duvarlarda dekor gibi duran bir kapı, mekanik bir sistemle açıldı. Diğer koruma, uzun boyuna rağmen altmış kilo bile çekmeyen kavruk işçibaşını kucağına alıp açılan kapının ardındaki seksen sekiz basamaklı merdivenden aşağı inmeye başladı. Merdiven sanki sonsuz bir kuyuya dönerek iniyor, eski taşlarla örülmüş duvarlar dar bir sahanlık alanda son buluyordu. Dört köşesi, Orta Çağ döneminden kalma meşalelere elektrik sistemi döşenerek aydınlatılmıştı. Sahanlığın sonundaki demir kapının önünde durdular. Dört metre uzunluğundaki çift kanatlı görkemli kapı yavaşça açıldı. İki yüz metrekare genişlikte, her duvarında cam muhafazalarla korunan eski yazmaların bulunduğu, tam ortasında ise kurşungeçirmez bir kaidenin dikildiği salona girdiler.

Koruma kucağındaki Şuayip'i yere, buz gibi soğuk mermere yatırdı. Salonun en ucundaki çalışma masasında 27 inç Mac ekrana bakan Korkut ayağa kalktı, işçibaşının yanına kadar yürüdü.

Şuayip kıvranıyor, inliyor, giderek kapanan şuuruna rağmen direniyordu. "Patron sen misin? Ne oluyor bana?" diye sordu.

Korkut Zergüdan hafifçe ona doğru eğilip son derece soğuk bir sesle konuşmaya başladı, "Talimatlarıma uymamışsın koçum. Binlerce yıllık bir zehre çıplak elle dokunmuşsun!"

Korkut iç cebinden palamutla tabaklanmış deri bir eldiven çıkarıp sol eline taktı, Şuayip'in cebindeki eski tılsımı dikkatle aldı. Salonun ortasındaki cam muhafazalı kaideye doğru yürüyüp muhafazayı belindeki altın bir anahtarla usulca açtı. Rengi siyaha çalan deri kitaba yaklaşıp kapağındaki boş yuvaya demir parçayı yerleştirdi.

Şuayip'in Üsküdar'da bir kazı alanından çaldığı, yüzyıllar önceden Bedesten 66 numaraya taşıdığı Bizans tılsımının parçası boşluğa oturunca Korkut nefesini tuttu. Ağzından titrek bir cümle döküldü: "Sahte olmasın! Bu sefer gerçek tılsım olsun!"

Beklemeye başladı. Eğer orijinal tılsımsa kimyasal bir tepkime olması, kitapta kırmızı bir yazının açığa çıkması gerektiğini biliyordu.

Şuursuzca kıvranan adama bakarak, "Dua et parça gerçek olsun. Senin ıstırap çektiğine, benim yıllardır beklediğime değsin!" dedi.

Şuayip çoktan bilincini yitirmiş, hayvani seslerle inliyor, can çekişiyordu. Korkut, simsiyah gözlerini kitaptan zor aldı, başını kaldırıp korumasına, işini bitir, der gibi baktı. Koruma Şuayip'in giderek formunu kaybeden, kıvranan bedenini sırtlanıp salonun kutsiyetini kirletmesin diye sahanlığa çıkardı. Şuayip'i taş zemine bıraktı, dal kadar ince boynunu tek hamlede kırdı. Korkut ise bulunduğu ortamdan tamamen kopmuş, Tılsımlar Kitabı'nda oluşacak kimyasal tepkimeyi bekliyordu. Birdenbire usta illüzyonistlerin sahneye koyduğu, insan gözünü aldatan yanılsamalar gibi kitapta silik bir yazı belirmeye başladı.

Korkut'un elleri titredi, kalbinin sesi odanın duvarlarında yankılandı. Harfler ağır ağır tamamlandı. Hayatının keşfini yapmış, yüzyıllar sonra baş simyacının kitabıyla tılsımın ilk parçasını buluşturmuştu! Fal taşı gibi açılmış gözlerinin önünde Latince kelimeler belirdi:

"Coronam nunc aurum porta,
Dicere salve Hagios İoannes Prodromos baptista,
Sepultusque insomnias frater."

Bir karganın gagasıyla, baş simyacının kanıyla yazılmış metnin karşısında dili tutulmuştu! Heyecanını dizginlemeye gayret ederek masasına yöneldi. Eline bir sözlük alıp kelime kelime tercüme etmeye başladı:

"Altın kapıdan geç başında tacınla.
Vaftizci Yahya'ya selam eyle.
Uykusuzların koynuna gömülüdür kardeşim."

1453'te dörde bölünen Bizans tılsımının ilk parçası, ikinci parçanın İstanbul'un neresinde gömülü olduğunu tarif eden şifreli başka bir mesaj veriyordu. Yıllardır bu efsane uğruna ödediği servete, kıydığı canlara, yaşadığı yalnızlığına değdiğini düşündü. Gözlerindeki hırs dile geldi, "Doğru olduğunu biliyordum!"

Zafer sarhoşluğuyla sendeledi. O kadar heyecanlıydı ki, Kapalıçarşı sokaklarına çıkıp savaş çığlıkları atmak, önüne gelene sadaka dağıtmak, arada sırada buluştuğu kadınlardan birine gidip saatlerce sevişmek geldi içinden.

Korkut Zergüdan kaidenin yanına sandalyesini çekip Tılsımlar Kitabı'nın kapağına yerleşen demir levhaya gözlerini dikti. Ölümsüzlük iksirine adım adım yaklaşacağını biliyordu artık! Varoluşun en çözümsüz sorusuna, ölüme meydan okudu!

İMRAHOR

Galatasaray Üniversitesi'nde Fransızca hazırlık derslerinden birine girmek üzere beş numaralı dersliği bulup en arka sıralardan birine oturdu. Külçe gibi ders kitabı ve ince uçlu bir kurşun kalem dışında yanına hiçbir şey almamıştı. Aslı'dan mesaj gelirse diye bir umutla telefonunu titreşim moduna aldı.

İlk senenin ilk dersine girmek üzere acemi bakışlar, tedirgin adımlarla ilerleyen öğrenciler kapıda birikmişlerdi. Yavuz üzerindeki gömleğe mesaj gelirse yayılacak ışığı, çevresindeki yüze yakın öğrenciden nasıl saklayacağını düşünüyordu. Önlem için Ahmet Hoca'nın koyu renk deri ceketini yanına almıştı. Gömlek aniden parlamaya başlarsa ceketi giyecek ve revire gitme bahanesiyle sınıftan kaçacaktı. Kendi kendine, "Ne boktan plan!" diye mırıldandı, gülesi geldi.

Öğrenciler teker teker yerlerine yerleşirken iddialı görünenler ön sıralara oturdu. Yavuz içinden onların bu hevesli haline gülümseyip Hızır Ağa'nın lafını hatırladı:

"Hayat yüz metre koşuya benzemez, maraton gibidir. Nefesini de, nefsini de tasarruflu kullanmak gerekir."

Akademik kariyerinden emin, havalı bir asistan kürsüye yaklaşıp kısa bir konuşma yaptı. Ders programını, sınav sistemini anlattı durdu. Yavuz şu an bir başka derslikte Aslı'nın da üniversite hayatının ilk dersinde olduğunu biliyordu. Hayalinde genç kızın etrafında toplanmış erkek öğrencileri kıskandı. Topkapı Sarayı'nda onu öylece bırakıp panikle kaçarkenki halini hatırladı, utandı.

Telefonuna gelen bir mesajın titreşimiyle heyecanlandı. Mesaj Aslı'dan değil, Hızır Ağa'dan gelmişti: *"Allah zihin açıklığı versin."*

Yavuz gülümsedi. Hızır Ağa'yı affetmek çok kolaydı. Onun Yavuz'u karşılıksız sevme şekli, yıllarca sakladığı birçok bilgiden daha değerliydi. Cevap yazdı: *"Amin."*

Yaşadığı garip olayları, Karakalem'i, Topkapı Sarayı'nda gömlekler arasında yaşanan akımı, Aslı'yı... Aslı'yı... Defalarca kez Aslı'yı düşünürken birkaç elli dakika geçivermişti. Yavuz içindeki eski gömlekten tuhaf ışıklar saçılmadığı için rahat, ilk günü vukuatsız atlatmanın huzuruyla fakülte koridorlarında yürümeye başladı. Pencerelerin iç kenarlarına oturmuş kimi türbanlı, kimi mini etekli yaşıtı kızlar kâğıttan bardaklarda kahve içerken göz ucuyla ona bakıyorlardı. Neden baktıklarını biliyordu aslında. Lise arkadaşlarının onu uzun boyu, siyah kirpiklerin arasından parlayan iri gözleri, geniş omuzlarıyla meşhur bir aktöre benzettikleri olmuştu zaman zaman. Oysa Yavuz kendini yakışıklı değil, oldukça sıradan buluyor, bu tip ergen konularını pas geçmeyi tercih ediyordu.

Koridorda ilerlerken, *Bu kadar güzel kızı hiçbir arada görmemiştim,* diye geçirdi içinden. Gene de onu arsızca süzen kızların hiçbiri Aslı'ya benzemiyordu! Aslı'daki hüzün öylesine bir çekim gücü yaratıyordu ki, onun hakkında her şeyi merak ediyor, sadece onunla konuşmak istiyor, onu keşfetmek arzusuyla tutuşuyordu. Bir de öpmek istiyordu dudaklarını. Aslı'nın dudaklarındaki rengin adını bulmuştu, yavruağzı... Aslı'yı yavruağzı dudaklarından doya doya öpmek istiyordu.

Tam okuldan çıkmak üzereyken bir el omuzuna dokundu. Dönüp bakınca Trink Ali'nin tüm umursamazlığıyla karşısına geçip sırıtarak, "Merhaba," dediğini duydu.

Yavuz, "Hayırdır?" deyince, "Hayır tabii abi. Dersin bittiyse seni bir yere götüreceğim. Esas ders şimdi başlıyor abicim. Ahmet Hoca uygulamalı ders vermemi istedi," dedi Ali.

Yavuz itiraz etmedi. Kampüsten birlikte çıkıp Kabataş'a kadar havadan sudan konuşarak yürüdüler.

Tramvaya binip Beyazıt'a gelmeden inip Kapalıçarşı'ya uzayan avlulardan birine girdiler. Üzerinde *"Nuruosmaniye Revak Restorasyon Çalışması"* yazan bir tabelanın önünde durdular. Paravanlarla avludan ayrılmış olan sundurma bölümüne geçmeden önce Trink Ali dikkatle etrafı kolaçan etti. Birkaç turist kendi âlemine dalmış, çarşıya doğru yürüyordu. Trink Ali, turistleri umursamadı ve paravanın bir kenarını aralayıp, "Gir hadi," dedi. İkisi de inşaat alanına gizlice sızıp metrelerce aşağıya doğru inen bir çukurun başına geldiler. Trink Ali ona, "Ne bekliyorsun?" der gibi baktı. Yavuz ne istediğini anlamıştı. Çukurun üzerinde işleyen düzeneğe bindi ve yaklaşık yirmi metre derinliğindeki kuyudan aşağı indi. Karanlık bir dehlizin taş duvarlarının arasında beklemeye başladı. Trink Ali halatla ve çarklarla işleyen metal düzeneği yukarı çekip Yavuz'un yanına indi.

"Neresi burası ya? Biraz daha insek magmaya ulaşırız," dedi Yavuz.

Trink Ali "Yok be abi, on altı metre aşağıdayız. Eski zamanlarda burası yer seviyesine yakınmış," diye cevap verdi, eğildi, torbacılar gibi iki çorabının içine yerleştirdiği el fenerlerini çıkardı, birini ona uzattı.

Loş ve nemli koridorlarda ilerlemeye başladılar. Kusursuz yarım daire şeklinde arkların altından geçip sarnıçları dehlizlere bağlayan tünellerin sütunlu odalara açıldığı uçsuz bucaksız yeraltı şehrinde yürüdüler. Sonunda muhteşem bir galeriye vardılar. Yavuz duvarlardaki taş işçiliğine, desenlere, Ortodoks mozaiklerine hayran kaldı.

Trink Ali etrafa şaşkın şaşkın bakan Yavuz'a döndü, "Caminin secde döşemesinin altında on iki tonozlu bir oda buldular. Kariye ve Ayasofya arasındaki dehlize kuşatmalardan kaçmak için su sarnıçları, kilerler hatta dua etsinler diye şapeller bile yapmışlar. Yerebatan'da gizli bir dehliz varmış, ben daha onu görmedim, ta Kınalıada'ya kadar uzuyormuş. Salacak ve Kızkulesi deniz dibinden birbirine bağlıymış diyorlar. Orayı da daha görmedim. Bu sene o tarafa yürüyeceğim," dedi.

Yavuz sıradan bir turistik geziyi anlatır gibi konuşan, İstanbul'un altında, İstanbul'dan büyük bir yeraltı şehri olduğuna kani olmuş Trink Ali'ye inanmayarak baktı. Çatallaşan tünellerden birine sapıp sonuna kadar ilerlediler ve kırk basamakla çıkılan bir odaya girdiler.

"Artık hiçbir şeye şaşırmıyorum. Neredeyiz?" diye sordu, Yavuz.

"Şu anda düşman hatlarında sayılırız. Bu odacığın üzerinde orospu çocuğunun mekânı var!" diyen Trink Ali duvardaki nişlerden birinde duran gaz lambasını yaktı. Odanın her yerinde aynı adamın siyah beyaz fotoğrafları asılıydı. Ortadaki mermer sunağın üzerinde mavi evrak dosyaları yığılıydı. Her dosyayı birbirinden kenarındaki etikette yazan tarihler ayırıyordu.

Trink Ali dosyalardan birini çekip Yavuz'a uzattı, "Yıllardır attığı her adımı, gittiği her yeri, konuştuğu herkesi biliyoruz. Hatta bazen dinliyoruz herifi," dedi.

Yavuz "Korkut bu mu?" diye sordu.

"Korkut Zergüdan'ı takdimimdir, ta kendisi! Babam her dakika peşindeydi bu manyağın. Hoca birazdan gelir, o gelmeden sana her şeyi anlatmamı istedi."

"Baban nerede?"

Trink Ali başını dikleştirdiğinde yüzünde ne korku, ne keder vardı. Gözlerinden taşan intikam duygusuyla fotoğraflara bakarak, "Geçen sene öldürüldü. Cesedini Çatladıkapı'da surların dibinde buldular," dedi.

Yavuz "Başın sağ olsun. Bu pezevenk mi öldürdü?" diye sordu.

"Henüz ispatlayamadık abicim," dedi Trink Ali.

Duvarlara Korkut Zergüdan'ın çeşitli mekânlarda toplantı yaparken, yürürken, yemek yerken çekilmiş fotoğrafları, Bedesten'deki dükkânına giren çıkanların listeleri asılmıştı.

"Korkut'un karısının ve çocuklarının fotoğrafını çekmemiz yasak. Ahmet Hoca istemediğinden rahmetli babam da hiç çekmedi. Bildiğim kadarıyla iki çocuğu var. Karısı Güneş Hanım'la Ahmet Hoca eskiden yakın arkadaşmışlar," diye devam etti Ali.

Yavuz ikisinin de yetim kalmalarına sebep olan katilin yüzünü belleğine kaydetmek, bir daha da asla unutmamak için dakikalarca fotoğrafları inceledi. Trink Ali bir tanesine dikkatini çekti, fotoğrafı uzatıp, "Bak şu yanındaki herife, ne görüyorsun?" dedi.

"Amerikan subayına benziyor. Albay falan galiba."

"Üstüne bastın, ayağını kaldır. Bunlar Irak'a girince ilk iş Bağdat Müzesi'ni yağmalamışlar. O kadar iş arasında her şeyi bırakıp özel bir uçakla Bağdat Müzesi'ndeki Sümer Tabletlerini Amerika'ya yollamışlar. Neden sence?"

"Ne bileyim ya!"

"Yağma birliğini bu albay kumanda etmiş. Sonra İstanbul'a gelip Korkut'la buluşmuş. Günlerce bir otel odasında çalışmışlar. Sandıklar gelmiş, evrak çantaları gitmiş. Babam anlattıydı."

Yavuz "Anlamıyorum ne demek istediğini? Korkut Zergüdan tarihi eser kaçakçılarıyla işbirliği mi yapıyor? Sanat uzman mı, ne!" diye isyan etti.

"Yok be abicim, bunlar kaçakçı filan değil, bir grup yobaz. Daha doğrusu gizli bir tarikat! Korkut ruhunu da memleketi de bunlara satmış."

"Sen de Ahmet Hoca gibisin! Sonunda kafayı yedirteceksiniz bana. Ne anlatacaksan bir seferde anlat!"

Trink Ali, kollarını arkasında birleştirip akademisyenmiş gibi bir poz takındı, volta atarak anlatmaya başladı: "Bak şimdi... Deccal'in Ortadoğu'da bir yerlerde doğacağına inanan bir tarikat bunlar. Ne Ortodoks ne Katolik ne Süryani ne de Yahudi. Tek amaçları Deccal'i karşılamak, onun ordusuna katılmak, falan filan... Sümer tabletlerindeki efsanelerden tut, Kızıldeniz Parşömenleri'ne kadar her türlü kadim bilgiyi çalıp inceliyorlar. Sonuçta iki şey arıyorlarmış, Hz. Musa'nın kutsal sandığı ve Bizans için yapılan koruma tılsımını. Korkut Zergüdan da aynı şeyi arıyor yıllardır. Demek ki bir yerlerde yolları kesişmiş işte."

Yavuz, Trink Ali'nin anlattığı komplo teorilerine inanışına, ciddiyetine gıcık oldu, "Havalı bir tarikatmış, biz de mi katılsak?" diyerek, güldü.

Trink Ali çok bozuldu, "Abi bu konuya gülecek en son kişi sensin! Sen kim olduğunu tam anlamadın galiba!" dedi.

"Kimmişim ben?" diye sordu, Yavuz.

Trink Ali gözlerini ondan kaçırarak, "Bunu söylemek bana düşmez ama söz konusu olan İstanbul! Bunların inançlarına göre Ahit Sandığı Ayasofya'da gömülü. Tılsımı da bulurlarsa Ahit Sandığı'nın yerini belirleyecek, sonra da dünyaya hükmedecekler! Anlayacağın İstanbul kilit," dedi.

Yavuz delikanlının ateşli inancı karşısında sustu kaldı. Bir tıkırtı duyuldu, Ahmet Hoca galeriye girdi. Trink Ali ona doğru koşup sımsıkı sarıldı. Ahmet Hoca kolunu delikanlının omzuna koydu, "Sana özel ders verecek bir öğretmenle anlaştım. Boğaziçi Sosyal Bilimler yakışır aslanıma," dedi.

"Sağ olun. Kazanırım inşallah hocam," dedi Ali sevinçle.

Ahmet duvardaki fotoğraflara bakarken midesi bulanıyormuşçasına yüzünü buruşturarak, Yavuz'a döndü,

"Korkut'un sıfatını tanı istedim," dedi.

Yavuz tam bir laf edecekken aniden başı dönmeye başladı. Duvara tutundu, vücudundaki sarsılma o derece güçlüydü ki düşecek sandı. Bir anda içindeki eski gömlekten yayılmaya başlayan beyaz ışık, taş galeriyi ışıl ışıl aydınlattı. İlk kez şahit olduğu olay karşısında ödü kopan Trink Ali, "Hassiktir!" diyerek birkaç adım geriye kaçtı.

Ahmet Hoca bir yandan, "Ayakkabılarını çıkar!" diye bağırıyor, bir yandan elindeki çantayı açmaya çalışıyordu. Çantasından bir el aynası ve kâğıt çıkardı. Yavuz ayakkabılarını hızla çıkarırken Ahmet Hoca onun üzerindeki tişörtü başından çekip kenara attı. Aynayı eski gömleğe tutması için Yavuz'un eline tutuşturup geri çekildi, "Ali, bana bir kalem ver oradan!" dedi.

Gömlekteki harfler, geometrik desenler sırayla parlamaya başladı. Ahmet şifreyi oluşturan her parlamayı yazıp sırasıyla kaydetti. Sonunda ışığın gücü azaldı, azaldı ve aniden durdu. Birkaç dakika süren bu garip akım Yavuz'un tüm gücünü emdiğinden delikanlı yere yığılıp kaldı. İkisi de ona yaklaşmadılar bir süre.

Ahmet Hoca, "İyi misin?" diye sordu.

Yavuz başını *"evet"* der gibi salladı, "Neden ayakkabılarımı çıkarttırdın?" diyerek gülmeye başladı.

"Ne bileyim, aldığın akım topraklansın diye. Sen niye çıkardın?"

İkisi de kahkahalarla gülmeye başlayıp taş sunağın üzerine yan yana oturdular. Trink Ali yaşadığı şaşkınlığı üzerinden attı, hayretle onlara bakıp hayranlıkla gülüşlerini izledi. Sonunda Ahmet Hoca eski Türkçe mesajı harf harf yazdı, okudu, tercüme etti: *"Altın kapıdan geç başında tacınla. Vaftizci Yahya'ya selam eyle. Gömülüdür kardeşim, Uykusuzların koynuna."*

"Yani?" diye sordu Yavuz.

"Eskiden Bizans imparatorları başlarında taçlarıyla bir kiliseye girip dua etmeden Altın Kapı'dan şehre girmezlerdi. O kilise, yani Vaftizci Yahya Kilisesi, İstanbul'da ayakta kalan en eski dini yapıdır," dedi.

Trink Ali cebindeki telefondan internete bağlanıp teyit etti: "Milattan sonra 463 yılında Doğu Konsülü Studios tarafından kendi mülkü olan bir arazide, büyük bir manastırla birlikte kurulmuş. Bin yıl sonra camiye çevrilmiş. Şimdilerde restorasyona alınmış. Adı İmrahor İlyas Bey Camii."

Yavuz merakla "Uykusuzlar kim peki?" diye sordu.

"Bu manastırda yaşayan keşişlere nöbetleşe olarak gece gündüz ayin yaptıkları için *Uykusuzlar* denirdi," dedi Ahmet Hoca.

Yavuz, "Nerden biliyorsunuz siz bunları ya?" deyince Trink Ali velisiyle gurur duyan öğrenci edasıyla lafa karışıp, "Karşında tarih ve el yazmaları konusunda dünyanın en değerli profesörlerinden biri duruyor, abicim. Google'lasana bi zahmet," dedi.

Ahmet Hoca elindeki kâğıda bakarak, "Bazı Uykusuzlar caminin bahçesine gömülmüş olabilir. İkinci tılsım parçası da o mezarlardan birinde olmalı! Korkut'tan önce o parçayı bulman lazım," dedi.

Yavuz hışımla, "Yemişim tılsımını! Ben oraya annemle babamın katilini gebertmeye giderim ancak!" dedi.

Ahmet, delikanlının içinde tutuşan duygular karşısında panikleyip, "Bak oğlum, ben seninle gelemem, yani... Çıkamam biliyorsun," dedi.

Trink Ali akıncı birliklerin en gözü kara, en cabbar neferi gibi öne atıldı, "Ben giderim hocam. Göz kulak olurum ona!" dedi.

Yüzündeki endişe sesine yansıyan Ahmet Hoca tereddütle, "Korkut'la karşılaşmasını engellemen lazım Ali! Asla birbirlerini görmemeliler," dedi.

"Merak etme hocam, muhafızın muhafızı olmak şereftir."

Muhafız kelimesiyle irkilen Yavuz, kelimenin yüklediği sorumluluk altında ezildi, kızdı, sinirle delikanlıya baktı, "Böyle lakaplar takma bana bir daha!" dedi. Trink Ali bozulmuştu. Dudaklarını sarkıtıp kaşlarını çattı.

Yavuz, "Neredeymiş bu kiliseden bozma cami?" dedi sabırsızca.

Ahmet Hoca, "Yedikule civarında. Eğer tılsımı bulursanız sakın çıplak elle dokunmayın," diyerek çantasından bir çift deri eldiven çıkarıp uzattı. Delikanlı eldivenleri kaptı, Ahmet'i karanlığıyla baş başa bırakıp hızla dehlizlerde koşmaya başladı. Trink de peşinden gitti, düzenekle yukarı çektiler birbirlerini.

Nuruosmaniye Camisi'nde gün ışığına çıktılar, turistlerin arasında koşarak ana caddeye vardılar. Bir taksi çevirip Yedikule, İmam Aşir Sokak'a yaklaşmadan indiler. Birkaç yüz metre yürüdükten sonra İmrahor Camisi'nin önüne geldiler.

1894 yılındaki büyük depremde hasar gören çatısı 1910 senesinde bir gece çökmüştü. Camiden geriye kalan harabe tüm ihtişamıyla zamana ayak diriyordu. Trink Ali internetten okuduğu bilgileri tekrarlayarak Yavuz'un peşinden yürüdü.

"Ayasofya Müzesi'ne bağlıymış. 1500 yıllık neredeyse! Ziyarete kapalıymış."

Yavuz ters ters baktı "Çenen düştü," dedi.

Trink Ali ağzına fermuar çekiyormuş gibi bir el hareketi yapıp sustu. Binanın etrafında kimseler yoktu. Tedbiri elden bırakmadan ana yoldan ayrılıp caminin arka tarafına geçtiler. Geniş avluyu dünyanın geri kalanından ayıran yıkık duvarlardan birine tırmanıp içeri atladılar. Şadırvanın kenarından başlayan sahipsiz Osmanlı mezar taşları arasında Ortodoks mezarı aramaya başladılar. Duvarlar boyunca, "Uykusuz" denen keşişlerden birinin mezarına rastlamak umuduyla ilerlediler. Trink Ali kendini tutamayarak, "Camiye dönüştürüldüğünde Hıristiyan mezarlarını taşımışlardır kesin," dedi. Yavuz kızgın bakınca, gene sustu.

Zemini eşsiz mozaiklerle işli bir avluya geldiler. Tam avluya girdiklerinde bir karga sesi duyuldu, Yavuz başını gökyüzüne kaldırdı ve Karakalem'i gördü. Bunca yıl sonra sesini ilk kez duyduğu hayvana bakakaldı. Son zamanlarda yaşadıklarına şaşırmaktan yorgun düşmüş halde, "Bu kuş yıllardır her sabah benim pencereme gelirdi. İstanbul'a kadar takip etti beni," dedi.

Trink Ali "Kargalar garip yaratıklar abicim. Bir yerde okumuştum, problem çözüyorlar, kendi aletlerini yapabiliyorlarmış. Zekâ seviyeleri en gelişmiş kuşmuş bunlar. Belki sana bir şey anlatmaya çalışıyordur," dedi.

"Gömlekler mesaj yolladığına göre kargaların da iletişim kurduğuna inanmam gerekiyor, değil mi?" dedi alaycı bir şekilde Yavuz. Karakalem avlunun üzerinde turlar attı ve bir duvarın dibindeki kuyunun başına tünedi. Trink Ali, "Nereye kondu bu?" diyerek merakla hızlanıp kuşu aramaya başladı. Yavuz da peşinden... Kuyunun başına geldikleri anda başlarına vurulan sert darbelerin acısıyla önlerindeki derin çukura düştüler.

FİL YOKUŞU

İstanbul'da saat gece yarısını çoktan geçmiş, Yavuz kurumuş bir kuyunun dibinde, başının arkasında dehşetli bir ağrıyla uyanmıştı. Gözlerini açtığında kör olduğunu sandı. El yordamıyla bulduğu Trink Ali'yi sarstı, bağırdı ama uyandıramadı. Kendini kuyudan yukarı çekip etrafta halata, ipe benzer bir şeyler aradı. Bulamayınca çukura tekrar atlayıp insanüstü bir gayretle onu yukarı çıkardı. Sırtında giderek ağırlaşan, kafasından sızan kanla Trink Ali'yi İmrahor Camisi'nin kalıntılarının arasından ana yola çıkardı. Arkadaşını kaldırıma yatırıp kendi de yanına oturdu. Yedikule'den geçen her taksiye elini kaldırdı ama hiçbiri durmadı. Cep telefonundan Ahmet Hoca'nın evini arayıp, "Alo," dedi.

"Yavuz? Neredesiniz saatlerdir?" diye sordu Ahmet Hoca.

"O caminin yakınlarındayız. Ali yaralı!"

"Olduğunuz yerde kalın."

Telefonu kapattıktan sonra yanında yatan Ali'ye baktı. Hâlâ baygın olması hayra alamet değildi! Uyandırmak için omuzlarını sarstı, yüzüne birkaç tokat attı ama nafile. Ali belli belirsiz nefes alıyor ama gözlerini bir türlü açmıyordu. Üstelik Yavuz'un aksine onun başında kanayan herhangi bir yara da görünmüyordu.

Orada ne kadar beklediklerini kestiremedi. Sonunda bir taksinin farları gözünü kamaştırdı. Ahmet ve şoför hızla inip Trink Ali'yi kucakladı. Zar zor arka koltuğa yatırdıktan sonra Yavuz da bindi taksiye. Dizleri, arka koltuğu paylaştığı Trink Ali'ye yastık olmuş, İstanbul'daki ilk ve tek arkadaşına hüzünle bakıp olan biteni hatırlamaya çalışıyor, beceremiyordu.

Taksi dörtlerini yakmış sağ şeritten hızla ilerlerken Yavuz sonunda midesini bulandıran bir detayı hatırladı, "Karganın tuzağına düştük, resmen!" diye fısıldadı.

Karakalem onları çukurun başına çekmiş, muhtemelen Korkut'un adamları da son darbeyi indirmişti. Deyim yerindeyse on dört senedir beslediği karga gözünü oymuştu.

Ahmet Hoca, "Ne oldu?" diye sordu ön koltuktan başını uzatarak.

"Fena vurdular!" dedi Yavuz.

Hastanenin aciline girdiklerinde onu tekerlekli sandalyeye oturtmaya çalışan görevlilere, "Beni bırakın, onunla ilgilenin," dese de dinletemedi. İkisini beyaz plastik bir paravanla ayrılan iki odacığa yatırdılar. Başına dört dikiş atılıp bandajlanırken aklı arkadaşında, kulağı yan bölmeden gelen seslerdeydi. Ahmet Hoca'ya Trink Ali hakkında bilgi veren doktor iç kanama şüphesiyle tomografi çekilmesini istedi.

Ahmet Hoca gözlerinde korku, sesinde dehşetle, "Bu çocuk bana emanet! Neden uyanmıyor?" diye sorsa da doktordan cevap alamadı. Trink Ali sedyeyle başka bir bölüme götürüldü.

Birkaç saat geçti, beklemeye devam ettiler. Sonunda bir doktor elinde beyin tomografisi, bembeyaz bir suratla yanlarına yanaşıp, "İç kanaması var. Darbeden kaynaklı bir ödem oluşmuş, yoğun bakıma alıyoruz," dedi.

Ahmet Hoca metal kapılar ardında soğuk bir odaya yatırılan Trink Ali'nin tek yakını olarak resmi kâğıtları imzaladı. Yavuz hastane polisine yalan beyanda bulunup yürürken bir inşaat çukuruna düştüklerini söyledi. Beklemelerinin anlamı olmadığını söyleyen doktorlara endişeyle bakıp isteksizce hastaneden ayrıldılar. Eve girene kadar hiç konuşmadılar.

Mutfaktaki küçük masanın iki sandalyesini çekip karşılıklı çöktüler. Başlarına ne geldiğini sorgulayan Ahmet Hoca Korkut'un onların yüzünü görüp görmediğini anlamaya çalıştı. Bir süre sonra tılsımın ikinci parçasını da, İstanbul'u kurtarmayı da unutmuşlar, soğuk yoğun bakım odasında tek başına ve bilinçsiz yatan Ali'ye üzülüyorlardı.

Yavuz odasına çıkıp yatağına uzandı, Cemal Süreyya'dan bir dize yazıp, cevap geleceğinden umutsuz Aslı'ya gönderdi: "En koyu yalnızlık bile, bir tanığa ihtiyaç duyar."

Birkaç dakika sonra Aslı'dan mesaj geldi: "Fil Yokuşunda, Valens Kemerleri'ndeyim. Ben de yalnızım, benim de bir tanığa ihtiyacım var."

Yavuz hızla kalktı, saçlarını yolarak kafasındaki

bandajı çıkarıp attı. Yarım saat geçmeden duş almış, giyinmiş, evden çıkmış ve Aksaray'a varmıştı.

Bozdoğan Kemerleri'ne doğru yürümeye başladı. Roma İmparatoru Valens'in 4. yüzyılda inşa ettirdiği, yüzyıllarca şehre su taşıyan kemerlerinin altından şimdi çok şeritli bir bulvar akıyordu. Etrafına baktı, yol kenarında ne bir pastane ne de bir lokanta vardı. Aslı'yı da, mavi Vespa'sını da göremedi. Bir an kararsız kaldı, su kemerlerinden uzaklaşarak Manifaturacılar Çarşısı'na doğru yürümeye başladı. Birkaç adım atmıştı ki, telefonuna mesaj geldi: *"Geri dön."*

Aslı'nın komutuna uydu, ters yöne yürümeye başladı. Bir mesaj daha geldi: *"Peşinde dolaşan kediyi sevsene, çok şeker bir şey."*

Arkasına bakınca kediyi fark etti. Eğildi hayvanın başını severken, *Atla dese atlayacak, öl dese ölecek miyim,* diye düşündü. Işıklandırılmış su kemerlerine doğru ilerledi. Aslı'yı hâlâ göremiyordu. Bir mesaj daha geldi: *"Yukarı baksana."*

Yavuz başını kaldırdığında gözlerine inanamadı. Aslı su kemerlerinin üzerine tırmanıp ayaklarını sarkıtmış, altından geçen arabalardan otuz metre yüksekte oturuyordu. Yavuz gülümsedi, *aşk mı,* diye düşünürken bir mesaj daha geldi: *"Kemerleri takip et, Fatih Camisi'ne doğru yürü, en alçak yerinden tırmanıp bana kadar gel."*

Yavuz zamana direnen yapı boyunca yürüyüp alçak bir noktasına geldiğinde, mavi Vespa'nın oraya park edildiğini gördü. Kemerlerin üzerine tırmandı, yüzlerce yıllık taşlara basarak Aslı'ya doğru yürüdü. İstanbul'a yukardan bakmak ruhuna iyi gelmişti. Aslı'nın yanına oturdu.

"Merhaba," dedi genç kız.

"Fazla dramatik bir buluşma mekânı değil mi?" diye sordu, Yavuz.

"Bazen her şeye uzaktan bakmak istemez misin?"

Yavuz "İstemem. Uzak, yakın, alçak, yüksek fark etmiyor. Sıkıntı varsa her yere seninle geliyor," dedi.

"İnelim istersen."

"Tinerciler çıktığında biz ineriz."

Yerden otuz metre yüksekte dalga dalga yayılan şehrin gürültüsünü dinleyip altlarından sel gibi akan arabaları izlediler. "Dertten ya da havalı olayım diye çıkmadım buraya. Birazdan kanlı dolunayı göreceğiz. Astrologların paçası tutuşmuş, tarihçiler ahkâm kesiyor. Ne zaman kanlı dolunay olsa o yüzyılın en kötü din savaşları yaşanırmış. Bugün bütün gazetelerde vardı," dedi Aslı.

Yavuz, "Gazete okumadım," derken Aslı, "Voila," diyerek ufuktan nazlı nazlı yükselen dolunayı gösterdi.

Yavuz gözlerini dolunaydan kaçırarak genç kıza bakıp, "Ya kusura bakma, ben pek etkilenmem aydan, güneşten. Yıldızlara baktığımda Hubble Teleskobu'yla çekilen NASA görüntüleri, aya baktığımda Neil Armstrong aklıma geliyor. Romantik biri sayılmam," dedi.

Aslı bozulduğunu hissettirmeden, "Bu gece aynı telden çalmıyoruz, belli. Ayrı frekanslardan yayına geçtik," dedi.

Bir süre daha geçti, suskunlukları dolunayın yükselişini hızlandırdı. Aslı İstanbul'un tepesine asılmış kızıl bir top gibi duran dolunayı seyretti. Yavuz da hayranlıkla Aslı'yı...

Yavuz "Sarayda seni neden bırakıp kaçtığımı sormadığın için sağ ol," dedi.

Aslı, "Ödeştik. Sen de bana neden ağladığımı sormamıştın tanıştığımız gün," derken yavaşça ayağa kalktı. Kemerlerin en uç noktasına ilerledi, dengesini sağlamaya çalışarak tehlikeli bir yürüyüşe başladı.

Yavuz gerilmişti, "Hep yükseklerde dolaşıyorsun! Adrenalin bağımlısı falan mısın!" dedi sert bir ses tonuyla.

Genç kız onu duymamış gibi endişesine kulak asmadan biraz daha uca yaklaşıp, "Düşsem vicdan azabım da düşer parçalanır mı sence?" diye sordu.

"Sakat kalırsan, vicdan azabına kemik acısı eklenir. Ölürsen vicdanın da seninle ölür."

"Aslında ölmek bana uyar ama anneme acıyorum. İki çocuğunu da böyle kaybetmesin."

"Kardeşin... öldü mü?"

"Hani televizyon kanallarında duyduğumuz bazı trajik haberler vardır ya... Bizim başımıza hiç gelmez zannederiz ama geliyor işte..."

Yavuz içini dökmesi, ona acı veren ne varsa akıtması için pay bıraktı, uzanıp elini tuttu. Aslı avucundaki sıcak hisle kafasını kaldırıp ona baktı, "Ne o, düşerim diye mi korkuyorsun?" dedi.

"Korkmuyorum. Tutarım."

"Bazen tutamıyor insan. Ben tutamadım!" dedi, Aslı.

Yavuz gözlerini kaçırarak hikâyesini anlatmasını bekledi, Aslı anlatmaya başladı: "Daha yeni yürümeye başlamıştı. Benim peşimde dolaşmaya bayılırdı. Kıvır kıvır bal rengi saçları, ela gözleri vardı. İlk söylediği kelime ablaydı. Başka kelime öğrenecek zamanı olmadı."

"Nasıl oldu? Yani nasıl öldü?" diye sordu, Yavuz.

Aslı gözyaşları yer çekimine yenilmesin diye başını

dik tutuyor, uzanıp kanlı dolunaya dokunmak istercesine öne eğiliyordu. Yavuz her an tetikte, ona iyice yaklaştı, elini biraz daha sıkı tuttu.

Aslı sesindeki ızdıraba engel olamadan "Annemler evde değildi o gün. Bakıcısı mamasını hazırlamaya mutfağa inmişti. Ben de televizyona bakıyordum. Balkona emeklediğini fark etmedim," diye anlatmaya başladı.

Yavuz genç kızın Valens Kemerleri'nin ucunda, gözleri otuz metre aşağıya kilitlenmiş halinden öylesine endişelenmişti ki konuyu değiştirmek istercesine, "Anlatma, sus," dedi.

Aslı onu duymamış gibi konuşmaya devam etti: "Balkondaki sandalyeye tırmanmış. Sandalyeden parmaklıklara çıkmış. "Aba," diye seslenince irkildim, dönüp nerede olduğuna baktım. Balkon demirlerine tırmanmış, tam parmaklıkların ucundaydı. Gülümsüyordu bana. İki pirinç tanesine benzeyen dişini gördüm. Her şey saniyeler içinde oldu! Koştum ama tutamadım. Tutamadım!"

Yavuz söylenecek bir cümle bulamayacağını bildiğinden başını öne eğdi.

Aslı "Onlarca soru kalıyor insanın aklında!" dedi.

"Ne gibi?"

"İnsan, kardeşinin ölümüne neden engel olamaz? Bir insan evladını öldürmeye kaç metre yükseklik yeter? Ben de yüksekten düşsem, ona kendimi affettirebilir miyim? Suçluluk duygusu, işkence etmeyi bir gün bırakır mı?"

Yavuz bu soruların cevabını bilmiyordu. "Başın sağ olsun Aslı. Çok üzüldüm," diyebildi.

"Üzülmen için anlatmadım. İçimden bir ses beni yakından tanımak istediğini söylüyor. Benim tek ve gerçek hikâyem bu işte. Kardeşini koruyamamış, onun ölümünü izlemiş biriyim!"

"Elim bir kazayla kendini sınırlayıp şekillendiremezsin."

"Kabul et, oldukça trajik bir hikâye değil mi? Yani buluştuğumuz mekânla ve kanlı dolunayla uyumlu bir öykü, ha?"

Yavuz "Artık inelim şuradan," dedi huzursuzlanıp.

Aslı, ısrarlı bir bakışla "Hikâyeni dinlemeden olmaz. Şimdi sıra bana geçti. Hikâyeme karşılık senin hikâyen," dedi.

Yavuz bir an için annesini babasını öldüren tarikatı, eski bir gömlek yüzünden yaşadığı garabeti ortaya dökmek, Trink Ali'nin hastanede can çekiştiğini haykırmak istediyse de yapamadı. "Bu gece değil. Bir gün konuya uygun bir yer seçerim, esrarengiz bir sms'le seni oraya davet eder, anlatırım. Ok?" demekle yetindi.

Aslı, "Pekâlâ, anlaştık. İnelim o zaman," diyerek, tehlike noktasından uzaklaştı.

Yavuz "Mekânı neye göre seçtin? Yani neden Bozdoğan Kemerleri?" diye sordu.

"Kopya mı istiyorsun?"

"Evet."

"Mekân anlatılan hikâyeye hizmet eder. Burası da benimkine uygun."

"Nasıl?"

"Buranın eski adı Fil Yokuşu. Bizimkiler Timurlenk'in ordusundaki filleri görüp özenmiş ve Asya'dan getirtmişler. İstanbul tüccarların getirdiği fillerle dolup taşmış. Bir süre sonra koca hayvanları ne yapacaklarını bilemeyip bu kemerlerin altına bağlamışlar. Onlara benziyorum ben de. İçimdeki fil gibi vicdan azabıyla ne yapacağımı bilmiyorum."

Yavuz "Senin gibi birilerini bulacaksın. Onların acısına bakıp kendininkini küçülteceksin," dedi.

Aslı şaşırmıştı bu yoruma, "Başkalarının acısıyla avunmamı mı öneriyorsun!" dedi.

"Avunmayacaksın, paylaşacaksın."

Aslı "Yalnızlığımı tercih ederim," dedi.

"Hallac-ı Mansur'un lafını hatırlatırım."

"Ne demiş?"

"Cehennem acı çektiğimiz yer değildir, acı çektiğimizi kimsenin görmediği yerdir."

Yavuz arkasına dolunayın tüm ihtişamını alıp Aslı'nın belini tuttu, kemerlerin ucundan onu kendine doğru çekti, gözyaşlarını silerken, "Sen cehenneminde acı çekerken ben sana eşlik ederim mesela," dedi ve onu yavruağzı rengindeki dudaklarından öptü.

İlk öpüşmeleri dünyadaki bütün sesleri susturmuştu. Ne kadar sürdüğünü ikisi de bilmiyordu. Bir polis arabasının sireni ve ardından megafon yayını duyulmaya başlayınca dudakları ayrıldı. Sesinden orta yaşlı, toleranslı, uzun zamandır İstanbul sokaklarında her türlü çılgınlığa tanıklık etmiş olduğu anlaşılan bir trafik polisi yayına başladı: "Kemerüstü âşıkları, derhal aşağı ininiz. Aşk uçurur, bilirim. Yakalarsam kafeslerim."

Etraftaki turistler merakla kafalarını kaldırıp ikisine baktı. Hızlı adımlarla evine dönmeye çalışanlar durdu, onları seyretmeye koyuldu. Fatih Belediyesi'nin çöp kamyonunun arkasında asılı gezen temizlik işçileri trafik polisinin babacan tehdidine kahkahalarla güldüler.

"Birazdan kameralar, canlı yayın arabaları dolar buraya, istersen gidelim," dedi Aslı.

Koşarak kemerlerin en alçak yerine geldiler. Ayakları toprağa değince tekrar öpüşmeye başladılar.

SATILMIŞ RUH

Kandilli İskelesi'nin karşısından Boğaz'ın en güzel manzarasına tırmanan yokuşun sonlarında özel bir korunun ortasına konumlandırılmış tarihi köşkte bütün avizeler sönmüştü. Perdeler kaprisli kadınlar gibi iki yakayı ayıran sulara küsmüş, kepenkler sımsıkı kapanmıştı.

Sekiz odalı, üç katlı köşkün hizmetlileri balerinler gibi parmaklarının ucunda sessizce yürüyordu. Evin sevilen sahibesi Güneş Zergüdan aldığı ağır depresyon ilaçlarının etkisiyle aylardır uyuyordu. Arada kalktığı oluyor, elinde ilaç tepsisiyle odaya giren hizmetliye canının çektiği yemekleri ısmarlıyordu.

İşte o nadir zamanlarda köşkte hummalı bir ziyafet hazırlığı başlıyor, şoför markete yollanıyor, aşçı eti bizzat seçmek için Hisar Kasabı'na gidiyordu. Hizmetliler sebzeleri, meyveleri yıkıyor, sofrayı kuruyordu. Güneş isteksiz bir gayretle odasından salona inip Herend marka porselenlerle donatılmış, çiçeklerle süslenmiş sofrayı denetliyor, yemeklerin sunuluş biçimine iltifatlar ediyor ama ikinci lokmayı ağzına koyamadan masadan ağlayarak kalkıyordu. Her seferinde başı dönerek merdivenlerden yukarı çıkıp ışıksız odasına gömülüyordu.

O gün kocası Korkut eve erken dönmüş, yakınlardaki bir klinikten doktor ve hemşire çağırmıştı. Doktor, Güneş'i muayene edince bitkin haldeki kadına birkaç saatte anca tükenecek bir serum bağlamıştı. Köşk çalışanları, hanımları kuruyup ölmekten kurtuldu diye, sevindi.

Doktor gitti, hemşire serumun bitmesini beklerken acıktı. Mutfağa indi, hizmetlilerle dedikodu yapıp hasta kadın hakkında ağızlarından laf alacağını umarak yanlarına oturdu. Ne aşçı, ne yamağı, ne iki hizmetli kadın, ne de bahçıvan... Kimse Güneş'in acısını da, derdini de hemşireyle paylaşmadı. Hemşire bozulup can sıkıntısıyla beklemeye başladı.

Korkut merdivenlerden üst kata çıkıp evlendikleri ilk günden beri ayrı yattığı karısının odasına girdi. Düzenli aralıklarla damlayan serumun hortumunu gözüyle takip etti, Güneş'in kusursuz güzellikteki eline saplanmış kaba iğneden damarına akan ilacı izledi.

Güneş başını çevirip kocasına, "Odamda ne işin var!" der gibi baktı. Korkut'la laf dalaşına girecek mecali olmadığından sırtını döndü. Bir yıl önce yaşadığı o lanetli günden beri on yedi kilo vermiş, kuğu gibi güzel boynu kopacak kadar incelmiş, yeşil gözlerinin kenarı halkalanmış, balköpüğü saçlarının parıltısı sönmüştü. Bilekleri o kadar zayıflamıştı ki, Korkut dokunmaya korktu. Karısına bakarken, *Hâlâ çok güzel,* diye düşündü.

Yıllardır aynı çatıyı paylaştığı, çılgın gibi sevdiği karısının aşkına hiçbir zaman sahip olamamıştı. Güneş onun evlenme teklifini bir şartla kabul etmişti; "Bana asla dokunmayacaksın!" Yeşilçam filmlerindekine benzer evliliklerini sürdürürken hayatına birçok kadın girmişti ama hiçbiri Güneş'e duyduğu şiddetli aşkı hafifletememişti. Bir gece tutkusuna yenilmiş, evlendiklerinde yaptıkları centilmenlik anlaşmasını tek taraflı bozup Güneş'e tecavüz etmişti. Üstelik ne utanç ne pişmanlık hissetmişti.

Güneş'i aylardır yataklara düşüren ne resmi nikâhı altında olduğu adamın tecavüzü, ne de o gece hamile kalışıydı. Korkut, *Bir kadını işkence, ıstırap, taciz, hor görme ya da dayakla yıpratabilirsin ama annelik duygularına dokunursan öldürürsün,* diye düşündü. Başında dikilen kocasının varlığından iyice rahatsız olan Güneş ona dönüp gözlerini hafifçe araladı, "Çık odamdan Korkut!" diye tısladı.

"Bu sadece senin yasın değil. Bırak artık kendini cezalandırmayı. O ilaçlar sadece uyuşturuyor, acımız baki kalıyor. Kalk yalvarırım şu yataktan. Yemek yemen lazım," dedi Korkut.

Güneş en kısık sesiyle, "Yaklaş," diye fısıldadı. Korkut kulağını karısının ağzına yaklaştırdı. Güneş, "Benden de acımdan da uzak dur!" dedi. Korkut sesindeki deli sevdayı saklamaya gayret ederek, "Ne istersen yaparım. Yeter ki çık bu odadan artık," dedi. Güneş sol eliyle Korkut'un kafasını boynundan tutup zarif bir hareketle kendine çekti, "Ne istersem yapacaksın mısın?" diye sordu. Korkut başını *"evet"* anlamında salladı. "Boşan benden. Kızımı da, beni de bırak gidelim," dedi.

"Asla."

Güneş ona acıyarak baktı, "Sevgin bile yalancı Korkut. Hem yalancısın hem de ruhunu satmış bir zavallısın," diyerek başını yavaşça pencereye döndürdü.

Korkut yıllardır tutkuyla bağlandığı kadının hakaretini umursamadan ayağa kalkıp Güneş'i alnından öptü, elinin üzerine elini koydu. Son derece sakin bir sesle, "Az kaldı aşkım... Bu güzel damarlara ölümsüzlük zerk edeceğim. Sonsuza dek beraber yaşayacağız. Senden ebediyete kadar ayrılmayacağım. Zamandan azade, sonsuz hayatımızın bir noktasında pes edip beni sevmeyi öğreneceksin, çünkü benden ve senden başka herkes ölmüş olacak! Yanında bir tek ben kalacağım. Her daim! Acılarına, mutluluğuna tanık olmuş birini sevmeyi öğreneceksin sonunda," dedi.

Güneş'in duyduklarından midesi bulandı, gözünün önünde canlanan senaryodan başı döndü. Korkut yüzünde belli belirsiz alaycı bir gülümseme, gözlerinin karanlığında muzaffer bir bakışla odadan çıktı.

Kocasının sesindeki sessiz zafer çığlığı, korkudan titremesine sebep olmuştu. *Tılsımı bulmuş olabilir mi,* diye düşündü.

Elinin üzerindeki damara tutunmuş serum iğnesini bir hamlede çekti ve ayağa kalktı, "Eğer Bizans tılsımına ulaştıysa, Ahmet'in bundan haberi olmalı!" diye mırıldandı.

Korkut ise köşkün bahçesine çıktı, ayakkabılarını ve çorabını çıkarıp taze biçilmiş çimlerde dolaşmaya başladı. Cebinden cep telefonunu çıkarıp tuşladı, karşı taraf açınca, "Alo, gece yarısından sonra hepinizi benim eve bekliyorum, size bir sürprizim var," dedi ve telefonu kapattı.

Elinde kahve tepsisiyle bahçeye çıkan hizmetliye, "Bu gece hepiniz izinlisiniz," dedi.

Hizmetli, "Ama efendim," demeye kalktı, patronunun yüzündeki ciddiyetten korkup, "Peki efendim," diyebildi.

Korkut bir çift güzel gözün onu dikkatle izlediğini gayet iyi biliyordu. Kafasını kaldırdı ve Güneş'in odasına baktı. Tahmin ettiği gibi karısı yataktan kalkıp perdeyi aralamış onu seyrediyordu. Korkut, *Artık iyileşirsin aşkım. Yaşama sebebini bulduk biraz evvel. İlk fırsatta Ahmet'e koşmak için ayaklanacağını biliyorum,* diye geçirdi içinden. Canını acıtan bir gülümseme yayıldı yüzüne.

Ev sahibesinin odasına elinde yemek tepsisiyle gelen genç hizmetli utana sıkıla konuşmaya başladı: "Belki acıkırsınız... Korkut Bey bu gece hepimize izin vermiş."

Güneş olacakları tahmin ediyordu. "Tamam sağ ol, çıkın siz," dedi.

Hizmetli odadan çıkar çıkmaz o da peşinden çıkıp merdivenlerden bir kat aşağı indi, bir yıldır giremediği odanın kapısını titreyerek açtı. Ürkek adımlarla içeri girdi, mavi duvar kâğıdının zürafa ve tavşan desenlerine hasretle ellerini sürüp odadaki bebek kokusunu içine çekti. Komodinin üzerindeki uçuk mavi iki telsizi aldı, hıçkırarak odadan çıktığı anda hemşire ile merdivenlerde karşılaştı.

"A, siz niye ayaklandınız? Yatmanız lazım," dedi hemşire.

Güneş kadına cevap vermeden aşağı inip doğruca kocasının çalışma odasına girdi. Telsizlerden birini çalışma masasının altına gizleyip hızla odasına yöneldi.

Korkut bahçıvana köşkün bahçesindeki ışıkları yaktırdı, iki yüzyıllık bronz Venüs heykelinin sağındaki tik koltuklara oturup köpüklü kahvesini yudumlarken önce hemşire, sonra çalışanlar, tek tek köşkün kapısından çıkmaya başladı. Bir süre onların ellerindeki naylon torbalarda ne olabileceğini düşündü. İşbaşı yaptıklarında naylon torbalarla gelir, izne aynı poşetlerle giderlerdi. *Herhalde yıkanacak kıyafetlerini götürüp temizleri getiriyorlar,* dedi içinden. Tüm hizmetlilere kabin boy mini valiz almaya karar verdi.

Personel evden uzaklaşıp da fıstık çamlarıyla dolu korunun derinlerinde gözden kaybolduklarında köşke geri girdi. Binanın iç ve dış kapılarını, pencerelerini otomatik olarak kilitleyen özel tasarım alarm sistemini çalıştırdı. Köşkün 27 penceresindeki panjurlar mekanik bir sesle aşağı doğru harekete geçip kilitlendiler.

Güneş odasının kapısının kilitlendiğini, panjurlarının kapandığını anlayınca kendi kendine gülümsedi: *Bu sefer geç kaldın yakışıklı kocacım!*

Oturduğu koltuğun yanı başındaki ayaklı lambaderin düğmesini çevirdi, sehpanın üzerindeki tepside mis gibi kokan kaşarlı tostu yerken, *çok acıkmışım*, diye düşündü.

Aylar sonra ilk kez kendini canlı hissediyordu. İkinci telsizi açıp beklemeye başladı. Korkut çalışma odasındaki İtalyan koltuklardan birine oturmuş, buluşma saatini bekliyordu. Masasının üzerindeki kumanda aletini eline alıp bir tuşa bastı. Odanın en geniş duvarlarına gömülü ekranlar açıldı. Köşkün dört tarafını, köşke tırmanan yolu kameralarla tarayan güvenlik sistemi, karşısındaki ekranlara yansıdı. Her detay kızıl ötesi ışık altında görünüyordu. Kandilli'nin sokak köpekleri, en üst katın terasına konan martılar ve hızla yaklaşan siyah Lincoln

Navigator... Beklenen misafirleri taşıyan cip Kandilli'nin dar yokuşunu tırmanıp köşkün dış kapısında durdu.

Korkut arabanın camını açıp kameraya bakan adamı gayet iyi tanıyordu. Köşkün dış kapısını açan tuşa bastı, araç ağaçlı yola girdi. Arabadan inen beş kişi kapıda onları karşılayan Korkut'a selam verip hiç tereddüt etmeden çalışma odasına doğru yönlendiler.

Hepsinin üzerinde tek tip siyah pelerin, koyu mor keçeden kösele tabanlı sandalet, mor atkılar vardı. Aynı şekilde tıraşlanmış uzun sakalları, sıfıra vurulmuş kafaları ve jiletlenmiş kaşlarıyla son derece rahatsız edici bir görüntüleri vardı.

Korkut ve tarikat üyeleri sanki iki ayrı zaman diliminde yaşıyorlardı. Orta Çağ engizisyon bağnazlarıyla Avrupa modasını yakından takip eden yirmi birinci yüzyıl erkeği, bir hata sonucu aynı mekâna ışınlanmış gibiydi. Korkut üzerindeki İtalyan mavisi keten gömleği, ütü çizgisi belirlenmiş blucini, ham deri rengindeki kemeri ve kemer ile aynı renkte pahalı ayakkabılarıyla Milano Moda Haftası'nda podyuma çıkmış manken gibi kaldı yanlarında.

Kafilede bulunan Joe tercümanlıkla görevlendirilmişti. Türkçeyi garip bir aksanla ama hatasız konuşuyordu. İçeri en önde giren, yüzünü başındaki kapüşonun kenarlarıyla, ellerini de deri bir eldivenle saklayan adamın söylediği her kelimeyi eş zamanlı çevirmeye başladı.

Tercüman, "Kitap bu evde mi diye soruyorlar?" dedi.

"Evet," diye yanıtladı Korkut.

"Ev güvenli mi?"

"Bedesten kadar. Civar evlerde korumalarım var."

"Tılsımın ilk parçası yerine yerleşince ne oldu?"

"Deri sayfanın üzerinde ikinci parçanın nereye gömüldüğünü yazan Latince cümleler ortaya çıktı, çözmeyi başardım."

"Ya ikinci parça?"

Korkut gururla "Onu da buldum." dedi.

Tercüman cevapları tercüme edip sustu. Diğerleri, aralarında, Korkut'un hiç anlamadığı garip bir lisanla konuşmaya başladılar.

Güneş ise, odasında, aşağıda yapılan gizli toplantıyı dinledikçe şoka girdi! Demek tılsımın iki parçasını bulmuşlardı! Demek kehanet doğruydu! Kilit altında bırakıldığı odasında yere oturdu, kafasında binlerce soruyla kalakaldı. Neden sonra toparlanıp telsizden duyduklarını bir deftere not almaya başladı. Tarikatçıların aralarında konuştukları şifreli lisanı çözmeye çabalıyor, beceremiyordu. "Kızıldeniz Yazıtları'nda kullanılan kelimelere benziyor bazıları. Essenilerin kullandığı kelimeler var," diye mırıldandı kendi kendine. Kelimelerin bazılarını hiç anlayamıyordu, o yüzden duyduğu gibi yazmaya çalıştı.

Çalışma odasındaysa gergin bir sessizlik hâkimdi. Yüzünü yerden kaldırmayan, başındaki kapüşonu hiç açmayan yaşlı tarikatçı sağ elinden deri eldiveni çıkarıp yüzüğünü tercümana gösterdi. Tercüman yaşlı adamın ne istediğini anladı, "Kaynamış su lazım," dedi.

Adamlardan biri pelerinin içinden avuç büyüklüğünde bir altın tas çıkarıp Korkut'a uzattı. Adamla beraber mutfağa giden Korkut, tasın içine kaynamış suyu dökerken üzerinde oyulmuş eski yazıların en az üç bin yıllık olduğunu tahmin etti.

Çalışma odasına geri döndüler. Genç adam gözlerini yerden kaldırmadan kaynar suyla dolu tası yaşlı tarikatçıya uzattı. Yaşlı tarikatçı yavaşça tek eldivenini çıkarınca büzüşmüş derisi göründü. Korkut, *yüz yaşını geçmiş, dalya yapmış herif,* diye düşünüp gülümsedi.

Adam işaret parmağındaki yüzüğün üstündeki değerli taşı kaldırıp safirin altına gizlenmiş eski bir kumaş parçasına sarılı kuru bir bitkiyi çıkarıp suya atınca su aniden fokurdamaya başladı. Tasın üzerinde gri dumandan bir bulut oluştu. Korkut olan biteni merakla izliyor, bitkinin ne olabileceğine dair kuramlar geliştiriyordu zihninde. Yaşlı tarikatçı kafasını örten kapüşonu çıkarmadan yüzü görünmez olana kadar başını tasa gömdü. Kapüşondan ne yaptığı görülmüyordu. İnsan ciğerlerinin dayanacağı bir zaman diliminden daha uzun süre başını sudan çekmedi. Korkut, yüzünün haşlandığına emindi. *Boğulacak bunak,* diye düşündü.

Birkaç dakika sonra adam kafasını kaldırdı, yüzünden damlayan sular pelerinini ıslattı. Başına öne eğerek tercümana bir şeyler mırıldandı. Tercüman söylenenleri Korkut'a tercüme etti: "Ahit Sandığı'nı bulmak için Ayasofya'ya girmeliyiz. İstanbul Müslümanlardan geri alınamazsa baş simyacı duvarlar arkasından çıkamaz. O çıkamazsa Ahit Sandığı yüzünü göstermez. O sandık, efendimizin Ortadoğu'da doğacağı bölgenin koordinatları gösterecek! Tılsımın her parçasını bulsan da, bize ilk halifenin gömleği lazım. O gömlek yakılmadan, külleri İstanbul'a savrulmadan bu şehir düşmez."

Korkut gururla onlara baktı, "Padişah gömleğini Topkapı Sarayı Müzesi'nden çalacak profesyonel bir ekip ile anlaştım, salı günü Şangay'dan İstanbul'a geliyorlar," dedi.

"Boşuna risk alma. Padişah gömleği artık işe yaramaz."

Korkut şaşırdı, "Anlamadım?" dedi.

Tercüman "Gömleğin gücü başkasında..." diye söyleneni çevirdi.

"Ne demek başkasında! Müzenin salonlarından birinde kuzu kuzu çalınmayı bekliyor!"

"Gücü başka bir gömleğe aktı."

Korkut panikle, "Ne! Hayır o bir efsane! İkinci gömlek de, ilk erkek torun da, hedef şaşırtmak için uydurulmuş boktan bir hikâye! Öyle olmasa, o kadar işkenceye dayanamaz, yerini söylerlerdi, bana!" dedi.

Tercüman Korkut'un söylediklerini yaşlı adama tercüme etti. Yaşlı adam yüzünü fokurdayarak buhar saçan tasa tekrar gömdü. Bir süre sonra tercümana birkaç cümle daha mırıldandı, tercüman çevirdi: "Gömleğin gücü artık genç bir çocukta. Çocuk da İstanbul'da. Tılsımlı gömleğin muhafızı artık o. Tılsımın ikinci parçasını bulduğun harabede o çocukla karşılaşmışsın."

Korkut söylenenleri duyunca bir koltuğa çöktü, kaldı. Hızla hafızasını yoklayıp İmrahor Cami'nde yaşananları hatırlamaya çalıştı. Harabeye girdiklerinde içeride iki delikanlının olduğunu görmüşler, o da korumalarına, "Şu hapçıları uzaklaştırın!" diye talimat vermişti. Güvenlik ekibinden iki adam çocuklara usulca yaklaşıp kafalarına ellerindeki coplarla vurmuş, ikisini de çukura yuvarlamıştı. O çocuklardan birinin tılsımlı gömleğin gücüne sahip olduğunu nerden bilebilirdi! Meğer burun buruna gelmişlerdi ama Korkut bunu fark edememişti bile!

Tercüman'ın, "Kitabı göster," diyen, sesiyle irkildi.

Korkut toparlandı, elindeki kumandaya bastı ve çalışma odasının tavanından bir kapak açılınca yukarıdan aşağıya bir kaide indi. Kaidenin cam bölümünde Tılsımlar Kitabı ve yanında İmrahor Cami'nde bir keşiş mezarının içinde bulunan tılsımın ikinci parçası duruyordu.

Tercüman, "Yerine koy!" diyerek, emri tercüme etti.

Korkut Tılsımlar Kitabı'nın kapağındaki nişin bir bölümünü dolduran demir parçanın yanına kararmış metalden yapılma ikinci parçayı koymak için kaidenin camını usulca açtı. Palamut derisinden bir eldiven giyip parçayı usulca yuvasına yerleştirdi. Köşk o an temelinden sarsılmaya başladı. Güneş odasında, "Deprem!" diyerek ayağa fırladı.

Kandilli Rasathanesi'ne bakan tepede, İstanbul'un en güzel yapılarından biri, Kuzey Fay Hattı'yla aynı anda beş saniye boyunca sallandı. Çalışma odasındakiler soğukkanlılıkla depremin geçmesini bekledi. Kabuk yerine oturdu, yeryüzü duruldu. Kitaba tekrar baktıklarında koyu kırmızı renkte bazı harfler ortaya çıkmaya başlamıştı. Tercüman Latince yazıyı okumaya başladı:

"Suyun altında bir ateş ocağı,
Üfledikçe alevler dalgaları,
Nikea toprağı var testilerde,
Aldılar götürdüler kardeşimi,
Yüksek kilisenin mahzenine."

Odadaki tüm tarikat üyeleri sonraki tılsımın yerini tasvir eden kitaba hayranlıkla baktılar. Tılsımlar Kitabı Korkut'a ölümsüzlük iksirini, tarikatçılara yıllardır bekledikleri efendilerinin yolunu sunuyordu. Yaşlı tarikatçı hariç hepsinin dudaklarının kenarına bir gülümseme yerleşti. Joe kapüşonun ardında yüzünü gizleyen adamın fısıltıyla söylediği cümleyi Korkut'a tercüme etti: "Zaman daralıyor. Tılsımın üçüncü parçasını da o çocuğu da bul."

Hep birlikte ayağa kalktılar. İçlerinden bir tanesi Korkut'un burnunun dibine kadar yaklaştı, gözlerinin içine bakarak sağ başparmağını Korkut'un sağ şakağına dayadı. Başına saplanan acıyla masanın kenarına tutunurken adam parmağını aynı noktaya bastırmaya devam ediyordu. Daha önce de maruz kaldığı bu işlemin ne olduğunu çok iyi biliyordu aslında. Uzakdoğu kökenli bu kadim yöntemle hafıza taraması yapıyor, söylediklerinin doğruluğunu kontrol ediyorlardı. Modernleşme uğruna insanlığın kaybettiği birçok yetenekten biriydi bu! Korkut hafıza tarama yönteminin verdiği fiziki rahatsızlıktan çok onda yarattığı duygusal travmaya sinir oluyordu.

Küçükken üvey babası ne zaman içkiyi fazla kaçırsa Korkut'u yanına çeker, sağ orta parmağıyla onun şakağına vurmaya başlar, "Çalıştır saksıyı," diye öğüt vermeye kalkardı. Korkut, aciz annesi dayak yemesin diye hep susar, herifin tacizlerine ses çıkarmazdı. Ağzı leş gibi rakı kokan herif, Korkut'a attığı her tokattan önce onun şakağına parmağıyla vurur, "Akıllı olmazsan yersin köteği," derdi.

Kimya bölümüne annesini o heriften kurtarmak için girmiş, üvey babasını, zıkkımlandığı rakıyla zehirleyeceği günlerin hayaliyle yaşamıştı. Üniversiteye başladığı yıl, bir kış gecesi, herif aniden kalp krizinden ölmüştü. Annesinin sonsuza dek kurtulduğunu düşünerek sevinen Korkut o gece hayatının şokunu yaşamıştı. Kadın bir kutu uyku hapı içip âşık olduğu alkolik kocasının peşinden canına kıymıştı. Annesinin kendisini neden sevmediğini, üvey babasına karşı neden korumadığını, celladına neden âşık olduğunu sorma fırsatını hiç bulamamıştı. Aradan bir süre geçtikten sonra Güneş'le tanışıp ona âşık olmuştu. Genç kızın Ahmet'e olan tutkusunu delicesine kıskanmış, ona sahip olmayı yaşam amacı haline getirmişti. Yıllarca gittiği psikiyatrist, *"Güneş'e sahip olmak, senin için sevginin özüne ulaşmak demek,"* diye zırvalamıştı. Psikiyatrın keşfedemediği şey, Korkut'un bu uğurda her şeyi göze alacak kadar takıntılı, hatta hasta olduğuydu. Güneş'in aşkını elde etmesi için gereken tek şey zamandı ve sonsuz zamana sahip olmasına birkaç hamle kalmıştı!

Sonunda, tarikatçı sağ parmağını Korkut'un şakağından çekip parmağını altın tas içinde yıkadı, yaşlı adama başıyla *tamamdır* işareti yaptı. Evin kapısına doğru hep birlikte yürüdüler, geldikleri kadar sessiz sedasız arabaya binip gittiler.

Korkut ikinci gömleğin var olduğunu tarikatçılardan öğrenmiş olmanın hırsıyla elindeki kumandayı duvara fırlattı. Camlı kaideyi saklamaya yarayan tuşa basıp Tılsımlar Kitabı tavana gizlenene kadar bekledi. Köşkün panjurlarını ve oda kilitlerini açan düğmeyi çevirdiğinde saat 02:48'i gösteriyordu.

Güneş kapısının kilidi açılır açılmaz hemen odasından çıkıp çıplak ayaklarla merdivenlerden sessizce bir kat aşağı indi. Telsizi, ölen oğlunun odasına koydu ve koşarak geri döndü. Konuşmalardan anladıklarını yazdığı defteri yatağının altına sakladı. Uyuyormuş gibi gözlerini kapatıp duyduklarını düşünmeye başladı. O kadar eksik parça vardı ki, ne olup bittiğini, ne konuştuklarını tam anlayamıyordu. *Mutlaka bunları ona anlatmam lazım,* diye düşündü. Yıllardır görmediği Ahmet Kavancı'yı sabah erkenden aramayı planlarken kalbinin sesine hayret etti. Onu yeniden görme ihtimali bile tüm vücudunu titretmeye yetmişti.

Korkut'sa evden dışarı çıkıp koruda yürümeye başladı. Çok sinirliydi. Cep telefonunu çıkarıp bir numarayı tuşladı, diğer taraf açınca, "Alo, Şangay'dan gelecek ekibi durdur. Artık hizmetlerine ihtiyacım kalmadı. Yarın akşam Tılsımlar Kitabı'nı Zeytinburnu'na transfer edeceğiz, hazırlık yapın," dedi.

Bir fıstık çamının altına geldi, içinde patlayan öfkeyle ağaca bir tekme savurup "Allah kahretsin! Nasıl atladım ben bunu. Nerden çıktı ikinci gömlek!" diye bağırarak elleri kanayana kadar ağacı dövdü. Biraz sakinleşince çalışma odasına geri döndü. Masasına oturup önüne bir kâğıt çekti, ellerinden akan kana aldırmadan sınırlı sayıda üretilmiş som altından dolmakalemiyle tılsımlı kitapta ortaya çıkan mesajı yazdı:

"Suyun altında bir ateş ocağı, üfledikçe alevler dalgaları, Nikea toprağı var testide, aldılar götürdüler kardeşimi, yüksek kilisenin mahzenine."

Bilgisayarını açtı, Osmanlı arşivlerini incelemeye, İznik toprağı taşıyan batık gemileri araştırmaya başladı. Birkaç dakika sonra masasının altından gelen bir cızırtı duydu. İlk bakışta bir şey göremedi ama sesi daha dikkatli dinleyince mavi bebek telsizini buldu.

Çok şaşırmıştı, bu alet ne zamandır buradaydı? Nasıl gelmişti bu odaya? Biri onu mu dinliyordu? Hızla odadan çıktı.

Telsizin alıcı görevi gören diğerini bulmak üzere çocuk odasına koştu. İkinci telsiz oradaydı ve açma-kapama düğmesi kapalıydı!

İçi rahat etmedi, sessizce yukarı çıkıp Güneş'in odasına girdi. Güzel kadın uyuyordu. Ona yaklaşıp saçlarına dokunmak istedi, yapamadı. Yatağın üzerinde pikenin altından belli olan vücut kıvrımlarına, saçlarının doğal buklelerine baktı, *Neden hâlâ âşığım*, diye düşünerek odadan çıktı.

O çıkınca Güneş korkuyla gözlerini açtı. Korkut'tan ve etrafına ördüğü bu hapishaneden ölesiye nefret ediyordu!

En uzun geceyi yaşamış, kanlı dolunayı seyretmiş, ilk kez ve defalarca öpüşmüş, kendini standup'çı zanneden bir polise yakalanmış, Boğaz kenarında el ele yürürken Richter ölçeğiyle 4.6 büyüklüğünde bir depreme tutulmuşlardı.

Yavuz İstanbul'da gördüğü her yeni mekânı hafızasına kaydetmiş, Aslı'nın anlattığı tarihi hikâyeleri dikkatle dinlemişti. İngiliz işgalinde Beyoğlu'nda yaşanan dramları, Saray Burnu'nda kellesi bulunan vücutsuz cariye cesedini, Boğaz'da türleri azalan balıkların isimlerini... Hepsini ezberlemişti.

Sabah olmuştu olmasına rağmen hâlâ birbirlerine açtılar. Aslı'yla hiç sıkılmadan bütün gece gezmişler, kurt gibi acıkınca kahvaltı etmeye Rumeli Hisar'ına gelmişlerdi. Yavuz karşı cinsten biriyle hiç bu kadar vakit geçirmediğini düşündü. Bir kafeye girip kırmızı-beyaz kare örtülü bir masaya oturdular. Etraflarında dersleri kırmaya niyetli lise öğrencileri, sohbete dalmış âşıklar, emekliliğin tadını çıkaran çiftler vardı. İkisi de menemen ve çay söyledi, fırından yeni çıkmış beyaz ekmeği yumurtaya bandıra bandıra karınlarını doyurdular.

"Annen baban seni merak etmez mi?" diye sordu Yavuz.

"Etmezler, açıklama da yapmıyorum onlara," dedi Aslı.

Yavuz "Neden?" diye sorunca, "Kara haberin çabuk ulaşacağını biliyorlar. İkisi de bizzat tecrübe ettiler," dedi Aslı.

Yavuz konuyu değiştirmeye çalışarak, "Benim dersim akşamüstü," dedi.

"Benimki saat onda."

"Erkenmiş. Buradan nasıl gideceğiz?"

"Bir hayalim var. Otobüse minibüse bineceğimize, tabana kuvvet yürüyeceğimize benim Vespa'yla seni barıştıralım."

"Kullanmayı bilmiyorum."

"O seni kullanır merak etme, o kadar basit ki."

"Düşünürüz."

Afyonu patlamamış garsondan hesabı istediler, Yavuz ödeyince kalktılar.

Aslı, "Bir hayalim daha var," dedi.

Yavuz gülümsedi, "Nedir?" diye sordu.

"Hesabı paylaşmak. İstanbul'da adetdendir," dedi Aslı.

Yavuz, "Yanında ben varsam ben öderim. Param yoksa birlikte aç kalırız," dediğinde Aslı ona bakarken, *aşk mı bu,* diye düşündü.

Üniversitenin Bebek kapısına yürüdüler. Yol boyunca Yavuz genç kızın elini tuttu. Ağaçlar arasından el ele yokuşu tırmandılar.

Kampüse geldiklerinde saat ona beş vardı.

Yavuz, "Daha beş dakika var," diyerek genç kızın elini daha sıkı tuttu.

"Derse girsene, bir şey demezler," dedi Aslı.

Yavuz "Hastanede birini ziyaret etmeye gideceğim," dedi Trink Ali'yi düşünerek.

Aslı dersliğin kapısında parmaklarının ucunda yükseldi, 1.85 boyundaki yakışıklı delikanlıyı yanağından öpüp kulağına, "Geçmiş olsun," deyip, içeri girdi.

Yavuz aklı da kalbi de geride kalarak koridorda uzaklaşmaya başladı. Tam koridorun sonuna gelmişti ki gömleğinden yayılan elektriği hissetti. "Allah kahretsin," diyerek kafasını kaldırdı. Etrafında yüzlerce öğrenci vardı! Güçlü bir parlama kıyafetlerinden taştı, üzerinden yayılan ışık, tüm koridoru aydınlattı. Birkaç öğrenci, ışığının hangi pencereden girdiğini anlamaya çalışıyordu.

Yavuz erkekler tuvaletine doğru koştu. Üzerinden yayılan parlamayı fark eden iki meraklı öğrenci peşine takıldı, "Abicim o tişörtü nerden aldın?" diye sordu saf saf.

Yavuz tuvalete girip kapıyı kilitledi. Aynanın karşısına geçip cep telefonunu çıkardı, gömleğin üzerinde ışıldayan harfleri tek tek not etti. Her rakamın, her desen ya da harfin parıldaması, hücrelerindeki enerjiyi tüketiyor, vücuduna elektrik verilmiş siyasi suçlular gibi işkenceye uğruyor, yay gibi geriliyordu. Sonunda gömlekten yayılan ışık azaldı, Yavuz'un kaskatı kesilen boyun kasları gevşedi. Sıkışan öğrencilerin tuvalet kapısına güm güm vurup ağız dolusu küfür ettiğinin o an farkına vardı. Yüzüne su çarptı, lavabonun üzerine çıktı, tuvaletin penceresini açıp kampüsle ormanın birleştiği alana atlayıp koşmaya başladı.

Hisarüstü otobüs durağında bekleyen insanlara yakla-şıp ortaya sordu: "Cerrahpaşa Hastanesi'ne hangi otobüsle giderim?"

"59R numaraya bin. Şişli'de in. 46T2'ye bin, Haseki durağında in."

Yavuz, *bu şehrin insanları çaresizlikten toplu taşıtların seyir subayına dönüşmüş,* diye düşündü. Yaşlı kadının dediğini yaptı, otobüslere binip inip Cerrahpaşa Tıp Fakültesi Hastanesi'ne geldi. Kapılarını sayamadığı, büyüyüp genişledikçe bir kale kente dönüşmüş hastaneden içeri girdi. Kafasının üzerinde uçup duran Karakalem'i görünce içinden ilk defa kara kuşa bir taş atmak, düşüp ölüşünü zevkle seyretmek geldi. Karga hastanenin içindeki bir duvara doğru uçtu, oraya tüneyip gözlerini Yavuz'a dikti.

Yavuz yoğun bakım katına çıkıp hemşire bankosuna yanaştı, arkadaşının durumunu sormak için tam hamle edecekken Ali'nin soyadını bilmediğini hatırladı. Ne Ali'nin, ne de Aslı'nın soyadını biliyordu. İlgisizliğinden utandı. Koridorun ucunda duvara yaslanmış bekleyen Ahmet Hoca'yı o an fark etti. Hiç uyumadığı gözlerinden anlaşılan adam, bedbaht görünüyordu.

"Ne zamandır buradasınız?" diye sordu Ahmet Hoca'ya.

"Gece uyuyamadım, çıktım geldim."

"Haber var mı?"

"Bilinçsiz hâlâ."

İkisi de, sıkça yaptıkları gibi beraber sustular. Birkaç dakika sonra Yavuz, cep telefonuna kaydettiği harfleri ekrana taşıyıp Ahmet Hoca'ya, "Nur topu gibi bir şifreli mesajımız daha oldu," dedi.

"Bir tane daha mı?"

"Harfleri de sayıları da not ettim."

"Sen Arapça bilmiyorsun ki?"

"Geceler uzun. Öğretmenim iyi. Ben de fena öğrenci sayılmam..."

Ahmet ilk kez elini Yavuz'un omzuna koydu, "Göreceğiz," dedi.

Yan yana koridorun zeminine çivilenmiş iki koltuğa oturdular. Ahmet iç cebinden kalem çıkardı, not defterinde harfleri yan yana getirdi, doğru yerden böldü, kelimeleştirdi, cümleyi okudu: *"Suyun altında bir ateş ocağı, üfledikçe alevler dalgaları, Nikea toprağı var testilerde, aldılar götürdüler üçüncü kardeşimi, yüksek kilisenin mahzenine."*

Ahmet Hoca, delikanlının merakına mahal vermeden açıkladı: "Nikea, İznik'in eski adıdır. İznik Gölü civarındaki topraktan o meşhur turkuaz çiniler yapılırdı."

Yavuz "Suyun altında ateş ocağı, batmış çini fırınları mı? Tılsımın üçüncü parçasını bir batığın içine gizlemiş olabilirler mi?" diye sordu.

"Bir dönem camilerde, hamamlarda, saray duvarlarında kullanımı o kadar moda oldu ki, daha hızlı üretmek için çini fırınlarını gemilerle başkente taşımışlardı."

"Vikipedia gibisiniz."

"Sen de fena sayılmazsın."

"Testilerde İznik toprağı olan bir kalyon ya da kadırga arıyoruz öyleyse."

"Galiba..."

Yavuz'un içindeki umut ışığı sönüverdi, "Yükü fırın olan batık bir gemiyi tespit edeceğiz, dalıp koca geminin içinde avuç içi kadar bir metal parçası arayacağız öyle mi? Önce batık avcısı bir ekip, sonra da profesyonel dalgıçlar tutmamız lazım. O kadar parayı nereden bulacağız!

İmkânsızdan öte!" dedi.

Ahmet Hoca hevesi kaçmış, hayal kırıklığıyla arkadaşlarına küsmüş çocuklar gibi bozuldu, "İmkânsız diye bir şey olmadığının canlı delili sensin. Yüzyıllar evvelden şifrelenmiş mesajlar alıyorsun ve hâlâ mızmızlanıyorsun. Bu sefer Korkut'tan bir adım önde olman lazım," dedi.

Mesajın son satırı aynı anda ikisinin de dikkatini çekmişti; "Aldılar götürdüler yüksek kilisenin mahzenine?.."

Yavuz "Batan gemi nasıl bir kiliseye götürülebilir ki?" diye sordu.

Ahmet Hoca "Ali sağ salim hastaneden çıksın da... Biraz araştırmam lazım bunu," diye cevap verdi.

Yoğun bakım odasından bir hemşire panikle çıktı, bankoya koştu ve eline mikrofonu alıp, "Doktor Celal Baltalı, Doktor Celal Baltalı... Yoğun bakım ünitesine bekleniyorsunuz," diye anons yaptı.

Yavuz endişeyle Ahmet'e baktı. Ahmet hemşirenin koluna yapıştı, "Ali Yılmaz... Durumu nasıl?" diye sordu.

Hemşire, "Stabil. Doktor birazdan size izahat verir," deyip telaşla içeri girdi. Otomatik kapı yüzlerine kapandı. İkisi de geçici bir rahatlama ile oh çektiler. İnsan başına gelenler arasında seçim yapar ve kötünün iyisine sevinir. Onların da kalbine kısa süreli su serpilmişti.

Yavuz, Ali'nin soyadı Türkiye'de en yaygın soyadlarından biri olsa da şahsına münhasır tavırlarıyla gördüğü en özel insanlardan biri olan Trink Ali'yi merak ederek geçen saatlerin sonunda, "Zaman göreceliymiş gerçekten! Hastanelerde daha ağır geçiyor," dedi.

Tam o sırada yoğun bakım doktoru yanlarına yaklaşıp, "Ali Yılmaz'ın yakını mısınız?" diye sordu.

"Velisiyim," dedi Ahmet Hoca.

Doktor başını yana eğdi, "Üzgünüm." dedi.

"Ne demek üzgünüm?"

"Kanama başladı, durduramadık. Beyin ölümü gerçekleşti. Çabaladık ama kurtaramadık," dedi doktor.

Adamın ağzından çıkan o kısa cümle o kadar karanlıktı ki, Yavuz'un gözlerine katarakt karası indi, işlevini yitirmiş gibi körleşti. Eli boşlukta bir dayanak aradı, içine çekildiği deliğe düşmemek için duvara tutundu.

Ahmet Hoca ise isyankâr bir sesle bağırdı: "Olmaz öyle şey doktor! On yedi yaşına yeni girdi!"

Doktor kazandan yayılan sıcağa alışamamış çarkçılar gibi, soğuğa alışamamış dağcılar gibi, her gün camide ölüleri yıkasa da ölüme alışamamış gasallar gibi çaresizlikle yüzünü uzaklara çevirdi.

Ahmet rükûa varırcasına belinden ikiye katlandı, ellerini dizlerine koydu. Dişleri arasından belli belirsiz dökülen cümlelerden biri duyuldu, "Bu kaçıncı Korkut!"

Yavuz içinde büyüyen isyan dalgasıyla başını defalarca duvara vurdu. Alnıyla saçlarının birleştiği yerden akan kan, göz çukurlarına dolmaya başladı. Bir köşeye sindi, Trink Ali'yle yerin metrelerce altına inip İstanbul'u dipten dolaştıkları günü hatırladı.

Ahmet yüzünde derinleşen çizgilerle başını kaldırdı, karşısında hareketsiz duran doktora, "Görmek istiyorum," dedi.

Yoğun bakım ünitesinden içeri girdiler. İkisinin de başına mavi boneler geçirildi, üzerlerine kâğıt önlükler giydirildi. Yavuz ölümün yanına giderken tedbir niyetine giyilen kostümlerin anlamsızlığını düşünerek yürüyordu. Soğuk koridorda ilerlediler, beyaz bir perdenin önüne geldiler. Bir hemşire gözlerini onlardan kaçırarak perdeyi araladı. Bağlı olduğu aletlerden azat edilmiş delikanlının solgun bedenine yaklaştılar. Ahmet Hoca uzanıp oğlu gibi sevdiği delikanlının saçını düzeltti. Yavuz, artık kan gitmeyen yüzüne yayılmış gülümsemeyi asla unutmayacağına yemin etti. Sırasız ölümün karşısında aciz, ayağa dikilmiş ölüler gibi sedyenin başında hareketsiz durdular. Perdeyi yavaşça kapatıp hızlı adımlarla kapıya ilerlediler.

Yavuz üzerinden söktüğü önlüğü, başından çıkardığı boneyi savurup fırlattı. Hastane koridorlarında koşarak zemin kata indi. Binanın tüm ağılığını taşıyan duvarlardan birine sırtını dayadı ve yere çöktü. Ölüm karşısındaki çaresizlik, kalan duyguları sömürmüş, içini boşaltmıştı. Ağlamak istedi, ağlayamadı. Elleri kanayana kadar duvarları yumrukladı.

Ahmet Hoca, alt kata inip onu bulduğunda, iki adam yanyana sustular. Zemin koridorlarında iklim değişti, fırtına koptu!

Yüreklerinin bir tarafı Trink Ali'nin erken ölümüyle soğudu, diğer tarafı Korkut Zergüdan'a duydukları tarifsiz nefretle yandı.

GÜNEŞ'Lİ BİR CENAZE

Trink Ali'nin bir zamanlar babasıyla birlikte yaşadığı Cambazbaşı Sokak'a sapıp yolun sonundaki apartmana girdi, ikinci kata çıktı. Ahmet Hoca'nın verdiği anahtarla kapıyı açıp içeri girdi. Tertemiz kokan tek odalı dairenin girişinde bir stüdyoda çekilmiş siyah beyaz bir fotoğraf çerçevelenip duvara asılmıştı. Çatladıkapı'da cesedi bulunan baba, kafasına yediği darbeyle öldürülen oğluna sevgiyle bakıyordu. Fotoğrafı eline alıp çerçevesinden çıkardı, gömlekle kalbi arasına sıkıştırdı.

Kolçaklarının fitilli kadifesi erimiş bir koltuk, bir çekyat, tüplü bir televizyon, plastik bir masa... Başkalarının eskileriyle döşenmiş evde dolaşmaya başladı. İstanbul'daki tek arkadaşı hakkında geç de olsa bilgi edinmeye açtı. Yatak odasında uyumadığı aşikârdı mesela. Televizyonun karşısındaki çekyatın üzerinde özenle katlanmış bir yorgan, mis kokan bir yastık duruyordu. Salonun duvarına çivilenmiş eğreti raflarda üniversite sınavı test kitapçıkları diziliydi. Pencere kenarındaki plastik masanın üzerinde *İstanbul'un Kadim Sırları*, *Ayasofya Efsaneleri*, *İstanbul Tılsımları* gibi kitaplar vardı.

Trink Ali'nin not aldığı ucuz defterlerin karalanmış sayfalarına göz gezdirdi. Onu çok özleyeceğini biliyordu. Yatak odasında aradığı resmi evrakı bulup cebine koydu. Sonra dolaptaki kıyafetleri bir torba yapıp merhumun ayakkabılarını eline aldı, daireden çıktı. Merdivenden inerken elinde tuttuğu kıyafetleri ucuza kapatmak için tezgâhtarla nasıl pazarlık yaptığını hatırladı. Göz pınarlarına hücum eden yaşlara engel olmaya çalışarak kendini apartmandan dışarı attı. Âdet yerine gelsin diye mevtanın ayakkabılarını sokağa bırakıp uzaklaştı.

Sümbül Efendi Dergâhı'na yürüyüp eski mezarların parmaklıklı paravanları kıyısınca ilerledi, cami avlusuna girdi. Üç beş komşu ve esnaf dışında kimseler yoktu. Bir başka cenazenin yedinci gününde hatim indirmek için toplanmış olan bir aile dergâhtan edeple çıktı. İçlerinden bazıları ellerindeki külahlara doldurulmuş akide şekerlerini dağıtırken diğerleri kimsesiz Ali'nin son yolculuğu için beklemeye başladı.

Yavuz başını kaldırdı, yüzlerce yıldır orada duran dergâha adım adım yaklaşan Aslı'yı fark etti. Beyaz ipekliden dikilmiş, kenarı iğne oyalı başörtüsüyle sultan bacıları kadar asil, padişah cariyeleri kadar çekici, valide sultanlar kadar mağrur görünüyordu.

İmam cemaati cenaze namazına davet etti. Namaz kılındı, Trink Ali'nin yeşil örtüye sarılı sandığı başında duasını okudu.

Yavuz Aslı'ya yaklaştı, "Geldiğin için sağ ol," dedi.

"Çok üzgünüm," dedi Aslı.

İstanbul'da güneşli bir günde az tanıdığı, çok ısındığı genci toprağa vermek üzere cenaze arabasının ön koltuğuna oturdu.

Aynı saatlerde Süleymaniye Yazma Eserler Kütüphanesi'ne gözünde Miu Miu marka bir güneş gözlüğü, üzerinde bej keten bir etek, ipekli beyaz bir gömlek ve topuklu ayakkabılarla Güneş girdi. Güvenlik kulübesine yanaştı, "Ahmet Bey yerinde mi?" diye sordu. Güvenlik memuru kadının güzelliği karşısında dilsizleşmişti, başını salladı. Güneş kimliğini uzatıp memurun verdiği kimlik kartını boynuna taktı, tarif edilen yöne ilerledi.

Kumral saçlarından topuklarına kadar yayılan endamı görenler imrenerek bakıyor, hangi odaya gittiğini çatlarcasına merak ediyorlardı. Güneş koridorda ilerlerdi, kütüphane çalışanlarının bakışları arasında yürüyüp üzerindeki plakette Profesör Dr. Ahmet Kavancı yazan kapının önünde durdu.

İçeri girmeden önce, yıllar sonra kuracağı ilk cümleyi düşündü. Bulamadı. Kapıya kibarca vurdu, ses gelmedi. Tokmağı çevirip içeri girdi. Ahmet odada yoktu. Güneş antika masaya ilerledi, üzerindeki not defterlerine, Mont Blanc dolmakaleme, yarı dolu çay bardağına göz ucuyla baktı. Yerdeki eski Horasan halıyı, kendi düzenini yaşatmak için evden getirdiği koltukları inceledi. Tespih koleksiyonunu sergilediği cam kapaklı sehpaya yaklaşıp, *Koleksiyon büyümüş,* diye düşündü.

İstanbul'un en köklü ailelerinden birine mensup Ahmet Kavancı'nın yirmili yaşlarda ne kadar yakışıklı olduğunu hatırladı. Çalışma sandalyesinin arkasına asılmış olan ceketine dokunmak için elini uzatmıştı ki, odanın boydan boya bir duvarını kaplayan kitaplığın arkasından ayak sesleri gelmeye başladı. Kütüphaneyle birlikte açılan gizli kapıya hayretle baktı.

Elinde bir evrak, gözünde ona çok yakışan yuvarlak kemik çerçeveli gözlüklerle Ahmet odaya girince siyah kalın kumaşla karartılmış odasının tam ortasında güneş gibi parlayan kadını gördü. Kitaplığın yanında, kapının eşiğinde mıhlandı kaldı.

Güneş yakışıklılığından hiçbir şey kaybetmediğini düşündüğü adamın onu tanımadığını zannederek, "Merhaba Ahmet. Güneş, ben," dedi.

Ahmet'ten ses çıkmadı, konuşmadı.

Güneş en kısık sesiyle "Nerdeyse yirmi sene geçti. Bana kırgın olduğunu biliyorum ama seni görmem gerekiyordu," dedi.

Ahmet kıpırtısız, *Bir şey söylemem lazım*, diye düşündüyse de konuşamadı.

Güneş "Bir şey söyle lütfen. Cesaretimi zor topladım zaten," derken yalvaran gözlerle ona bakıyordu.

Ahmet yutkundu, "Hayırdır?" diyebildi.

"Oturabilir miyim?"

"Buyur, geç."

Güneş, "Sağ ol," diyerek bir koltuğa oturdu, yılan derisi bej çantasını yere bıraktı.

Ahmet kendi odasına yabancılaşmış, ne düşüneceğini bilemez halde masasının sandalyesini çekti, karşısına geçip oturdu.

"Seninle acil konuşmam gerekiyordu."

Ahmet "Kötü bir gün seçmişsin. Cenazesine bile katılamadığım çok sevdiğim bir öğrencimi kaybettim," dedi.

Güneş, "Başın sağ olsun. Ben gideyim. Başka bir zaman rahatsız ederim," diyerek ayağa kalkmaya yeltendi.

"Gelmişsin buraya kadar! Nasıl yardımcı olabilirim?"

"Bu şekilde olamazsın."

"Anlayamadım?"

"Böyle davranırsan, konuşamam ki seninle."

"Nasıl davranıyorum?"

"Buz gibi."

"Öyle mi, ne bekliyordun?"

"Senin de beni özlediğini hissetmeyi."

Ahmet kadının kafasından ne geçtiğini tahmin etmeye çalışarak hayretle yüzüne baktı. Üniversitede tanışmışlar, üç sene çıkmışlar, her gece sevişmişler, İstanbul'un her köşesinde, kıyısında öpüşmüşlerdi. Evlenmeye karar verdiklerinde ailelerini bir araya getirip tanıştırmak için gün belirlemişlerdi. Her zaman yanlarında en yakın arkadaşları Korkut da vardı. Bir gün, Korkut üzerinde çalıştıkları Tılsımlar Kitabı'nı çalmıştı. Sonra da Güneş'le Korkut'un gizlice nikâhlandığını öğrenmişti. Güneş hiçbir açıklama yapmadan hayatından öylece çekip gitmişti! Günlerce sorularına cevap aramış, ona ulaşmaya çalışmıştı. Öylesine büyük şok dalgası yaşamıştı ki, tezini yazdığı kütüphaneden aylarca çıkmamış, kimseyle konuşmamıştı.

Güneş yıllar sonra elini kolunu sallayarak odasına gelmiş, şefkat ve alaka beklentisini açık saçık beyan edip karşısına geçmiş, pervasızca konuşuyordu. Ahmet geçmişin hesaplarından sıyrılıp ağzından azami bilgi koparmak istedi, "Kitap hâlâ kocanda değil mi?" diye sordu.

Güneş "Bu yüzden geldim. Tılsımlar Kitabı'yla kafayı bozdu. Bazı haltlar karıştırıyor," dedi.

"Biliyorum."

"Nereden bileceksin! Senelerdir o konuya yatırım yapıyor, milyonlar harcıyor."

"Bunu da biliyorum."

"Ya..."

"Oğlunun öldüğünü duydum, başın sağ olsun."

Güneş'in gözlerine çöreklenen ıstıraba rağmen dudaklarından klişe bir cevap döküldü: "Dostlar sağ olsun."

Ahmet onun yüzündeki acıya bakmaya dayanamayıp başını öne eğerek konuyu değiştirdi: "Seni buraya kadar getiren ne?"

"Korkut dün gece fanatik bir tarikatın üyeleriyle buluştu. Toplantıyı gizlice dinledim. Aldığım notları sana getirdim."

Ahmet o kadar şaşırmıştı ki, nasıl tepki vereceğini bilemedi. Ayağa kalktı, masasının yanına kadar yürüyüp Güneş'e gözlerini dikti. Aniden ortaya çıkışı, fütursuzca makamına gelişi, Tılsımlar Kitabı hakkında rahatça konuşmaya başlaması, kocasını gammazlaması... *Korkut'un tuzaklarından biri,* diye geçirdi içinden.

Güneş anlaşılmadığından habersiz anlatmaya devam etti, "Aralarında Esseni Aramicesi konuşuyorlardı. 1453'te dörde bölünen ve İstanbul'un kuzeyine güneyine doğusuna batısına gömülen simyacı tılsımının iki parçasını bulmuşlar! Her parça, Tılsımlar Kitabı'ndaki yerine yerleşince diğerinin yeri belli oluyormuş."

Ahmet hayretle içinde Güneş'e bakmaya devam ediyordu. Zaten bildiği şeyleri anlattığı için onu dinlemeyi bırakmış, neden kocasına ihanet ettiğini, neden bu bilgileri paylaştığını çözmeye çalışıyordu.

Güneş, "Detayları unutmadın değil mi? Tılsımın bütün parçaları birleşirse baş simyacının kehaneti gerçekleşecek! İstanbul'u ele geçirecekler. Ahit Sandığı'nı bulup Deccal'ın doğacağı koordinatları öğrenecekler!" dedi.

Ahmet, *Korkut'un ucuz bir oyunu. Geçmiş zaafımı biliyor, karısını kullanıyor,* diye geçirdi içinden.

Güneş bir zamanlar âşık olduğu adamın düşüncelerinden bihaber masum masum anlatmaya devam etti: "Tılsımın etkisini yok edecek tek güç ilk halifenin gömleğidir, yazıyordu kitapta, hatırlıyor musun?"

"Evet."

"İşte o gömleğin yerine güç, ikinci bir gömleğe geçmiş."

Ahmet "Biliyorum," diye fısıldadı.

Güneş elindeki defterden başını kaldırıp, "Biliyor musun?" diye hayretle sordu.

"Hı hı."

"İkinci gömlek bir çocuktaymış. Çocuk da İstanbul'daymış."

Ahmet sustu, Güneş devam etti: "Biliyorsan yardım et bana, Korkut'u durduralım. O çocuğu bulup öldürmesi emredildi. Binlerce yıllık kehaneti harekete geçirdiler! İstanbul da elden gidiyor, memleket de... Elimden ne gelirse yapmaya hazırım ben."

Ahmet, acımasız bir katil olduğunu bildiği bir adamın koynundan çıkıp ona gelen, iki çocuğunun babasına ihanet edeceğini söyleyen kadına hayretle ve inanmayarak bakıyordu.

Güneş sonunda onun bu suskunluğunda bir gariplik olduğunu anladı, "Neden bana öyle bakıyorsun?" diye sordu.

"Komik olduğunu düşünüyorum!" dedi Ahmet.

Güneş şaşırmış halde "Simyacının kanıyla yazdığı Tılsımlar Kitabı'nı beraber tercüme etmedik mi? Söylediklerimde komik olan ne var?" diye sordu.

"Komik olan anlattıkların değil, sensin!"

"Ne demek bu?"

Ahmet, "Körle yatmış, şaşı kalkmışsın. O herife yakışan bir kadın olduğunu ispat ettin. Çık lütfen. Bir daha ne bu çatının altında ne etrafımda görmek istiyorum seni," diyerek Güneş'e kapıyı işaret etti.

Güneş bir an durdu, sonra ayağa kalktı. Hakaretlerine verecek cevabı yoktu. Ne yaparsa yapsın Ahmet'in fikrini değiştiremeyeceğini iyi bilirdi. En kısık sesiyle, "Hiçbir şey göründüğü gibi olmayabilir," diyerek kapıya yöneldi.

Ahmet cevap bile vermedi. Güneş'in arkasından bakarken bu kadının aşkıyla geçen yıllara acıdı. Onu en mutlu oldukları gün terk etmemiş miydi? Koynundan çıkıp en yakın arkadaşıyla evlenmemiş miydi? Ondan iki çocuk doğurmamış mıydı? Külliyedeki odasında kafese tıkılmış aslan gibi dolanıp duruyor, aklından geçenler nefesini daraltıyordu. Güneş'e duyduğu sevda onu karanlığa gömmemiş miydi? Kapalı mekânlarda ışıksız yaşamasına sebep Güneş değil miydi? Korkut'a neden gittiğini, neden evlendiğini çözmek için aylarca dört duvar arasında yaşamamış mıydı? Beraber geçirdikleri her günü, her geceyi defalarca düşünmemiş miydi? O gitse de, onu sevmeye devam etmemiş miydi? Güneş yıllar sonra karşısına geçip aynı ihaneti ikinci kez yaşatacak cesareti nereden buluyordu! İçinde izlerini hâlâ yaşattığı aşkı bir kez daha öldürmeye ne hakkı vardı!

Güneş'se külliyeden çıkmadan kimliğini kulübeden

aldı, gözüne gözlüklerini takıp hızlı adımlarla uzaklaştı.

Karşısına çıkan bir çocuk parkına girip bir banka oturdu. Gözlerinden ip gibi akan damlalar eşliğinde aklına düşen sorularla mücadele ediyordu. Sevgililer birbirini hissetmeyi ne zaman bırakıyordu? Aralarındaki bağ ayrılığın mesafesine ne kadar dayanıyordu? Kaç zaman sonra köprüler yıkılıp ipler kopuyordu? Uzaktan bile sevebilmek hangi ölçüyle sınırlıydı? Aşkın hafızası bu kadar zayıf mıydı? Uğruna özgürlüğünü feda ettiği adam, onu sevmeyi ne zaman bırakmıştı? Ahmet yaşasın diye, o ölmemiş miydi? Yıllardır yaptığı bu fedakârlığı, Ahmet'in içten içe bildiğini zannederek yaşamıştı oysa.

Oturduğu banktan kalktı, birkaç adım atmıştı ki takip edildiğini hissetti. Evden çıktığı andan itibaren Korkut'un adamlarının peşinde olduğunu anladı. Gözyaşlarını silip parktan çıktı. Tam bir taksiye el kaldıracakken önünde siyah bir Mercedes durdu.

Bir adam içinden hızla inip aracın kapısını kibarca açtı, "Buyurun Güneş Hanım, Korkut Bey sizi Bedesten'de bekliyor," dedi.

Güneş kanatları kırık bir kuş misali kafese teslim oldu.

GÜL, HAÇ VE CAMİ

Buluşup Eski Kozlu Mezarlığı'na geldiklerinde saat dokuz olmuştu. Gecenin bir vakti İstanbul kabristanlarında ziyaretçi görmeye alışık olmayan güvenlik görevlisi önce ikisinin suratına, sonra da yırtık mevzuat fotokopilerine acemice baktı, "Bu saatte olmaz ama neyse, bu seferlik girin," dedi.

Kararmış betonla çevrili mezara kadar yürüdüler. Ailesinin koyun koyuna gömüldüğü alanın sağ tarafına Trink Ali'nin taze cesedi yatırılmış, üzerine kürekler dolusu toprak atılmıştı. Ali kadar zayıf bir genci bile göbekli bir kalantor gibi gösteren tümsekten taze toprak kokusu yayılıyordu. Yamuk bir tahta parçasına küçük harflerle adını yazmışlardı, *"ali yılmaz - 1999 - 2016"*

Yavuz Ahmet Hoca'nın ceketinin üst cebindeki kalemi işaret ederek, "Alabilir miyim?" dedi.

Ahmet kalemi çıkarıp uzattı. Yavuz geçici mezar taşı görevi gören tahtaya büyük harflerle, bastıra bastıra TRİNK yazdı. Ahmet yıllarca ayaz yemiş soğuk betona oturdu. O da yanına...

Yavuz, "Babasını da o pezevenk öldürdü değil mi?" diye sordu.

"Delil bulunamadı."

Yavuz isyan ederek "Polise gitmeyecek miyiz hâlâ!" diye bağırdı.

Ahmet Hoca "Ne diyeceğiz? Bir adam var, 1400 yıl evvel bir simyacının kitabında yazan efsanevi tılsımı bulursa İstanbul'u Türklerin elinden alıp ölümsüzlük iksiri içecek, bu yüzden de cinayet işliyor mu diyeceğiz? Kıçlarıyla gülerler," dedi.

"Sadece benim bildiğim dört cinayeti var! Elimiz kolumuz bağlı, seyredecek miyiz?"

"Onu cezalandırmanın tek yolu, tılsım parçalarını bir araya toplamasını engellemek! O zaman gözü dönecek, bir hata yapacak. Biz de mercileri harekete geçirip tepesine bineceğiz."

Yavuz isyan etti; "Ben merci falan tanımam hocam, o kadar bekleyemem!"

"Bekle diyen yok. İçindeki intikamın sesini kısıp pusuya yatacaksın. Üçüncü parçanın yerini bildiren mesajı inceleyip bazı araştırmalar yaptım. Eski kayıtlarda bazı bilgilere ulaştım," derken cebinden birkaç buruşuk sayfa çıkarıp, "Mesajda bahsi geçen 'yüksek kilise'yi buldum galiba," dedi.

Yavuz'un, "Bulmasanız şaşardım hocam," demesini çok umursamadan anlatmaya devam etti, "Fatih'in emriyle Haliç'te Bizans tersanesinin kalıntıları üzerine Tersane-i Amire kurulmuş. Önceleri birkaç göz olan tersane Yavuz Sultan Selim zamanında büyüyüp gelişmiş. Kayıtlarda bir deniz kazasının izlerine rastladım. İznik'ten yola çıkan bir yük gemisi çini fırını ve toprak taşıyormuş. Haliç'e girdiğinde yanmaya başlamış. Yük gemisindeki yangını söndürmek yerine ateş püskürtüp gemiyi alevlere boğmuşlar. Sence neden?"

Yavuz "Tersanedeki diğer kadırgalara yangın sıçramasın diyedir," dedi.

"Bravo! Yakarak batırmışlar gemiyi."

"Batan bir gemi ile yüksek kilise arasındaki bağ ne?"

Ahmet, "Haliç kıyısında Aziz Teodosia diye anılan bir kilise var. Altındaki mahzenlerden dolayı Bizans halkı buraya 'yüksek kilise' dermiş. Mahzen, bir iddiaya göre Bizans hanedanının ileri gelenlerinin mezarları olarak kullanılmış. Bir diğer iddiaya göreyse Hz. İsa'nın havarilerinden ikisi burada gömülüymüş," dedi.

"Hâlâ var mı böyle bir yer?"

"Birçok kilise gibi artık İslama hizmet ediyor. Vakıf kayıtlarına baktım, II. Beyazıt zamanında 26 Nisan 1499'da camiye dönüştürme çalışmaları başlamış. Adı Gül Cami, çok manidar bir isim."

"Nesi manidar? Anlamadım."

"Rosa, Hıristiyanlıkta Gül ve Haç Tarikatı'nın en önemli sembollerinden biridir. Caminin adının gül olması bende birçok çağrışım yapıyor."

"Valla öğrenmek istemiyorum hocam. Lüzumsuz bilgiyle doldu kafam!"

"Lüzumsuz mu? Sana dinler tarihi hakkında yedi kitap ayırdım. Hepsini okuman lazım. Geçmişi bilmeden geleceği kurgulamak imkânsızdır."

Yavuz derin bir iç çekti, Trink Ali'nin üzerindeki toprağa bakıp intikam için gereken neyse yapmaya karar verdi. "Kilise mahzenine saklı batık bir gemi arıyoruz yani?" diye sordu.

Ahmet Hoca, "Gül Camisi'nin mahzeni o zamanlarda Haliç'e yanaşan gemilerden indirilen emtiaların saklandığı yer olarak kullanılırmış. O yük gemisinden kalan malları caminin mahzeninde saklamış olabilirler," dedi.

"İğneyle kuyu kazıyoruz! Şimdi gidip bakalım mı hocam? Malum gündüzleri dışarı çıkamıyorsunuz."

Ahmet başından ayrılamadığı mezara baktı, içinin acısı yüzüne vurdu, "Sosyoloji okuyacaktı. Akademisyen olmak istiyordu," dedi.

Yavuz, "Yok hocam ya, arkeolog olmak istediğini söylemişti. Arkeoloji bölümünü yazacaktı sizden gizli," dedi.

Ahmet hüzünle gülümsedi, "Öyle mi, bilmiyordum. Şu an bizimle o camiye gelmeyi eminim çok isterdi," dedi.

İkisi de birbirine belli etmeden içlerinden dua okudu ve mezarlığın çıkışına doğru yürümeye başladılar. Ana yoldan geçen bir taksi durdurup bindiler. Yavuz'un cep telefonundaki navigasyon yardımıyla şoföre yolu tarif ettiler: "Ayakapı'ya gidiyoruz. Haliç kıyısına doğru in, Cibali Kapı'dan sağa dön, yüz yüz elli metre ilerle. Vakıf Mektebi Sokağı'nın sonuna kadar devam edeceğiz."

Tecrübeli taksici ikiletmeden dediklerini harfiyen yaptı.

Mektep Sokak'ta indiler. Yolun sonunda yüzyıllara kafa tutan, camiden çok Bizans kilisesinin izlerini taşıyan, tuğla tonozlu bir bodrum üzerinde yükselen binayı gördüler. Cemaat kapısından girdiklerinde haliyle ortalarda kimse yoktu. Ahmet Hoca şadırvana yakın bir yere oturup Yavuz'un telefonunu çıkarmasını istedi. Yavuz telefonunu uzattı.

Ahmet Hoca, "Ben anlamam bunlardan," diyerek arka cebinden küçük bir telefon defteri çıkarıp Yavuz'a bir numara söyledi.

Yavuz, "Bir cep telefonu alsanıza kendinize," deyince Ahmet Hoca, "Çevir sen," dedi.

"Bunlar çevrilmiyor, tuşlanıyor. Bu yaka mı, karşı taraf mı?" diye sordu Yavuz. Ahmet bir an düşündü, "Üsküdar," dedi.

Yavuz numaranın başına 0216 ekleyerek tuşladı, telefonu uzattı. Ahmet ondan biraz uzaklaştı, avlunun kenarındaki çınarın altına gidip fısıltıyla biriyle konuştu. Konuşması bitince delikanlının yanına dönüp telefonu kapatmaya bile tenezzül etmeden ona uzattı, "Birazdan müezzin gelir," dedi.

Yavuz "Vay be, kimi aradınız ya! İstanbul Müftüsü'nü mü?" diye sordu.

Ahmet cevap vermedi.

Yavuz gözlerinde büyüyen umutla ona bakıp, "Demek ki bizi de kollayan, gözeten birileri var," dedi.

Ahmet gene cevap vermedi.

Taş basamaklara oturup müezzini beklemeye başladılar.

RESTLEŞME

Kapalıçarşı'ya, Zergüdan Kuyumculuk'a getirileli nerdeyse sekiz saat geçmişti. Dükkâna gedikli müşteriler gelmiş, meraklı turistler alışveriş yapmış, çaycı tepsi tepsi çay taşımıştı. O ise hep aynı koltukta kocasının onu makamına çağırmasını bekleyip durmuştu. Sonunda çarşı kapanmış, esnaf evine, ocağına gitmiş, turistler İstanbul sokaklarına dağılmıştı. Güneş, ıskartaya çıkmış kürek mahkûmu gibi Korkut'un her türlü pis işini çevirdiği dükkânda akıbetini bekliyordu.

Başında dikilen iki koruma çay, su, kahve, yemek sorup duruyorlar ama lavaboya bile tek başına gitmesine izin vermiyorlardı. Ahmet'le buluşmaya giderken her şeyi göze almıştı ama sevdiği adam tarafından hakaretlere uğrayacağını, ihanet ve Korkut'a yardım etmekle suçlanacağını bilmiyordu. Düşündükçe kederi katlanmış, bekledikçe içindeki karanlık büyümüştü. Nihayet antika mücevherlerle dolu camekânlardan birinin üzerindeki kırmızı düğme yanıp söndü.

İri yarı dazlak koruma, "Sizi aşağı alabiliriz Güneş Hanım," dedi.

Güneş kılları beyaz gömleğinden taşan izbanduta ters ters bakıp otomatik olarak açılan kapıdan geçti, topuklu ayakkabılarını çıkarıp eline alıp dik merdivenlerden aşağı indi.

Korkut yüzbinlerce Amerikan doları değerindeki eski eserlerle dolu odasında masanın üzerindeki kitaplara gömülmüş çalışıyordu. Saçı başı dağılmış, en az on bardak çay, beş espresso içmiş, sinirlenip bazı kâğıtları buruşturup yere atmıştı.

Güneş'i görünce yüzü aydınlandı, alaycı bir tonla konuşmaya başladı: "Beklettim aşkım. Kusura bakma, meşguldüm."

"Aman ne komik," dedi Güneş.

"Gerçi bugün sen de biraz meşguldün. Sonunda evden çıkmana sevindim ama ziyaret ettiğin yeri beğenmedim."

"Ne bilmek istiyorsan sor, saklayacak değilim."

Korkut "Bir şey bilmek istemiyorum. Zaten hepsini duydum. Çantanda bir ortam dinleme cihazı var!" dedi, sakin bir sesle.

Güneş, paniğine engel olmaya çalışarak, yılan derisi çantasını açtı. Elini çantanın iç cephesinde gezdirdi, fermuarlı göze bakınca deri ile kumaş arasında 25 kuruş büyüklüğündeki alıcıyı fark etti. Kafasını kaldırdı, korkusuzca ona baktı.

Korkut, "Bugün bir bilmece çözmeye çalışıyordum. Çok yoruldum. Allahtan Ahmet'le muhabbetinizi dinledim de, biraz gülüp eğlendim," dedi.

Güneş, "Ben gülmedim hiç. İnanmadı bana. Beni senin gönderdiğini zannetti," dedi.

Korkut Venedik Festivali'nde kullanılan geleneksel maskelerden birini suratına geçirmiş gibi yarı gülümseyen, yarı ağlayan bir ifade takınarak, "Haklı sayılmaz mı adam ama..." diyerek kahkaha attı.

Güneş, "Cezam neyse kes! Senden korkmadığımı biliyorsun!" deyince, Korkut aniden masadan kalkıp karısına iyice yaklaştı, saçlarını eline doladı, zarif boynunu neredeyse sırtına değecek kadar geriye çekerken, "Demek gizli gizli odamı dinledin! Demek benden Tılsımlar Kitabı'nı çalıp o kifayetsiz herife vereceksin, öyle mi!" diye kulağına fısıldadı.

Güneş canının acısına rağmen sesini çıkarmadan Korkut'a dimdik bakıyordu.

Korkut, "Cezayı sana vermeyeceğim karıcım. Hesabı sevgiline keseceğim. Geberteceğim Ahmet'i. Böylece aldığın her nefes ciğerine batacak, yaşamak için umudun kalmayacak ama sonsuza kadar benimle olacaksın! Ne dilemma değil mi?" dedi.

Boynundaki dayanılmaz acıyla Güneş'in gözlerinden iki damla yaş aktı. Korkut gözyaşlarını görünce elini Güneş'in saçlarının arasından çekti, "Eve git!" dedi.

Güneş kalkıp kapıya gitmek yerine çalışma masasına ilerledi, üzerindeki antika mektup açacağını eline aldı. Korkut'un gözlerinde ilk kez korkuyu gördü. Öyle ya, şimdi şah damarını kesse, intihar etse, Korkut'un yıllardır yaptığı tüm planlar suya düşecekti. Ne de olsa ölümsüzlüğü aramasının bahanesi kendisiydi!

Korkut aşkı nefretine galip gelen her erkek gibi donup kaldı. Güneş yavaş hareketlerle elindeki sivri bıçağı çantasının iç kumaşına saplayıp yırttı. Dinleme cihazını çıkardı, masanın üzerine bıraktı.

Usulca yaklaştı, kocasının elini eline alıp mektup açacağını Korkut'un avucuna koyarken, "Bir evladım daha olmasa kendimi çoktan öldürmüştüm," deyip odadan çıktı.

Korkut binlerce ömür yaşasa, sonsuzluk boyunca beraber olsalar da, Güneş'in kalbini kazanamayacağı biliyordu. Bu gerçekle yüzleşmekten bıkmıştı. Oysa dünyada hiçbir kadın Güneş kadar sevilmemişti. Onu kazanmak uğruna efsanelere sığınmış, zamana hükmetmenin çarelerini aramış, sonunda ölümsüzlüğe giden karanlık yolu bulmuştu. Ama ne kadar çabalarsa çabalasın her gün yeniden ölüyordu. Güneş hiçbir zaman diliminde onu sevemeyecekti!

MAHZEN

Gül Cami'nin orta yaşlı, nur yüzlü, her halinden iyi niyetli olduğu belli müezzini koştura koştura avluya girip terini pamuklu kumaştan bir mendile silerek yanlarına geldi, önlerinde ceketini ilikleyip, “Geç kalmadım inşallah. Benim ev biraz uzakça,” dedi.

Ahmet Hoca, “Zahmet verdik,” dedi.

Müezzin, “Ne demek efendim,” diyerek alnından akan ısrarlı ter damlalarını mendiliyle durdurmaya çalıştı. Yavuz onu seyrederken kumaş mendil kullanan biriyle daha önce hiç tanışmadığını düşündü.

Müezzin elindeki bir tomar anahtarı göstererek, “Konunun çok mühim olduğunu belirttiler. Hemen açayım, camiyi,” diye atıldı.

Ahmet müezzinin kolunu tutup durdurdu, “Camiyle işimiz yok, mahzene inmemiz lazım,” dedi.

Müezzin en küçük bir itiraz ya da tereddüt göstermeden, “O zaman gidip kazma bulayım civar evlerden. Mahzenin iki kapısı vardır ama kapıların ardında duvarlar örülü. Mahzene camiden giriş engellenmiş," dedi.

"Kapıları çalıp kazma kürek istemeniz biraz garip olmaz mı? Dikkat çekmek istemeyiz," dedi Ahmet Hoca.

"Cemaat beni sever, soru sormazlar," diyerek geldiği gibi koşarak camiden çıktı müezzin.

Yavuz, arkasından bakarken "Çok heyecanlandı," diyerek üzüntüsünü dile getirdi.

Ahmet Hoca, "Yorduk adamcağızı. Değse bari," diye hayıflandı.

Tam o sırada Yavuz'un telefonuna bir mesaj geldi. Telefonuna bakıp mesajı görünce gülümsedi. "*Yarın ilk ders boş. Bilmem anlatabildim mi?*" yazıyordu.

Yavuz da Aslı'ya mesaj attı: "*Ben de seni özledim.*"

Ahmet delikanlının bir kızla yazıştığını anladığını belirtme ihtiyacı duydu, "Sen biriyle flört mü ediyorsun? Ne çabuk," dedi.

"Hocam artık o kelime kullanılmıyor."

"Flört demiyor musunuz? Ne diyorsunuz?"

"Bir şey demiyoruz. Kategorize etmiyoruz desek, daha doğru."

Ahmet düşünceli, "Belki de böylesi daha doğrudur," diyerek sustu.

Birkaç dakika sonra elinde edevatla onlara doğru koşan müezzinin telaşı ikisinin de komiğine gitti. Adamcağızı rencide etmemek için kendilerine hâkim olup gülmediler.

Müezzin, "Bu taraftan," diyerek önlerine düştü.

Üçü beraber Gül Cami'nin dış duvarları boyunca yürüyüp arka tarafına geçerken müezzin ev sahibi kibarlığıyla, heyecanla bilgiler veriyordu: "Mahzenden başlayan dehlizlerin ta Balat sahilindeki Aya Nikola Kilisesi'ne kadar uzandığı söyleniyor. İki kilise arasının tünellerle birbirine bağlı olduğu rivayet ediliyor."

Bir kapının önünde durdular. Elindeki anahtarlığı karıştırıp on santim uzunluğundaki eski bir anahtarı çekti, kilide sokup kapıyı açtı müezzin.

Loş bir koridora girdiler. Koridorun sonunda karşılarına avuç büyüklüğünde taşlarla örülmüş, üzeri acemice sıvanmış bir duvar çıktı. Müezzin, "Ya bismillah" deyip kazmayı vurdu. O kazma salladıkça Yavuz, *Kaderim bu benim herhalde,* diye düşünerek kürekle molozu kenara attı. Sonunda önlerinde uzun ve karanlık bir tünel açıldı.

Müezzin, "Tüh, nasıl düşünemedim! Ben gidip fener, lamba filan bulayım," deyip koşarak çıktı.

Birkaç dakika sonra daha da terlemiş olarak yüzünde aynı güleç ifadeyle geri döndü. Elindeki mumları yakıp çay bardaklarına oturttular. İki yüz metre ilerledikten sonra bir duvarla daha karşılaştılar.

Yavuz homurdandı, "Ne bu ya? Labirent gibi!"

Ahmet, "Bundan sonrasını bizim halletmemiz daha uygun. Siz avluda bekleyin," dedi müezzine.

Müezzin buyruğu olduğu gibi kabullenip, "Peki," diyerek uzaklaştı.

Yavuz söylenerek duvara ilk kazmayı vurdu, "Bu duvar daha kalın! Blok taşlarla örülmüş," diye isyan etti.

"Bir kişinin gireceği kadar bir delik yeter," dedi Ahmet Hoca.

Yavuz defalarca kazma salladıktan sonra nihayet duvarın ardı göründü. Delikten sürünerek geçip dev mermer sütunlarla yükselen karanlık mahzene girdiler. Etraf fıçı parçaları, yüzlerce yıllık kalaslar, mermer mezar taşları, duvarlara dayalı paslı haçlar, kilise mobilyalarıyla doluydu. Venedik ve Ceneviz gemilerini süsleyen heykeller, kalyonların pruva fenerleri, kırlangıç desenli kadırga kürekleri üst üste konulmuş, toz toprak içindeki yüzlerce ahşap sandık taş duvarlar boyunca dizilmiş, derin koridoru kaplamıştı. İkisi de ellerindeki mumların ışığı kadarıyla gördüklerine şaşıp kaldılar.

Ahmet Hoca, "Bakanlığa bildirmem lazım. Burada bir tarih gömülü!" dedi hayretler içerisinde.

Yavuz umudunu yitirmiş halde, "Çıkalım! Bu yığının arasında tılsım falan bulunmaz. Zaten ne aradığımızı bile bilmiyoruz!" dedi.

Geri dönüp çıkışa doğru yürümeye başladılar. Birkaç adım atmışlardı ki, binlerce görünmez kapı aniden açılmış gibi bir rüzgâr esmeye başladı. İçeride esen ve nereden dolduğu belli olmayan hava akımı ellerindeki mumları söndürmek yerine alevlerini körükledi. Etrafları kaynağı belirsiz bir ışıkla aydınlanmaya başladı. Ahmet ışığın nereden geldiğini anlamak için arkasına dönüp baktığı anda Yavuz'u elini bir duvara dayamış, acıyla kıvranırken gördü. Delikanlının içindeki tılsımlı gömlek mor renge yakın güçlü bir ışık saçıyor, dehlizin yirmi metre yükseklikteki tavanına çarpıyor, bir tünelin koridorunu aydınlatıyordu. Yavuz'a yardım etmek için elini uzattı, ona dokunduğu anda çarpılıp yere düştü.

Yavuz kendi ıstırabını unutup, "Hocam iyi misin?" dedi.

Ahmet ayağa kalktı, "Esas sen iyi misin? Şu koridora ilerleyebilecek misin?" diyerek ışığın aydınlattığı noktayı gösterdi.

Yavuz duvara tutunarak ilerlemeye başladı. Gömlekten yayılan parlaklık ip inceliğine geldi, daraldı, lazer uçlu bir enerji kaynağı gibi tek bir noktaya yöneldi. Koridorun ucuna doğru ilerlemeye başladılar. Yüz adım sonra ışık huzmesinin son bulduğu küçük bir amforanın başına gelmişlerdi. Tılsımlı gömlekten yayılan parlama, tarihi bir toprak testiyi aydınlatıp yavaşça söndü.

"Bulduk ya da bulduruldu k! Her neyse işte," dedi Yavuz.

Testinin yanına yürüdü, tam kucaklayıp kaldıracakken Ahmet Hoca, "Dokunma sakın!" diye ikaz etti.

Delikanlı elini testiden uzaklaştırdı. Ahmet Hoca pantolonun kemerini çıkarıp eline doladı, amforayı kulpundan tutup kaldırıp, "Hadi çıkalım buradan," dedi.

Koridorlardan geçip duvarda açtıkları delikten dışarı çıktılar. Müezzin bahçede bir kenara çökmüş onları bekliyordu. İkisinin mahzen kapısından çıktığını görünce hemen yanlarına koştu. Ahmet'in elindeki testiye baktı ama tek soru bile sormadı.

Ahmet, "Rica etsem müsait bir zamanınızda o duvarları örer misiniz?" dedi.

"Aklınız kalmasın, nasıl bulduysak öyle bırakırım. Ben sizi çaldırayım. Duvarı sıvayınca mesaj atarım," dedi müezzin.

Ahmet Hoca, "Yavuz'un cep numarasını kaydedin. Ben araştırma için bakanlıktan birilerini göndereceğim. Bu gece hakkında kimseyle konuşmayın olur mu?" diye tembihledi.

Müezzin elini kalbine koyup, "Allah şahidimdir," dedi.

Yavuz, "05934346146" diye cep numarasını verdi. Müezzin telefonu çaldırıp kapattı, "Selametle," diyerek onları uğurladı.

Camiden çıkınca bir taksi çevirip Küçük Ayasofya'daki cumbalı eve doğru yola çıktılar. İstanbul'un kalabalıklarına, cins cins karakterlerine alışmış meraklı taksicinin yol boyu amfora hakkında sorduğu soruları cevapsız bıraktılar.

Yavuz sabırsızlanıyor, Korkut'tan önce tılsımın üçüncü parçasını bulduklarından emin olmak istiyordu. Arka koltukta kucağındaki testiyi dikkatle tutan Ahmet Hoca ise polis kontrolüne denk gelmekten endişe ediyordu. Nihayetinde, kucağındaki parça yüzlerce yıldır gün ışığı görmemiş tarihi bir eserdi ve polis çevirirse söyleyecek tek lafı yoktu.

Taksi Ahmet Hoca'nın evine yaklaştı. Yavuz parayı ödedi, indiler. Eve girdiklerinde saat gece yarısını çoktan geçmişti. Ahmet dolaplardan birinden çekip aldığı örtüyü salonun ortasına serdi. Amforayı tek eliyle ters çevirdi ve içindeki toprağın tamamını çarşafa dökene kadar akıttı. Tozlu topraktan oluşan kümenin ortasına altın gibi parlayan bir obje düştü. İki adam metal parçaya dikkatle baktılar, dokunamadılar. Üzerine kazınmış hiyeroglife benzer karmaşık işaretler, geometrik desenler o kadar sıradan görünüyordu ki, ikisi de şaşkınlıklarını birbirlerinden sakladılar. Ahmet içinden, *diğer parçaları bulmadıkça bunun üçüncü tılsım olduğunu anlamamıza imkân yok,* diye geçirdi.

Yavuz, "Bizanslı simyacıların yaptığı tılsım fetih gecesi dört parçaya bölünmüşse Korkut'la durumumuz 2-1 demektir. Beraberlik için bir gol daha atmamız lazım hocam," dedi.

"Bu bir maç ya da müsabaka değil," dedi Ahmet Hoca.

Yavuz sinirlenerek, "Anlamam, skor bu! Ben yatıyorum," diyerek yerinden kalktı.

Ahmet, delikanlının yüzündeki zafer sarhoşluğunu görünce düşündüğünü söylemekten vazgeçip sustu. Yabancı bir şehirdeki tek arkadaşını toprağa veren, memleketinden ayrı düşmüş, içinde fokurdayan gençlik ateşine rağmen bir kehaneti çözmek için didinen genç adama dikkatle baktı. Yavuz'un umurunda olan ne tılsımlar, ne İstanbul efsanesi ne de sapkın bir tarikattı! Ailesinin katiline adım adım yaklaşmanın derdine düşmüştü ve umuda ihtiyacı vardı.

Yavuz odasına çıkıp yattı ve İstanbul'da ilk kez deliksiz uyudu.

YANSIMALAR

Ertesi sabah penceresine tünemiş kuş sesleriyle uyandı, *Karga sesi mi* diye huzursuzca dinledi. Bir zamanlar çok sevdiği, elleriyle beslediği Karakalem'in varlığından artık tırsıyor, hayvanı gördüğü her yerde gözleniyormuş duygusuna kapılıyordu.

Yataktan usulca kalkıp hışımla perdeyi açtı. İki ürkek kumru pervazından havalanıp kaçtı. *Paranoyak oldum haliyle,* diye kendiyle alay etti. Saatine bakınca birkaç saat sonra Aslı'yla buluşacağı geldi aklına.

Tılsımlı gömlekten zihnini tamamen kurtarmak, ne Korkut Zergüdan'ı, ne tarikatı ne de İstanbul'u düşünmek istiyordu. Kendini sıradan hissetmeye o kadar ihtiyacı vardı ki, genç kızı görme ihtimali içine huzur verdi. Gün boyu görmek, düşünmek, bakmak, öpmek istediği tek insan Aslı'ydı.

Yıkandı, giyindi, Fransızca kitaplarından birini yanına alıp odasından çıktı. Merdivenlerde başını tülbentle bağlamış, elindeki bir kova köpüklü suyla basamakları kazır gibi silen bir kadınla karşılaşınca çok şaşırdı.

Kadın kırk yıldır onu tanıyormuşçasına, "Kirlilerini sepete bıraktın mı Yavuz Bey?" diye sordu.

Yavuz şaşkın, "Evet," dedi.

"Makineyi çalıştırcam. Yıkayıp ütüler, odana asarım."

"Tamam ablacım, senin adın ne?" diye sordu Yavuz.

Kadın "Meryem ben, Meryem... Tepsi böreği yaptım. Karnını bir güzel doyur he mi?" dedi sıcak tavırla.

Yavuz, "Olur" dedi, nemli merdivenlere basarak aşağı inerken son anda durdu. Plastik bir leğende yer bezini çitileyen kadına, "Senin geldiğin günler ev lavanta kokuyor," diye ekledi.

"Her markette satıyorlar, son suyuma katıyorum," dedi merdivenleri temizleyen Meryem.

Yavuz, "Hep kat," diyerek aşağı indi.

Meryem arkasından sesledi: "Akşam Hoca'ya söylersin, o toprakları attım ben."

Yavuz panikle, "Ne yaptın, nereye attın?" dedi.

Meryem "E hoca çöpe at dediydi," diye cevap verdi.

Yavuz, Ahmet Hoca'nın tılsımın parçasını sakladığından emin olunca, "Ha, tamam o zaman," deyip mutfağa girdi.

Mutfak mis gibi temizlenmiş, kahvaltı sofrası kurulmuş, fırından taşan peynirli börek kokusu tüm eve yayılmıştı. Kendini bildi bileli hayatının hiçbir kışını, yazını, baharını bir kadınla aynı çatı altında geçirmemişti. Ne anne, ne teyze ne bacı, ne nine, ne de sevgili... Oysa kadınların var olduğu ortamlarda hayat daha güzel kokuyordu. Gül, ıtır, karanfil, bin bir yaprak, onlarca baharat mis olup etrafa saçılıyordu. Aslı'nın saçlarını her savurduğunda yayılan vanilya kokusunu hatırladı. Yarıyıl tatilinde onunla bir sahil kasabasına gitmeyi, aynı çatının altında geceler geçirip sabahları onu koklayarak uyanmayı hayal ederek evden çıktı.

Sokak kedilerine, telaşsız esnafa, akşamdan kalma turistlere bakarak yürüdü, cep telefonunu çıkarıp Süleymaniye Yazma Eserler Kütüphanesi'ni tuşladı, "Alo, Ahmet Kavancı'yla görüşecektim," dedi.

Bir süre ferahfeza makamındaki şarkıyı dinledikten sonra Ahmet Hoca, "Alo?" dedi.

"Hocam dün gece bulduğumuz parça siz de değil mi?"

"Evet, burada. Güvende merak etme."

"Evde bir kadın var, temizlik yapıyor. Bıraktım çıktım."

"O anahtarıyla girer çıkar."

"Ben söyledim ama siz de tembih edin."

"Neyi?"

"Lavanta esansını... hep kullansın."

"Anlamadım?"

"Neyse hocam, boş verin. Hadi eyvallah."

Öbekleşmiş turistler arasından geçip İstanbul'a karıştı. Toplu taşıma araçlarında sıradanlaşma duygusunu tattı. Sıkışıp oturacak hatta nefes alacak yer bulamadan Beyazıt Meydanı'na vardı. İstanbul Üniversitesi'nin sembolü haline gelmiş mermer kapıyı gören bir taşa oturup Aslı'yı beklemeye başladı. Sınır kalesi şeklinde inşa edilmesine rağmen öğrencileri kimlik kontrolü uğruna cüce bir girişe mahkûm eden korkuyu izledi. Üniversiteye itişerek girenleri, onların üzerine pike yapan kumruları, el arabalarıyla poğaça, simit satan sokak satıcılarını seyretti. Arkasından yaklaşan Aslı'yı fark etmemişti.

Genç kız karşısına geçti, "Günaydın," dedi.

Yavuz çoğu yaşıtının fikren reddettiği ya da öğrenmeye tenezzül etmediği adabımuaşeret kurallarının sağ kalan son temsilcisi gibi centilmence ayağa kalktı. Aslı her iki bacağının baldırlarını açıkta bırakan lime lime bir blue jean, uçları püsküllü süet bir ceket giymişti. Saçlarını atkuyruğu yapmış, gözüne de pahalı bir marka olduğu belli olan John Lennon tarzında güneş gözlüğü takmıştı.

Yavuz çok cepli pantolonunu, kareli gömleğini işaret ederek, "Ya ben senin havanı bozmayayım. Çok şıksın gene," dedi.

Aslı, "Bugün sahafları gezemeyeceğiz. Babam benimle zaman geçirmek istiyormuş, kıramadım. Kardeşimin ölümünden beri üzerime çok düşüyor. İntihara meyilli olduğumu düşünüyor galiba," dedi.

"Meyilli misin?" diye sordu Yavuz.

"Bilmem."

"Nereye gidiyorsunuz?"

"Muhtemelen müzayedeye..."

"Çok mu zengin seninkiler?"

"Bir mahsuru var mı?"

"Yok."

Aslı parmaklarının ucunda yükseldi, Yavuz'u yanağından öpünce saçlarından vanilya kokusu yayıldı. "Sıkıntı yok o zaman. Hadi, çok açım," dedi.

Yavuz acıktığını söyleyiş biçimine, onun elini tutarken hissettiği yakınlığa, güzelliğine, seçtiği sözcüklere tutulduğunu düşündü. Biraz yürüyüp bir kafeye girdiler. Genç kız iştahla kahvaltı ederken Yavuz onu seyretti. Aslı lokmaları arasında bulduğu her fırsatta gideceği müzayede hakkında bilgiler vermeye başladı: "Müzayedeye katılmadan önce sergi gezilir. Erkenden gidilir, eserler incelenir. Almayı düşündüğün parça varsa yakından bakmak adettir. Sonra müzayedeye katılmak için adını yazdırıp bir numara alırsın. Açık artırmaya katılırsın falan filan..."

"İlgini çeken bir şey var mı?" diye sordu Yavuz.

"Eskiden bir koleksiyon yapıyordum."

Yavuz merakla "Ne topluyordun?" diye sordu.

Aslı "Tahmin et," dedi.

"Ne bileyim. Seni o kadar iyi tanımıyorum. Henüz!"

Aslı "Mızıklanma, tahmin et," diye ısrar etti

"Bilirsem şubatta benimle tatile gelir misin?" diye sordu, Yavuz.

Aslı "Bilirsen gelirim, bilemezsen de gelirim," dedi.

Yavuz içinden, *aşk mı,* diye düşünüp, "Bence mücevher, köstekli saat, yağlıboya, gümüş ya da altın toplamıyordun. Pahalı ya da metal objeler olduğunu sanmam. Kırılgan parçalar, mesela cam gibi insana yakın, mütevazı şeyler. Tespih koleksiyonu olabilir mesela," dedi.

Aslı yüzünde şaşkın bir hayranlıkla ona bakıyordu.

Yavuz, "Çok mu salladım?" diye sordu.

Aslı, "Senin EQ da IQ gibi taşmış dökülüyor!" dedi.

"Yaklaştım mı?" diye soran Yavuz'a, "Yaklaşmadın, bildin. Tespih koleksiyonu yapıyordum eskiden. Bugün Abdülmecit tuğralı, tombak imameli, sandal ağacından bir parça satışa çıkacakmış. Babam onu almak istiyordur kesin," dedi.

Yavuz, "Yanında kaldığım adam da yıllardır tespih topluyormuş. Bir gün tanıştırayım sizi," dedi.

Çaylarını içip akşam buluşmaya karar verdiler. Yavuz kasaya ödeme yaptıktan sonra çıktılar.

Beyazıt Meydanı civarında Aslı'nın cep telefonu çalınca Aslı, *"Alo? Meydana yakınım zaten,"* diyerek cevap verdi. Telefonunu kapatıp Yavuz'a baktı, "Yaklaşmış," dedi.

"Ben ufaktan kaçayım," diyen Yavuz'a, babasıyla tanışmak isteyip istemeyeceğini sordu Aslı.

Yavuz da "Başka zaman. İşin bitince mesaj at," dedi.

O sırada Aslı babasının geldiğini söyledi. Yavuz yavaşça meydana yaklaşan siyah Mercedes S600'e bakakaldı. Arabanın haşmeti bir yana, siyah filmle kaplı camların yarattığı gizeme hayran olmamak elde değildi. Mercedes yavaşlayıp kaldırım kenarına park etti ve ön koltuktan bir şoför hızla inip sol arka kapıyı açarak beklemeye başladı.

Aslı "Tanışmak istemediğinden emin misin?" diye sordu tekrar.

"Kesinlikle," dedi Yavuz.

Genç kız, "Peki, görüşürüz," deyip arabaya doğru yürümeye başladı. Yavuz onun arkasından bakarken bir detay dikkatini çekti.

Arabanın sağ arka camı on santim kadar ağır ağır aşağı indi. İçini göstermeyen filtrelenmiş cama dikkatle baktı. Camın küçük aralığından 40-45 yaşlarında olduğunu tahmin ettiği bir adamın gözleri ona kilitlenmişti. Onu dikkatle süzen bu bir çift göze hapsolduğunu hissetti. Ensesinden başlayan ürpertiyle tüm vücudu kasılmaya başladı. Ayaklarına beton dökülmüş gibi yere çivilendi. Meydandaki insanlar, adamın tuhaf bakışlarıyla onun arasından geçiyor, gidiyordu ama Yavuz kıpırdayamıyordu.

Birden tüm benliğini allak bullak eden garip bir görüntü oluşmaya başladı. Aracın camına nereden yansıdığı anlaşılmayan devasa kara kanatları fark etti! Geniş ve kuzguni kanatlar birkaç parmak aralanmış araba camından bakan adamın gözleriyle birleşiyor, ortaya ürkütücü bir figür çıkıyordu. Kanatlar sanki havada asılı kalmış iri bir yırtıcıdan aksediyor, o bakışlarla bütünleşip Yavuz'un dünyasını karanlığa gömüyordu. Ortaya çıkan gotik yansıma tüm zihnini allak bullak ediyor, hücrelerindeki son mutluluk damlasına kadar emiyordu. Hipnotize olmuş gibi gözlerini bu tuhaf figürden ayıramıyordu.

Artık ayıkken bile kâbus görüyorum, diye geçirdi içinden. Başını kaldırıp etrafa baktı. Gökyüzünde bulutlardan başka hiçbir şey yoktu! Ne bir kuzgun ne bir karga... Hatta serçe bile göremedi. Büyük yırtıcı kuş semada süzülmeye başlayınca uzaklara kaçan küçük kuş sürüleri gibi Beyazıt Meydanı'ndaki tüm kuşlar ortadan kaybolmuştu sanki. Bunları düşünürken genç kızın sesiyle irkildi.

Aslı, "İlla senle tanışmak istiyormuş. Akşam beni evden alabilir misin?" diye sordu.

Yavuz gerildiğini hiç belli etmeden, "Konum at," dedi.

Aslı göz kırpıp arabaya bindi. Yavuz'un gözleri, yavaşça hareket eden arabanın sağ arka camına dikkat kesildi. Camdan yansıyan siyah kanatlarla adamın ısrarlı gözlerinin birleştiği lanetli yansımayı bir kez daha görünce başı döndü. Bu anlık bakışma sürerken aralarına giren bir simitçinin el arabasının ön camı büyük bir gürültüyle çatlayıp tuz buz oldu.

Nerden sürüklendiği anlaşılmayan bir toz bulutu yerden havalanınca meydan grileşip karardı. Sahipsiz bir rüzgâr kaldırımlara göstermelik dikilmiş ağaçlardan sararmış ve seyrekleşmiş yaprakları koparıp gökyüzüne savurdu. Yavuz'un yanından geçen bir kadın yüzükoyun yere kapaklandı.

Mercedes'in camı sonunda kapandı, araç trafiğe karışıp uzaklaştı. Yavuz ayaklarındaki tonlarca ağırlık kalkmış gibi güçlükle hareket ederek yere yığılan kadının yanına koşup onu kollarından tutarak kaldırdı, "İyi misiniz?" diye sordu.

"Neye takıldım hiç anlamadım. Dizlerim kanıyor," dedi kadın.

Yavuz, "Eczaneye gidelim," deyince kadın, "Yok, sağ olun, ben temizlerim," dedi ve topallayarak uzaklaştı.

Simitçi şaşkın şaşkın ekmek teknesine bakıyordu. Yavuz el arabasına doğru yürüdü. Simitçi, "Nasıl patladı gördün mü birader! Nazar desem, kimin benim gibi birine nazarı değer ki..." dedi.

Yavuz, "Simitlerin üzeri cam kırığı dolu," dedi üzgün.

Simitçi, "Rızık bu kadarmış," diyerek el arabasını iterek uzaklaştı.

Yavuz içine giydiği tılsımlı gömleğin etkisiyle vücudunda olan biteni tanımlayamadığını, zaman algısının giderek değiştiğini, garip görüntülerle zihninin bulandığını düşündü.

Çırağan'daki fakülteye gitmeye, derslere katılıp zihnini oyalamaya, yaşadığı tuhaflıkları unutmaya karar verdi.

Tam uzaklaşmak üzereyken arkasındaki meydana konan binlerce güvercinin sesini duydu. Başını çevirip hayretle meydana baktı.

Bütün kuşlar geri gelmişti! Ürkek serçeler bile...

GEÇ KALAN EZAN

Beyazıt Meydanı'nda yaşanan garip olaydan o kadar rahatsız olmuştu ki, saatlerce gerçeklik kırıntısı bulmak için çırpınan aklını susturmaya çalışıp durdu. Sanki inanmadığı bir masalın içine düşmüş, anlamsız bir fantazyanın içinde eriyip gidiyordu. Yaşadığı olaylar silsilesine mantıklı açıklamalar bulmaya çalışmaktan yorgun düşmüştü. Tüm ilgisini derslere yoğunlaştırdı, her şeyi unutmak istercesine kâğıtlar dolusu not aldı. Akşamüstü okuldan çıkınca Kabataş'a yürüdü, tramvaya bindi, inince tekrar yürüdü.

Osmanlı döneminde çatısının altında tıp medresesi, darüşşifa, sıbyan mektebi, darûlkurra, tabhane, darûzziyafe, kervansaray, darûlhadis medresesi, dükkânlar, hamam ve türbeler bulunan külliye alanına geldiğinde memurlar mesailerini tamamlamış, paydos etmek üzereydiler. Birkaç kişi koridorda toplanmış, aralarında kısık sesle konuşuyorlardı. Yavuz yanlarından geçerken sustular.

Bir terslik olduğunu anlamıştı ancak kimseyle resmi olarak tanıştırılmadığından ne olup bittiğini soramadı. Restorasyon bölümü memurlarının, akıllı depolama teknik personelinin arasından yürüyerek Ahmet Hoca'nın kapısını çaldı.

Ahmet'in, "Gel," diyen sesiyle geniş odadan içeri girdi. Deri ceketli, kumaş pantolonlu iki suratsız adam Ahmet Hoca'nın tam karşısına oturmuş, üst üste sorular soruyorlardı. Ahmet başını kaldırdı, daha önce hiç hitap etmediği bir sevecenlikle, üzerine basa basa, "Hoş geldin Yavuzcum. Nasıl geçti derslerin? Öğrendin mi bakalım bir şeyler?" dedi.

Yavuz, Ahmet Hoca'nın abartılı samimiyetindeki ikaz tonunu, cümlesindeki tedbiri, ifade biçimindeki garipliği hemen sezip, "İyi," dedi hiç bozuntuya vermeden.

Kıdemli olduğu halinden tavrından belli olan adam ona elini uzattı: "Merhaba, ben cinayet bürodan Baş Komiser Hüseyin Tınazay."

Yavuz tedirgin elini sıktı, "Merhaba," dedi.

Ahmet önemli noktaları anlaması umuduyla ses tonunu değiştirerek, "Yavuzcum, geçen gece seninle İstanbul turu yaparken gezdiğimiz camilerden birinin müezzini ölü bulunmuş. Beyler soruşturma yapıyor," dedi.

Yavuz'un nutku tutuldu, "Ya," diyebildi.

Baş Komiser Hüseyin ortamı kendi hâkimiyeti altına almak istercesine lafa karıştı, "Böyle bir deryanın himayesinde olmak büyük şans. Hocanın ününü çok duyduk. Sen ne zaman geldin İstanbul'a?" diye sordu.

Yavuz, "Ağustos ortasında," dedi.

Baş komiser ağzını aradığını belli ederek ayan beyan

sorular sormaya devam etti: "Nereleri gezdirdi hocamız sana?"

"Sarayları, bazı camileri, kiliseleri falan."

"Maktul en son senin numaranı aramış. Saatlerdir sana ulaşmaya çalışıyoruz, telefonun neden kapalıydı?"

"Dersteydim."

"Neden aramıştı seni, biliyor musun?"

Yavuz, Ahmet'le kısacık bir an bakıştı, aklına gelen ilk yalanı uydurdu: "Elinde eski bir Kuran varmış. Hocamıza göstermek istiyormuş. Hocam cep telefonu kullanmıyor. O da benim numaramı kaydetti. Randevu koparmak istiyordu herhalde."

"Gece yarısına kadar birlikte Gül Camisi'ni gezmişsiniz. Sana garip gelen herhangi bir şey oldu mu?"

"Yo, çok iyi bir insandı. Üzüldüm."

Baş komiser "Dört çocuğu yetim kaldı," dedi.

Ahmet Hoca araya girdi, "Bir ayrıntıyı soracağım mahsuru yoksa. Bana nasıl ulaştınız?" diye sordu.

Baş komiser, "Meslek sırrı," dedi.

"Aklımıza bir detay gelirse size ulaşacağımız bir numara bırakın," dedi Ahmet Hoca.

Baş Komiser Hüseyin alıngan bir sesle, "Artık gidin demek istediniz herhalde hocam," diyerek, çömezine kafasıyla "çık" işareti çaktı.

Ahmet Hoca "Estağfurullah," dedi.

Yavuz gideceklerini anlayınca merakına yenilip, "Nasıl ölmüş?" diye sordu.

Baş komiser tam kapıdan çıkacakken durup delikanlıya baktı, "Düzeltelim, ölmemiş... Öldürülmüş! Hunharca diye bir kelime vardır, bilir misin?"

Sus pus oldular, başlarını üzüntüyle öne eğdiler, rahmetlinin elinde kazma kürekle caminin avlusunda koşturmasını, terini mendiline silişini, nur yüzünü hatırlayarak kahroldular.

Baş komiser, "Bunca cinayet gördüm, böyle vahşisine rastlamadım," diyerek yardımcısına döndü, "Anlatsana Murat, benim dilim varmıyor, yüreğim kaldırmıyor!" dedi.

Komiser yardımcısı görev almış olmanın ciddiyetiyle anlatmaya başladı: "Kafasının ortasına bir kazma vurup katil ya da katiller onu minareye taşımış. Eski bir gemi halatıyla ayaklarından bağlayıp şerefeden sarkıtmış. Asıldığında yaşıyormuş. Vücudundaki tüm kan yavaş yavaş kafatasından cami avlusuna boşalmış. Sabah ezanı okunmayınca şaşıran cemaat namaza gelmiş, müezzinin minareden sarkan bedenini bulmuş. Adli tıp saat 02:00 civarı başından yaralandığını, 05:00 sularında kansızlıktan öldüğünü söylüyor. Saatlerce damla damla kan kaybederek can çekişmiş."

Yavuz duyduklarından o kadar üzülmüştü ki, elini tespih koleksiyonun teşhir edildiği cam büfeye dayadı. Büfe zangırdadı, birkaç tespih büfenin alt katına döküldü.

Ahmet Hoca ise sesindeki titremeye engel olamayarak, "Çok üzüldüm. İstanbul'un gözü, kulağı, dili vardır. Garip bir şehirdir. Bir şey öğrenirsek hemen ararız sizi. Yardım edeceğimiz ne olursa..." dedi.

Baş Komiser Hüseyin çıkmak için kapıyı açtı, manidar bir ifadeyle, "Hocam sürekli kelime çalıyorsunuz. Sizinki de meslek hastalığı herhalde," dedi.

"Anlayamadım?" diye sordu Ahmet şaşkın.

Baş Komiser kinayeli, "Ben tam teklif edecekken telefon numaramı istediniz. Ben tam aklınıza bir şey gelirse arayın diyecekken siz söylediniz. Ağzımdan laf kapıyorsunuz," dedi.

Ahmet cevap vermeyip kibarca gülümsedi. Baş Komiser Hüseyin ve yardımcısı çıkıp gittiler.

Ahmet Hoca ciğerlerini delip geçen bir nefes aldı, antika çalışma masasına dayandı. Bir uzman odadan içeri başını uzattı, "Her şey yolunda mı efendim?" diye sorunca, "Evet. Çıkabilirsiniz siz," dedi.

Uzman kapıyı kapatınca Yavuz infial etti: "Bu Korkut'u nereye kadar koruyacaksınız! Kaç cinayet daha işlerse polisle işbirliği yapacaksınız? Allah kahretsin!"

Ahmet Hoca "Ne koruması! Onu yakalatmanın yolu, dedikodu yapmaktan geçmiyor! Parayla yalancı şahit tutar, bir şekilde yırtar. Tek yol, onu iş üzerinde yakalatmak," dedi.

"Zavallı adam, bizi Korkut'a ihbar etmediği için öldürüldü! Bizim yüzümüzden yani!" diye bağırdı Yavuz.

Ahmet Hoca, "Polisin aklına cep telefonuna bakmak geldiyse Korkut'un gelmedi mi sanıyorsun! Yani üçüncü parçayı bulduğumuzu biliyor. O gece orada kazı yaptığımızı, telefon numaranı, her şeyi biliyor! Buna rağmen müezzini öldürmesine ne gerek vardı sence?" dedi.

Yavuz, "Herhalde zevk alıyor pezevenk!" deyince Ahmet Hoca, "Bize mesaj yolluyor, anlasana!" dedi.

"Ben o heriften korkmuyorum. Siz?" diye sordu Yavuz.

Ahmet Hoca acıyla gülümsedi, "Ben mi? Beni öldürse ne fark eder? Önemli olan sensin," dedi.

"Gömlek demek istiyorsun hocam!"

"Gömlek, taşıyanla özdeş. Hâlâ kavrayamadın! Sen önemlisin, sen! Muhafız tehlikede!"

Velisinin gözlerinde cesareti ve çaresizliği aynı anda gören Yavuz, ilk kez ona atfedilen sıfata itiraz edemeyip sustu.

Ahmet masasının çekmecesinden bir çek defteri çıkarıp dolmakalemiyle çek sayfalarının üzerine rakamlar yazıp imzaladı, ona uzattı, "Şunu muhasebeye götür, müezzinin ailesine ulaştırsınlar. O yetimlere bakmak bundan böyle benim boynumun borcu," dedi.

Yavuz, elinde vicdan azabıyla yazılmış çek koçanı odadan çıktı.

TERCÜME

Güneş odasında tarikatçıların evi ziyaret ettikleri gece gizlice dinlediği kadarıyla aldığı notları tekrar tekrar inceliyor, aralarında konuştukları cümleleri tercüme etmeye çalışıyordu. Ahmet ne tepki verirse versin ona faydası olacak her cümleyi çözmeli, her şifreyi kırmalıydı!

Özellikle bazı kelimeler, konuştukları lisanın kilit noktasıydı. O kelimelerin anlamlarına ulaşamazsa ne konuştuklarını çözmesine imkân yoktu. Odasına taşıdığı eski kitaplar yardımıyla iğneyle kuyu kazarcasına uğraşıyor, hep aynı kelimelere saplanıp kalıyordu. Ne zaman, odasına yaklaşan ayak seslerini duysa, kitapları hemen saklıyor, yatağa uzanıp hasta numarası yapıyordu. Bu çalışmayı tamamlayabilse, bir ipucuna rastlayabilse, bir şekilde Ahmet'e ulaştıracaktı. Belki o zaman sevdiği adam, Korkut'la işbirliği yapmadığını anlardı. Belki bir zamanlar birbirlerine nasıl âşık olduklarını hatırlardı!

Tarikatçıların konuşmasından duyduğu kelimeleri yazdığı kâğıda bir daha baktı. Arkaik Latince ve Aramice ile harmanlanmış özel bir lisanda konuştuklarını zaten anlamıştı. Cümleler içinde Meroitik dilden birkaç kelimeye rastladı, Pehlevi alfabesiyle yazılan eski Farsçadan esintiler fark etti. *Bu türetilmiş bir dil*, diye düşündü.

Yatağa oturup bağdaş kurdu. Lisan morfolojisi konusunda uzman Yale Üniversitesi Profesörü Anderson'ın ders notlarını eline aldı. Dilbiliminin alt alanlarından biri olan biçim bilimi üzerine yazılmış en başarılı çalışmaydı bu. Yazının rehberliğinde anlam taşıyan en küçük parçaları bölüp parçalamaya, baştan analiz etmeye karar verdi. Notlarının arasında bir tamlama dikkatini çekti, "serlis srmlis." Bu tamlamayı bir yerde okuduğuna emindi! Sembolizm ve diller morfolojisine ait kitaplarını açıp kelimeyi çözdü, "tapınak yetkilisi."

Ardından, saatlerce eski İran diliyle yazılmış gataları, dörtlükleri inceledi. İki kelimeye ulaştı:

Raoçah = gün ve Hşapâ= gece

Çözdüğü kelimelerin sıralanma biçimi çorap söküğü gibi diyalogların geri kalanını ortaya serdi! Ayağa kalktı. Heyecandan odasının balkonuna çıktı. Öğrencilik günlerinde her zaman antik dillerin büyüsüne kapılmış, severek okuduğu mesleğinde doktora yapmış ama bugünkü kadar mutlu olmamıştı! Bir süre başının üzerinde yolculuk eden bulutlara, Boğaz'ın rengine yansıyan gökyüzüne baktı.

Uzun yıllar sonra ilk defa kendini başarılı, işe yarar hissetti. Hemen masanın başına dönüp metni kelime kelime baştan tercüme etti:

"Tılsımın birinci parçası ateşle yıkanmış demirdendir.
O, gecenin karanlığında düşmanlığı büyütür.
İkinci parça toprakla harmanlanmış cıvadır.
O, şiddeti artan depremler başlatır.
Üçüncü parça, altına hapsedilmiş havadır.
O, gündüzün aylaklığında, her nefeste hastalık yayar.
Son parça sudan gebe kalmış kristaldir, kaosu başlatır.
Dört parça bir araya gelince İslamın kalesi düşer.
Üzerine muhafızın gömleğini atarsan Konstantinople kapıları bize açılır.
Hastalık yayılır, depremler yıkar, yağma başlar.
Onlar birbirine düşer, kavgaya tutuşur, şehirden kaçarlar.
Biz Ayasofya'ya gireriz.
Tapınağın rahibi son ayini tamamlamak için uyanır.
Ahit Sandığı ortaya çıkar.
Sandık, efendimizin doğacağı yeri ve zamanı gösterir.
Bizler sonsuza kadar Deccal'e eşlik ederiz."

Sevinci her kelimeyle ezildi, başarısının mutluluğu mecalsiz mum gibi söndü. Yazdıklarını okudukça midesi bulandı, deşifre ettiğine bin pişman, lanetli bir yazıyla baş başa kaldı. Dehşet içinde kelimeleri birleştirdiği defteri kapattı. Bahsi geçen, tek tanrılı dinlerin en karanlık hikâyesiydi, Deccal'in son savaşı!

Düşmanlık - depremler - virütik hastalık - kaos - yağma - kıyamet alametleri...

İstanbul'un başına gelebilecekler yüreğine korku saldı, tasavvur ettiği sahneler canını acıttı. Depremler başlamıştı, Ortadoğu coğrafyası karmakarışıktı... *Yakında salgın hastalıklar da başlayacak,* diye düşündü.

Güneş tılsım parçaları bulundukça başlarına gelecek felaketlerden dehşete düşmüş halde yere çöktü. Bir süre öylece kalakaldı. Bu tercümeyi Ahmet'le paylaşması gerektiğini biliyordu ama nasıl yapacağını hiç düşünmemişti. Düşüncelerini toparlamaya çalıştı, sonra odasının kapısını açıp hizmetlilerden birine seslendi: "Birsennn! Birsen!"

Hizmetli kadın koşar adımlarla basamakları çıkıp odaya girdi. Güneş çantasından iki yüzlük mor banknotlardan bir tomar uzattı, "Taksi tutup Kavacık'a git. Bir teknoloji markete gir. Bana bir tablet bilgisayar, bir printer, dosya ve kâğıt al. Bir de mobil modem satın al. Çabuk git, sakın oyalanma," dedi.

Hizmetli kız yüzüne aval aval baktı. Güneş eline bir kalem aldı, defterden bir sayfa yırtıp söylediklerini tek tek yazdı, Birsen'e uzatıp, "Bunları satıcıya ver, o anlar. Çabuk dön, oyalanma," dedi.

Birsen, "Tamam," diyerek parayı, not kâğıdını alıp geldiği kadar hızlı aşağı indi.

Güneş üzerindeki eşofmanı çıkardı, giyinme odasına girip küçük siyah bir elbiseyi eline aldı, aynanın önünde üzerine tuttu. Elbisenin dekoltesini yeterli bulmadı. Askılar arasında daha seksi, dikkat dağıtıcı başka bir elbise aradı. Koyu bordo kumaşıyla vücudunu saran sırt dekoltesiyle son derece kışkırtıcı görünen bir başka elbise giydi. Louboutin marka bordo topuklu bir ayakkabı seçti. Banyoya gidip dudaklarını belirginleştiren bir ruj sürdü, gözlerini masum gösteren bir makyaj yaptı. En ayartıcı parfümünü sıktı.

Komodinin üzerindeki depresyon ilacından on tane alıp bir çorabın içine koydu, ayağıyla ezdi. Toz haline gelen ilaçları kâğıttan yaptığı mini bir külaha döktü, ağzını iyice kıvırıp sutyenine sakladı. Merdivenlerden aşağı indi. Evde çalışan hizmetliler Güneş'i uzun zaman sonra bu kadar bakımlı görünce gözlerine inanamadılar.

Mutfağa girip aşçı Nihal'e menüyü verdi. Kamelyaya muhteşem bir sofra kurdurdu. İstanbul sonbaharının hışmına uğramamak için ısıtıcıları dışarı taşıttı. Bahçeden ortancalar kesip vazoları elleriyle süsledi. Çalışanlar Güneş'ten emir almanın hazzıyla her dediğini koşturarak yapıyor, evdeki verimli telaş ortama can katıyordu.

Birsen elinde paketlerle eve döndüğünde Güneş kulağına eğildi, "Hepsini odama götürüp dolaba sakla, kimseyle konuşma," dedi.

Salona geçip bir koltuğa oturdu, derin bir nefes aldı.

Her şey hazırdı, saatine baktı. "Hazırım, bekliyorum seni," diye kendi kendine mırıldandı.

MANEVRA

Korkut şoförüne, "Sen eve git," diyerek arabadan indi. Yaldızlı tabaklara konan mezeler de sunulan balıklar da birbirinin aynı olmasına rağmen hesap pusulasına *"manzara parası"* ekleyen, pahalılaştıkça rağbet gören Boğaz'daki restoranlardan birine girdi. Garsonlara selam verip mekânın önündeki özel iskeleye çıktı. Dalgalı sularda çırpınan bir motor yat onu bekliyordu. İstanbul trafiğinden kaçmak için çağırttığı teknesinden uzanan eli tutarak güverteye atladı.

Kaptan Suat on dört metre boyunda, Tuzla tersanelerinden çıkma tekneyi manevralarla iskeleden uzaklaştırdı, motorlarını yavaşlatıp tekneyi bir süre Boğaz'ın çift yönlü akıntısına bıraktı. Ardından tam gaz vererek yönünü Kuleli'ye çevirdi. Korkut Kaptan Suat'ın yanına geçip ceketinin cebinden çıkardığı Cohiba marka robusto purosunu yaktı.

Kaptan, "Viski alır mısınız?" diye sordu.

"Uykusuzum, bir yudum içsem uyurum," dedi Korkut.

Boğaz'ı yarıladıklarında kaptan yine hız kesip yedi deniz mili uzaklıktaki Rus tankerine yol vermek üzere tekneyi salınıma bıraktı.

Tam o sırada İtalyan tersanesi Tecnomar'da üretilen Entourage marka, 47 metre uzunluğunda, üç katlı gri bir tekne sessizce sancaktan yanaşıp Suat Kaptan'ın, "Hopp! Manyak mısın? Hopp!" diye çırpınışlarına rağmen usta bir manevrayla burunlarının dibinde durdu.

Kaptan Suat o kadar paniklemişti ki, elleri titriyordu. Korkut ise rakibinden beklediği hamleyle karşılaşan satranç ustaları kadar sakindi. Alt-üst akıntılarıyla dünyanın en zor sularından biri sayılan İstanbul Boğazı'nda onlara bodoslama yanaşan bu koca tekneden güverteye iki halat atıldı. Sualtı komandoların eğitiminden geçmiş gibi, çevik hareketlerle tekneye atlayan iki adam, halatları omurgadaki koçboynuzuna ve kurtağzına bağladılar.

Adamlardan biri Korkut'a son derece saygılı bir biçimde yanaşıp, "Bizim tekneye davet ediliyorsunuz!" dedi.

Kaptan Suat şaşkınlıktan ağzı bir karış açık kalmış, olan biteni izliyordu.

Korkut hiç konuşmadan başıyla onaylayıp, kaptanına döndü, "Sen dön, beyefendiler beni bırakır," diye talimat verdi.

Kaptan, Boğaz'ın akıntısını durdurmuşçasına, suyun üzerinde kıpırtısız duran devasa yattan uzatılan köprüyü seyrederken sesi hâlâ titreyerek, "Peki," dedi.

Korkut deli dalgalara rağmen hiç kıpırdamayan köprüden geçip kaldırımda yürüyen bir yayanın rahatlığında devasa motor yata atladı. Yıllardır Boğaz sularında dolanan Suat, yanlarında salınan metalik boyalı motor yatın usta kaptanını görebilmek için başını kaldırıp köşke baktı ancak kimseyi göremedi. Koca yatın güvertesini, tepesindeki radarları iyice inceledi. İtalyan bandıralı, "Itnatirsch" isimli tekne o kadar yeniydi ki, metal aksamlarına hiç tuz değmemiş gibi parlıyordu. İkinci katındaki kamaralardan birinde siyah kapüşonlu genç bir adamın dolandığını gördü. Adam lomboza yaklaştı, gözlerini Suat'a dikip elindeki altın kabzalı, armalı hançerle kafasını kazımaya başladı. Ne su ne köpük... Suat'ın kanı dondu! "Kim bunlar ya!" diyerek tekneyi dalga önüne alıp karşı kıyıya doğru seyretti.

Korkut adamları izleyerek güvertede ilerledi, büyük bir salona girdi. Son derece iyi dekore edilmiş teknenin orta salonunda masanın etrafında oturan tarikatçıların tavırlarında bir gariplik sezdi.

Hepsi kapüşonlarını başlarına geçirmiş, yüzlerini Korkut'tan esirgercesine ona arkalarını dönmüş oturuyordu.

Korkut, "Hayırdır, küs müyüz?" diye sordu, fakat cevap alamadı.

Defalarca Kandilli sırtlarındaki köşke, Bedesten'deki dükkâna, hatta Yedikule'deki tabakhaneden bozma depoya gelmişlerdi ama hiçbir zaman yüzlerini Korkut'a göstermekten çekinmemişlerdi. Korkut ilk kez tehditkâr bir tavırla karşı karşıya olduğunu anladı. Tercümanın önüne kadar ilerledi, masaya otururken, "Ne oluyor?" dedi.

Joe suskun, masadaki heyetten bir ses gelmesini beklercesine başını öne eğip gözlerini kaçırdı.

Birkaç dakika sonra masanın başında oturan yaşlı adamın sesi duyuldu. Tercüman, söylediklerini çevirmeye başladı: "Tılsımın üçüncü parçasını elinden kaçırdın!"

Korkut, "Kimde olduğu malum. Nasıl geri alacağım da!" dedi.

"Öldürdüğün müezzin konuştu mu?"

"Öğreneceğimi öğrendim."

"Üçüncü parça olmadan tılsımın tamamını bir araya getiremezsin."

"Her şey kontrolüm altında."

"Emin misin?"

Korkut sinirlenerek, "Tılsımlar Kitabı'nı bulan benim. Kehaneti size getiren benim! Tılsımların parçalarını bulmak için yıllardır pusuya yatan da benim. Binlerce yıllık hayalinizi gerçekleştirmeniz için size fırsat veren yine benim! Siz İstanbul'u alacaksınız, ben ölümsüzlüğü... Ne yapacağımı sizden iyi bilirim!" dedi.

Tercüman "Hata yaptın," diye çeviri yaptı.

Korkut "Bana ve yeteneklerime güvenmek zorundasınız! Tılsım yoksa İstanbul'u ele geçiremezsiniz. Ayasofya'ya girmek hayal olur. Ahit Sandığı'nı bulamazsanız, Deccalinize kavuşamazsınız!" diye bağırdı.

"B planımız var."

"Beni üzerseniz, siz alfabenin ikinci harfini sayamadan hepinizi deşifre ederim."

"Hayaletler görünmekten korkmaz. İnsanlar onlara bakmaktan korkar."

Korkut yüzünü ekşitti, "Nereye varacak bu saçma sohbet ya! Sadede gelin," dedi.

"Tılsımı ve gömleği o çocuktan alamayacaksan işi bize bırak!"

"Enerjinizi boşuna tüketmeyin. Oyun da oyuncaklar da benim! Çocuk kolay lokma."

"Dikkat et. Çocuk giderek güçlenecek."

Korkut şaşırdı, "Ne demek güçlenecek?" diye sordu.

Tercüman cevap vermedi, kapıyı gösterdi.

Korkut yanında tarikatçıların korumalarıyla Kandilli iskelesine yanaşmak üzere dalgaları aşan yatın güvertesine çıktı. Şehir hatları vapurlarının on manevrada yanaştığı iskeleye Itnatirsch iki manevrada kolayca yanaştı. Korkut iskeleye bırakıldı, yat hızla uzaklaştı.

Ensesinden başına vuran bir ağrıyla iskele lokantasına girdi. Garsonlardan birine, "Bir acı kahve yaptır," dedi.

Tahta masalardan birine oturdu ve telefonunu tuşlayıp konuşmaya başladı: "Alo, Mahmut... Öğrenebildin mi adını sanını. Güzel... Aşağı, Suna'nın Yeri'ne gel."

Kahvesi henüz bitmişti ki, köşkün etrafında satın aldığı ve korumalarını yerleştirdiği evlerden birinden çıkan Mahmut yokuştan aşağı inmiş, karşıya geçiyordu. İçtiği sigara gibi zayıf, gözlerinin içi tütün sarısına dönmüş, yüzünü bir görenin bir daha hatırlamayacağı kadar sıradan bir tipi vardı. Lokantanın iskeleye yakın masalarından birinde oturan Korkut'un yanına tedirgin hareketlerle yanaştı.

Korkut ona eliyle oturmasını işaret etti. Mahmut sandalyenin ucuna ilişip konuşmaya başladı: "On dört yıl önce Tavas'ta annesi babası öldürülen bir çocuk, adı Yavuz Tengizer. Ailesi öldürüldükten bir hafta sonra bir muhtar onu evlat edinip soyadını değiştirtmiş. Çocuk Denizli'den İstanbul'a yeni gelmiş."

Korkut düşünceli, "Beklenen kahraman gömleği dokuyan adamın torunu mu yani!" diye kendi kendine mırıldandı.

İşvereninin ne dediğini anlamayan Mahmut "Efendim?" diye sordu.

Korkut, "Devam et. Başka ne öğrendin?" dedi.

Mahmut "Sözde, ailesinin cinayetini izlemiş diyorlar," dedi.

Korkut son derece sakin, "Yok ya, bak sen," dedi.

Mahmut sönmüş sigarasını tekrar yaktı, "Polis cesetler bulunduktan birkaç saat sonra çocuğu cinayet mahallindeki çamaşır sepetinde bulmuş," dedi.

"Evdeymiş yani..." dedi Korkut şaşırarak.

"Dört yaşındaymış. Neye tanık olduysa birkaç ay hiç konuşamamış. Dava dosyasında okudum," diye devam etti Mahmut.

Korkut alaycı ifadesiyle, "Dili tutulmuş ha! Demek korkmuş zavallı! Evlatlık edinen muhtarın adı sanı neymiş?" dedi.

"Hızır Yılmazağa. Tavas'ta bir köyün muhtarı. Başka bir emriniz olacak mı?"

"Hangi okula gidiyor, İstanbul'da nerede kalıyor, araştır!"

Mahmut, "Peki," diyerek kalktı, filtresine kadar sömürdüğü sigarasını atıp topuğuyla çiğnedi, aynı tedirgin adımlarla uzaklaştı. Korkut da tahta masaya para bırakıp Kandilli yokuşunun başında onu bekleyen arabasına doğru ilerledi. Güneş kolundaki pırlantalı saate baktı, planını yürürlüğe koymasına çok az kaldığına emindi. Tam o sırada köşkün kapı zili çaldı, Güneş gülümseyip, *Tam zamanında... Tilki kürkçüye döndü,* diye düşündü.

Korkut salona girdiğinde mini elbisesi, topuklu ayakkabıları, kırmızı rujuyla onu karşılayan karısını görünce o kadar şaşırdı ki, çakıldığı yerden bir süre ona baktıktan sonra birkaç adım atıp burnunun dibine kadar yaklaştı, "Sil o ruju!" dedi.

"Olmamış mı?" diye sordu Güneş.

Korkut, "Komik olmuş. Bir hinlik peşinde olduğunun açık kanıtı," dedi.

Güneş, "Kişi herkesi kendi gibi bilirmiş," dedi Korkut'un iğneleyen sözü üzerine.

Korkut "Ne olabilir ki başka? Bir davete falan mı gidiyorsun?" diye üsteledi.

"Yoo... Köşkten ayrılamıyorum ki. Yasaklıyım ya..."

"O halde niye iki dirhem bir çekirdek giyindin Güneş!"

"Kızımızın arkadaşını eve davet etmişsin. Beraber akşam yemeği yiyeceğiz."

"Beraber, öyle mi?"

Güneş yumuşak bir edayla "Bu gece gerçek bir aile gibi davranalım," dedi.

Korkut, "Sahne senin!" diyerek odasına yöneldi.

Güneş onu kolundan usulca tutup yumuşak bir sesle konuşmaya başladı: "Yoruldum sana direnmekten. Yolumu bulmama yardımcı ol."

Korkut bu anlamsız talebin arkasındaki oyunu çözmeye çalışır gibi inançsız, temkinli ona baktı. Cevap vermeden odasına geçti.

Güneş, dişilerin, erkekleri ikilemde bırakıp allak bullak eden feminen gücüne bir kez daha hayran kalarak salona yürüdü. *Aslında hepsi, yaramaz küçük çocuklar gibiler,* diye düşündü.

KATİLLE KARŞILAŞMA

Yavuz Aslı'nın gönderdiği adrese yaklaşınca elindeki mekân tarifine bakarak otobüsten indi. Otobüs durağının arkasında abide gibi duran çiçekçi dükkânını görünce gülümsedi. Ahmet Hoca'nın tavsiyesini hatırladı: "Bazı jestlerin modası geçmez, bence bir buket çiçek al."

Çiçekçiden içeri girip kasadaki zarif kadına baktı. Cesaretini topladı ve bir çırpıda, "İyi akşamlar. Açık konuşayım, daha önce hiç böyle bir şey yapmadım. Birkaç haftadır görüştüğüm kızı evinde ziyaret edeceğim. Çok hevesli görünmek istemem ama kibar algılanmak da fena fikir değil. Bütçem de az. Kırk, elli liram var," dedi.

Dükkânın sahibesi aynı hızda cevap verdi, "Mor aster, yani yıldız çiçeği. Bütçeye de, duruma da uygundur."

Birbirlerine gülümsediler.

Kadın küçük bir buket hazırlamaya başladı. Asterlerin arasına yeşillikler serpiştirip aralarına beyaz gelin çiçekleri sıkıştırdı. Hepsini mor kurdele ve mor kâğıtla toplayıp sardı. Bir makas yardımıyla kurdeleyi kısaltıp şekillendirdi. Son olarak çiçeklerin üzerine parlatıcı sıkıp delikanlıya uzattı. Yavuz kısa zamanda ortaya çıkan buketе bakarken bunun ticaret değil, hızlandırılmış ve ulaşılabilir bir sanat türü olduğunu düşündü.

Çiçekçi buketi delikanlıya uzatırken, "İlk tecrübe önemlidir. Umarım hep aynı sevgiliye farklı çiçekler alırsın. Tersi hoş değil," dedi gülümseyerek.

Yavuz buketi eline alıp teşekkür etti, ödemesini yaptı. Tırmanacağı yola umutsuzca baktı. Cep telefonundaki tarife göre bu eşek anırtan dik yokuşu çıkması gerekiyordu. "Güzele ulaşmak meşakkatlidir," diyen Hızır Ağa'yı yâd ederek derin bir nefes aldı, yürümeye başladı.

Bir süre sonra demir bir kapıya ulaştı. Üzerinde süslü yazı karakteriyle işlenmiş "Z" harfi vardı. Zile basmadan önce bir süre durdu, parmaklıklara dayanıp soluğunu düzenlemeye çalıştı. Zili tam çalmak üzereyken kameralarla gözlenen evin demir kapısı ağır ağır açıldı.

Ağaçlar arasında Arnavut taşıyla döşenmiş dar yolda yürüdü ve sonunda köşkü gördü. "Yuh," diye mırıldandı. Bahçedeki kamelyanın altında onu bekleyen Aslı'yı ve arkasındaki Güneş'i fark etti. *Ne kadar da annesine benziyor,* diye düşündü.

Aslı ona yaklaşıp elindeki çiçekleri göstererek, "Bana mı, anneme mi?" diye sordu.

Yavuz, "Annene tabii ki," dedi.

Güneş gülümsedi, "Arkadaşını şimdiden sevdim," dedi.

Aslı gururla, "Hep böyle doğru kelimeleri seçer. Biraz zekidir kendisi. Türkiye 19.'su," dedi.

Güneş elini uzattı, "Bana Güneş diyebilirsin. Abla, teyze gibi sıfatları pek sevmiyorum," dedi.

Delikanlı "Memnun oldum. Ben Yavuz," diyerek elini uzattı.

Aslı, "Burada yiyelim sonra çıkalım, uyar mı?" diye sordu.

Yavuz gülümseyerek, "Olur tabii. Yemekte ne var?" dedi.

Güneş kahkaha atıp, "Doğru soru! Başlangıç olarak avokadolu enginar, ara sıcak paçanga. Sonra incik ve bademli pilav. Tatlı olarak dondurmalı irmik tatlısı. Nasıl?" diye sordu.

"Mükemmel," diye yanıtladı Yavuz.

Üçü sıcak bir başlangıç yapmanın rahatlığıyla kamelyaya yürüdüler. Güneş; elindeki çiçeklerin kurdelesini açıp kâğıdından soydu, sofraya koyduğu vazolara özenle yerleştirdi.

Aslı, "Babamı çağırayım..." diyerek köşke yürüdü.

Baş başa kalan Güneş ve delikanlı birbirlerine baktılar.

"İsminiz? Güneş isminin yaygın olduğunu bilmiyordum," dedi Yavuz.

"Pek yoktur aslında... bu isimde başka bir tanıdığın daha mı var?" diye sordu Güneş.

Tam o sırada Aslı yanında uzun boylu, geniş omuzlu yakışıklı bir adamla kapıda göründü. Aslı'nın babası ona doğru adım attıkça Yavuz'un başına ağrılar saplanmaya, nefesi daralmaya başladı. Adam hayatını karartan, fotoğraflarına baktıkça intikam duygusuyla yanıp tutuştuğu katile benziyordu! Aslı ve babası birkaç adım daha yaklaştıklarında Yavuz'un tüm vücudunu kaplayan dehşet duygusu başını döndürdü. Bu Korkut Zergüdan'dı!

İçinde büyüttüğü hasretlere sebep, İstanbul üzerine oyunlar oynayan, yıllardır intikam ateşiyle karşılaşmak istediği düşman, âşık olduğu kızın babası mıydı! Etrafına bakınca kâh köşkün pencerelerinde, kâh kapılarda dikilen onlarca korumayı fark etti. Korkut'un üzerine atlasa ona dokunamadan paçasını aşağı alırlardı! Hem ona zarar veremez hem de içindeki tılsımlı gömlek yağdan kıl çeker gibi düşmanının eline geçerdi! Ne yapacağına karar veremiyor, kalp ritmindeki artışı engelleyemiyordu.

O an, Korkut'un tepesinde dolaşan Karakalem'i fark etti. Sanki iç organları yer değiştirmişçesine karnına bir ağrı saplandı, iki büklüm oldu. Korkut adım adım ona yaklaştıkça ıstırabı büyüyordu. Birden, gözlerinden yaş aktığını hissetti. Elini gözlerine sürünce eline kan bulaştı. Acıyla masaya tutunmaya çalışırken vazoyu devirdi. Mor asterler yere döküldü.

Yavuz'un suratından akan kanı o anda fark eden Güneş, "İyi misin? Neyin var?" diye panikle ona doğru birkaç adım attı.

Yavuz, "Dokunma sakın bana!" diye bağırdı ve dış kapıya doğru giden taşlı yola doğru koşmaya başladı.

Arkasından seslenen Aslı'ya dönüp bakmadı bile. Demir kapıya geldiğinde tüm vücudu zelzeleye yakalanmış gibi titriyordu. Güçlükle kapıya tutundu. Yanına koşan Aslı nefes nefese, "Ne oluyor Yavuz?" diyerek elini omuzuna koymaya kalktı.

"Çekil. Uzak dur!" diye daha da yüksek sesle bağırdı Yavuz.

Aslı dehşet içinde oğlanın gözlerinden akan kana bakakaldı.

Yavuz genç kızın bileğine yapışıp, "Açtır şu kapıyı," diye bağırdı.

Aslı o kadar korkmuştu ki kameraya eğilip, "Açın!" dedi.

Kapı açılmayınca Yavuz, "Allah hepinizin belasını versin. Nasıl bir tuzak ulan bu!" diye bağırarak demir kapının kanatlarını ayakta tutan duvara tırmanıp öbür tarafa atladı.

Aslı, "Ne tuzağı? Ne diyorsun?" diye ardından bağırdı.

Yavuz arkasına bakmadan Kandilli tepesinden kendini aşağı saldı. Hayatını söndüren herifin kızı ile oynaşmış, evine kadar gitmiş, karısıyla tokalaşmıştı. Kendinden iğreniyordu! Boğaz kıyısına indi. İnsanlar fark etmesin diye gözlerinden dökülen kanla karışmış gözyaşlarını koluyla sildi.

Çiçekçi kadın dükkânın önüne çıkmış, sigara içiyordu. Yavuz'u görünce, "Küçük Hanım buketi beğendi mi?" diye laf attı. Yavuz cevap vermeden Üsküdar yönüne doğru koşmaya başladı.

Attığı her adım onu Korkut'tan uzaklaştırıyor, uzaklaştıkça ağrıları hafifliyor, göz pınarlarından akan kan damlaları azalıyordu. Çengelköy'e vardığında yüzünü yıkamak için bir benzincinin tuvaletine girdi. Üzerindeki kazağı çıkarıp çöpe attı. Aynada kendisine baktı, Aslı ile öpüştüğü anları hatırladıkça midesi bulandı. Korkut'un boğazına sarılacak cesareti bulmadığı için kendinden ölesiye nefret etti. Duvara öyle bir vurdu ki, duvara boydan boya asılmış olan ayna çatırtılarla çatladı! Aklındaki sorulara cevap bulamıyordu! Aslı'yla Galata Köprüsü'nde tanışması tesadüf değil miydi? Korkut ayağına kadar tıpış tıpış gitmesine rağmen onu neden alıkoymamıştı? Korumalar kaçmasına neden izin vermişti? Neden takip edilmiyordu? Korkut'u gördüğünde yaşadığı bu fiziki ıstırapların sebebi neydi?

Benzinlikten çıkıp saatlerce yürüdü... Kulaklarında bir uğultu başlamış, çevredeki sesler giderek çoğalıyordu. Uzağında olmasına rağmen nerede olduklarını göremediği yüzlerce kişinin konuşmalarını duymaya başladı. Sesler, ilgilenmediği sohbetler, hatta fısıldaşmalar... Hepsi o kadar netleşti ki, denizin ortasında rahat edeceğini düşünerek Üsküdar'dan vapura bindi. Vapurda birbirinin kulağına alıntı ucuz aşk sözleri fısıldayan yaşıtlarını duymamak umuduyla cep telefonunun kulaklığını takıp müzik dinlemeye başladı.

Aslı'nın defalarca aramalarına cevap vermedi. Bir an önce eve sığınmak, günlerce odasına kapanmak, her şey ve herkesle bağını koparmak istiyordu. Vapurdan indiğinde kulaklığını korkarak çıkardı. Uğultular azalmış, duyduğu yüzlerce insan sesi susmuştu.

Ahmet'i aradı, "Alo... O kız... Aslı... Korkut'un kızıymış hocam! O herifin evine gitmişim meğer. Herif on metre yakınıma kadar geldi, ben tavuk gibi kaçtım. Korkağın tekiyim. Bildiğin ödlek! Anasının babasının kanını yerde bırakan zavallının tekiyim!" dedi.

Ahmet Hoca, "Neredesin sen? Atla bir taksiye eve gel. Kapıda öderim ben," dedi.

Yavuz telefonu kapatınca Kabataş'tan bir taksi çevirip bindi. İstanbul tepelerine sonbahar karanlığı çökmüştü. Yol boyunca şehrin geveze kalabalığını seyretti. Ya o fazlaydı bu şehirde ya da artık biri eksilmişti. Aslı'nın adını bir daha asla anmayacağına dair kendine söz verdi.

AŞKA KAÇMAK

Aslı evin terasından dama tırmanmış, eşi ölünce yalnız kalan kuğu gibi kafasını göğsüne gömmüş bir şekilde kiremitlerin üzerinde oturuyordu.

Güneş terasa çıkıp başını dama uzattı, "Sen beni fücceten götürmek mi istiyorsun! İn hemen aşağı!" dedi.

Genç kız acısı gözlerinden belli olan kadına kıyamadı, kiremitlerin üzerinden kayıp terasa atladı.

"Ne olduğunu anladın mı sen?" diye sordu annesine.

Güneş, "Fiziki bir sıkıntısı var herhalde. Boncuk boncuk terledi görmedin mi? Göz pınarlarından kan aktı çocuğun! Epilepsi benzeri bir hastalık olabilir mi?" diye tahminlerde bulunmaya başladı.

Aslı, "Neden kaçsın ki o zaman? Hastalıktan utanmaz insan. Başka bir sebebi olmalı," diyerek telefonu tuşlayacakken Güneş kızının elini tuttu, "Arama. Taze yara kaşınmaz. Bekle, derdine çare bulsun önce," dedi.

"Babama ne bahane uydurdun?" diye sordu Aslı.

Annesi, "Rahatsızlandığı için gittiğini söyledim. Umursamadı zaten," dedi.

Aslı gözlerinde derin bir hüzünle odasına yürüdü. Güneş kızının arkasından aşağı kata indi. Salondaki içki dolabını açıp kesme kristal iki viski bardağına buz koydu. İki bardağı da Blue Label viskiyle doldurdu. Bardaklardan birine göğsüne sakladığı uyku ilacını boca etti. Korkut'un çalışma odasına gidip kapıyı tıklattı, kafasını uzattı. Korkut çalışma masasından başını kaldırıp *"ne iş?"* der gibi Güneş'e baktı.

Güneş, "Konuşalım mı biraz?" dedi.

"Ne hakkında mesela?" diye sordu Korkut.

Güneş Korkut'a ilaçlı viskiyi uzatırken, "Bükemediğim eli öpmeye karar verdim. Yenildim," dedi.

"Ben seninle hiç savaşmadım," dedi Korkut.

"Ben savaştım ve artık yorgunum," diye devam etti Güneş.

Korkut, güvenmediği karısına, "Geveleme!" dedi.

"Oğlumuz öldü, Aslı büyüdü. Hayata tutunacak bir sebep arıyorum."

"Bırak edebi lafları Güneş! Neyin peşindesin?"

"Çok geç olmadan bir çocuk daha istiyorum."

Böyle bir teklifi hiç beklemediği o kadar belliydi ki, Korkut inanmayan gözlerle karısına uzun uzun baktı. Bardaktaki viskiyi fondip yaparken "Ne?" diye tekrar sordu.

Güneş onun gözlerinin içine baktı ve "Bir bebeğimiz olsun," dedi.

Korkut öylesine şaşkındı ki, "Her gün suratına nefretini haykırdığın adamdan hobi niyetine çocuk mu doğuracaksın?" diye geveledi.

Güneş viskiyi son damlasına kadar içen kocasına gülümsedi, sesinde dingin bir ton, yüzünde buğulu bakışlarla, gerekçelerini sıralayıp rolünü başarıyla oynadı. Birkaç dakika sonra Korkut kanepede sızmıştı. Güneş parmak uçlarında odasına çıktı, yazıcıyı kurdu, internete bağlanıp gazeteleri taramaya başladı. Bir saat sonra dosyası hazırdı. Ardından beyaz bir kâğıda uzun bir mektup yazıp beyaz bir zarfa koydu.

Evden tek başına çıkabilmesinin, takip edilmemesinin tek yolu, Korkut'u devreden çıkarmaktı. Uyursa, güvenliğe haber salamaz, korumalar emir almadan onu takip edemezlerdi! Aslı'nın odasına indi, kapıyı tıklatıp kapıdan başını uzattı, "Vespa'nı, siyah taytını, kapüşonlu montunu ödünç verir misin?" diye sordu.

Aslı, "Saat kaç biliyor musun? Ne yapacaksın?" dedi.

"Korumalar etrafımda değilken biraz dolaşacağım. Bunaldım," deyince Aslı cebinden çıkardığı anahtarı annesine fırlattı.

Güneş havada yakaladığı anahtarı cebine attı, kızının dolabından birkaç kıyafet seçip odadan çıktı. Babasından ilk kez gece dışarıya çıkma izni almış genç kızlar gibi seke seke merdivenlerden indi, hızla giyindi, kızının kaskını takıp garaja girdi.

KADER MÜHENDİSLİĞİ

Mutfak masasının başında birbirlerinin yüzüne bakmaya çekinerek saatlerdir oturuyorlardı. Yavuz olanları düşündükçe hiddetleniyor, kafasındaki sorulara cevap bulmaya çalışıyor, ses çıkarmadan masayı yumrukluyordu. Ahmet delikanlının deli öfkesinin dinip sakinleşmesini bekledi.

Sonunda ilk konuşan gene Yavuz oldu, "Hadi bu tesadüfü de açıkla hocam!" dedi.

Ahmet Hoca, "Tesadüf mü? Senin tesadüf dediklerin kaçınılmaz olanın hizmetkârları," dedi.

Yavuz "Ne demek ya bu!" diye isyan etti.

"Kaderde yaşanacaklar, beklenmedik olaylarla vücut bulur. Bunlara sen tesadüf dersin, ben ve benim gibiler kader mühendisliği."

"Bırak hocam ya! Tesadüf değilse, bir komplonun içine çekildim demektir! Bu daha fena!"

"İhtimal hesabı yapalım istersen."

"Yapmayalım hesap falan. Sen bana şunu söyle, neden

Yedikule'deki harabede kafama vurduktan sonra beni bıraktılar? Beni evine kadar çekeceğine direkt gebertip gömleği alsaydı ya. Neden öldürmedi? Kızını önüme sürmesine, etrafımda dolanmasına niye ihtiyaç duydu ki?"

Ahmet Hoca "O kızın bu işle hiç alakası yok..." dedi.

"Nasıl yok ya! Utanmasam küfrü basıcam!"

"İlk Aslı mı gördü seni? Hayır! Galata Köprüsü'nde yanından geçip gitsen ne olacaktı? Ama kızı görünce sen durdun, sonra sen beğendin, sen telefonla aradın, sen flört etmeye başladın. Sen çiçek alıp evine gittin... Buna, 'Büyük plan devrede!' derler."

"Hay planınıza! Ben bu şehirde duramam ya! Üçüncü parçayı da bulduk nasılsa. Adı batasıca İstanbulunuzu da kurtardık! Ben de alacağım dersi aldım! Ailemi, arkadaşımı öldüren herifin karşısına dikelemedim. Korkağın teki olduğumu öğrendim! Aldım boyumun ölçüsünü, gidiyorum."

Ahmet "Gidemezsin," dedi.

"Giderim. Zaten tılsımın üçüncü parçası bizdeyken son parçayı bulamaz ki! Alan memnun, satan memnun."

"O gömlek sende oldukça cehenneme kaçsan bile seni bulur."

"Keşke..."

"Gözlerinden kan akması, titremeler, çektiğin ağrılar... Bunların sebebini merak etmiyor musun?"

"Yo... Gömlekten yayılan sıçtığımın akımından kaynaklanıyor işte."

Ahmet Hoca kaşlarını çattı, "Yaşananları aptallık boyutunda basite indirgemene kızıyorum. Dünya pozitif bilimler ortaya çıkıp her şeye bir sebep sonuç ilişkisi yazmaya başlamadan önce de dönüyordu. Yerçekimi hep vardı ama ona isim bulunup formülünün yazılması binlerce yıl aldı. Elementler vardı, kimyagerlerin keşfetmesi asırlar sürdü!" dedi.

"Bunu söylediğine inanamıyorum! Eğitimci, araştırmacı, akademisyensin sen. Nasıl böyle konuşursun!"

"Tılsımlı gömlek bilmediğimiz, isimlendiremeyeceğimiz bir kaynaktan güç alıyor. Pozitif bilimlerin buna bir formül yazmasına belki daha yüzyıllar var! Âlimler bir süre daha debelenecek anlayacağın!"

"Size göre her şey kader, gaybın planı öyle mi? Siz nasıl profesör oldunuz ya? Tibet'ten mi, yoksa bir dergâhtan falan mı aldınız diplomayı?"

"Dilediğince zevzeklik edebilirsin ama müstehzi olmak, seni özel güçlere kavuşmaktan alıkoymaz."

"Özel güçler mi?"

"Bence kendini bilinmeyene hazırla, çünkü çok yakında tüm vücudunda bazı şeyler değişebilir. Gel benimle," dedi Ahmet Hoca konuşmalarının sonunda.

Yavuz zar zor kalktı, salona geçtiler. Ahmet ortadaki halıyı kenara çekip zemindeki tahtalardan birini kaldırdı, "Oku," diyerek, eline bir defter tutuşturdu.

Yavuz, "Ne bu?" diye sordu.

Defterde yıllar önce Topkapı Sarayı'nda kurşun bir sandığın içinde buldukları, Korkut'un çaldığı Tılsımlar Kitabı'nın tercümeleri yazılıydı. Bir koltuğa oturup okumaya başladı:

"Bugün 29 Mayıs 1453. Ben baş simyacı Zenon. Herkes rahip bilir beni. Beni bir ben bilirim, bir de kargam. Konstantinople'u Hz. Muhammed'in ordusundan korusun

diye bir tılsım kardım. Tılsımın eriyiğinde ölümsüzlüğe vardım. Bugün Müslümanlar Hagia Sofia'ya girdi, tılsımın sesi sustu... Tılsımı bir gün tekrar bulacaklara vasiyetimdir, kim ki halifenin teriyle ıslanmış gömleği tılsıma sarıp yakar, işte o zaman ben duvarlar ardından çıkarım. Konstantinopolis tekrar bizim olur. Tılsımı bulan gömleği de bulsun. Ama gömleğin sahibinden sakınsın. Onu giymek yürek ister! Gömlek sahibine önce ıstırap sonra kudret verir. O uzağı yakın eder, sarihi derin. O eliyle ok atar, nazarıyla ateş. O devrilmez dağlar gibi toprağa çakılır, suya hükmeden balıklar gibi nefese bulanır. Öldürmenin yolu gömleğine sevdiğinin kanını sıçratmaktır. Böylece ben çıkarım duvardan, son ayin tamamlanır. Karanlığın kralı tahtına varır."

Yavuz kehanetlerden usanmış, duyduğu efsanelerden bıkmış bir ifadeyle, "Yani?" dedi.

Ahmet Hoca, "Değişeceksin. Uzağı, yakın edecekmişsin. Görüş gücün, sesleri algılaman çoğalacakmış," deyince, "Sesler mi?" diye dikkat kesildi Yavuz.

"Gerisini yaşamadan bilemezsin. Sığ olanı derin yapmak... Bu ne demek bilmiyorum. Bazı duyularının güçleneceği kesin. Gözünden kan akıtan güç neyse değişikliklere sebep olacak," diye devam etti Ahmet Hoca.

Yavuz, "Dövüş teknikleri mi download edilecek bana?" diye gülmeye başladı.

"Dalga geçmekte serbestsin. Olacak olana engel olamazsın!"

"Açıklayamadığım olaylar yaşıyor olabilirim ama salak değilim!"

"İnsanlık senin gibilerin kabul etmediği mucizelerle döşeli yollardan geçti. Tarih, mucizeleri gözüyle görse bile idrak edemeyecek kadar mühürlü kalplerle, körlerle doludur! Bir de yüreğiyle bakanlar vardır. Körlerin adı unutuldu. Ya kör kalırsın ya gözüne bir el değer, başka boyutlara bakmayı öğrenirsin."

Yavuz sustu, Ahmet Hoca, "Tercih senin. İstiyorsan git. Hızır Ağa dönmek isterse önünden çekil demişti," diyerek önünden çekilip kapıyı gösterdi.

Yavuz korku ve cesaretin arasındaki savaşın tam ortasındaydı ve tarafını seçmek zorundaydı. Ahmet'in gözlerinin içine baktı. Odasına doğru yöneldi.

Ahmet bir "oh" çekti içinden.

Delikanlı merdivenlerden çıkarken ardından baktı. Tam mutfağa gidecekken kapının önüne bir motorun yanaştığını duydu. Güneş İstanbul Boğazı'nı motorla geçmiş, tenhalaşmış yolların keyfini sürmüş, Sultanahmet Meydanı'nı iki kere turlamış, Ahmet'in evine öyle ulaşmıştı.

Vespa'dan indi. Kapıyı çalmaya cesareti olmadığı için hazırladığı dosyayı paspasın altına koydu, kafasını kaldırıp çok sevdiği eski eve baktı. Ahmet'in muhterem annesini, lokum gibi tatlı babasını andı rahmetle. Bir zamanlar bu eve gelin geleceğini zannetmiş, sevdiği adamın koynunda uyanacağı sabahların hayalini kurmuştu. Ahmet, Güneş ve kitaplar...

Bir ömür boyu mutlu yaşayabilirlerdi. Ama hayat, hikâyesini kimseyle paylaşmayı sevmeyen, dik başlı, dediği dedik, zorba bir senarist gibi... Güneş'in düşlerini değil, kendi dramasını kaleme almıştı.

Tam arkasını dönmüş, motora binmek üzereyken Ahmet aniden kapıyı açtı, göz göze geldiler. Güneş motora binip uzaklaşabilir, Ahmet kapıyı kapatabilirdi. Olasılıklar kısıtlı, yaşananlar hüzünlü, yaralar derine işlenmişti. Vakit aşk için de, nefret için de çok geçti.

EŞİKTE AŞK

"Aşk eşikte durur.
Açacak bir kapın varsa, iyidir.
Kapı sahipliği yetmez,
O kapıyı ardına kadar açmazsan girmez.
Nazlıdır aşk.
Geldiğinde gülümsemek, giderken sırtını sıvazlamak gerektir.
Aşk eşikte az bekler.
Sonra arkasını döner.
Bir yığma duvar örülür tam oraya.
Tuğlası sorular, harcı sessizlik, sıvası pişmanlık.
Küskün aşkın tekrar uğrayıp uğramayacağı bilinmez.
Bir gün dönse bile, sarmaşık bağlamış taş bir kapı çıkar karşısına.
Aşk eşikte yaşayamaz.
Ya girer ya gider."

Ahmet, aklında defalarca okuduğu bir şiir, Güneş'e bakarken zamanı durdurdu. Kıpırdamadan kaldığı eşikte aşk kelimesinin kökenini hatırladı. *AŞaKa;* gövdeyi saran, sıkan ve zaman içinde beslendiği ağacı kurutarak öldüren zehirli sarmaşık demekti.

Güneş aklından binlerce hatıra geçen Ahmet'in ilk cümleyi kurmayacağına emin, cesaretini topladı, "Kusura bakma, gelme dedin ama... Sana bir dosya hazırladım," dedi.

"Ne dosyası?" diye sordu Ahmet.

Güneş, "Haberler, araştırmalar... Tehlike sandığımdan büyükmüş," dedi.

"Sen nasıl geldin bu saatte?"

Çocuksu bir ifadeyle, "Kaçtım," dedi Güneş.

"Bu iş zıvanadan çıktı. Neyin peşindesin?".

Güneş onun gözlerinin içine baktı ve "Biri nefret ettiğim, diğeri âşık olduğum iki adam! İkiniz de bugün bana aynı şeyi sordunuz. İlginç," dedi.

Ahmet, kadının gözlerindeki hüznün, dilinden dökülen itirafın önüne geçtiğini hissetti. Yelkenleri suya indirmemeye gayret ederek, "İçeri gir. Dosyanı da al oradan," dedi.

Güneş'in kalp ritmi hızlandı, motoru kenara çekip kilitledi. Paspasın altına koyduğu dosyayı eğilip aldı, ayakkabılarını çıkardı ve yıllar sonra ilk kez lavanta kokan eve girdi.

İçeri girer girmez sevdiği adamın kokusuyla harmanlanmış havayı içine çekti. Hiç bırakmak istemedi o soluğu *keşke bu son nefesim olsa,* diye düşünerek tuttu.

Ahmet huzursuz hareketlerle salonu işaret etti. Güneş, ezbere bildiği evde çekingen adımlarla ilerledi. Ev daha erkeksi, daha azalmış, seyrelmişti ama hâlâ aynı güzellikteydi. İkisi de gözlerini birbirinden kaçırarak karşılıklı koltuklara oturdular. Ahmet dosyayı almak için elini uzatıp bekledi. Güneş dosyayı yeniyetme bir genç kız edasıyla verirken, "Mektubu ben gidince okursun, tamam mı?" dedi.

Ahmet zarfı sehpanın üzerine koyup dosyayı açtı. İlk sayfada Güneş'in tarikat üyelerinin konuşmalarından tercüme ettikleri yazılıydı.

Güneş, "Korkut'un toplantı yaptığı adamlar birçok antik dilden türeme bir lisan yaratmışlar ama çözdüm Ahmet! Ne konuştuklarını, neler olacağını biliyorum," dedi.

Ahmet gözlerini ona dikmiş, her hareketini dikkatlice izliyordu. Gözlerini sola kaçırsa yalan söylediğine, ellerini abartılı kullanıp yukarı baksa bir şeyler gizlediğine inanmaya hazırdı. Güneş sola bakmadı, ellerini dizlerinden kaldırmadı. Gözlerini ona kilitleyerek konuştu. Sesindeki kırık zafer, gözlerindeki korku ve endişe dışarı taşıyordu.

"Oku," deyince Ahmet, Güneş okumaya başladı.

"Tılsımın birinci parçası ateşle yıkanmış demirdendir. O, gecenin karanlığında düşmanlığı büyütür. İkinci parça, toprakla harmanlanmış cıvadır. O, artan depremler başlatır. Üçüncü parça, altına hapsedilmiş havadır. O, gündüzün aylaklığında, her nefeste hastalık yayar. Son parça, sudan gebe kalmış kristaldir. Son parça kaosu başlatır. Dört parça bir araya gelince İslamın kalesi düşer. Üzerine muhafızın gömleğini atarsan Konstantinople kapıları bize açılır. Hastalık yayılır, depremler yıkar, yağma başlar. Onlar birbirine düşer, kavgaya tutuşur, şehirden kaçarlar. Biz Ayasofya'ya gireriz. Tapınağın rahibi son ayini tamamlamak için uyanır. Ahit Sandığı ortaya çıkar. Sandık, efendimizin doğacağı yeri ve zamanı gösterir. Bizler sonsuza kadar Deccal'e eşlik ederiz."

Ahmet tüm açıklığıyla önüne serilen kıyamet senaryosundan o kadar rahatsız oldu ki ayağa kalktı. Güneş okuduğu metnin onu da allak bullak ettiğini görünce cesaretlenip: "Son zamanlarda İstanbul'da yaşanan garip olayları araştırdım. Dosyada hepsi var. Tılsım efsanesinde anlatılanlarla örtüşüyor. Geçtiğimiz kırk günde İstanbul'da beş bomba patladı, üçü AVM'lerde. Siviller hedef alındı. Bombaları üstlenen herhangi bir fraksiyon ya da örgüt olmadı. MİT, Genel Kurmay... hepsi şaşkın," diye devam etti.

Ahmet kendi kendine mırıldandı, "Logosuz kaos, bayraksız savaş, markasız düşmanlık..."

Güneş ondan bir tepki almanın heyecanıyla anlatmaya devam etti: "Aynen! Kimin tetiklediği bilinmeyen terör! Son günlerde yedi deprem oldu. Jeologlar, sismologlar panik halinde Kuzey Fay Hattı'ndan bağımsız, daha önce varlığını bilmedikleri bu kırılmayı ölçümlüyorlar. Her deprem Richter ölçeğine göre bir öncekinden büyük oluyor. Aynı tercüme ettiğim diyalogdaki gibi! Hastanelerde kaynağı belirsiz, sürekli mutasyona uğrayan bir virüsle mücadele ediyorlar."

Ahmet dinlemeye devam etti.

"Bunlar sadece İstanbul'u düşürmeyecekler. Öyle bir kaosa sebep olacaklar ki, milyonlar ölecek! Virütik hastalık yayılacak, kıyım olacak! Ve sonra da su... Boğaz'ın sularından yayılacakmış ölüm! Aklım ermiyor, hafsalam almıyor. Yardım etmeme izin ver!"

Ahmet sohbetin ateşini azaltmak, etrafa yayılan isyanı biraz olsun bastırmak için, "Biraz sessiz ol. Yukarıda misafirim var," diyerek kalktı, salonun kapısını kapattı.

Yüreğine, hakkı olmadığını bile bile düşen kıskançlık ateşiyle elleri titredi Güneş'in ve "Yanlış zamanda mı geldim? Kız arkadaşın mı var evde?" diye sordu.

Ahmet bunca yıl sonra kıskanıldığını hissederek sorusunu zevkle cevapsız bıraktı ve "Devam et sen," dedi.

Güneş yutkundu, bir an sustu. Kıskançlığın kıstığı sesini ayarladı ve anlatmaya devam etti: "Tılsımın ilk iki parçası Korkut'ta. Şimdi üçüncünün peşinde."

"Üçüncü parça bizde," dedi Ahmet.

"Ya..." diye çok şaşırdı Güneş.

"Kocanı durdurmak için elimizden geleni yapıyoruz. Eve dönünce bu mesajımı aynen iletirsin."

"Bana inanmadığını biliyorum ama çok korkuyorum. Sendeki tılsım parçası diğerleriyle birleşirse salgın hastalık yayılacak ve son parçanın yeri belli olacak."

Ahmet "Biliyoruz," dedi.

"Neden hep çoğul konuşuyorsun?"

Ahmet cevap vermedi.

Güneş, "Ne yapmayı düşünüyorsunuz?" diye sordu.

"Bu tarikat kadar, karı koca sizi de çözmeye çalışıyoruz."

Güneş başını önüne eğdi.

Ahmet hamle sırasının onda olduğunu bilerek, "Geçen geldiğinde Tılsımlar Kitabı uğruna milyonlarca dolar harcadı dedin. Sadece paradan dem vurdun. Kocanın katil olduğunu bilmiyor musun gerçekten?" dedi.

Güneş, "Katil mi!" dedi şaşırarak.

"Bu uğurda insanları öldürdü, öldürttü. Bilmiyor olamazsın."

Güneş'in gözlerinden birkaç damla yaş kucağına düştü. Kafasını kaldırıp Ahmet'in yüzüne bakamadı. "Bilmiyordum," dedi alçak bir sesle.

"Buna inanmak çok güç."

Güneş "Hiçbir şey göründüğü gibi değil Ahmet," dedi.

Ahmet "Bir katille evlendin. O heriften iki çocuk doğurdun! Haklısın... Hiçbir şey göründüğü gibi değil!" diye fısıldadı.

"Ben gideyim. Sen dosyayı değerlendir. Yalnız kaldığında da lütfen mektubumu oku."

Ahmet onun peşinden kapıya doğru giderken kadının aşka dair ne varsa çalıp yanında götürdüğünü biliyordu. Güneş'in eteğine takılmış sürüklenen duygular ona aitti.

Güneş holde durdu, "Bundan sonrası kıyamet. Kendini koru! Korkut cürmünden fazlasını yakmaya hazırlanıyor," diyerek son kez ona baktı.

Ahmet cevap vermedi. Hâlâ âşık olduğu için kendine kızgın, kapıyı açtı.

Kadın evden çıkıp uzaklaştı. Adam kapıyı kapattı. Koca bir duvar örüldü araya. Duvarın üzerinde nemli yosunlar, ayrık otları, zehirli sarmaşıklar bitti.

SESLER

Yavuz *Koku*'dan bir bölüm okurken uyuyakaldığına emindi. Öyleyse uçan her martının kanat vuruşunu, Saray Burnu açıklarına demir atan yük gemisinden denize inen çapayı, Samatya'dan balığa çıkanların sarı muşambalarının hışırtısını nasıl duyuyordu? Kapının önündeki fareyi kaldırım boyunca kovalayan kedinin pati sesi de, Fatih Belediyesi'nin yolları yıkayan arazörlerinden damlayan su da, bir hayat kadının sahte kahkahası da kulak kepçesinden giriyor, zarını geçip, örs ve çekiç kemiklerine değiyor, tınlayarak östaki borusuna çarpıp sinir uçlarından beynine uzanıyordu.

Fare, balıkçı, çapa, martı, orospu, fren balatası, sarhoş, kedi, başka bir sarhoş, topallayan bir adamın ayak sesleri... Hepsini duyarak uyandı! Paratoner gibi kulağına çektiği seslerden bitap düşmüş halde yataktan kalktı. Saat 04:42'ydi.

Kendi kendine, "Okuduğum kitabın etkisi bu," dediyse de zihnindeki sesler susmadı. Sesleri detaylandırması, kategorize edip neye, kime ait olduklarını anlaması o kadar yorucu bir işti ki, beyninin ezilip büzüşeceğini zannetti. Gaipten sesler duydukları için kapatıldıkları bimarhanelerde acı çeken akıl hastalarını düşündü.

Kulaklıklarını taktı, bilgisayarını açıp okumaya başladı: "İnsan kulağı inanılmaz hassas bir yapıdır. 85 desibel üzerindeki sesler işitme duyusunun kaybına yol açabilir. Yaklaşık 12 saat boyunca 95 desibel sese maruz kalmak sağırlık yapabilirken, kısa süre 120 desibel kulağa zarar bile vermez. Ses iki kulak arasında saniyenin milyonda biri farklılıkla ulaşsa da, beyin sesin geldiği yönü tanır." Bilgisayarı kapattı. Okuduklarının ona ne faydası vardı? Hiç! Faydasız bilgiler, ne işe yaradığını bilmediği özel yetenekler! İçinden çok uzaklara kaçmak, ortadan yok olmak geldi. Başını yastığa geri koyup çaresizce İstanbul'u dinledi. Karman çorman sesler arasında tutarlı bir mesaj, anlamlı bir ses aradı, bulamadı. Bu gömlek bir kez olsun işine yarasaydı ya! Keşke annesinin, "Yavuz," diye seslendiğini, babasının, "Oğlum," dediğini duyabilseydi. Kabullenmek ruhun arzularını, beynin beklentilerini siler, insanın sinir uçlarını gevşetir, bütünden hücreye yayılan bir rahatlama sağlar. Yavuz da, duymak zorunda kaldığı sesleri kabullenerek kulağında binlercesiyle tekrar uykuya daldı.

KÜÇÜK BİR ZAFER

Korkut çalışma odasının kanepesinde boynu tutulmuş, üzerindeki pahalı gömleğiyle şık pantolonu buruşmuş, ayağında ayakkabılarıyla uyandı.

Ensesinden alnına yayılan tarifsiz bir ağrıyla kalkıp saate baktı, 04:59.

Bir gece önce yaşadıklarını hatırlamaya çalıştı. Yıllardır hiç bu kadar sarhoş olmamıştı. Oysa sadece bir kadeh viski içmişti.

Yoksa Güneş içine ilaç falan mı koymuştu? Etrafına baktı. Viski bardağı da, şişe de ortada yoktu. Merdivenlere yöneldi, yukarı çıkıp Güneş'in odasına girdi.

İzinsiz, istenmeyen biri tarafından açılan kapının huzursuzluğuyla uyanan Güneş hemen yataktan fırladı, "Ne oluyor?" dedi.

Korkut başındaki ağrıyı sıkarsa geçecekmiş gibi şakaklarını tuttu, "Ne yaptın bana?" diye sordu.

Güneş anlamazlıktan gelerek "Ne diyorsun?" dedi.

"Ne vardı o içkide?"

Güneş "Ne saçmalıyorsun, anlamıyorum!" dedi.

Korkut tam ağzını açacakken loş odaya sızan bahçe ışıklarının aydınlattığı başucu komodini üzerindeki kristal kadehleri ve viski şişesini fark etti. Bardaklardan birinin içinde hâlâ içki vardı. Gidip iki bardağı da şişeyi de kokladı.

Güneş, sanki şaşırmış gibi "Ne yapıyorsun Korkut?" diye sordu.

"Dün geceyi hatırlayamıyorum."

"Hatırlatayım; çocuk istediğimi söyledim, sen de kabul ettin. Bu odaya çıkıp sevişmeye başladık. Sonra sarhoş olup sızdın."

Korkut ona yaklaştı, "Sana dokunduğum her anı hatırlarım ben Güneş! Yeryüzündeki hiçbir kuvvet unutturamaz. Şimdi söyle, ne koydun o içkiye? Niye koydun!" diye fısıldadı.

"Sızdın diyorum. Belki de çok yorgundun. Sonra aşağı odana inmişsin herhalde. Fark etmedim."

Korkut karısının yüzüne dikkatle baktı, söyleyecek kelime bulamadı. *Olabilir mi* diye düşündü bir an. Tereddütle arkasını dönüp odadan çıktı.

Güneş yataktan kalkıp odanın içinde neşeyle dolaştı. Parmak ucunda yürüyerek sessiz bir zafer turu attı. *Bunu daha sık yapmalıyım,* diye düşünüp, gülme krizine tutuldu.

Kahkahası duyulmasın diye eliyle ağzını kapadı. Yetmedi, yastığa yüzünü gömdü.

Korkut ise, odasındaki banyoya girip suyu açtı, dakikalarca duşun altında olan biteni hatırlamaya çalıştı. Nafile, geceye dair ne varsa silinmişti!

Odadan çıkıp Kandilli yokuşunda kiraladığı evlere yerleştirdiği koruma ekibinden birini telefonla aradı, "Alo? Dün gece kameralar kayıt yaptı mı?" diye sordu.

"Elbette efendim. Sadece kızınız çıktı evden. Yaklaşık bir saat sonra da döndü," dedi telefonun ucundaki ses.

Korkut, "Kasetleri getirin bana!" dedi.

KORKULAR

Odasına dolan sabah ışığıyla uyanmaya korkarak gözlerini açtı. Dikkatle etrafı dinledi. Sesler azalmış, kulaklarındaki uğultular kesilmişti. Rahatladı. Merdivenlerden aşağı inip tam mutfağa geçecekken antreden eve dolan gün ışığını fark etti. *Meryem Abla geldi herhalde,* diye düşünerek ilerledi ve Ahmet Hoca'nın sırtını gördü. Işıktan korkan adam evin kapısını açmış, eşikte duruyor, sokağa bakıyordu.

Bir adım atsa gün ışığı tüm vücudunu saracak, güneş yüzünü yalayıp saçlarına dolanacaktı. Ayakları öyle bir noktada çakılı kalmıştı ki, ölümle hayat, cehennemle cennet, nefretle aşk arasında sıkışmış, seçimsizliğin ortasında dikiliyordu. Mayın tarlasına adım atmış asker misali, sırat köprüsünün ortasında kalmış ruh gibi araftaydı. Yavuz, *İnsan hiç hareket etmese de beyin korkuları yenmeye uğraşırken ter bezlerini sıkı çalıştırıyor,* diye düşündü. Adamın sırtındaki gömlek sırılsıklamdı! Arkasında ona dikkatle bakan delikanlıyı fark etmemiş, elinde tuttuğu hiç açılmamış mektupla hayatın kıyısına demir atmıştı.

Yıllardır güneş görmemiş cildi, ampul ışığına alışkın elleri, içindeki korku kadar karanlık gözleri aydınlıkla savaş halindeydi. Sokağa küçük bir adım atsa varoluştan bu yana yaşanan tüm kötülükler gün ışığının çıplaklığıyla önüne serilecekti sanki. Korktuğunda annesinin arkasına saklanan çocuklar gibi ürkek, kapıyı kendine siper etmişti. Yapamadı. Kapıyı yavaşça kapattı. Arkasını döner dönmez Yavuz'la göz göze geldi.

Yavuz üzgün, "Çok yaklaşmıştınız," dedi.

Ahmet elindeki mektubu iç cebine saklayarak, "Bugün evden çalışacağım," deyip konuyu kapattı.

Ne mektubu zarftan çıkaracak cesareti ne de güneşe çıkacak gücü bulabilmişti. Bir kez daha yenilgiye uğramış duygu dünyasını, perdeleri sıkıca birleştirilmiş loş salona sürükledi.

Yavuz kapıdan kafasını uzatıp, "Kahvaltı?" diye sordu.

"Tost yaparsan yerim," dedi iştahsız bir ifadeyle.

Delikanlı mutfağa girdi, aynı anda cep telefonu çalmaya başladı. Arayan Hızır Ağa'ydı. Koca adamın sesini, hayatı yalandan ciddiye alışını, tevekkülünü o kadar özlemişti ki, Tavas'ta onun yanında olmayı arzuladı. Heyecanla, "Alo," dedi.

Karşısındaki Hızır Ağa'nın sesindeki telaş, kalenderliğini silip süpürmüştü.

"Oğlum, Ahmet Hocan yakınlarında mı?" diye sordu telaşla, Hızır Ağa.

"Nasılsın?"

"İyiyim, iyiyim. Sonra konuşuruz. Sen hocayı bir ver hele."

Yavuz bozulduğunu hissettirmeden telefonu salona götürdü, uzatıp, "Hızır Ağa" dedi ve mutfağa döndü.

Ahmet salonun kapısını kapattı. "Alo?"

Hızır Ağa telaşla "Bizim buralara sıska biri gelmiş geçenlerde. El altından çok para dağıtmış. Oğlan hakkında sorular sormuş. Anasını babasını, beni..." dedi

"Bekliyordum böyle bir şey."

"N'apcez?"

"Kendini korumayı öğrenecek."

"Gelsem faydam olur mu?"

"Olmaz."

Hızır Ağa "Deme be... Keşke göndermeseydim. Keşke 'gömü' diye tutturmasaydım. Hay goca gafam! Ona bir şey olursa beni de göm," dedi.

Ahmet susunca uzaklardaki Hızır Ağa pişmanlığıyla baş başa kaldı. Çaresiz, kapattı telefonu.

Yavuz elinde iki bardak sallama çayla salona girdi, "Neden aramış?" diye sordu.

"Endişeleniyor."

Yavuz "Ne kadarını biliyor?" diye sordu.

"Yeteri kadarını."

Yavuz sinirle, "Mesela gömleğin doğaüstü mesajlar getirdiğini biliyor mu? Olmadık yerlerde ışık saçtığını? Tılsımlar Kitabı zırvalıklarını, ha? Kehanetin peşindeki tarikatçıları biliyor mu mesela? Ölümsüz simyacıyı falan? İstanbul'u ele geçirip Ayasofya'daki navigasyon makinesini bulup Deccal'i karşılamak istediklerini? Tüm bu saçmalıkları biliyor mu!" diye bağırdı.

Ahmet cevap vermeyince, isyanı katlandı.

"Anlatsan da anlamaz zaten! O, o kadar güzel yaşıyor ki... İnsanlarla sohbet ediyor, işine yürüyerek gidiyor, günlük siyaset haberlerini okuyup beni özlüyor, hepsi bu! İnsan gibi yaşıyor yani! Şimdi ona, bizim oğlan süper kahraman olacakmış desen kıçıyla güler! Olmasın, boş versin der."

Ahmet Hoca, "Yaşananlar aklına yatmıyor diye yadsıyamazsın," dedi.

"Yadsımıyorum, deliriyorum! Acayip sesler duymaya başladım."

"Ne gibi?"

Yavuz "En az on kilometre yarıçapımdaki her sesi, her çıtırtıyı algılıyorum!" dedi.

"Bazı duyularının gelişip açılacağını bekliyorduk."

Yavuz gülmeye başladı, "MOSSAD'a, CIA ya da bizim MİT'e gitsem beni hemen işe alır, tonla para verirler. Canlı tele kulak oldum resmen," dedi.

"Yeter be Yavuz! Doğasına karşı gelen çöl devesi gibisin!"

"Anlamadım? Galiba bir hakaret yedim!"

"Kum fırtınası başladığında develer burun deliklerini kapatır. Bu onlara bahşedilmiştir. Sen ise sana bağışlanan özellikleri küçümsüyor, göz ardı ediyorsun. Hatta alaya alıyorsun! Fırtına yaklaşıyor, kuma boğulacaksın ama hâlâ dalga geçiyorsun!"

"Yoruldum! Tavas'ı, kurbağaları, tepede kitap okumayı özledim."

Ahmet kızgın ifadeyle "Çok geç. Sığamazsın oralara. Kabuk kırıldı, geri giremezsin," dedi.

"Benden ne bekliyorsun anlamıyorum!"

"Yolun yolcusu olduğunu kabul etmeni. Bırak artık direnmeyi!"

"Korkut'u geberteyim diyorum, izin vermiyorsun!"

"Cinayet işlesen ne fayda? Korkut ölse yerini başka

biri alır. Oyunu bozman lazım!"

"Karşılığında ne alacağım? Peri padişahının kızını mı? Bir kız beğendim, o bile Korkut'un. Allah kahretsin! Ben böyle şansın içine sıçayım," diyerek elindeki çay bardağını sıktı.

Baskıya dayanamayan ince cam sonunda kırılıp avucunu boydan boya kesti. Yavuz derinliği acısından fazla yaraya baktı. Kan şadırvan fıskiyesi gibi dört yöne fışkırıyor, bulaştığı her şeyi kızıla boyuyordu. Ahmet hızla kalkıp içeriden ilk yardım çantasını almaya koştu. Loş salonda yalnız kalan delikanlı içindeki gömleğin göz kırpışı kadar kısa bir zaman diliminde parlayıp söndüğünü gördü. Elindeki acı aniden dindi, ayasındaki derin kesik yavaş yavaş kapanmaya başladı. İğne oyasıyla birbirine tutturulan iki yakanın birleşmesi gibi avucundaki deri birbirine bağlandı, yara ortadan kayboldu.

Ahmet, salona döndüğünde Yavuz'un üzerine bulaşan kan o kadar çoktu ki, bir an önce sarmak için delikanlının elini avucuna aldı ama yarayı göremedi. Öbür ele uzandı. Ne kan ne de yara izi vardı!

Bir adım geri çekilip Yavuz'a gözlerini dikti, "Ne demek istediğimi anladın mı şimdi?" diye sordu.

Yavuz beti benzi atmış halde avucuna bakıyordu.

Ahmet Hoca delikanlı idrak etsin diye ses tonunu ciddileştirip, "Dünyada iki tip insan var. Buraya neden geldiğini bilmeden avare avare dolaşanlar ve hayatının amacını fark edip gereğini yapanlar. Senin yolun çizilmiş. Sen de gereğini yap!" dedi.

Yavuz şok içerisinde odasına çıkıp yaşadığı ne varsa unutmak umuduyla yatağa girdi, yorganı başına çekti.

SİLAHTARAĞA

Metruk bir yerdeyim. Haliç kıyısındayım. Tavanı camlarla kaplı bir depodayım. Yok, depo değil burası, eski bir elektrik santrali. Kömürle işleyen bir santralin içindeyim. Kapının üzerinde "Silahtarağa" yazıyor. Türbinlerin, kazanların arasında dolaşıyorum. Paslanmış her yer... Geri geri yürüyorum. Neden geri geri atıyorum adımları? Gömleğimden yayılan ışık tüm santrali aydınlatıyor. Bu enerjiyi türbinlere versem İstanbul'u aydınlatırım. Ayna lazım bana. Gömleğimde yazanları okumam için ayna tutmam şart! Siyah bir örtü var yerde. O örtüyü camlardan birinin arkasına koyacağım, ayna görevi görecek. Gömlekte parlayan her harfi tozlu kazanlardan birinin üzerine yazıyorum. Yazdım işte... Bütün harfleri yazdım. Şimdi ne olacak? Kim okuyacak bunları? Neden Eski Türkçe bilmiyorum ben! Kim var orada? Çok karanlık burası, göremiyorum! Kim var orada!

Uyandı.

Rüyası o kadar netti ki, hiç acele etmeden kalktı, masaya oturup deftere her şeyi yazdı, bilgisayarını açtı,

Silahtarağa Elektrik Santral'i hakkında yazılanları okudu. Orasının şimdilerde özel bir üniversitenin içinde Santral İstanbul adıyla müzeye dönüştürülmüş olduğunu öğrendi. Dersleri bitince gidip gezmeye karar verdi. Giyindi, ders kitaplarını yanına alıp aşağı indi.

Ahmet Hoca'yı aradı gözleri. Nihayet işe gittiğini anladı. İkisi de neredeyse 48 saattir evden çıkmamışlardı. Okula gitmek üzere hazırlandı. Kalabalıkların heba edilen boş konuşmalarından, beynini yoran seslerden bir nebze kurtulmak umuduyla sahil yoluna indi. Otobüs durağında bekleyen kadının yanındaki torununa nasihatlarını, deniz kenarında banklarda oturan sevgililerin kavgasını, uzaklarda havlayan köpekleri, esnafla pazarlık eden turistleri dinleyerek yürüdü. Seslerden kaçış olmadığını, tamamen susturamayacağını artık anlamıştı. Bir süre sonra kulağında patlayan binlerce sesten birine odaklandığında diğerlerinin azalmaya başladığını keşfetti. Formülü bulmuştu sonunda! Yüzlerce metre öteden, durakta otobüs bekleyen tasavvuf ehlinin müridine anlattıklarını dikkatle dinledi: "Dünya senin şu uzay fotoğraflarında gördüğün sürekli genişleyen sonsuzlukta mavi küçük nokta değil. Evrenin büyüklüğü sana bir perde. Hafifçe eteğini tut kaldır, kendini göreceksin."

Onlara iyice yaklaşıp konuşmalarını dinleyerek 81 numaralı otobüse bindi. Eminönü'ne seyreden hınca hınç dolu körüklüde atan her kalbin ritmini duyuyordu. *İçimizdeki sesler, dışarı dökülenlerden güzel,* diye düşündü. Otobüsten indiğinde duyduğu sesleri sınıflandırmayı, istediğine odaklanmayı, istediği sesi kısıp istediğini açmayı öğrenmişti.

"Keşke insanların düşüncelerini duysaydım," diye mırıldandı. Sonra düşündüğünün gerçekleşme ihtimalinden ürktü. İnsanların fikirlerini duymak niyetlerini öğrenmek olurdu ki, bu da yoldan çıkmaya müsait insan nefsini iyice azdırır, iyi niyet sömürüyü, kötü niyet korkuyu tetiklerdi.

Eminönü'nde otobüsten inip bir büfede oturdu. Ucuz otellerde kalan, bavul ticareti yapmak için İstanbul'u kapı komşusu haline getiren geçkin Rus kadınlar ellerinde büyük boy siyah torbalar, sahte Louis Vuitton ayakkabılarıyla tökezleyerek önünden geçtiler. Kadınların yüzlerindeki kâr etmenin yolunu ararken oluşmuş kırışıklar makyajla daha da derinleşmiş, parmaklarındaki sahte gümüşten yapılma Hürrem yüzükleri, Sibirya beyazı derilerine alerji yapmıştı. Karşı kaldırımın sonunda dükkânlarının önüne çıkmış ve aralarında fısıldaşan toptancıların seslerine odaklandı. Biri, diğer tezgâhtarı, "Rostovlu karılar geliyor abi. Gözünü seveyim gevşeme. Sen ucuza verince alışıyor bu orospular," diye ikna etmeye çalışıyordu.

Karnını doyurup köprüyü geçti, avare avare İstanbul sokaklarını dolaşmaya başladı. Ders saatine kadar sesleri ayırt etmekte iyice ustalaştı. Merak ettiği her duvarın ardını, her dükkânın içini dinledi. Polis arabalarının içinde rüşvet teklif eden kapkaççıları, taklit marka ürünler satan dükkânlardaki pazarlıkları, hastalıklı kedi yavrularını vitrine koyup satan hayvan tacirlerini dinledi. Beğendiği muhabbete odaklandı, beğenmediğini görünmez bir düğmeyle kapattı. Oyuncakçı dükkânında unutulmuş bir çocuk gibi seslerin dünyasında saatlerce eğlendi.

Ortaköy'deki fakülte binasına girdiğinde Zergüdan ailesini de, peşindeki kapüşonlu adamları da düşünemeyecek kadar yorgun düşmüştü. Derslere girdi çıktı, notlar alıp yaşıtlarıyla sohbet etti. Sonunda derslikler boşaldı, koridorlar sessizleşti, öğrenciler seyrekleşti. Amfide bir süre uyukladı. Temizlik görevlilerinin sesiyle uyandığında akşam olmak üzereydi. Kitaplarını toplayıp okuldan çıktı.

Yahya Efendi Dergâhı'nın altındaki çınar ağaçları arasından geçerken izlendiğini hissetti. Arkasını dönüp baktı, kaldırımda ondan başka kimse yoktu. Gözleri, gökyüzünde Karakalem'i aradı, karga da ortalarda yoktu. Sağına soluna baktı ama kimseyi göremedi. Çırağan'a yaklaştığında onu takip edenin kalp ritmini duymaya devam ediyordu. O ilerledikçe ilerleyen, durunca duran adımları dikkatle dinledi. Beşiktaş'a yaklaşırken bir apartmanın aralık kapısından içeri girip beklemeye başladı. Onu takip eden ayaklar hızlanıp yaklaştı, Yavuz'u göremeyince tereddütle kendi etrafında döndü. Yavuz apartmandan çıkıp çıkmamak konusunda tereddüt ederek bir süre bekledi. Kimdi peşindeki? *Korkunun ecele ne faydası var,* diye düşünüp cesaretini topladı, saklandığı yerden hızla çıktı ve Aslı'yla burun buruna geldi.

Genç kız, "Takip zevkimi öldürdün! Nerden anladın?" dedi.

Yavuz buz gibi bir sesle, "Ne istiyorsun?" diye sordu.

"İyi misin, merak ettim," dedi Aslı.

"Yalnız kalmak istiyorum."

"Sakladığın bir hastalığın falan mı var?"

"Çok fazla arabesk film mi seyrediyorsun!"

Aslı "Sıkıntı ne o zaman?" diye sordu.

"Boş ver! Arama bir daha. Mesaj da atma, okumuyorum."

"Neden ama?"

Yavuz "Seni de aileni de görmek istemiyorum! Zorla mı?" dedi.

"Ailemi mi... ne alaka?"

"Babandan hoşlanmıyorum diyelim."

"Tanışmadınız bile! Tanışmadığın birinden nasıl hoşlanmazsın!"

"Boş ver dedim, cehalet iyidir, korur insanı! Böyle devam et."

Aslı, Yavuz'un koluna tırnaklarını geçirircesine yapıştı, "Babam sana ne yaptı, bilmek hakkım," dedi.

Yavuz kolunu sert bir hareketle geri çekip, "Git başımdan! Aslında söylemek daha kolay, üzülme diye susuyorum! Zorlama bence!"

"Söyletene kadar takip ederim."

Yavuz, "Beni ne takip edeceksin kızım? Babanı takip et! Nasıl birinin kızı olduğunu anlarsın belki," deyip uzaklaştı.

Aslı şaşkın bir halde apartmanın eşiğine oturdu. İçine şüphe tohumu ekip ardına bile bakmadan uzaklaşan Yavuz'u gözden kaybolana kadar seyretti.

Yavuz hızlı adımlarla dört yol ağzını geçti, Deniz Müzesi'nin duvarına yaslandı. Aslı'yı bu kadar özlediği için kendine kızgındı. Kalbi düşüncelerine isyan etmeye başlamıştı. Bir evlat ebeveyninin günahını taşımak zorunda mıydı? Cevabı bilmiyordu ama Aslı'ya her baktığında ailesini katleden herifi göreceğine emindi. Haklı olduğunu varsayarak yürümeye devam etti.

Aslı'ysa kafası iyice karışmış, hakarete uğramış, bilmediği bir sebepten ailesi suçlanmıştı. Yağmur başladı. Her damla misket büyüklüğünde yere çarpıyor, yükselip bir daha asfalta vuruyordu. Aslı yağmurdan kaçmadı, eşikte oturup Yavuz'un ağız dolusu ithamlarında anlam arayıp durdu.

Yavuz eve girdiğinde hava çoktan kararmıştı. Montu, pantolonu ıslanmış, Mahmutpaşa'da bir toptancıdan aldığı ucuz botları su çekmişti. İstanbul'u sel alsa, kâgir ev başına yıkılsa fark edemeyecek kadar üzgündü. Aslı'nın gözlerindeki masumiyet, omuzlarına çökmüştü. Gerçekten babasını Kapalıçarşı'nın zengin kuyumcularından biri, iyi eğitimli bir aile babası sanıyor olabilir miydi? Bu garip savaşın tarafı değilse, yirmi milyon nüfuslu bir şehirde Aslı ile tanışması nasıl bir kaderdi?

Holdeki portmantoda Ahmet Hoca'nın ıslak ceketinden damlayan yağmur sularını, ekim çamuruna bulaşmış ayakkabılarını görünce rahatladı. Salona girip, "Merhaba," dedi.

"Meryem dolaba yemek bırakmış. Açsan ye," dedi Ahmet Hoca da.

"Aç değilim," deyip, cebinden çıkardığı defter sayfasını uzattı.

Yavuz, "Bir rüya gördüm, uyanınca not aldım. Bir bakar mısın?" diye sordu.

Ahmet Hoca kalktı, masanın üzerindeki kristal tabağın içinden bir kalem çekip aldı. Masaya eğilip delikanlının rüyasını yazdığı kâğıttaki Arapça harfleri birleştirdi. Ortaya çıkan cümleyi tercüme etti: "Yalnız geçilen tünele gel. Zaman emrine aksın. İleri ya da geri. İster kal, ister dön."

"Tılsımın son parçasının yeri tarif edilmemiş. Mekân anlatmıyor. İpucu yok ama bu bir davet," diye devam etti.

"Nereye gitmem gerektiğini biliyorum."

"Nereye?"

"Bilgi Üniversitesi'nin içinde eski bir santral varmış, oraya."

Ahmet Hoca "Yalnız gitmen gerekiyor," dedi.

"Evet de, bu saatte Santral İstanbul'a girebilir miyim?"

Ahmet Hoca, delikanlının bu istekli haline şaşırdı, "Belki," dedi.

Salonun köşesinde unutulmuş gibi duran televizyon sehpasına ilerledi, sehpanın altında kullanılmamaktan rengi solmuş bir telefon defterine uzandı. İndex'ten L harfinin bulunduğu sayfayı buldu, "Çevirsene şu numarayı," dedi.

Yavuz hemen cep telefonundan numarayı tuşlayıp bir süre dinledi. Bir kadın, "Alo," deyince ona uzattı.

Ahmet Hoca, "Leyla, Santral İstanbul'a birini sokmam lazım... Evet müzeye. Yok, sabah olmaz. Araba da gönder, o bulamaz. Sağ ol," dedi.

Yavuz ona geri uzatılan telefonu kapatıp Ahmet Hoca'nın suratına açıklama bekler gibi baktı.

O ise, "Oraya gidince kapıyı açacaklar. Arabayı bekletme, geri gönder," dedi.

"Yapma hocam!"

"Neyi?"

Yavuz "Olan biteni anlamakta nasıl zorlandığımı biliyorsun! Bari sen esrarengiz davranma. Kimle konuşuyorsun? Nasıl ayarlıyorsun bu insanları?" diye sordu.

Ahmet gülümseyerek, "Lüzumsuz bilgi ortalık bulandırır, faydasız merak tortu bırakır. Sen çözmen gerekene yoğunlaş. Gel bir şeyler yiyelim," deyip mutfağa yürüdü.

Yavuz'un gözü, Ahmet'in koltuk kolçağına atılmış hırkasının cebine ilişti. Hırkanın cebinde bir zarf vardı. Usulca zarfı çekince mektubun henüz açılmamış olduğunu gördü. Üzerinde, "Hiçbir şey göründüğü gibi değil..." yazıyordu. Bir kadının zarif el yazısıyla kaleme alındığı belliydi. Zarfın sağ köşesinde bir daire, dairenin ortasında bir nokta işareti vardı. Yavuz, *neyin sembolü,* diye düşündü. Cep telefonundan internete bağlandı, arama motoruna "kadim semboller" yazdı. Karşısına çıkan birçok sembolden akla en yatkını seçti: Güneş.

Mektup Aslı'nın annesinden gelmişti ama hoca açıp okumamıştı.

KORUMAK

Kandilli sırtlarındaki köşke dönen Aslı ona kapıyı açan hizmetli kıza parmağını dudaklarına götürerek "sus" işareti yaptı. Ayakkabılarını çıkarıp merdivenlerden annesinin odasına çıktı. Sessizce içeri girdi.

Güneş geniş yatak odasındaki pencerenin önüne bir çalışma masası koydurmuş, büyük ekran bir bilgisayar aldırmış, internetten bir şeyler okuyor, notlar alıyordu. Aslı arkasından yanaştı, ne okuduğunu anlamaya çalışarak ekrana baktı. Yazı Latinceydi, anlamasına imkân yoktu.

Güneş pencereye yansıyan gölgesinden kızının odaya girdiğini, arkasından onu izlediğini fark etmişti ama ilk hareketi Aslı'nın yapması için bekliyordu.

Aslı annesinin omuzlarına yavaşça dokunup, "Seninle konuşmam lazım," dedi.

Güneş onun sırılsıklam olmuş saçlarına baktı, "Saçını kurut öyle," dedi.

Aslı banyoya girince Güneş bilgisayarı kapattı, kızını beklemeye başladı. Aslı birkaç dakika sonra odaya döndü, yatağa oturdu, aklındaki sorulara annesinin cevap vereceğini umarak, "Yavuz'u gördüm. Saçma sapan şeyler geveledi," dedi.

"Ne gibi?" diye sordu Güneş.

Aslı "Babam yüzünden benimle görüşmek istemiyormuş," dedi.

Güneş meraklandı, "Tam olarak ne dedi?" diye sordu.

"Babamı suçlayıp durdu. Hakaret desem değil. Cüzzamlıymışım gibi kaçtı benden. Ne demek istedi sence?"

Güneş gözlerini kızından kaçırarak, "Ne bileyim Aslı," dedi.

Aslı annesinin kaçamak bir cevap verdiğini hissetmişti, "Hop... Gözlerini kaçırıyorsun yine benden! Yapma şunu bana. Kardeşim öldüğünde de aynı şeyi yaptın. Aylarca suratıma bakmadın!" dedi.

"Kardeşinle ilgili seni hiç suçlamadım!"

"Suçlamıyorsun ki, kaçıyorsun. Daha kötü."

Güneş kızına baktı ve "Bazen kaçarak korursun sevdiklerini. Bazen yüzleşerek," dedi.

"Babam hakkında bilmem gereken bir şey mi var?"

"Bana güveniyor musun?"

Aslı "Ne saçma soru bu?" dedi.

Güneş kızından gözlerini kaçırarak, "Bazı şeyleri açıklamak için zamana ihtiyacım var," diyebildi.

"Daha çok merak ettim şimdi."

Güneş, cevapsız başını eğdi.

"Bilmem gereken ne var dedim anne!" dedi Aslı sinirlenerek.

Güneş, "Sadece birkaç hafta istiyorum senden," dedi.

Aslı, annesinin gözlerinin içine bakamayanın kendisi olduğunu o an idrak etti! Hiç geçmeyecek bir ıstırabı sırtlanmış, evladını kaybetmiş bir kadına ne kadar yüklenebilirdi ki insan... Sanki Uzakdoğu sporlarındaki efsanevi ölüm vuruşunu tam kalbine yemiş, oğlunun ölümüyle yarısı toprağa gömülmüş annesine bakıp, *Kadınların acı eşiğinin dibe vurduğu, dayanma gücünün bittiği yer, annelik duyguları,* diye düşündü.

O ise yüksekten düşmemiş, kardeşi parmaklarının ucundan kayıp gitse de yaşamaya devam etmişti. Geriye kalan öteki çocuk olmanın ezikliğiyle, "Peki, sadece iki hafta... Sonra kapına dayanırım," deyip odanın kapısını çekerek çıktı.

Güneş kızının ona bıraktığı sorularla baş başa kaldı. *Hangimiz hangimizi koruyoruz,* diye düşündü. Aslı'dan hakikatleri saklayarak daha ne kadar yol alabilirdi? Ya da bir çocuğunu Azrail'in kapıp götürdüğü bir kadın yaşamaya devam eden evladına ne kadar annelik yapabilirdi? Kendinden büyük suçluluk duygusuyla debelenirken kızını ne kadar kollayabilirdi? Aslı'yı gerçekle yüzleştirmek demek, feda edecekleriyle doğru orantıda, daha acılı bir süreci başlatmayacak mıydı?

PES

Evde yalnız kalan Ahmet salona geçip Güneş'in bıraktığı mektubu hırkasının cebinden çıkardı, parmaklarının arasında birkaç kez tereddütle döndürdü. İki basit ihtimalle karşı karşıyaydı; ya mektubu yırtıp atacak ya da açıp okuyacaktı. Kendini bildi bileli insanlardan kalan her evrakı, kitabı, dokümanı inceliyordu. Yılları yazılmış, kayıt altına alınmış her harfin, her kelimenin peşinde geçmişti. Bir çivinin, çubuğun, tüyün ya da kalemin ucundan insanlık hikâyesini yazıyor, o okuyordu. Elinde tuttuğu zarfı açmadan yırtmak varoluş sebebine ihanet, küllenmiş bir sevdaya hakaret demekti. Mektubu içine saklandığı ince kabuktan sıyırıp okumaya başladı:

"Ahmet,

Binlerce yıldır insanın önünde sadece iki yol uzanıyor. Biri cehenneme, diğeri cennete gidiyor. Biri karanlık, öbürü aydınlık iki yol...

Seçerek, düşerek, adım adım ya da koşarak bu yollardan birinde yürüyoruz.

İkisinin de kavşakları, dönemeçleri, uçurumları, kıyıları var.

İki yol dip dibe, birbirine paralel ama birinden diğerine geçmek kurallara tabi.

Hangisine ne zaman gireceğine, hangi kavşakta katılacağına, ne kadar ilerleyeceğine karar verdiğin küçük bir an var!

Korkut'a, sana ve bana... Tılsımlar Kitabı'nı bulduğumuz, kurşun kutusunu açtığımız kitabın lanetini okuduğumuz an, o kadim soru soruldu: "Yolunu seç!"

Korkut ışıksız yolu seçti.

Sen aydınlığı.

Ben boynumdan tasmalanıp, ellerimden kelepçelenip, kalbim sökülüp Korkut'un yoluna itildim!

Korkut ve sen binlerce yıldır anlatılan; iyi ile kötünün savaşında taraflarınızı seçerken, ben; savaş ganimeti gibi sürüklendim, esir gibi birinizin ayaklarının dibine atıldım.

Bir gece cebinde zehir şişesi, ağzında damlayan salyalar, gözlerinde hırsla, bana geldi.

Eğer seni zehirlerse, ben de aynı zehri içeceğimi söyledim. "Benim ol, yaşamalarına izin vereyim," dedi.

Korkut sadece o kitabı çalmadı. O, kitapla kavuşacağı gücü, ölümsüzlüğü, beni ve kızımızı çaldı.

Aslı senin kızın.

Güneş hâlâ senin kadının.

Yolların arası yakın ama birinden diğerine geçmek hâlâ yasak.

Ne ben, ne de Aslı sana gelemeyiz. Çünkü gelsek kızın da, sen de öldürüleceksiniz.

Ben siz yaşayın diye yolda ölen kişiyim.

GÜNEŞ."

Ahmet, mektubu tutan parmaklarından vücuduna yayılan yangınla kâğıdı yere attı. Hafızasına işleyen kelimeler canını acıtmaya devam ediyor, her biri bileysiz bıçak olmuş kalbini deşiyordu. Güneş girmeyen dört duvar hücresinde ayağa kalktı, hapsolduğu parmaklığı sökmek istercesine salonda ne varsa kırdı geçti. Yumruklarıyla çerçeveleri, pençeleşen avuçlarıyla pencereden perdeleri söktü. Birkaç dakika içinde köşede işlevsiz duran televizyonun ekranı çatlamış, ailesinden kalma antika porselenler tuz buz olmuş, kimsenin oturmadığı koltuklar ters dönmüştü. İçi boş bir tabut gibi salonu bölen sehpa devrilmiş, üzerinde yemek yenmeyen masanın ayakları kırılmıştı. Duvarda ısrarla ilerlemeye devam eden saati eline alıp yere çaldı. Harabe haline döndürdüğü salonun ortasında dizleri üzerine çöktü. Hayata bir kez daha pes etti.

TAYY-İ MEKÂN, ZEMAN

Resmi aracı kullanan badem bıyıklı adam Yavuz'un tahmininden daha ciddi, görevini icra etmekten başka kaygı taşımayan, bir harem ağası kadar ketum, bir tavşan gibi ürkek çıkmıştı. Yol boyunca hiç soru sormadığı gibi, Yavuz'un sorduğu soruları da duymazdan gelmiş, hatta delikanlıyla göz göze gelmemek için özel bir çaba sarf etmiş, dikiz aynasından bile ona bakmamıştı. Oysa Yavuz, hocanın kimleri aradığını, kimlerden destek aldığını öğrenmek için yanıp tutuşuyordu.

Santral İstanbul kapısına geldiklerinde adam güvenlik kulübesine yanaşıp indi, kapıdakilere bazı kâğıtlar göstererek arabada bekleyen Yavuz'u işaret etti. Güvenlik ekibi kapıyı açtı, ancak araba içeri girmedi. Şoför Yavuz'a "in" işareti yapıp, "Sabah altıya kadar içeride kalabilirsiniz. Rahatsız edilmeyeceksiniz," dedi ve aracına binip uzaklaştı.

Yavuz güvenlik elemanlarından birinin ona uzattığı dijital anahtarı alıp girişe doğru ilerledi. İçeride ne yapacağını ne aradığını, neden eski bir elektrik santraline geldiğini, gördüğü rüyanın anlamını... hiçbir şey bilmiyordu. Farazi bir maceranın evrelerinde sürükleniyor, tecrübe ettiklerini mantığı kabullenemiyordu. Elindeki kartı kullanarak elektronik kapıları açtı, müzeye girdi. Rüyasında gördüğünün aksine kömürle çalışan eski tribünler, müzenin zemini, hatta duvarlar bile tertemizdi. Ne pas, ne toz...

Renkleri hâki yeşile dönmüş Siemens marka dev kazanların önüne geldi. Sağa sola baktı, ne Arapça bir harf, ne de bir işaret gördü. Müze haline dönüştürülürken orijinaline sadık kalınarak yapılan elektrik santralinin asma katına çıktı. Yaşlanmış, ağzındaki alevi sönmüş bir ejderha gibi hareketsiz yatan tribünlere, işletim panellerine yukarıdan baktı.

Cebindeki kâğıda not aldığı mesajı tekrar okudu: "Yalnız geçilen tünele gel. Zaman emrine aksın. İleri ya da geri. İster kal, ister dön." Etrafta tünel niyetine girilecek bir aralık, geçit aradı. Müzenin karkas koridorlarını dolaştı, asma balkonlarını turladı ama nafile, bulamadı. *Burada durmanın bir anlamı yok,* diye düşünerek merdivenlerden aşağı indi. Çıkış kapısına doğru ilerlerken zeminde, iki tribün arasına sıkışmış bir kapak fark etti. Kapağı kaldırıp kaldıramayacağını anlamak için eğildi, üzerindeki demir halkaya var gücüyle asıldı. Dört kenarından demir profillerle zemine tutturulmuş kapağı açmak mümkün görünmüyordu. Bir daha asıldı, kıpırdatamadı. Ümitsizce, eve geri dönmek üzere dışarı çıkıp bir taksi bulmaya karar verdi. Cep telefonunun saatine baktı, 22:04'ü gösteriyordu. Son kez etrafına göz gezdirdi, tam kapıya doğru yönelmişken dışarıdaki manzara dikkatini çekti. *Santral, Haliç'in namı diğer Altın Boynuz'un en güzel yerine kurulmuş,* diye düşündü.

Aynı anda İstanbul'un aydınlattığı kızıl gökyüzü siyaha büründü, Haliç kıyısında elektrikler kesildi. Şehri aydınlatan trafo sistemi çökmüş, her yer kararmış, metropol semalarında uzun zamandır gözlemlenemeyen samanyolu yıldızları gökyüzünü kaplamıştı. Yavuz Haliç'e bakan camlara doğru ilerleyip cep telefonunu çıkardı. Güncel haberlerin paylaşıldığı "Son Dakika" aplikasyonunu açıp bekledi. "Türkiye elektriksiz!" başlığı altında peş peşe yüzlerce dijital haber ekranına düşmeye başladı. Siber saldırıdan bahsedenler 81 şehirde elektrik hatlarının kapandığını söyleyenler, ülkenin şalterinin aynı anda indiğini savunanlar vardı. Binlerce benzer haber, asparagas üst üste yığıldı. Yavuz eski bir elektrik santralinde dikilmiş, ışıksız kalan memleketten yükselen komplo teorilerini okuyordu.

O an Santral İstanbul'un neredeyse bir asırdır kullanılmayan işletim panellerinden bir ses geldiğini işitti. Şaşkınlıkla üzerinde yüzlerce ikaz düğmesi olan panele yaklaşınca içlerinden birinin beş saniye aralıkla yanıp söndüğünü gördü. Sarı ikaz düğmesindeki ışık kırmızıya döndü, daha kısa aralıklarla çakmaya başladı! Büyülenmişçesine enerjisini nerden aldığını anlamadığı küçük ampule bakakaldı. Düğmenin yanına kararmış pirinçten bir onurluk vidalanmıştı. Üzerindeki Almanca cümleyi çözemedi. Bu defa cep telefonundan Almanca-Türkçe sözlük aplikasyonunu buldu. Kelimeleri ekrana yazdı, metnin tercümesini bekledi. Birkaç saniye sonra, uykusuz ve yorgun bir mütercimin devrik Türkçeyle konuşmasına benzer bir çeviri ekrana geldi, *dikkat tek basmak halinde hata sağ çevirmek*. Tercümeyi tercüme etti: "Arıza halinde bir kez basınız ve sağa çeviriniz."

İstanbul'da, hatta söylentilerin aslı varsa tüm Türkiye'de bir elektrik kesintisi vardı ve bitkisel hayattaki hasta gibi yatan, işletim sistemindeki enerji hatları çoktan kısırlaşmış, müzeye dönüştürülmüş bu yaşlı santralde bir arıza ikazı yanıyordu! Yavuz'un sırtındaki tüyler diken diken oldu, ürperdi. Yavaşça elini düğmeye uzattı, sağa çevirip bastırdığı anda, içindeki tılsımlı gömlek adeta karanlığa boğulmuş olan İstanbul semalarını aydınlatacak kadar yüksek bir voltajla parlamaya başladı! Gömleğin pırıl pırıl aydınlattığı müzede iki tribün arasından göğe uzanan bembeyaz bir helezon tünel oluştuğunu fark etti. Türbinlere doğru ilerledi. Gözlerinin önünde oluşan ışık tüneli Santral İstanbul'un tavanını deliyor, korunmuş gökyüzünün katmanlarını geçip uzayın sonsuz boşluğunda kayboluyordu. Yapması gereken, huzmenin içine küçük bir adım atmaktı. Cesaretini topladı, gömleğin ışığıyla aydınlanan kolunu helezon tünele yaklaştırdı. Elini uzatıp bileğine kadar yavaşça soktu. Derin bir suya daldırmış gibi elinin üzerinde oluşan dalgalanmaları, kırılmaları seyretti. Korkusu azalmış, merakı çoğalmıştı. İçine bir adım atsa vücudu atmosfere yükselen beyaz spiral akımın içinde eriyecek, belki de dönüşü olmayan bu tünelde ilelebet kaybolacaktı...

Yavuz eğer bu anı kaçırırsa tünele bir daha asla giremeyeceğini, gömleğinden yayılan akım durduğu anda önünde açılan kapının sonsuza dek kapanacağını hissetti. Zamanı azalmış, bilinmeyene iştahı iyice kabarmış halde ışığa yürüyüp içine girdi. Helezon ışık duvarları uzuvlarını kapladı, hücrelerine yayılan akım çoğaldı. O duruyor, duvarlar akıyordu. Çölde güneş ışığına maruz kalmış gölgesiz bedeviler gibi etrafındaki parlaklıktan kör olmaktan korkup gözlerini sımsıkı yumdu. Ortamın doğal bir parçasına dönüşmüş, ışıkla hareket ediyor, kayıyor, dalgalanıyordu. Fizik kanunlarını aşan gerçeküstü bir süratle tünelin içinde boyutların kaybolduğunu, zaman ve mekânın eğilip büküldüğünü düşündü. *Bunu yaşadığıma inanamıyorum! Benim yerime, kuantum fiziğine emek veren bilim insanlarının bu tecrübeyi yaşaması gerekiyordu,* diye geçirdi içinden.

Aniden her şey sustu! Göz kapaklarını delip içeri sızan ışıklar birdenbire söndü. Gözlerini tereddütle araladığında o keskin ışık oyunlarının yerini gecenin dingin karanlığına bırakmış olduğunu gördü. Ayakları henüz sert bir zemine değmemişti. Yerden yüksekte olduğunu düşündü. Birkaç saniye sonra bir kucaklaşmadan ayrılır gibi yavaşça yere bırakıldı. Gözlerini açıp başını yukarı kaldırdı, müzenin çatısını göremedi. Yere baktı, bastığı zemin topraktı. Burası Santral İstanbul değildi. *Neredeyim,* diye düşündü.

Etrafındaki karanlığa alışan gözleri çevreyi taradı. Haliç kıyısında olduğuna emindi ama santral binası ortalarda yoktu! Ayağına değen nemli toprağı çiğneyerek seyrek otlar arasında yürümeye başladı. Uzaklardan kulağına çalınan, Ramazan topuna benzer patlama seslerini dinledi. Aldığı mesajı hatırladı. Zamanda ileri ya da geri gittiğini biliyor ama hangi tarih aralığında olduğuna dair en ufak bir ipucu bulamıyordu. Haliç kıyıları bomboşsa, binalar buharlaşıp yok olmuşsa geçmişteyim, diye varsaydı. Ama hangi tarihte? Birdenbire, kara gökyüzünü tebeşirle çizer gibi düşen bir göktaşını fark etti. Uzayın soğuğunda buz kesen meteor, dünyanın atmosferine girmiş, sürtünerek yanıyor, parçalanarak Haliç'e doğru düşüyordu. Göktaşı giderek küçüldü, ufalandı, eski elektrik santralinin boş arazisine yağdı.

Yavuz gök cisminin peşinde, düştüğü yere doğru dörtnala at süren birkaç adam gördü. Atlıların üzerlerindeki kostümlerden, konuşmalarından hangi zaman diliminde olduğunu anlayabilmek umuduyla hemen çalılıkların arkasına saklanıp yaklaşmalarını beklemeye başladı.

Karakalem'in de gelip çalılıklara yakın bir ağaca tünediğini gördüğü an Yavuz, "Yuh artık!" diye feryat etti. Karga onu zaman, mekân fark etmeden takip ediyordu. Biri kuşun gözünden alenen kendisini izliyordu! Şaşkınlıkla Karakalem'in kim için casusluk yaptığını düşünürken at sürenler onun saklandığı yere epey yaklaştı. Beyaz kavuklu, yeşil cüppeli ihtiyar bir adam atından zar zor indi. Meteorun açtığı derin çukurdan bir kor parçası alıp avucunda sıktı. Elinden yükselen yanık kokusuna aldırmadan diğerlerinin yanına geldi, *"Tez padişaha haber salın, Hadis-i Şerif'te bahsedilen komutan kendisidir! Kostantinople semalarında ezan okunması yakındır! Gemilerini zincirlerinden azat etsin. Boğazkesen Kalesi'nden Kasımpaşa'ya döşettiği yağlı tahtalardan kaydırsın. Fetih yolu Mehmet Han'a açılmıştır,"* dedi.

Yavuz 1453 baharındaki gecelerden birinde, Haliç kıyılarında olduğunu anladı. Osmanlı ordusunca kuşatılmış yorgun Bizans düşmek üzereydi. Adamların muhabbetini dinlemeye başladı. Aralarında konuştukları kelimelerin bazılarını hiç anlayamıyor, yüzyıllar içinde değişen Türkçeyi çözmeye gayret ediyordu. Atlılardan en genç olanı bir sirk cambazı çevikliğiyle atının sağ tarafından tüm vücudunu yere sarkıtıp tek hamlede toprağı avuçladı. Elindeki toprağı merhem niyetine yaşlı adamın avucuna bastırdı. Geldikleri hızla gecenin karanlığında gözden kayboldular. Zamanın içinde yüzyıllarca geri gitmiş, müjdelenen bir ana tanık olmuş, hayret içinde sinmiş kalmıştı. Ayağa kalkıp nereye yöneldiğini bilmeden yürümeye başladı. Bir süre geçmişti ki, içindeki gömlekten mora çalan bir ışık yayılmaya başladı. Gömleğin aniden parlamasıyla kendini aynı zaman tünelinin içine, yukarıya doğru çekilirken buldu!

Gözlerini ilk seferinde yaşadığı korkuyla sımsıkı yumdu. Vücudunun parçacıklara ayrıldığını, bir yapbozun havaya saçılmasıyla dağılan kartonlar gibi hafiflediğini hissetti. Acısız ama sarsıcı, bir o kadar da korkutucu bir boşluk hissiyle özünden kopan parçaların bir daha asla kaynaşamayacağını, dağılıp saçılacağını, öleceğini düşünmeye başladı. Bir yandan ışığın melodik sesini dinliyor, bir yandan da üç boyutlu dünyanın dışında eriyip kaybolduğunu varsayıyordu. Aniden sesler yine kesildi. Göz kapaklarını hafifçe araladı, bu sefer neredeyim, endişesiyle etrafına bakındı. Anadolu Hisarı Surları'nın dibinde, karanlık bir köşede çömelmiş halde buldu kendini. Surlara yaklaşan adımları duyunca sırtını verdiği taş yapının karanlığına sığındı. Birkaç sarıklı adam aralarında fısıltıyla tartışıyorlardı. Sanki kırmızı kadife sahne perdeleri aralanmış, zamanın içinde asılı duran bir başka an hayat bulmuş, sanatçılar sahneye çıkmıştı da, Yavuz tek biletli gösteriyi izlemeye başlamıştı. Tüm dikkatini hararetli konuşmaya yöneltti.

Adamlardan biri, "Sultan Mehmet Ayasofya'ya girince atı şaha kalktı. Atın nallarıyla kırıldı o uğursuz tılsım. Hemen anladım kara büyü olduğunu! Sultanımızın emriyle üç parçayı gömdüm. Bu son parçasının sulara gömülmesi caizdir," dedi.

Yavuz aynı yılın 30 Mayıs gecesinde olduğunu varsaydı. Fatih Sultan Mehmet'in, cemaat-i müteferrika adıyla maaşa bağladığı müneccim, kurşun kutuyu açıp diğerlerine gösterdi. Yavuz gizlendiği köşeden çıkıp müneccimi ve ona eşlik eden muhafızları takip etmeye başladı. Adamlar önce, tavanı gökyüzüne uzanan namazgâhta yıldızlar altında namaz kıldılar. Sonra, Hisar'ın en yüksek burcuna tırmanıp son tılsım parçasını deriden yapılma bir maşa ile tutup kurşun kutudan çıkardılar ve dualarla Boğaz'a fırlattılar.

İstanbul'u fetheden sultanın rahvan atının nallarıyla kırılan Bizans tılsımının dördüncü ve son parçası Boğaz'ın diplerine doğru batarken Yavuz içindeki gömleğin bir kez daha ışımasıyla kendini helezon ışıklı tünelin içinde buldu.

Zaman ve mekân üçüncü kez değişiyor, delikanlı içine daldırıldığı ışık tünelinin oyuncağı gibi başka bir tarihe savruluyordu. Artık korkmuyor, endişelenmiyordu ama tüm benliği acizlik duygusuyla kıvranıyordu. Yaşadığı fizik ötesi yolculuklar zamanı da, mekânı da seçme iradesi olmadığını adeta yüzüne vuruyordu.

Tılsımlı gömleğin açtığı tünel neyi seyredeceğini, neye tanık olacağını, hangi zaman dilimine yol alacağını seçiyor, Yavuz ise dalgalara kapılmış mülayim bir yaprak gibi sürükleniyordu. Bu kez ışığın vücuduna yaydığı dalgalanmalar kısa sürdü, Topkapı Sarayı'nın bir odasında gözlerini araladı. Aynı odaya Aslı'yla birlikte müzeyi gezdikleri gün de girdiğini hatırladı. Yaklaşan ayak sesleriyle düşüncelerinden sıyrılıp hızla gösterişli odanın bir dolabına saklandı. Kafeslerin ardından odaya girenleri izlemeye başladı. Zaman içinde, yarım asır ileri atladığını henüz anlamamıştı. Yavuz Sultan Selim ve şürekâsı Has Oda'ya girdiler. Sultan Selim'in Mısır zaferi muhabbete yansıyor, kutsal emanetlerin İstanbul'a taşınması konuşuluyordu. Sene 1518 olmalıydı...

Yavuz nefesini tutup bir süre onları dinledi. Padişahın peşinden içeri giren âlimler, şeyhülislam, hafızlar, "halife" unvanıyla dönen sultanın önünde saygıyla söze katılıyor, Hz. Muhammed'in Sakal-ı Şerif'ine, mübarek hırkasına, ayak izine hayranlıkla bakıyorlardı. Şehzade Süleyman dâhil herkes sessiz bir heyecanla sultanın ilk emrini bekliyordu. Kendisine tahsis edilmiş dairesini mukaddes emanetlere terk edeceğini söyleyen padişaha yeni bir oda hazırlanması için emirler verildi. Sultan, şehzadesi ve âlimler dışarı çıkarken geride kalan hafızlar hatim indirmeye başladılar.

Yavuz kafesli bir dolabın içinde sıkışmış, Kuran ayetlerini dinliyor, ne beklediğini bilmeden kıpırtısız duruyordu. Onu gecenin bir vakti Haliç kıyısına getiren mesajı hatırladı: "Yalnız geçilen tünele gel. Zaman emrine aksın. İleri ya da geri. İster kal, ister dön."

Ne yani, istesem dönebilir miyim Santral İstanbul'a? diye merak etti.

Medyumlar, sahte bilgeler, üfürükçüler, din tacirleri yüzünden yıllarca sömürülmüş, ucuz tabirliyle "öbür taraf" diye hep aynı başlık altında yozlaşmış, sonunda kaybolup gitmiş metafizik olguları düşündü. İnsanlığın durugörü, telepati ve astral becerilerinden nasıl koparılıp uzaklaştırıldığını, kadim bilgilerin yok olmasıyla bahşedilmiş yeteneklerimizi unuttuğumuzu varsaydı. Belki de zamana hükmedebilirdi ama nasıl?

Binlerce yılın cevapsız sorularıyla bunaldığı anda müneccimbaşı, baş çuhadar ve Şeyhülislam Zembilli Ali Efendi odaya geri döndüler. Müneccimbaşı elindeki eskimiş kurşun kutuyu açıp içine deri bir eldivenle Tılsımlar Kitabı'nı koydu. Şeyhülislam göğsünden çıkardığı mühürlenmiş bir yazıyı çıkardı ve baş çuhadara uzattı. Adam fısıltıyla yazıyı okumaya başladı:

"İstanbul'u Müslüman istilasından korumak için yapılan kara tılsım I. Mehmet Han'ın Ayasofya'ya girişiyle kırılmıştır. Dörde bölünen tılsım bir daha bir araya gelemesin diye İstanbul'un dört yerine gömülmüştür. İstanbul'a ayak basan ilk halifenin tenine değen bu gömlek İslam'ı ilelebet bu şehirde yaşatmakla görevlidir. Sultan Selim, Osmanlı halifesi olarak şehre geri dönmüş, kutsal emanetleri bu çatı altında toplamıştır. Kutsal topraklar görmüş bu şifalı gömlek, bu uğursuz tılsımların ilelebet muhafızıdır. Bu Tılsımlar Kitabı'nı açmak da, okumak da cümleye men edilmiştir. Rivayet odur ki, halifenin gömleği çifttir."

Hem mektubu hem de baş simyacının kanıyla, kargasının gagasıyla yazdığı kitabı kurşun bir kutuya yerleştirdi. Şeyhülislam Zembilli Ali Efendi hafızlardan birine bir kâğıt uzattı.

Hafız iki elini açıp kâğıttaki duayı okudu: "Has Oda'da okunan Kuran bu kubbede çınladıkça bu kutu gözlere görünmez olsun, içinde saklanan büyülü kitap okunmaz olsun, dörde bölünmüş tılsım bir araya gelmez olsun. Halifenin gömleği kötülüklerden korusun."

Hep beraber kafesli dolaba yaklaştılar. Yavuz nefesini tutup umutsuzca başına gelecekleri beklemeye başladı. Birazdan dolabı açacaklar, iki binli yıllardan onların zamanına düşmüş biriyle karşılaşacaklar, muhtemelen onu Has Oda'da kıskıvrak yakalayacak ve sur dibinde cellatlara başını vurduracaklardı. Şeyhülislam ve baş çuhadar kapağı açtılar ama dolabın içine iki büklüm saklanmış, korku dolu gözlerle onlara bakan Yavuz'u görmediler. Kurşun kutuyu dolabın en altında bir yere gizleyip odadan çıktılar. Onlar odadan çıkarken Yavuz zaman tüneline tekrar düşmüş, ışıklı duvarlar içinde seyahate başlamıştı bile.

Sımsıkı yumduğu gözlerini açtığında Santral İstanbul'daydı! Telefonundaki dijital saat ve takvime baktı. Gün değişmemişti ve saat 22:08'i gösteriyordu. Zaman hiç akmamış, onun fizikötesi yolculuğa çıktığı gün ve saatte takılı kalmıştı. Yavuz üç ayrı tarih dilimine, üç ayrı mekâna yolculuk yapıp dönmüştü.

Santral İstanbul'dan dışarı çıkıp yaşadığı muhteşem yolculukların anlatılmazlığına, kelimelere sığmazlığına üzülerek yürüdü. Güvenlik kulübesine kartı geri bırakırken, Ahmet Hoca'nın varlığına şükrederek, "Bir tek o inanacak bana," diyerek gülümsedi. İlk gördüğü taksiye bindi, "Anadolu Hisarı, abi. Bas gaza," dedi.

TABAKHANE

Yıllar önce İstanbul Belediyesi, Marmara kıyısına yakın deri fabrikalarını, tabakhaneleri kaldırmaya karar vermiş, vinçler Zeytinburnu'na girip hummalı bir yıkım çalışması başlatmıştı. Yüzlerce nesildir sahil yolunu mesken tutmuş deri atölyelerinin kıyı köşelerinde yaşayan milyonlarca fare aç, susuz, deliksiz kalmış, civar evlere hücum etmişti. Günlük gazeteler mahallelere saldıran aç farelerin yarattığı dehşeti anlatan yazı dizileri yayımlamış, fare zehri karaborsaya düşmüş, İstanbul bakkallarında kapan satışı patlamıştı.

İşte o yıl Korkut Zergüdan araya nüfuslu dostlarını sokarak Zeytinburnu'nda taş bir bina satın aldı. Dış cephesi eski surlardan dökülen taşlarla yapılmış, iki bin metrekaresi deri tabaklamak, dört yüz metrekaresi mutfak, ofis, işçi reviri olarak kullanılan muhteşem binayı dönüştürme çalışmalarına derhal başlanmıştı. Minimalist bir yaklaşımla mimari resimler çizilmiş, onaylatılmış ve tadilata girişilmişti. Çizimleri yapan mimarlık şirketine binanın iki duvarına, ısısı eksi 18 dereceye sabitlenecek özel kitaplıklar, içine elli insanın girebileceği büyüklükte metal duvarlı kasalar, her türlü karantina döneminde ilaç, yiyecek içecek depolanabilecek, doğal afet sonrasında barınmaya elverişli panik odaları, korumalı cam depolar inşa edilmesi söylenmişti. Tabakhanenin hiçbir duvarına pencere açılmayacak, dünyanın en güçlü jeneratörleri satın alınacak, bakır kablo sistemi kullanılarak alt yapısı tamamlanacaktı.

Bir zamanlar tabakhaneyken mutfak olarak kullanılan bölüm laboratuvar haline getirildi. Binanın tüm cepheleri sıfır ses teknolojisiyle yalıtıldı. Tek katlı olmasına rağmen demir konstrüksiyonlarla 9+ ölçeğinde depreme karşı güçlendirildi.

Mimarlık bürosunda çalışanlar Korkut Zergüdan'ın bu devasa binayı ne olarak kullanacağını çözememiş, mal sahibine sordukları soruların cevabını alamamış, sonunda pes edip Korkut ne derse onu yapmışlardı. Müteahhit firma sözleşmeye konan ağır cezai şartlar sebebiyle mekânı taahhüt ettikleri zamanda, eksiksiz teslim etti. Ortaya eski surların taşlarının yer yer göze battığı, kare tabanlı, tek katlı post modern bir mabet çıkmıştı!

Mimarlar ve işçilerin işi teslim etmesinden bir gece sonra Korkut adamlarıyla binaya gelmiş, elektrik sistemini, hep aynı ısıda tutulan özel yapım kütüphaneleri, bilgisayar ve güvenlik kontrol odalarını gezmişti. Korkut Zergüdan'a dışı kale gibi yalın, içi Houston'daki NASA Uzay Merkezi kadar kadar modern cihazlarla döşeli akıllı binanın işletim şekli detaylıca açıklanmıştı. Sadece mal sahibinin kullanımı için üretilmiş şifreleri tuşlaması, göz kilidine retinasını okutması için onu kontrol odasında yalnız bırakıp dışarı çıkmışlardı. Korkut şifreleme işlemini bitirmiş, avukatı ise mühendislere gizlilik sözleşmesi imzalatıp nakit ödeme yapmıştı.

Korkut herkesi göndermiş, çok sevdiği mekânı tek başına dolaşmaya başlamıştı. Binada çıt çıkmıyor, Sahil Yolu'ndan geçen arabaların gürültüsü duvarları delemiyor, hiçbir ses içeri sızmıyordu. İşte tam o sırada hiç tanımadığı, daha önce işitmediği şaşırtıcı bir ses duymuştu. Acı bir cıyaklama! Çırpınan bir hayvanın bedeninden yükselen ıstırap sesini takip etti, suç mahalline yaklaştı. Tabakhaneler yıkıldıktan sonra yuvasız kalan dişi bir fare kapana yakalanmıştı.

Mabedinin açılış gecesinde, milyonlarca dolar harcadığı ultra modern binada, ilkel bir fare kapanı gördüğüne inanamayarak kahkahalarla gülmeye başlamıştı. O gece farenin yanına çömelmiş, paslı yaylara sıkışan hayvanın yavaş ölümünü dakikalarca izlemişti.

Yıllar geçmiş, binanın ana galerisine kendisi dışında henüz kimse ayak basmamıştı. Tılsımlar Kitabı'nı, simya kazanlarını sonunda Kapalıçarşı'dan bu mekâna taşıtmıştı. Ölümsüzlük iksirini içeceği mekân, büyük gün için hazırdı artık!

Güvenlik biriminin başı, emekli binbaşı megafondan, "Mahmut Bey geldi, efendim," dedi.

Korkut, "İçeri gönderin," deyince güvenlik odasındaki herkes birbirine baktı. Koruma ekibi dâhil, şimdiye dek içeri giren kimse olmamıştı.

Korkut, "Gönderin," diye emri tekrar edip kapıları açan bir düğmeye bastı.

Dedektif huzursuz adımlarla içeri girdi. Kapılar kapandı. Mahmut cam panellerle korunan, soğutmalı kütüphanenin içindeki kadim kitaplara, simya kazanlarına, antika objelere bakakaldı.

Salonun tam ortasında Kandilli'deki köşkten bu binaya taşınan cam kaidenin içinde Tılsımlar Kitabı duruyordu. Kitabın muhafaza edildiği kaide ayrı bir sistem ile soğutuluyor, dört köşesinde lazer ışıklar dönüyordu.

Mahmut kitabın deri kapağına yerleştirilmiş tılsımın yarısına dikkatle baktı. İşvereninin onu izlediğini anlayınca bakışlarından rahatsız olup hemen konuya girdi: "Yavuz Tengizer'in izini buldum efendim. İki ay önce Galatasaray Üniversitesi Hukuk Fakültesi'ne kayıt yaptırmış. Okuldan ikametgâhına da ulaştım. Küçük Ayasofya'da Ahmet Kavancı adında bir profesörün evinde kalıyor."

Korkut Ahmet'in adını duyunca öyle bir şok yaşadı ki, suratındaki ifadeyi görmesin diye Mahmut'a sırtını dönüp, "Emin misin?" diye sordu.

"Neden emin miyim?"

"Ahmet'in yanında kaldığından."

"Evet. Şahsı tanıyor musunuz?"

"Sana ne Mahmut!"

"Yok, eğer o adamı tanıyorsanız her şey netleşir."

"Ne gibi?"

"Geçen gece aynı eve karınız Güneş Hanım da girdi de... Yarım saat kaldı içeride."

Korkut tarifsiz sinirini gizlemeye çalışarak, "Anlaşıldı, çıkabilirsin," dedi.

"Çıkamam. Başka bir konu daha var."

"Ne biçim sunum yapıyorsun Mahmut! Prostatlı gibi!"

"Bu delikanlı ailenizle içli dışlı."

"Ne demek içli dışlı?"

Mahmut iç cebinden bir fotoğraf daha çıkarıp çekinerek Korkut'a uzattı. Korkut fotoğrafı eline alıp baktı. Uzaktan çekilmiş fotoğrafta Çırağan Caddesi'nde Aslı'yla konuşan Yavuz'un fotoğrafını görünce hemen tanıdı! Bu çocuk dibine kadar girmiş, etrafında dolanmış, ailesiyle tanışmış, evine gelmişti! Fotoğrafı küçük parçalara ayırıp yırttı. Mahmut'un avucuna geri koydu. Mahmut çektiği diğer fotoğrafları usulca metal masanın üzerine bırakıp otomatik açılan kapıdan güvenlik odasının bulunduğu avluya kaçtı.

Korkut masanın kenarına dayalı antika bir bastonu eline aldı. Bastonun tutacağı, kuzgun figürüyle süslenmiş, kuzgunun gözleri yarı değerli bir taş olan rubiden yapılmıştı. Elindeki asayla sistemine bir servet harcadığı ekranlara öylesine güçlü vurdu ki, kırılan camlar yüzünde patladı. Kapıya yürüyüp yüzünde dikine saplanmış cam parçalarından kanayan suratını retina okumalı kilide yaklaştırdı. Kapı açılınca avluya yürüyüp korumaların odasına girdi. Güvenlik ekibi patronlarını kan revan içinde görünce telaşla ayağa kalktılar. İçlerinden biri, "İlk yardım çantasını getirin, çabuk!" dedi panikle.

Korkut, "Sakin! Yok bir şey. Ben hallederim. Siz bu dosyada gördüğünüz herkesi buraya getirin. Kıllarına zarar gelmesin. Özellikle delikanlının burnu bile kanamayacak! Sakın hırpalamayın, anlaşıldı mı?" dedi.

Güvenlik elemanı fotoğrafları, isimleri görünce, teyit almak ister gibi Korkut'un suratına bir daha baktı. Korkut, "Tabakhaneme firesiz getirin hepsini. Derilerini yüzmek benim işim," dedi.

"Peki Korkut Bey," dedi korumalar.

Bir koruma tıbbi yardım malzemelerini getirip Korkut'a uzattı. Kalabalık koruma ekibi binadan çıkıp arabalara bindi. Korkut tuvalete yürüyüp aynaya yaklaştı, yüzüne batan cam parçalarını tek tek çıkardı. Alnından çenesine doğru inceden sızan kırmızı şeritleri seyretti. Yüzünde kendi kanıyla çizilmiş bir hapishane hücresinin parmaklığı vardı!

"Bu gece fareler yuvalarına dönecek!" diye mırıldandı.

BERABERE

Anadolu Hisarı'na geldiğinde saat neredeyse gece yarısına yaklaşıyordu. Astral yolculukta gördüğü, binlerce kez önünden geçse fark etmeyeceği, üzerinde dam olmayan namazgâha girdi. Çimlerin üzerinden yürüyüp mihraba yaklaştı.

Bu şehri kuşatırken aynı gökyüzünün altında namaz kılmış binlerce şehit askeri düşünüp içinden bildiği tek duayı okudu. Ardından Hisar'ın burcuna çıkan merdivenlerden en tepe noktaya ulaşıp fetih günü kırılan tılsımın son parçasının denize fırlatıldığı noktaya gözlerini dikti. Boğaz'ın kararmış buz gibi suyuna atlamayı, suyun onlarca metre altına dalıp avuç kadar bir tılsım parçasını bulmayı hayal ettiğine inanamıyordu. Burçtan aşağı baktı. Atlasa akıntıya kapılacak, dibe indikçe kararan suyun altında görme mesafesi azalacak, oksijensiz kalıp muhtemelen tılsımın son parçasını bulamadan çıkacaktı.

Yaşadıklarına yürüttüğü hipotezler açıklama getiremiyordu. Aklıyla çelişen vakalara tanık ya da özne oluyor, olağanüstü deneyimlere maruz kalıp giderek mantığıyla değil, duygularıyla hareket ediyordu. Bu farklılık hoşuna gitmiyor da değildi hani. Belki de herkesten farklı olmak o kadar kötü sayılmazdı. Bunları düşünürken bir filozofun cümlesini hatırladı, *bir yerde herkes birbirine benziyorsa orada kimse yok demektir.* İçinde büyüyen cesaretle suya atlamaya karar verdi! Suya en yakın yere inip kayıkların arasından Boğaz'a daldı. Suya değdiği anda, tılsımlı gömlek binlerce volt gücünde bir projektör gibi ışık saçmaya başladı. Süratle dibe çekiliyor, ne nabzı yükseliyor ne de oksijen eksikliği çekiyordu. Çoktan soğumaya başlayan Boğaz suyunun serinliğini bile hissetmiyor, çift yönlü deli akıntısı onu sürüklemiyordu. Soluksuz kalma korkusunu yenip kendini akışa bıraktı, hatta bundan zevk almaya başladı.

Gömlekten yayılan ışık Boğaz'ı sualtı mezarlığına çeviren çürümüş eşyaları, dipte yatan sahipsiz kayıkları, kazalardan arta kalan enkazları aydınlattı. İçinde ne sakladığı bilinmeyen sandıkları, akıntıya kendini bırakmış yosunları, oltacılardan kurtulmuş balıkları seyretti. Hiç bilmediği vahşi bir doğada keşif turuna katılmış gibiydi. Birkaç insan iskeleti, onlarca hayvan kemiği gördü. Derine indikçe Boğaz tabanında yatan antik limana yaklaşıp sütunlara, mendirek taşlarına el sürdü. Sonunda üzerindeki gömlek lacivert suyun içinde tek bir noktayı aydınlatmaya başladı. Yavuz'un vücudu, parlayan objeye doğru çekildi. Metal objeyi almak için elini uzattığında ellerini koruyacak deri bir eldiveni olmadığını hatırladı. Etrafına göz gezdirdi, suyun dibinde patlak bir kamyon lastiği gördü. Oraya doğru yüzüp şambreli pamuk helva koparırcasına kolayca çekip kopardı. *Heyt güce bak,* diye düşünürken suyun altında kendi kendine gülümsüyordu. Kauçuk parçayı kürek gibi kullanıp Boğaz'ın dibinde yatan tılsımı içine süpürdü.

Yavaş yavaş suyun yüzeyine doğru yükselmeye başladı. Boğaz'ın altındaki garip manzaraları seyrederek kıyıya yakın bir yerde sudan çıktı. Hisar'ın kıyısındaki kayıklardan birine tek eliyle tutundu. Gömleğinden yayılan ışık giderek azalıp söndü.

Tılsım parçasını kıyıdaki ayakkabısının içine koyup kendini karaya çekti. Ayakkabılarını eline alıp Boğaz'ın sularını damla damla peşinde bırakarak Hisar'ın burcuna çıktı. Kendini o kadar güçlü hissediyordu ki, Boğaz'ın sert ayazında sırılsıklam olmasına rağmen üşümüyor, bir yakadan diğerine çığlık atmak istiyordu.

Onlarca ton suyun altında dolaşıp vurgun yememiş, dakikalarca suyun altında kalmış, nefesi yetmişti! Kollarından yayılan güce hayran kalmış, elleriyle bir kamyon tekerini parçalamıştı. Akıntıya karşı durabilmişti. Kuruyana kadar muhteşem manzaranın tadını çıkarmak için İstanbul Boğazı'nı seyre daldı.

İçindeki gömleğin onu muktedir kıldıkları, bir insanın hayal edebileceğinden fazlaydı. *Uçmayı da denesem mi,* diye düşünüp gülmeye başladı. Sonra yaşadıklarını tek tek gözden geçirince bir gölge oyununun kuklası olduğunu fark etti! Kibirlenip kabarmasına sebep olacak hiçbir şey yoktu ortada.

Yavuz, içine giydiği gömleğin maşasıydı, hepsi bu! Gömlekten bir mesaj alırsa harekete geçebiliyor, gömlek el verirse zamanda yolculuk yapabiliyor, suda soluyabiliyordu. Tılsımlı gömleğin ne zaman parlayacağını ne zaman söneceğini bile bilmiyordu. Edilgen durumda olan Yavuz, onu yönetense gömleğin kehanetiydi.

İnsanlığın nefsinin kabarmasıyla, yerden yere çalınması arasındaki çizgi çok incedir ya, Yavuz da gerçekle çarpışınca yaralanan taraf oldu. "Kudretli falan değilim! İletken bakır bir kablo, uzaktan kumanda edilen basit bir düzenek gibiyim. Bir boka yaramam!" deyip çöktü kaldı.

Ayakkabısının içinde kuzu kuzu yatan metal parçaya baktı, ezilen nefsini yerden kazımak için içindeki cılız sesi dinledi: "Olsun... İstanbul uğruna yapılmış kara büyünün son parçasını buldum, bu da başarı! Skor 2-2. Kötüler ve iyiler berabere... Biz kazandık sayılır, çünkü halifenin gömleğinin gücü de bizimle!"

Ana babasının, müezzinin, Ali'nin öcünü alabileceğine olan inancı artmaya başladı. Gelgit düşüncelerden, yaşadığı ikilemlerden yorgun düşüp başını bir taşın üzerine koydu, uykuya daldı.

TAKAS

Anadolu yakasından doğan güneş karşı kıyının gökdelenlerine çarpıp hisara yansıyor, Yavuz'un göz kapaklarıyla oynaşıyordu. Uyandı.

Üzerindeki pantolon hiç ıslanmamış gibi kurumuş, adamakıllı buruşmuştu. Boğaz köylerinin fırınlarından yükselen poğaça, ekmek, simit kokuları mis olmuş, iştahını kabartmıştı. Kahvaltı edip Ahmet Hoca'nın yanına gitmeyi, tılsımın son parçasını bulduğu müjdesini vermeyi hayal etti. O sırada bir menfezin içine koyduğu ceketinin arasındaki cep telefonu çalmaya başladı, açtı.

"Alo, Yavuz! Ben Meryem Ablan. Ne oldu bu evde? Her yer kırılmış, dağılmış! Geldiğimde kapı da ardına kadar açıktı!"

"Ne?"

"Ev soyulmuş diyom. Karakolda mısınız, neredesiniz siz?"

Yavuz, "Geliyorum ben," dedi telefonu kapatıp ayakkabısının tekini giydi, içine tılsımı koyduğu diğer tekini eline alıp hızla hisardan aşağı indi.

Eve vardığında etraftaki butik otellerin ön bürosunda çalışanlarını, turistik restoranların meraklı garsonlarını, mahalle bakkalını Meryem'in etrafında toplanmış, onu polis çağırmaya ikna etmeye çalışırken buldu. Meryem ise, çevresine üşüşen işgüzarları dağıtmaya çalışıyor, ısrarla, "Ahmet Bey gelmeden olmaz! Kendi işinize bakın, yallah," diyordu.

Yavuz kalabalığı yardı, "Meryem abla, içeri gelsene sen!" dedi, kadını kolundan tutup eve girdi.

Meryem tek ayakkabısı elinde, bir ayağı çıplak, ütüsüz kıyafetler içindeki Yavuz'a baktı.

"Ne oluyor size... Ne oldu bu evde?" diye şaşkın şaşkın sordu.

"Bilmiyorum, ben dün gece evde değildim."

Meryem "Belli halinden!" dedi, kinayeli bir anne edasıyla.

Yavuz sokak kapısını kapatıp ayakkabısını yere bırakırken tılsımın üzerine ceketini atıp sakladı.

"Ahmet Bey nerede? Polise haber ettin mi?"

"Polis falan çağırmayacağız Meryem abla! Ne olduğunu tam anlamadan olmaz!"

Birlikte salonun darmadağın haline baktılar.

"E iyi madem, sen bilirsin. Ben yukarı bir bakayım, kim bilir neler çaldılar."

Meryem merdivenlerden yukarı çıktı. Yavuz mutfak kapısının üzerindeki anahtar deliğine dokundu. Kilit açılmamıştı ama kapı menteşelerinden sökülüp ortasında kırılmıştı. Kırık kapıdan geçince ortadaki tezgâhın kenara itilmiş, masanın ayaklarının kırılmış, ocağın üzerindeki çaydanlığın yere fırlatılmış olduğunu gördü.

Buzdolabı öne çekilmiş, arkasındaki dehlizlere inen gizli geçit ortaya çıkmıştı.

Ahmet Hoca'nın birilerinden kaçmaya çalışırken kendini mutfağa kilitlediğini, kapının arkasına masayı dayayıp dehlizlere kaçmak için buzdolabını öne çektiğini ama kaçmayı beceremediğini anladı.

Yukarıdaki katlara bakıp yanına dönen emektar kadın şaşkındı. "Hiçbir şey çalınmamış. Bilgisayarlarınız yerli yerinde duruyor. Komodinin üzerine bana bıraktığı para bile yerli yerinde. Saati, kalemleri de... yukarı çıkmamışlar," dedi.

"Sen evine git. Kimseyle konuşma."

Meryem, işaret parmağını sallayarak "Yarına kadar haber etmezsen, karakola giderim valla!" diye tehdit etti.

Yavuz, Meryem'i kapıya kadar geçirdi. Kadın eşarbını çenesinin altında iyice sıktı, naylon poşetini savurarak evden çıktı. Yavuz salona girip eşyalara baktı. Duvardan sökülüp yere çalınmış guguklu saat, masanın ayaklarının kırılışı, perdelerin her iki parçasının da yırtılma biçimi ona, *Burada her ne yaşandıysa mutfaktan yaşanan arbededen farklı,* diye düşündürdü.

Yıllardır okuduğu suç mahalli üzerine yazılmış araştırma kitaplarının ilk kez pratiğini yapıyordu sanki. Yerde buruşturulmuş bir kâğıt dikkatini çekti. Ahmet Hoca'ya gelen mektup olduğunu anladı, kâğıdı eliyle ütüleyip okumaya başladı. Okudukça bazı kelimeler büyüdü, bazı cümleler canını acıttı.

"Aslı senin kızın..."

Mektubu ebeveynleri öpüşürken odaya dalan ergen gibi utanarak elinden attı. Aslı, Ahmet'in kızı mıydı, gerçekten! İçten içe Aslı'nın katilin kızı olmadığına seviniyor, öte yandan Korkut'un yaydığı tehditin boyutlarını düşündükçe ürperiyordu. *Korkut Ahmet Hoca'dan sadece sevdiği kadını değil; babalığını, yıllarını, kendine inancını, ışığını çalmış,* diye düşündü.

Bir tarikatı çökertmenin, bir kehaneti kovalamanın ötesinde şahsi bir mesele vardı ortada. Ahmet'i, Güneş'i, Aslı'yı gözünü bile kırpmadan öldürebilirdi! Annesini, babasını, Trink Ali'yi, hatta suçsuz bir müezzini öldüren elbette onları sağ bırakmazdı! Canı acıyana kadar duvara yumruk attı. Mektubu kanayan elleriyle yerden alıp katladı, cebine soktu. Ne yapacağını bilmez halde akrebi ve yelkovanı paramparça olmasına rağmen mekanizmasından tik tak sesleri yükselen saatin yanına çöküp kaldı.

Ahmet Hoca kaçırılmıştı!

Cep telefonuna gelen bir sms sesiyle irkildi. Mesaj, Aslı'nın telefonundan geliyordu ama yazan o değildi; *"Takas zamanı. Sende bana ait olan üç şey var. Tılsımın iki parçasını ve gömleği istiyorum. Onları getir, karşılığında bendeki üç parçayı al."*

Beyaz bayrakla teslimiyet şartı deklarasyondan kaldırılmış, güçler eşitsizliğinin gölgesinde çığırtkanların ağzının suyu akarak beklediği bir cenk meydanında tecrübesiz bir komutan gibi, kötü ile iyinin süre gelen savaşının tam ortasında kalmıştı. Üstelik düşmanı ölümsüzlüğe giden yolda, bir efsanenin peşinde, gözü kara, tecrübeli bir katildi!

6. BÖLÜM

MUHAFIZLAŞMA

İhanet etmeyenlerin adı yazıldı kalplere.
Geçmişten el alanlar var oldular, gerisi bahane.
Yalnızlık ateşinde pişti kimisi.
İçlerine bakıp da buldu erdemi hepsi.

Düşün, düşün diyen iç sesine rağmen ne yapacağını, nerden başlayacağını, onları nasıl kurtaracağını bilemiyordu. Evden burnunu çıkardığı an izleneceğinden, Korkut'un adamlarınca derdest edilip yakalanacağından emindi. Ayağa kalktı, bir plan yapmak ve bir süre saklanmak için nereye gidebileceğini düşündü.

Hızla merdivenlerden yukarı çıkıp odasına girdi, anne ve babasının fotoğrafını cüzdanına sokup cep telefonunun şarjını aldı. Sırt çantasına birkaç kıyafet tıkıştırdı, Ahmet'in "mutlaka oku" notuyla başucuna bıraktığı yedi kitabı da koyup alt kata indi.

Hocanın yatak odasına ilk kez giriyordu. Güneş değmeyen loş odadaki hüzün duvarlara kazınmıştı. Etrafa baktı, çekmeceleri karıştırmaya başladı. Dolap kapaklarını açtı ve bir çift deri eldiven buldu, cebine sokuşturdu. Komodine yöneldi, yatağa oturup başucundaki çekmeceyi açtı. Aradığı anahtarlar ortada yoktu. Eğildi ve parmaklarının ucuyla çekmecenin en dibindeki kilidi fark edip bastı. Ortaya çıkan gizli bölmenin içindeki yedek anahtarları buldu. Paslanmış iki eski anahtarın geçirildiği halkayı yanına alarak aşağı indi.

Ayakkabısının içindeki tılsım parçasını deri eldivenin tekiyle tutup dikkatle sırt çantasına yerleştirdi. Mutfaktaki dolaplardan birinde gördüğü el fenerini yanına aldı, buzdolabını kenara itti ve arkasındaki kapıyı yedek anahtarlardan biriyle açtı. Mermer basamaklardan inip karanlık bir depoya vardı. Ahmet Hoca'nın deponun sağından ilerleyen koridor boyunca bıraktığı mumları fark etti. Beş metre arayla dizilmiş mumları takip ederek dehlizlerin derinliklerine doğru yürümeye başladı. Nereye çıkacağını, nerde sonlanacağını bilmediği, kâh alçalan kâh sütunlarla yükselen karanlık ve küf kokulu bir dünyada geziniyordu. Bazı arkların altından geçip Roma dönemine ait heykel parçalarına bastı, bazı koridorlarda Antik Yunan devrinden kalma demir parmaklıklı odalarda yitip gitmiş mahkûmların kemiklerine çarptı.

İstanbul'u derinlerden katediyordu!

Takip ettiği mum sayısını unuttu. Nemli tünellerden birinden diğerine ilerlerken tavandan sarkan, belediyenin açtığı kanallara yerleştirilmiş borulara, telefon kablolarına, kanalizasyon künklerine baktı. Birkaç metre daha kazsalar, belki de şehri bir uçtan diğerine bağlayan dehlizler keşfedilecek, binlerce yıllık arkeolojik buluşlarla İstanbul'un tarihi yeniden yazılacaktı.

Yaklaşık kırk dakikalık yürüyüş boyunca şehrin dehlizlerine tutkun Trink Ali'den yadigâr hatıralarla ilerledi. Mumlar bir merdivenin başında sona erdi. Basamakları hızla tırmandı, önüne demir bir kapı çıktı. Üzerindeki asma kilit pas tutmuştu. Yavuz paslı kilidi paslı anahtarla açtı, tam karşısında metrelerce uzayıp giden bir koridorla karşılaştı. Bir duvara sırtını vererek ilerlemeye başladı. İki duvar birbirine o kadar yakındı ki, neredeyse birine sırtı diğerine göğüs kafesi değiyordu. Kimi zaman duvarlardan akseden su seslerini, ardında koşuşturan ayak seslerini, sohbet edenleri duydu. Dar koridor bazı noktalarda kavis yapıyor, bazı yerlerde iyice daralıyordu. Çeşit çeşit binaları kat ettiğinin farkındaydı. İki duvar arasından İstanbul'u kimsenin bilmediği kestirme bir yoldan geçiyordu.

Sonunda koridoru oluşturan iki duvar küçük bir pencere kenarında birleşti. Yolun sonuna gelmişti. Dışarı başını uzattı. Bir cami avlusunda olduğunu anladı. İki adam dışında etrafta kimse yoktu.

Sessizce duvardaki pencereden avluya atladı. Adamlar onu fark etmediler bile. Adamlar kaza namazı kılmak için camiye girince kafasını kaldırdı, etrafına alıcı gözlerle baktı. Caminin duvarındaki pirinç plakete yaklaştı. *Yavuz Er Sinan Camii, 1455 Sağrıcılar* yazıyordu.

Saatlerce İstanbul'u yerin altından yürümüş, şehrin fethinden sonra yapılan ilk camiye varmıştı! Cep telefonunu çıkarıp arama motoruna caminin adını yazdı, akan bilgileri merakla okumaya başladı:

"İstanbul'un fethinden sonra yapılmış olan en eski camidir. Sağrıcılar Camii olarak da bilinir. Yavuz Er Sinan, Fatih Sultan Mehmed'in alemdarı ve mehterhane takımını oluşturan bölüklerin baş amiriydi. Sefer zamanında sancakların önünde yürür, Ak Âlem denilen sancağı taşırdı. Bir rivayete göre Fatih kale kapılarının yatsı ve sabah namazları arasında kapalı tutulması için ferman çıkarır. Sinan Çelebi'nin nöbette olduğu bir vakitte teftişe gelen padişah, kale kapılarının açılmasın ister. Sinan Çelebi 'Hükümdâr'ım, hem ferman çıkarır, hem de ihlal edersin,' der. Cesareti padişahın hoşuna gider ve 'Sen ne yavuz bir ermişsin,' deyip arzusunu sorar. Israr üzerine adına sade bir cami yaptırmasını, cemaat olsun diye bir küçük pazaryeri kurulmasını ister. Hem cami yaptırılır hem de bugün Küçükpazar olarak anılan yerin kurulmasına izin verilir..."

Yıllarca en çok tarih derslerinde sıkılmış, hurafelerden oluştuğunu varsaydığı hikâyelerin ezberletilmesine karşı durmuş, en düşük notları tarih öğretmenlerinden almıştı. Gelgelelim şimdi tarihin dibine vurmuş, tam göbeğine düşmüştü!

İstanbul'a üzerinden geçip gidenlerden, onu ayaklarıyla ezenlerden olmaya gelmişken, dokunduğu her köşesine, girdiği her tarihi binasına hayran kalmış, derinine çekildikçe bağlanmış, kendini bu muhteşem şehrin neferi gibi görmeye başlamıştı.

Küçük caminin yüzyıllara meydan okuyan mütevazı duvarlarına göz gezdirip elini sürdü, asfalt döküldükçe yükselen yol seviyesinden aşağıda kalan kapısından dışarı çıktı. Takip edilme olasılığını atlatmış olmanın rahatlığıyla Unkapanı istikametine doğru yürümeye başladı. Başını gökyüzüne hiç kaldırmadı. Tepesinde çemberler çizen kuşlara bakmamaya çalıştı. Karakalem'le göz göze gelmek, çözemeyeceği sorularla baş başa kalmak istemiyordu. Etrafında konuşulanları duymamak için uzaklardan gelen vapur seslerine odaklandı, Süleymaniye Külliyesi'ne kadar başı önünde yürüdü.

Dikkat çekmemeye çalışarak kulübeye yaklaştı. Güvenlik elemanı tüm bezginliğiyle, "Ahmet Bey bugün gelmedi," dedi.

Yavuz, "Biliyorum, odasında beklememi istedi," diyerek yalan söyledi. Uzatılan kartı alıp kütüphaneye girdi.

Kimseyle karşılaşmadan odaya kadar hızlı adımlarla ilerledi, içeri girip kapıyı kapattı. Ahmet Hoca'nın Gül Camii'nde bir amforanın içinde buldukları tılsımın üçüncü parçasını kitaplığının arkasındaki gizli odaya sakladığına emindi. Duvara gizlenmiş kapının açılması için kütüphanenin sol üst köşesindeki Kuran'ı eline aldı, mandalından kurtulan kitaplığı rayların üzerinden sağa doğru itip içeri süzüldü. Üzerinde çalıştığı evrak, eski el yazmaları, dilbilimcilerin kitaplarıyla dolu masaya yaklaştı, hocanın on santim çapındaki altın alaşımlı tılsım parçasını nereye koyabileceğini tahmin etmeye çalıştı. Etrafına göz gezdirirken içindeki tılsımlı gömleğin neden parlamadığını düşünmeye başladı. Ne de olsa tılsımlarla temasta olduğunda üzerindeki şekiller, harfler tek tek ışıldamaya başlıyordu.

Yavuz, "İş başa düştü," diyerek odadaki her kitaba, kâğıda, objeye odaklanmaya çalıştı ama nafile... Eline geçen her kitabın içine baktı, bulamadı. Hiçbir ipucu yoktu! Bir köşeye oturdu kaldı. Sıkıntıdan Mimar Sinan'ın külliyenin yapımında Bozcaada, Ezine, Gazze, Lübnan'dan İstanbul'a taşıttığı sütunlar ve taşlarla yapılmış duvarlara bakmaya başladı. Taşlardan birine o kadar konsantre olmuştu ki, birkaç dakika sonra tılsımlı gömleğin üzerindeki geometrik şekillerden birinin duvara yansımaya başladığını gördü. Sanki gömlekle duvar arasına bir projeksiyon makinesi konmuş da, 35 milimetre bir film oynamaya başlayacakmış gibiydi.

O anda kapı yavaşça açıldı, gizli odaya Ahmet Hoca girdi! Yere oturmuş ona hayretle bakan Yavuz'u görmeden yürüdü. Deri bir kumaşa doladığı tılsım parçasını halıyı kaldırarak zemindeki latalardan birinin altına sakladı.

Yavuz içeride dolaşanın Ahmet Hoca değil, onun birkaç gün önce bu odaya giren görüntüsü, geçmiş bir anın hologramik yansıması olduğunu anladı. Tanıklık etmediği geçmiş bir olayı zihninde canlandırmayı becermiş, film seyreder gibi izliyordu. Elini Ahmet Hoca'nın kalbine doğru uzattı. Adamın yansımasını delip geçen eli boşlukta asılı kaldı. Tılsımlı gömleğin görüntüyü canlandırmasını tetikleyen kendisi mi, değil mi anlayamadı. Gömlekten yayılan ışık söner sönmez hemen eğilip halıyı çekti. Altındaki parke parçasını kaldırıp altın gibi parlayan üçüncü parçayı eldivenle tuttu, çantasına sakladı. Saklı odanın kapısını kilitleyip kitaplığı önüne çekti, Kuran'ı raftaki mandalın üzerine dikkatle yerleştirdi. Odadan hızla çıktı, güvenlik ekibine kartı geri bırakıp külliyeden ayrıldı.

Bir saat sonra yanında iki tılsım parçasıyla Trink Ali'nin Kocamustafa Paşa, Cambazbaşı Sokak'taki baba evine varmıştı. Apartmana girdi, kapıyı sıkıca kilitledi. Ayakkabılarını çıkarıp salona girdi, çekyata uzandı.

Tılsım parçalarını teslim etse de, üzerindeki gömleği çıkarıp verse de, ne Aslı'yı ne Ahmet Hoca'yı Korkut'un gazabından kurtaramayacağını iyi biliyordu. Ailesinin, arkadaşının, müezzinin intikamını almanın, sevdiği insanları kurtarmanın başka bir yolu olmalıydı!

Çekyatın raflarına dizilmiş kitaplarına gözü iliști. Üzerinde *Yedi Tepeli Şehrin Arkeolojik Kazıları* yazan ince kitabı çekip aldı. Trink Ali'nin Edmondo De Amicis'ten alıntı yaparak kitabın iç kapağına yazdığı cümleyi okudu: "İstanbul önünde şairle arkeoloğun, diplomatla tüccarın, prensesle gemicinin, kuzeyli ile güneylinin aynı hayranlık duygusuyla haykırdığı yerdir."

Kitaba göz gerdirdi, sayfalardan birinde aynı tükenmez kalemle not düşüldüğünü fark etti: "İstanbul cesur insanların şehridir."

Yavuz Trink Ali'nin ahmakça cesaretinin ötesinde, rehberliğine ihtiyacı olduğunu düşünürken uyudu kaldı.

MÜCADELE YÜREK İSTER

Uçuyorum. Suriçi'nden çok uzaktayım. Neresi burası? Her yer ağaç. İstanbul'da ağaç kalmamıştı ki... Burası neresi peki? Aşağıda bir tekke var. Yakından görmeliyim. Neden geldim buraya? Deliorman denilen bir yerdeyim. Rusçuk ile Varna arasında, Kemaller köyündeyim. Demir Baba Tekkesi yazıyor kapısında. 500 yıl önce yaşamış bir Bektaşi babasının evi. Pehlivan Demir Hasan karşımda, bana bakıyor. Ayağında pirinçten yapılma demir pençeli ayakkabıları, belinde kılıcı, damında sancağı, elinde çakısı. Ağzını açtı, bana diyeceği bir şey var. "Deliorman ahalisi, hepsi Türk, kimi Peçenek, kimi Kuman'dır. Git gez etrafı. Sonra yanı başıma gel" diyor. 500 yıl geriye mi gittim yani? Ormanın yeşili gözümü alıyor. Meşe, gürgen, ıhlamur, karaağaç, dişbudak, fındık, kızılcık... Bin çeşit ağaçla kaplı sağım solum. Hâlâ insan ayağı değmemiş bereketli topraklar kalmış yeryüzünde. Tekkenin altında bir dere çağlıyor. Su fışkırıyor kaynaktan. Derenin kuzeyinde bir misafirhane, bir de mutfak var. Önünde adağa kurban kesmek için taştan bir su-

nak. Getirilen kurbanlarını kesiyor dervişler. Güreş talebelerine, fakire fukaraya dağıtıyorlar. Bir derviş, "Dağıttıkça çoğalırsın," diyor.

Neden Serhat bekçileri, akıncılar hep bu yöreden seçilirmiş onu anlatıyorlar bana. Büyük pehlivanların hepsi buradan yetişmiş. Koca Yusuf, Aliço, Kavasoğlu, Şamdancıbaşı, Hergeleci İbrahim, Kazıkçı Karabekir, Kara Halim, Katrancı Mehmet, Kurtdereli Mehmet, Selim Pehlivan, Koç Mehmed... Ben neden buradayım? Demir Baba'nın yanına dönüyorum. Tekkeden içeri girdim. Alperen bir postun üzerine oturmuş bana bakıyor, "Pehlivan olmak, güçle başarılabilecek bir iş değil oğul. Manevi kudret gerekir. Gönül ile bileği kaynaştırmak gerekir. Deccal'in sırtlanlarını devirmek yürek ister. Mücadele bilekten değil, imandan başlar. İnancına sarıl, gömleğe değil. Gömlek seni değil, sen gömleği mahmuzla!"

Uyandı.

Gitmişti... Ta Karadeniz kıyısında Bulgaristan topraklarındaki o tekkeye gittiğine, o dervişlerle gezip güreş tutanları seyrettiğine emindi. Demir Hasan Baba'yla konuştuğuna yemin edebilirdi. Kızılcık ağaçlarının gölgesinde yürümüş, beş asır evvel akan sudan içmiş, fındık kırmış, adak dağıtmıştı. Hayatında hiç bilmediği bu yeri eliyle koymuş gibi bulabilirdi!

Vücudu iki göz oda bir apartman dairesinde, bir çekyatın üzerinde, varlığı Deliorman'ın kıyılarında kalmıştı. Oysa ne zaman sufi bir metin okusa anlamaz uzaklaşır, ne zaman manevi güçten dem vurulsa kaçar, inanca dair yazılı her şeyden gözlerini kaçırırdı. Ama bu kez denemekten başka şansı olmadığını biliyordu. Ya sevdiği insanları ölüme terk edecek ya da yüreğinde bulması gereken o gücü bulup çıkaracaktı.

Gömleğe hükmetmeyi öğrenmeliydi! Yüzyıllar ötesinden, binlerce kilometre uzaktan ona seslenen pehlivan hocasının cümlesini hatırladı: "Gömleği mahmuzla."

Nasıl bulacaktı içindeki gücü? Hayatta karşımıza çıkanlar, rüyalarımıza girenler yolumuzu aydınlatmaya muktedir miydi? Hangisi ilahi mesaj, hangisi dünyevi tuzaktı? O kadar yalnız ve çaresiz kalmıştı ki, rüyasına inanmayı tercih etti.

Uyurken gördüğü imgelerden bir çıkarım yaptı. Kalabalıklardan uzak bir yere gidecek, temiz hava, sessizlik, sükûnet içinde rehberlik arayacaktı. İnzivaya çekilmesi gerektiğine inandırdı kendini. Cep telefonunu çıkardı, internetten İstanbul civarındaki ormanlara baktı. Yeşil alanlar, üzerinde yaşadığımız gezegenle bir olduğumuz, doğayla kavgasız uyumlandığımız yerlerdi. Su ve yeşilin birleştiği Heybeliada'ya gitmeye karar verdi.

Tılsımları yanına alıp evden çıktı.

YÜZLEŞME

Yoldan geçenin fark etmeyeceği sıradanlıktaki dış cephesiyle tamamen zıt, son dijital teknolojiyle işletilen tabakhanede demir konstrüksiyonlarla çevrili, ses geçirmez bir odada, tavandaki kameralarla izlendiğinden emin akıbetini bekliyordu Ahmet. Bir süre sonra aynı boş ve soğuk odaya Güneş itildi, kapı üzerlerine kilitlendi. Güneş'e odanın dört köşesindeki kameraları işaret ederek, "şişşşt" dedi.

Güneş umursamadığını belli ederek omzunu silkti, Ahmet'in yanına oturdu.

"Mektubu okudun mu?" diye sordu.

"Evet," diye cevapladı Ahmet.

"Bana inandığını söylersen, ölüme gitsem umurum olmaz."

"Konuşma."

Güneş "Bana inandığını duymam lazım!" diye fısıldadı.

"İnanıyorum," dedi Ahmet.

Güneş ayağa kalkıp tam karşı duvara yürüdü, dizlerini kendine çekti ve dakikalarca katılarak ağladı.

Ahmet, "Buraya, yanıma gel," dedi.

Güneş gözyaşlarını koluyla sildi, yıllarca hasret kaldığı adama yaklaştığı anda, Ahmet'in vücudundan sızan kanı fark edince, "Allah kahretsin!" diye bağırdı.

"Önemli bir şey değil. Boşluğa saplandı."

"Çok kanıyor!"

"Kanamıyor!"

Güneş eteğini sıyırıp külotlu çorabını çıkardı. Üzerindeki gömleğin kolunu söküp, "Aç," dedi.

Ahmet kazağını sıyırınca bıçak yarasının üzerine kendi gömleğinden söktüğü kumaşı sardı, çorabını etrafında dolayarak askı yaptı. Kanamayı bir nebze azaltmıştı. Ahmet ona bu kadar yakından bakmayı ne kadar özlediğini düşünüyor, saçlarından yayılan çiçek kokusunu içine çekiyordu.

Güneş, "Acıyor mu?" diye sordu, Ahmet, "Canını yaktılar mı?" diye...

Birbirlerine yangın, bakıştılar. "Sana geldiğimi öğrendi. O yüzden tıktı bizi buraya!" Ahmet "Alakası yok. Aradığı şeyler bende!" dedi.

"Ne gibi?"

"Tılsım parçası ve gömleğin muhafızı Yavuz."

"Yavuz mu? Aslı'nın arkadaşı mı? Nasıl bulmuş koca şehirde Aslı'yı?"

"Hikâyenin en masum tarafı bu. Kader!"

"Sen Yavuz'u nereden tanıyorsun peki?"

Ahmet ayağa kalıp gözlerini Güneş'e değil, odanın köşesindeki kameralardan birine dikip dışarda onları izlediğine emin olduğu Korkut'a anlatmaya başladı:

"İkinci bir gömlek varsa onu dokuyan nerede saklı olduğuna dair izler bırakmıştır, diye araştırıyordum.

Bulduğum her evrak beni Denizli'de, beş yüzyıl evvel yaşamış bir dokumacıya yönlendirdi. Dokumacının kütük izlerini sürdük, bir aileye ulaştık. Ama geç kalmıştık. Korkut, Tavas'a benim adamımdan önce varmıştı. Dokuma ustasının son akrabasını işkenceyle bile konuşturamamış olmalı ki, kadını da kocasını da öldürmüş. Ama gözünden kaçan biri vardı. Öldürdüğü kadının dört yaşındaki oğlu! Çocuğun soyadını değiştirdik. Baktık, büyüttük. İstanbul'a okumaya yanıma geldi. Tılsımlı gömlek de yanındaydı. Topkapı Sarayı'na gezmeye gitti ve Yavuz Sultan Selim'in gömleğinin gücü, ikinci gömleğe aktı. Korkut tılsımların hepsini bir araya getirse de, Yavuz'un gömleğini bulamadığı müddetçe kehanet gerçekleşemez!"

Ahmet cümlesini tamamladığı anda kapı aynı mekanik sesle gene açıldı. Sinirden gözleri kan çanağına dönmüş Aslı içeri itildi.

Güneş "Aslı?" diyerek kızına sarılmaya kalktı.

Genç kız annesini elleriyle iterek, "Dokunma sakın bana!" dedi.

Güneş, "Canını yaktılar mı?" diyerek kızının vücudunda darbe izi olup olmadığına bakmaya kalktı.

Aslı bir kez daha itti annesini, bağırmaya başladı, "Anlattıklarıyla yaktılar. Çok ucuzmuşsun!"

Ahmet çelik karkaslı bir hücrede, esaret altında, hayatında ilk kez gördüğü kızıyla karşılaşmanın acısını yüreğinde hissetti. Aslı'ya bakmaya utanarak başını duvara çevirdi. Güneş Aslı'ya son derece sakin bir sesle sordu, "Ne anlattı sana?"

"Beni başka bir heriften peydahlayıp yıllarca hepimizi kandırdığını!"

"Sen de ona inandın öyle mi! Benim versiyonum akla daha yakın. Dinlemek ister misin?"

Aslı, "Sus be!" diyerek bir köşeye sindi. Annesine o kadar tepkiliydi ki, neden sonra hücrede yalnız olmadıklarını fark edip kafasını kaldırdı, Ahmet'e baktı, "Sen kimsin?" diye sordu.

Ahmet bir kız babası olduğunu bilmeden geçen yıllara, yaşanan trajedinin ağırlığınca küfür etti içinden. Kızından duyduğu ilk cümlenin yakıcı zehriyle cevap veremedi. Güneş uçurumun kenarına gelmişliğin, saklayacak hiçbir şey kalmamışlığın dilhun çaresizliğiyle, "Baban o," dedi.

Aslı kahkahalarla gülmeye başladı.

Korkut ana galerideki ekranların başında onların aralarındaki muhabbeti dikkatle dinliyor, avını gözleyen gece kuşu gibi üçünü izliyordu. Yüzündeki ifadeden ne hissettiğini çözmek imkânsızdı.

Yıllarca birbirlerini görmeden yaşamış, sonra ölmek için aynı hücreye konmuş, sevmeyi, emek vermeyi, sevinçleri ya da hüzünleri paylaşmayı bilmeyen üç kişi, laboratuvar denekleri gibi gözlemleniyordu. Genç kız hakikatle alay ederek kahkaha atıyor, Ahmet ise varlığından habersiz, başka bir adam tarafından sevilip büyütülmüş, ilk adımına, ilk kelimesine şahit olmadığı kızının yüzüne bakamıyordu. Uzanıp kumral saçlarını sevemediği Aslı'nın nefes alışını dinledi. Babalığına fırsat tanımayan yazgıya küskün, başını yerden kaldıramadı.

Güneş, "Neden üçümüzü esir gibi burada tuttuğunu öğrenmek istemiyor musun?" diye sordu.

"Duymak istemiyorum desem ne fark edecek! Tıkıldım kaldım aranızda!"

"İstersen tüm gerçeği bir de bizden dinleyebilirsin."

Aslı, Ahmet'in ondan gözlerini kaçırdığını işaret ederek, "Yüzüme bile bakamayan bir adamdan ne dinleyecekmişim?" diyerek Ahmet'e yaklaştı başına çömeldi. "Hamile bir kadınını bırakıp kaçma yöntemleri dışında anlatacak neyin olabilir ki!" dedi.

Güneş, "Yeter saçmaladığın! Bana inanmıyorsan, Yavuz'a inan. Bırak da gerçeği anlatayım sana!" diye bağırdı kızına.

Aslı sustu. Güneş kızının yanına sokuldu, yere oturup on dokuz yıl önce yaşananları, müze envanter sayımına katılmalarını, sarayın deposunda Tılsımlar Kitabı'nı nasıl bulduklarını, Korkut'un kimyasal çözümlemelerini, onların tercümeleriyle ortaya çıkan efsaneyi anlattı. Korkut'un yazılı metinlerdeki kehanete kanının son damlasına kadar inanışını betimledi. Gözünün nasıl döndüğünü, kitabı nasıl çaldığını, ona olan hastalıklı tutkusunu... Ahmet'le onu ayırmak uğruna delice planlar yapışını, baldıran zehri ile bir gece Ahmet'i öldürmeye kalkışını... Hatta Denizli'den gelen delikanlının kadim efsaneye nasıl dâhil olduğunu dakikalarca anlattı.

Aslı hikâyeyi hiç kesmeden dikkatle dinledi. Yavuz'un ona, "Baban hakkında bilmediklerin var," diye bağırışı kulaklarında çınladı.

Güneş, geçmişe dair tüm detayları anlatırken gizli bir tarikatın Deccal'in ordusunu kurmak uğruna İstanbul'u ele geçirmeye çalıştığını, tılsımlar ve gömlek bir araya gelirse olabilecekleri tek tek anlattı. Güneş bir saate yakın konuşunca yorgun düştü. Sessizce dinleyen kızının anlattıklarına inanmasına o kadar ihtiyacı vardı ki...

Tepkisiz dinleyen Aslı'ya tedirgin gözlerle bakmaya başladı.

Aslı, "Bitti mi?" diye sordu.

Annesi başını *"evet"* der gibi sallayınca gözlerini Ahmet'e çevirdi, "Tespih koleksiyonu yapıyorum," dedi.

Güneş boğazı kuruyana kadar onca tuhaf hakikati sıraladıktan sonra, kızının anlattıklarına dair bir şey söylemeyip yorum yapmayışına şaşırdı ve ne demek istediğini anlamadı.

Ahmet'se kızının ne demek istediğini anlamıştı, hem de tüm açıklığıyla! "Ben de tespih topluyorum," dedi.

"Yavuz sizin koleksiyondan bahsetti zaten."

Ahmet gözlerinde biriken yaşlara hâkim olmaya gayret ederek "Yaşarsam sana hediye etmek isteyeceğim birkaç parça var," dedi.

"Yaşarsak iki koleksiyonu birleştirelim derim," dedi Aslı.

Ahmet yıllarca koşmuş, ilk kez madalya kazanmış bir maratoncu gibi mağrur ayağa kalktı, kameralara yaklaşıp onları izlediğine emin olduğu Korkut'a baktı.

O ise dışarıda, ekranların başında elinde sımsıkı tuttuğu baş simyacının karga topuzlu asasını yere fırlattı.

Bastonun ucundaki karga figürünün rubi gözleri kırıldı.

RUBİ GÖZLER

1999 yılının şubat ayının birinci günüydü. Korkut Zergüdan Atatürk Havalimanı'ndaki dış hatlat geliş terminalinde Alitalia Havayolları'yla Roma'dan, THY ile Kudüs'ten, KLM ile Washington'dan gelecek uçakların piste inmelerini dört gözle bekliyordu. Uçuşları birbirine yakın saatte ayarlamışlardı.

Dijital tabeladan gözünü ayırmayan Korkut, *Ya doğru değilse... ya hurafeyse... ya inanmazlarsa bana...* diye geçirdi içinden.

Kudüs uçağından inen esmer bir adam ona doğru ilerledi, Korkut'un elinde tuttuğu kâğıdı işaret ederek kırık bir Türkçeyle konuşmaya başladı: "Kaldır şu kâğıdı. Roma ve Amerika'dan gelecekleri tanıyorum!" dedi. Adam, Korkut ona merhaba bile diyemeden elinden isimlerin yazılı olduğu kâğıdı aldı, katlayıp çöp kutusuna attı, "Adım Joe," dedi.

Yan yana yirmi dakika beklediler.

Adının Joe olduğunu söylese de, Korkut ona telefonda verilen tüm isimlerin sahte olduğuna emindi. Bir süre sonra adamın esmer cildinden yayılan koku da, Türkçeyi telaffuzu edişi de Korkut'un midesini bulandırdı.

Sonunda Roma uçağından inen üç siyah cüppeli adam yanlarına doğru yaklaşmaya başlayınca Joe hemen ayağa kaktı, onları eğilerek selamladı. Cüppeliler sessizlik yemini etmiş Trappist rahipleri gibi susuyorlardı. Oysa Korkut Katolik olmadıklarını çok iyi biliyordu. Gelen adamların ikisinin elinde büyük valizler vardı.

Joe ise küçük bir el çantasıyla inmişti uçaktan.

Aradan bir saat geçmeden Washington'dan gelen biri genç, diğeri çok yaşlı iki cüppeli adam daha onlara katıldı. Hiçbiri onlara uzatılan eli sıkmadı, konuşmadı. Havaalanından çıkmak için sabırsızlandıklarını belli ederek yürüdüler. Joe ve Korkut da peşlerinden yürümeye başladı.

Korkut buluşmayı hiç böyle hayal etmediğini düşündü. Yaşadığı hayal kırıklığını belli etmemeye çalışarak omuzlarını dikleştirdi, peşlerinden hızlandı.

Joe, "Araban nerede?" diye sordu.

Korkut parası olduğunu belli etmek istercesine, "Şoför kapının önünde bekliyor," dedi ve kılavuzluk etmek için önlerine geçti.

Siyah minibüse binip havaalanından çıktılar.

Joe, "Buraya en yakın otele gidelim. Hepimiz yarın sabah geri döneceğiz," dedi.

Korkut, "Ama" demeye kalmadan, Joe sözünü kesip, "Böyle kararlaştırıldı," dedi.

Havaalanı etrafına kümelenmiş fuar alanını geçip Yeşilyurt civarında yeni yapılan otellerden birine vardılar. Joe ve cüppeliler, her biri için ayrı altı oda kiralayıp yukarı çıktılar. Korkut lobide onların yanına dönmesini beklemeye başladı. On beş dakika sonra otelin ön bürosunda çalışan bir eleman yanına yaklaştı, "1071 numaralı süitte bekleniyorsunuz," dedi.

Korkut asansöre bindi, yedinci kata çıkıp odanın kapısını çaldı. İçeri girdiğinde gözlerine inanamadı. Süit odanın ortasındaki masada laboratuvar şişeleri, kimyasal solüsyonlar, radyo karbon tarihleme yapmak için test aletleri, mikroskop hazır bekliyordu.

Üniversitede okurken arkeolojik kazılarda ele geçen buluntuların üzerindeki karbon elementi tabakalarını ve organik kalıntıların radyoaktif yoğunluğu ölçülerek kontekstlerin tarihlendirildiği derslere girmişti ama bu kadar edevatı, kimyasal ilacı ülkeye sorunsuz nasıl soktuklarını anlayamamıştı.

Joe elini ona uzattı, despot bir bakışla kitabı görmek istediğini belirten bir hareket yaptı. Korkut çantasından deri bir kılıfın içindeki Tılsımlar Kitabı'nı çıkarıp adama verdi. Bir koltuğa oturdu, beklemeye başladı. Roma'dan gelen cüppelilerden biri, ellerine garip bir materyallerden yapılmış bir çift eldiven geçirdi, bir maske takıp neştere benzer bir bıçakla Tılsımlar Kitabı'nın üzerinden bir parçayı sıyırdı, aldı. Son derece profesyonel bir tavırla kimyasal işlemlere başladı.

Bir süre sonra beş adam, Korkut'un çözemediği bir lisanla kendi aralarında konuşmaya başladılar. Korkut sabırla aralarındaki muhabbetin bitmesini bekledi. Sonunda, tercümanlık vazifesini üstlenen Joe onunla pazarlığa başladı.

"Milattan sonra 600-650 yılları arasında tabaklanıp ciltlenmiş."

Korkut gururla, "Biliyorum," dedi.

"Metni çözdün mü?"

"Evet. Karım eski diller uzmanıdır."

Kendi aralarında yine konuştular. Korkut sabırla yine bekledi.

Sonunda tercüman "Sana kitap için beş milyon Amerikan Doları teklif ediyoruz," dedi.

Korkut pokerde blöf yapma zamanı geldiğini anlayan usta kumarbazlar gibi kalbinin hızlandığını gizledi, içlerinde hiç konuşmayan yaşlı tarikatçıya bakarak, "Beş değil, elli milyon dolarınızı alacağım. Kitap da bende kalacak," dedi.

Joe "Ortada tılsım yok. Tılsım yoksa kitap yalnızca antik değere sahip. Ödeyebileceğimiz miktar beş milyon," diye yaşlı adamın söylediklerini tercüme etti.

Korkut son derece soğukkanlı görünmeye gayret ederek, "Tılsım dört parça halinde İstanbul'un çeşitli yerlerine gömülü. Dört parçayı bulunca da 'kehanete göre' Topkapı Müzesi'nden bir padişah gömleğinin çalınması ve tılsımla birlikte eritilmesi lazım. Bunları siz yapamazsınız ama ben yaparım! Uzun çabalar gerektirse de yaparım! Elli milyon dolara ihtiyacım var," dedi.

Washington'dan gelen yaşlı adam ayağa kalktı, Korkut'a yaklaşıp iki elini Korkut'un başına koydu. Korkut inanılmaz bir acıyla sarsıldı. Tarikatçının buruşuk parmakları Korkut'un beyninin kıvrımlarında dolaşıyor, hafızasındaki bilgileri yokluyordu. Bir süre sonra elini çekti, Joe'ya bazı şeyler fısıldadı.

Joe, "Elli milyon peyderpey ulaşacak. Tılsımları bul. Gömleği müzeden çal, baş simyacıyı hayata döndür. O zaman elli milyon daha alırsın," dedi.

Korkut heyecanını saklayarak, "Para umurumda mı sanıyorsunuz? O tılsımı bulduktan sonra ortaya çıkacak eriyik benimdir, anlaşma bu!" dedi.

Yaşlı tarikatçı Joe'ya başıyla onay verdi.

"Kabul edildi. Tarafımızca her zaman izleneceksin. Baş simyacının asasını yanından ayırmayacaksın."

Korkut, "Sıkıntı yok," diyerek ayağa kalktı, asayı almak üzere elini uzattı.

Yaşlı adam karga topuzlu asayı kendi şakağına dayadı. Korkut adamın asayı ona uzatmasını beklemekten sıkılıp masaya yürüdü, deri kumaş parçasına Tılsımlar Kitabı'nı sardı, çantasına dikkatle yerleştirdi. Arkasını döndüğünde odanın içinde uçan bir karga olduğunu görünce gözlerine inanamadı!

Joe pencereyi açınca karga İstanbul semalarında gözden kayboldu. Korkut, *iyi numara,* diye geçirdi içinden.

Yaşlı adam karga topuzlu, rubi gözlü bastonu ona uzattı. Korkut yanına bastonu da alarak odadan çıktı, asansöre bindi. Otelden çıkıp onu bekleyen minibüse bindi. Yaptığı anlaşmanın büyüklüğü, alacağı yüklü meblağ, kitapta yazanlara inanan bir tarikatla işbirliğine girmesi, hatta karga... Hiçbiri umurunda değildi. Bin yıllık kehaneti hakikate çevirecek yolu açmış olmasını dahi önemsemiyordu. Ölümsüzlük iksirine ulaşmaktan başka bir tutkusu yoktu.

Şişli'nin arka sokaklarından birine geldi, tabelasında el yazısıyla "Zergüdan Apt." yazan, dış cephesinin sıvası yer yer dökülmüş üç katlı aile apartmanına girdi. Basılmaktan köşeleri yuvarlanmış dik merdivenden üst kata çıkıp kapının önünde derin bir nefes aldı, zili çalmadı. Kapıyı anahtarıyla açıp sessizce içeri girdi. Eskiden anne ve üvey babasının yatak odası olan yıllardır açılmamış küf kokulu odaya girdi. Annesinin intihar ettiği yatağın kenarına oturdu. "Neden o herifin peşinden canına kıydın anne! Keşke biraz sevseydin oğlunu. Sana ölümsüzlüğü verirdim," diye mırıldandı.

Annesinin dolabını açıp, içindeki kasaya asayı kilitlediği anda pencerenin pervazına konmuş, gagasıyla cama vuran kargayı fark etti. Perdeyi araladı, onu dikkatle süzen kuşa baktı, "Şişşşt sessiz ol," diyerek dışarı çıktı.

Sessizce yürüdü, henüz altı aylık olan Aslı'nın odasına kafasını uzattı.

Kızının minik yatağının yanında, halının üzerinde uyuyakalmış Güneş'e hayranlıkla baktı. Yanlarına usulca yaklaşıp ikisinin de saçını sevgiyle okşadı.

Güneş gözlerini araladı, "Dokunma kızıma," diye fısıldadı.

Korkut gülümseyerek, "Senin olan ilelebet benimdir. İlelebet!" deyip odadan çıktı.

TERK-İ DÜNYA

Şehir hatları vapuruyla geldiği Heybeliada İskelesi'nde inince solda Deniz Lisesi'ni gördü. Kısa deniz yolculuğu boyunca Prens Adaları'nın en yeşili hakkında internetten okudukları sayesinde, dört tepeli adayı daha önce ziyaret etmiş gibi hissediyordu.

Konaklayacağı yeri de henüz vapur Heybeliada'ya yanaşmadan internetten bulmuş, rezervasyon yaptırmış, hatta odanın parasını bile ödemişti. Ayarladığı pansiyon bir zamanlar Vidalı Köşk diye anılan, Abbas Halim Paşa'nın 1897'de yaptırdığı evin tam arka sokağındaydı.

Odasına yerleşti, yüzünü yıkadı, tılsım parçalarını ceketinin iç cebine koyarak pansiyondan çıktı.

Vidalı Köşk'ün yerinde şimdi yeller esiyordu. Zamanında taşları Malta'da kesildikten sonra gemiyle Heybeliada'ya getirilen, tek çivi kullanılmadan numaralandırılmış blokların birbirine monte edilmesiyle inşa edilen köşk, Hidiv ailesini ve birçok sanatçıyı yıllarca misafir etmiş, bahçesindeki cümbüş âlemleriyle ünlenmişti. İstanbul'da kullanılan ilk jeneratörle aydınlatılan köşk, aşçısı Aram Usta'nın kafasında taşıdığı sinideki yemeklerin lezzetinin dilden dile dolaşmasıyla, kış davetlerinde yemeklerin monşajdan yukarı servis edilmesiyle o kadar meşhur olmuştu ki "Biz Heybeli'de her gece mehtaba çıkardık," şarkısına ilham vermişti. Devran dönmüş, cumhuriyet ilan edilmiş, Mısır'a kesin dönüş yapan Hidiv ailesi, İstanbul'da geride bıraktıkları onlarca malikânenin ıstırabıyla, 1945 yılında köşkün vidalarını tek tek söküp Mısır'a geri götürmüşlerdi. Yavuz, *bu nasıl bir hırstır*, diye düşünüp şaştı kaldı.

Adayı dolaşmaya devam etti.

İçindeki sesi dinleyip bu adaya neden geldiğini bir türlü çözemiyor, cevap bulmak umuduyla Heybeliada'nın iyot kokulu sokaklarını arşınlıyordu.

İskelenin sağındaki çarşıyı dolaştı, meyhanelerin, kahvelerin önünden geçti. Rum Kilisesi Aya Nikola'nın bahçe duvarı boyunca yürüdü. Piknik alanlarının hemen ilerisindeki Değirmen Burnu'na varıp eski değirmen kalıntılara baktı. Fetihten önce yapılmış son Bizans kilisesi Kamariotissa'yı, askeri arazinin içinde kaldığı için uzaktan izleyebildi.

Yerleşim bölgesinden uzaklaşarak adanın arkasındaki hilal biçimindeki Çam Limanına vardı. Adaya "halki" adını veren bakır ocağının ağzına geldi, internetten madeninin İsa'dan önce dördüncü yüzyıl civarında işletilmeye başlandığını, cevherin denizden çıkarılması yüzünden limanın kazıla kazıla ay biçimini aldığını öğrendi. Gemilerle Trakya'dan Zonguldak Ereğlisi'ne taşınan bakır, elekten geçirilip altın, kalayla karıştırılıp

Kelt Avrupası'na, İrlanda'ya, Galler'e ve İskoçya'ya yollanıyordu. İskoç gaydalarında kullanılan alaşımların yüzlerce yıl önce Heybeliada'dan gittiğini öğrenmek başını döndürdü. *Bizden önce de bu dünya tıkır tıkır işliyormuş,* diye düşündü. Çam Limanı'ndaki bakır zengini yeşil renkli malahit taşları denizin dibinde hâlâ görünüyordu.

Üzerindeki ceket ve kazağı çıkardı, etrafı kolaçan etti, kimseler yoktu. Pantolonunu da çıkardıp tılsımları ayakkabılarının içine sakladı, denize doğru ilerledi. Üzerinde tılsımlı gömlekle buz gibi sulara daldı. Isınmak için birkaç kulaç attı, nefesini tutup daldı. Bakır kaplı malahit taşlarına dokunabilmek için dibe doğru yüzdü. Bir dakika geçmeden nefessiz kalıp yüzeye geri çıktı. Suyun altında nefes alabilmek için var gücüyle odaklanmaya çalışıyor, akciğerlerine hava gitmedikçe panikliyor, suyun üzerine çıkıp, nefes alıp tekrar deniyordu.

Tılsımlı gömleğin gücünü kendi iradesiyle harekete geçirebilmek için defalarca daldı, dakikalarca yüzdü ama her seferinde nefessiz kalıp tekrar yüzeye çıktı. Beceremiyordu! Bütün vücudu buz kesmiş, dudakları suyun soğuğundan morarmış, parmaklarını hissedemez hale gelmişti.

Son kez denemek üzere bir kere daha suya daldı. Ellerini tılsımlı gömleğin üzerindeki geometrik desenlere koydu, belden aşağısının balık gibi hareket ettirerek derine inmeye başladı. İçinden "Hükmeden benim. Suyu emrime, havayı içime ver," dedi. O anda, giderek ciğerlerindeki baskının azaldığını, ayağında palet, boynunda solungaç, yanlarında yüzgeçleri varmışçasına dibe doğru inmeye başladığını fark etti. Suyun içinde balta girmez ormanların oksijenini içine doldurmuş gibi rahat nefes almaya başlamıştı. Çam Limanı'nın açıklarında deniz tabanına kadar metrelerce daldı.

Yaşadığı değişimin etkisi geçmesin, suyun içinde solumaya devam edebilsin diye, aynı cümleyi içinden tekrarlayıp duruyordu: "Hükmeden benim. Suyu emrime, havayı içime ver."

Tılsımlı gömlek emrine itaat etmişti!

Ellerini gömleğin üzerindeki ayetlerden hiç çekmeden, dipte dakikalarca yüzdü, bahşedilen bu gücün etkisiyle gözlerinden dökülen yaşlar Marmara'nın suyuna karıştı.

Kıyıya çıktığında bir süre gözleri gökyüzüne çevrilmiş halde, kaidesi suyun içinde, başı semada bulutlara değen mermer bir heykel gibi kıpırtısız kaldı. Ayaklarının dibinde karaya vurmuş, üstü bakır kaplı yeşil bir malahit taşı görüp eline aldı. Fundalığa yürüdü, bir ağacın altında bir süre öylece oturdu. İçinden tepinerek dans etmek, ağaçlara tırmanmak, bir daha suya atlayıp Cebelitarık'a kadar dipten yüzmek, yunuslarla yarışmak geliyordu.

İçindeki küçük şımarık çocuk, "Ironman gibisin, peh!" diye hoplayıp zıplıyor, sonra aklı selim bir ses onu uyarıyordu, "Güç emaneten verilir, bir amaç uğruna kullanılır. Hak ettiğin müddetçe sende kalır!"

Kıpır kıpır neşeli haline ayar vermek ister gibi ağırbaşlı bir tavır takındı. Suyun altında nefes alma kudreti neye yarayacak bilmiyordu. Bedeli anne babasız büyümek, amacı İstanbul'u niyeti bozuklardan kurtarmak olan kanlı bir akte imza atmış gibiydi!

Çam ağaçlarından yayılan serin havayı içine çekti. Ormanın içindeki belli belirsiz patikayı takip ederek tepeye doğru tırmandı. Ne bir dam gördü, ne Allah'ın bir kulu ile karşılaştı. Adanın en yüksek noktasına vardığında devrik idam sehpası gibi yan yatmış, utancı suya akseden Yassıada'yı seyretti.

Sonra, etrafına göz gezdirdi, sık ağaçlığın arasında bir bina olduğunu fark etti. Küçük tahta kapıya kadar yürüdü. Tabelasında *Terk-i Dünya Manastırı* yazıyordu.

Toprak yolda yürümeye başladı. Hangi inanca mensup olursa olsun, günlerce yalnız başına tefekküre dalan, dünyadan elini ayağını çekmiş inananların geçtiği patikadan geçip pembe binaya yaklaştı.

Tek katlı mütevazı yapının çift kanatlı yeşil kapısını aralayıp içeri girdi.

Binanın hemen girişinde mum yakılan dua taşını geçip koridordan ilerledi. Salon bomboştu. İçerisi ikonalarla doluydu. Köşede, bir çift terk edilmiş ayakkabı ve duvara dayalı yüzlerce baston gördü.

Etrafındaki ikonalar sanki gözlerini Yavuz'a dikmiş bakıyorlardı. Tam geri geri çıkarken, duvar taşlarının içine sıkıştırılmış bir not olduğunu fark etti. Onu izleyen Hz. Meryem, Hz. İbrahim, Aziz Paul'ün gözlerinden çekine çekine kâğıdı çekip aldı, okumaya başladı:

"Terk-i Dünya Manastırı 1862'de bir keşiş tarafından kurulmuştur. Yıllarca mucizeleri dilden dile dolaşmıştır. Buraya kötürüm gelen bastonunu bırakıp yürüyerek çıkmıştır. Dünyanın sayılı huzur fanusundan biri olan bu sakin tepede her inanca mensup mümin, dünyadan sıyrılıp içine dönmüştür. 1894'deki büyük depremde yerle bir olan manastır Kudüs Patriği Nikodimos, Rus Büyükelçisi Melindof, Prens adalarında yaşayan isimsiz Rumlar, Müs-

lümanlar, Katolik ve Musevilerin bağışlarıyla ve Osmanlı Sultanı II. Abdülhamit'in verdiği 200 altınla tekrar inşa edilmiştir. Bu manastırda din kavgası son bulur, üç büyük din terk-i dünya eder!"

Kalplerinde tek tanrı olmasına rağmen din kavgasına tutuşmuş insanlık, bu manastırda barışmıştı bir zamanlar... Yavuz barışın umudu, tepedeki ağaçlar arasına saklanmış huzurun rehavetiyle, bahçedeki hamağa uzandı. Gözleri ağır ağır kapandı.

Üzerine pike yapan gözü dönmüş karakarganın sesiyle uyandı. Panikle hamaktan kalkmaya çalışırken tökezleyerek yere düstü. Karakalem bir dala tüneyip gözlerini ona dikti.

Yavuz ayağa kalktı, avuçlarına batan kurumuş çam iğnelerini temizlerken kulaklarını acıtan bir ses duymaya başladı. Tiz ses, Heybeliada'dan tüm dünyaya savaş çığlığı atıyordu: "Çıkarın beni... Ben Baş Simyacı Zenon. Herkes rahip bilir beni. Beni bir ben bilirim, bir de kargam. Konstantinople'u Müslümanlardan korusun diye bir tılsım kardım. Tılsımın eriğinde ölümsüzlüğe vardım. Yüzyıllardır Müslüman işgalindeki Ayasofya'nın kubbesi altında beklemedeyim... Çıkarın beni!"

Yavuz kulağında patlayan çınlamayı susturmak, kargayı uzaklaştırmak için cebinden bakır kaplı yeşil taşı çıkardı. Kollarından yayılan güç ellerini ısıtmaya başlamıştı. Avucundaki malahit taşı birden alev aldı. Taşı daha fazla elinde tutamayıp kuşa fırlattı. Ateşten bir küreye dönüşen taş, havalanan karganın kanatlarıyla buluştu.

"Tam isabet!" dedi içinden.

Yıllarca elleriyle beslediği kuşa taş attığına inanamıyordu! Karga, tüylerinden yükselen dumanla denize düşmüştü. Yavuz uçurumun kenarına koştu, nereye düştüğünü anlamaya çalıştı. Hiçbir iz göremedi. Karakalem ortadan kaybolunca kulağında vızıldayan ses de aniden sustu.

O an, Ahmet Hoca'nın tercüme ettiği antik metni hatırladı: *"Gömlek, sahibine önce ıstırap, sonra kudret verir. O uzağı yakın eder, sarihi derin. O eliyle ok atar, nazarıyla ateş. O devrilmez dağlar gibi toprağa çakılır, suya hükmeden balıklar gibi nefese bulanır."*

Sonunda Kehanette anlatılan güçleri iradesiyle nasıl kullanacağını öğrenmeye başlamıştı. İçindeki tılsımlı gömlek Yavuz'un emrine amadeydi artık.

Gömleğe hükmetse de düşmanın karşısına anasının babasının intikamının peşinde koşan tekâmül etmemiş toy bir ruh olarak çıkarsa, yenilmeye mahkûm olduğunu biliyordu! Egonun kör eden çemberinden, sağır eden duvarlarından kurtulmalı, nefsinin aldatıcı kısır döngüsünden soyunmalıydı. Gömleği giyenin İstanbul'a hizmet etmek dışında bir amacı olamazdı! Heybeliada'yı neden seçtiğini, ne sebeple geldiğini anlamıştı. Dinlerüstü bir ibadethanede Terk-i Dünya Manastırı'nda bir süre kalacak, nefsini buyruk altına almanın yollarını arayacaktı.

Manastırdan çıkıp tepeden aşağı inerken kendi kendine tekrarlamaya başladı: "Ben Doğu ile Batı arasında, sınır boyunda nöbet tutan bir neferim. Ben, inananların askeriyim. Yüzyıllardır dengeyi koruyan kadim bilgilerin eriyim. Ben, geçmişten el alan, geleceğin emanetçisiyim. Hepsi bu... Hepsi bu..."

KAN BORCU

Şehirde günlerdir teyakkuz hali devam ediyor, ağızlarda dolaşan sıkıyönetim dedikoduları almış başını gidiyordu. Emniyet ve kamu binalarına hiçbir fraksiyonun üstlenmediği bombalı saldırılar yapılıyor, toplu taşıma araçları yakılıp üniversite gençliği arasında aniden çatışmalar parlıyordu. İhbarlar sebebiyle AVM'lerde yaşanan paniklerde ezilenlerin haberleri, şiddeti artan depremler ve eski İstanbul semtlerinde çıkan sebepsiz yangınlar toplumsal bir histeri yaratmıştı. Son bir haftadır İstanbul'u sanki gizli bir düşman kaşığı karıştırıyor, yüzyıllardır ahenkle kaynayan çorba fokurduyordu. Bir zamanlar Der Saadet diye anılan metropolde huzursuzluk diz boyuydu.

Zeytinburnu'nda, tabakhaneden dönüştürülmüş binanın üç ayrı panik odasında tutsak olan Ahmet, Aslı ve Güneş'e uygulanan psikolojik işkenceler ise devam ediyordu. Bir haftadır birbirlerini görmüyor, duymuyorlardı. Endişe içinde ne beklediklerini bilmeden kapalı tutuluyorlardı.

Günışığı göremedikleri yalıtımlı odalarda günde sadece bir kez verilen su ve yemekle zaman kavramını yitirmişlerdi. Umutları erimişti. En kötüsü de, uyumalarını engelleyen ses sistemiydi. İçine hapsoldukları odalarda tam uykuya geçtikleri anda ses yayını başlıyor, onları çılgına çevirene kadar devam ediyor, uyumalarını engelleniyordu.

Aslı'nın gözlerinin altında mor halkalar peydahlanmış, günlerdir çaresizce isyan etmekten, bağırmaktan sesi kısılmıştı. Güneş bitmek tükenmez baş ağrılarıyla bir köşeye kıvrılmış, yarı baygın haldeydi. Başka bir hücrede tutulan Ahmet Hoca mikrop kapan derin bıçak yarası yüzünden yükselmiş ateşle titremekteydi. Üçü de acınası haldeydi. Üstelik altı gündür hepsinden kan alınıyordu!

Her sabahki gibi birkaç adam sırayla hücrelere girip, hiç direnç görmedikleri halde, üçünün de ellerini ayaklarını zincirleyip enjektörlerle damarlarından kan aldılar. Adamlardan bir tanesi, bu işlemler yapılırken üçünün de fotoğraflarını çekti.

Korkut, Aslı'nın cep telefonundan delikanlının numarasına, çekilen fotoğrafları tek tek iliştirdi, uzun bir mesaj yazıp gönder tuşuna bastı. Ahmet'in tutulduğu odanın kapısına yaklaştı, dijital kilide bazı rakamlar tuşlayıp gözbebeğini ekrana tarattı. Kapı açıldı. Ahmet kendi kan gölünün ortasında gözleri kapalı yere yığılmıştı. Korkut paçalarını hafifçe sıvadı, ayakkabıları kana bulanmasın diye etrafından dolandı, eski dostunun yanına çömelip fısıltıyla, "Sen bu oğlanı pek eğitememişsin hocam. Bir haftadır çıt çıkmıyor delikanlıdan. Tırstı galiba," dedi.

Ahmet gözlerini araladı, yüksek ateşin verdiği takatsizlik ve kaybettiği kana rağmen çevik bir hareketle, kelepçelenmiş ellerini Korkut'un boynunu dolayıp tüm gücüyle sıkmaya başladı, "Boşuna bekleme. Gömleği çoktan yok etmiştir bile!" dedi.

Korkut beklemediği hamleyle Ahmet'e kıskıvrak yakalanmanın şokunu çabuk atlattı, boynunu Ahmet'in ellerinden zar zor kurtarırken, "Keşke... Keşke böyle bir hata yapsa. İkinci gömlek yok olduğu anda padişahınki devreye girer. Müzeden çalarım, olur biter," dedi.

"Boşuna debeleniyorsun Korkut. Eşref saatini kaçırmak üzeresin. Tarihe sıradan bir katil olarak geçeceksin," diye ekledi Ahmet.

Korkut kıyafetlerine, ayakkabısına baktı. Bir zamanlar kardeşim dediği adamın kanı her yerine bulaşmıştı. Sinirlerine hâkim olmaya çalışarak, "Mürekkep yalamaktan dilin şişti ama hâlâ kavrayamamışsın! Mutlu son diye bir şey yok. Neden? Çünkü ölümün olduğu yerde kimsenin umudu yok, Ahmet. Oysa ölümsüzlüğe ulaşırsam seyreyle sen dünyayı! O zaman, son diye bir şey olmayacak. Çaktın mı?" dedi.

Tam odadan çıkarken Ahmet'in derinden gelen sesini duydu: "Bu kadar çok mu seviyorsun Güneş'i? Ölümsüzlüğü dileyecek kadar umutsuz musun sevgisinden?"

Korkut, kapıda durdu, dönüp ona baktı: "Beni sevmeyi öğrenene kadar yaşatacağım onu!" dedi.

Ahmet "İmkânsızı seçtin." dedi.

Korkut sırıttı, "Maalesef sen neticeyi göremeden öleceksin."dedi.

"Korktuğumu mu sanıyorsun? Bir kere sevilmiş olan ölümden korkmaz."

"İyi. Birkaç gün dayan, sonra geber. Sıkıldım senden!"

Ahmet "İkilem de tam bu noktada işte. Sen, benim içimdeki Güneş'e âşıksın. Ben ölünce rekabetin de ölecek. Geriye kalan seni mutlu etmez. Kısır bir döngü bu," dedi.

Korkut, yüzüne bakmadan, cevap vermeden dışarı çıkıp kapıyı kilitledi.

Ahmet'in söyledikleriyle allak bullak olmuştu.

Tabakhanenin taş duvarlarından birine yanaşıp başını dayadı, elindeki kemikler kırılana kadar duvarı yumrukladı.

KUDRET VE TEVAZU

Yedi gün önce, çilehaneye giren derviş misali yanına yedi dilim ekmek, yedi bardak ölçüsünde su, yedi kitap ve tılsım parçalarını almış, tepedeki Terk-i Dünya Manastırı'na tırmanmış, binanın solunda, denize dik açıyla uzanan uçurumun kenarında keşfettiği mağaraya inmiş, bir daha çıkmamıştı.

Gökyüzüne küsmüş bir kartal gibi mağaranın ağzına sırtını vermiş, gündüz ışığa, gece parlayan aya bakmamıştı. Denizden yükselen dalga sesleriyle uyuklamış, kâh tuzlu kayalara sırtını dayayıp kitap okumuş, kâh başını ellerinin arasına alıp saatlerce düşünmüştü. Güneş yedi kere doğmuş, yedi kere batmıştı.

Yavuz içinde büyüttüğü korkularla, yenilmez sandığı egosuyla yüzleşmiş, bazen ağaç gibi güçlü, bazen yaprak gibi zayıf hissetmişti. Yalnızlığından ürkmüş, kendi sesini bile unutmuştu. Bazı geceler mağara kalabalıklaşmış, düş ile gerçek arası misafirler ağırlamıştı. Tutkuyla çalışan genç bir müneccim, iki itaatkâr ulak, her gece saçlarını okşamaya gelen dokumacı dede ile tanışmıştı. Bazen de onu inzivadan vazgeçirmeye çalışan karanlık seslerle savaşmıştı.

Açlıktan kıvranan bedenini yatıştırmış, yedi gün bitmeden dönmeyeceğine dair verdiği sözü tutmanın sarhoşluğuyla yükselen egosunu kırbaçlamıştı. İnsanın kendi nefsini bilmesi için gereken en önemli erdemin farkındalık olduğunu anlamış, tevazu göstermediğinde kudretini nasıl kaybedeceğini hesaplamıştı. Sahip olduğu kudret bir lokomotif, tevazu üzerinde kaydığı raylardı. Yol olmadan, insanın elindeki kudret ne kadar büyük olursa olsun bir yere varamazdı.

Aklında Yunus Emre'nin, *"Kimde bir güzellik var ise ödünçtür,"* sözleriyle ayağa kalktı.

Artık İstanbul'a dönme vakti geldiğini biliyordu.

Mağaradan çıktı, kayalara tırmandı, manastırın bahçesine geldi. Ceketini, ayakkabılarını, cep telefonunu bıraktığı yerden aldı. Cep telefonunu açınca Hızır Ağa ve Meryem Ablanın defalarca aradıklarını gördü. Mesaj kutusunda ise Aslı'nın telefonundan yollanmış yedi mesaj vardı. Aynı cümlelerle yazılmış tek bir mesaj yedi kez yollanmış, peşine bazı fotoğraflar eklenmişti.

Açıp okudu: *"Libasyon nedir bilir misin Yavuz? Antik dünyada insan kanı akıtılarak adak adanırdı. Kurbanın kanı kutsaldı. Bana gelmediğin her gün, sunağımda kan akıtıp kabımı dolduracağım. Sende olanlara kan borcum var. Tılsımın iki parçasını ve gömleği bana getir, kanı durdur."*

Korkut'un gönderdiği fotoğraflara baktı. Aslı'nın, Ahmet Hoca'nın, Güneş'in halleri canını öylesine acıttı ki yere çöktü. Yanına yaklaşan simsiyah bir köpeği fark edene kadar öylece kaldı. Arka bacağındaki kabuk bağlamış yara yüzünden topallayan, sırtında yer yer seyrelmiş tüyleri, yorgun gözleriyle ona hırlayan köpeğe usulca elini uzatıp korkusuzca başını okşadı.

Günlerdir okuduğu sayfalarda nefs, kara bir köpek gibi tasvir edilmiş; insanın elleriyle besleyip büyüttüğü, şımarttığı, okşayıp sevdiği egosu yaralı ve saldırgan bir hayvana benzetilmişti. Terbiye ettiğini zannettiğinde bir gün ansızın karşına çıkan, boşluğunu yakalayıp sivri dişlerini geçiren bir düşman! Korkularla, cinsel dürtülerle, para, şöhret, makam hırsıyla insanı kemiren, bazen hırlayan, bazen aldatıcı uysallıkla yanaşan kara bir köpek!

Yavuz, kış gelince Heybeliada'yı terk eden yazlıkçılardan kalma evlerin bahçelerinde onların dönüşünü bekleyen yaşlı köpeğe bakıp gülümsedi. Korkut'a bir mesajla cevap yazdı: "Adres?"

Korkut'tan anında cevap geldi: *"Zeytinburnu Sahil Yolu, no: 6"*

Dar bir kaya oyuğunda tek başına geçirdiği yedi günün sonunda insanların ne ekmeğe ne suya, ne de sese, en çok umuda ihtiyacı olduğuna kanaat getirmişti. Umut yoksa, konuşacak sebep, paylaşacak hikâye, dayanacak takat yoktu. Umut, ilahi bir hediyeydi.

Yavuz aralarındaki Marmara Denizi mesafesi uzaklıkta, Zeytinburnu'nda bir binada bedbaht halde esir tutulan bu üç insana umut vermek için yanıp tutuşuyordu. "Bana uzağı yakın et. Duvarları aşayım, sesimi duyurayım." Aynı cümleyi defalarca tekrar etti.

Gözlerini kapadı, Heybeliada'dan yola çıkmış bir martı gibi suların üzerinde süzülen şekilsiz gölgesini seyrederek denizi aştı. Suya yakın bir mesafede yol alan ne kuş ne de insana benzeyen gölgesi, Zeytinburnu'nda demir atmış yük gemilerinin arasından bir binaya vardı. Yavuz Heybeliada'da gözlerini yummuş, sahil yoluna yakın tek katlı taş binanın üzerinde çemberler çizen gölgesini seyrediyordu. Gitmeden vardığı, dokunmadan değdiği, bakmadan gördüğü mekânı inceledi. Gölgesi binanın etrafında odaklandığı bir duvara yaklaştı, sevdiği kıza sesini duyurmak için fısıldamaya başladı: "Hisset beni. Seni kırdığım için affet. Seni almaya geliyorum, Aslı."

Heybeliada'nın bir tepesinde toprağa oturmuş, gözlerini sımsıkı yummuş Aslı'nın yüreğine akıyordu. Taş tabakhanenin duvarları boyunca alçaktan uçan izdüşümü bu sefer başka bir duvarın önünde durdu. Hücresinin dışından Ahmet'e varlığını hissettirdi: "Dayan hocam, kaderde ne varsa o yaşanacak! Seni almaya geliyorum, dayan."

Gölgesini yanına çağırdı. Gözlerini açtı. İçinde büyüyen tevazu ve şükran duygusuyla ayağa kalktı. Hem Aslı'nın hem Ahmet Hoca'nın yüreklerine değdiğine, onlara ulaştığına, umut verdiğine emindi.

Yanından ayrılmayan köpekle ağaçların arasından geçip patikadan aşağı indi. Sahipsiz köpek onu adım adım takip etti. Yavuz pansiyondan içeri girerken kara köpek sokağın sonuna ilerledi, dünya malına duyulan hırsın, kibrin timsali, Vidalı Köşk'ün boş arazisine girip gözden kayboldu.

7. BÖLÜM

SON SAVAŞ

Savaş bitmez, durulur.
Her muharebe başka bir cengi doğurur.
İyilik oldukça kötülük de vücut bulur.
Tarafını ak seçenler bilir, kara olanlar da Allah kuludur.

HELALLİK

Bir zamanlar seyr-i sefain denen şehir hatları vapurundan birine bindi. İlki 1800'lü yıllarda İngiltere'de özel bir tersanede yaptırılan ve artık İstanbul'un alametifarikasına dönüşen bu vapurları çok sevdiğini düşündü.

Marmara Denizi'ni yararak ilerleyen vapurda az sayıda yolcu olduğundan, kaptan bu hafiflikten faydalanıp makineleri tam yol çalıştırdı. Kınalıada'yı arkalarında bıraktıklarında iskele tarafında seyreden muhteşem bir yat gördü. Soğuk gri renkli gövdesiyle, süssüz metal aksamlarıyla bir hayalet gibi sessizce yol alan motor yat, neredeyse 150 fit uzunluğundaydı. Kınalıada'nın arkasından çıkmış, son sürat dalgaları kesiyor, şehir hatları vapuruna bodoslama yaklaşıyordu. Yavuz denizin üzerinde yüzmekten çok uçuyor gibi görünen motor yatı yakından görebilmek için şüheda tipi vapurun yanındaki açık alana çıkıp tahta banklara oturdu.

Bu yakınlaşmayı neta zanneden şehir hatları kaptanı bir süre sonra yatın hâlâ hız kesmediğini anlayınca düdüğe asıldı. Yat ısrarla öten çığırtkan sese aldırmadan yanaştı, yanaştı ve çarpışmalarına bir deniz mili kala dümen kırıp yaşlı vapura paralel seyretmeye başladı. Yavuz anlam veremediği bu tehlikeli manevrayı yapan Itnatirsch isimli motor yatı pürdikkat incelemeye başladı. Güvertesinde in cin top oynuyordu. Filtrelenmiş camlardan, ada vapuru ve gökyüzü geri yansıyordu. Teknenin üzerinde uçan kargayı görünce Marmara'nın ortasında yaşanan it dalaşının asıl sebebini anladı; izleniyordu! O gün, o saatte, o vapurla Heybeliada'dan Kabataş'a yol aldığını kim bilebilirdi ki!

Teknenin soluna ve kıçına işlenmiş adını cep telefonuna yazdı, internette dolaştı, hiçbir sonuç çıkmadı. Sırt çantasından bir defter, ön gözünden bir kalem çekti, teknenin ismini oluşturan harfleri yazdı. İkinci Dünya Savaşı'nda Alman ordusunun enigma şifrelerini çözmeye çalışan İngiliz kripto uzmanları gibi harflerin yerleriyle oynadı. *Anti Christ* kelimesini buldu. İki kelimenin ayrı ayrı anlamını bilse de tamlamanın ne demek olduğunu bilmiyordu. İnternet tarayıcısına "anti christ" yazdı, gözlerinin önüne bir kelime çıktı: *Deccal.*

Ahmet Hoca'dan sıkça duyduğu kelimenin arkasında yatan anlamları okumak için bir internet sayfasına girip okumaya başladı:

"Ahir zamanda, Mesih'in yeryüzüne gelmesinden hemen önce, insanları inançlarından saptırarak kötülüğe ve sapkınlığa yönelteceğine inanılan varlık. Deccal'in ve ona inananlardan oluşan ordunun her türlü hile, plan ve yalanla tüm dünyayı kontrolü altına alacağına inanılır."

Kehanetlerde, tam olarak yeryüzünün neresinde ortaya çıkacağı bilinmeyen Deccal'i karşılamak, korumak, ona katılmak isteyen tarikatların asıl amacının doğacağı coğrafyayı bulmak olduğunu hatırladı. İnançlarına göre Ahit Sandığı'na ulaşırlarsa, bölgenin koordinatlarını öğrenebileceklerdi. Ahit Sandığı'nı bulmak inancıyla hareket ediyor, bu uğurda cinayetler işliyor, istila edip savaş çıkarmayı göze alıyorlardı.

Bu bağnaz tarikatların bir kısmı yüzyıllardır kayıp olan Ahit Sandığı'nın Ayasofya'da saklı olduğuna inanıyordu. Saplantıya varan inançların arkasındaki kılıfına uydurulmuş, binlerce cana mal olmuş savaşları düşündü. Montaigne'in cümlesini hatırladı: *"İnsanlar en çok anlamadıkları şeylere inanırlar."*

Şimdi, şu anda, kirli amaçlarını gerçekleştirmek için yüzyıllardır gizlenen tarikatçılarla aynı havayı soluyor, aynı sularda ilerliyordu. Ürperdi. İçinde bulunduğu vapurdan sadece elli metre uzakta seyreden motor yatta konuşulanları duyabilmek için dikkat kesildi, dinlemeye başladı. Kulağına çalınan vapur sohbetlerini susturdu, martı seslerini uzaklaştırdı. Dalgaları aştı, yatın kamaralarından birinde birkaç adamın hararetli konuşmasını duydu. Konuşulan lisanı anlayamıyor, cümlelerdeki tek bir kelimeyi bile çözemiyordu. Dikkatini topladı, tekrar denedi. Nafile... Birkaç dakika sonra yatın güvertesine üzerinde siyah bir pelerin, başında kapüşon, kaşları kazınmış bir adam çıktı.

Yavuz bu adamı birçok kez gördüğünü hatırladı. İstanbul'a gelirken bindiği Pamukkale Ekspresi'nde kompartımanına giren de oydu, Topkapı Sarayı'nı gezerken onu izleyen de...

Genç tarikatçı omuzunda Karakalem, kaşsız gözlerini Yavuz'a dikti.

Yavuz, *aynı yaşlardayız*, diye düşündü.

Aynı gökkubbenin altında, aynı yaşta iki genç ayrı din, ayrı dil, ayrı bayrak, ayrı ideolojilerle yüzyıllar içinde yabancılaşmıştı. Biri hayatın ışığını, diğeri karanlık yüzünü seçince tamamen kopmuşlardı. Yaşıtı elinde altın armalı bir bıçakla bir efsanenin peşinde koşuyor, o ise sırt çantasında sufi kitapları taşıyordu. Aynı sularda seyreden iki delikanlı bir süre bakıştılar...

Sonunda, yorgun ada vapuruyla yanyana seyreden Itnatirsch dalgaları kırdı, hızla uzaklaştı.

Yavuz neden hâlâ ona zarar veremediklerini bir türlü anlayamıyordu. İçindeki tılsımlı gömleğe yaklaşmaktan çekindiklerini, onları geri tutan bir şey olduğunu anlamıştı. *Ama ne,* diye düşündü.

"Neden beni bir çuvala koyup, derdest edip, konuyu kısa yoldan kapatmıyorlar? Neden öldürmüyorlar beni?" diye mırıldandı.

İstanbul kıyılarına yaklaşıp gözden kaybolana kadar yatı izledi.

Bir saat sonra Heybeliada Vapuru Kabataş'a yanaştı. Yolcular tek tek ilerleyerek baş tarafa geçtiler. Vapurdan en son Yavuz indi. Galata Köprüsü'ne bakıp Aslı'yla tanıştıkları o masum günü hatırladı. Aslı'yı çok özlediğini düşündü. Bir de günlerdir aç olduğunu... Karnından yükselen gurultulara daha fazla söz geçiremeyip ekmek arası döner, ayran alıp Mısır Çarşısı'na girdi, Heybeliada'daki kaya oyuğunda okuduğu kitaplardan birinde adı geçen aktar dükkânını uzaktan seyretti. Kalabalık çarşıyı boydan boya geçip arka kapısından dışarı çıktı.

Henüz havanın kararmasına, Zeytinburnu 6 numaraya gitmesine birkaç saat vardı. İstanbul'da yaşanacak savaşın saatine Yavuz karar verecekti. Güneşin batmasını beklemek üzere ara sokaklarda dolaşmaya başladı.

Küçük bir eskici dükkânının önünde, çıtırtılı bir taş plaktan yükselen şarkının sözleri dikkatini çekti: *"İstanbul'u sevmezse gönül aşkı ne anlar, aşkı ne anlar... Düşsün suya yer yer erisin eski zamanlar..."*

Vitrine pirinç teraziler, kömürlü ütüler, hamam tasları, ampir lambalar, ıvır zıvır ve birkaç ahşap radyonun özenle yerleştirildiği dükkânın önünde oturan ihtiyar adamla göz göze geldi. Eskiciye başıyla selam verdi, o da elini kalbine koyarak selamını aldı.

Yavuz'un şarkıyı dikkatle dinleyişini fark eden adam, "Münir Nurettin Selçuk," dedi.

"Efendim?"

"Şarkıyı icra eden de, güfte de, beste de Münir Nurettin Selçuk. Sizin kuşak tanımıyor, ne yazık... İçeri de baksana oğlum."

Yavuz uslu bir çocuk gibi söz dinleyip dükkâna girdi.

Eskici yerinden kıpırdamadı bile. İstanbul esnafının bir kısmı ekmek teknelerini, en son teknolojiyle üretilmiş kameralarla gözetlerken, diğer yarısı içeri müşteriyi tek başına sokup hırsızlık ihtimalini akıllarına bile getirmiyordu. Aradaki bu uçurum şehrin sosyal hayatının izahıydı. Kimi altınını, gümüşünü, malını dükkâna gelen veli nimetine sorgusuz sualsiz teslim ediyor, kimi de raflardaki üç kuruşluk mala kartal kesiliyordu. *Keskin hatlarla çizilmiş bu ayrım insanların hayata bakış açısın-*

daki farktan kaynaklanıyor. İnsanlara güvenen ve rızka inananlar ya da korkuya yenilip eşeğini sağlam kazığa bağladığını sananlar var, diye düşündü.

Bir tahta tabureye oturup etrafındaki eski eşyalara göz gezdirmeye başladı. Birkaç dakika sonra yaşlı esnaf elinde iki bardak çayla içeri geldi.

Yavuz çayı almak için ayağa kalktı, "Teşekkür ederim," dedi.

"Yarasın. Nerelisin?"

"Denizli."

"Güzel memleket. Horozu meşhurdur."

"Tavaslıyım ben. Bizim orada horozdan çok kurbağa var."

"Dokumanız da meşhur. Havlu fabrikaları falan var değil mi?"

"Sülalem dokumacıymış, ben de yeni öğrendim."

"Eskiden kimin ne iş yaptığı belliydi. Şimdi her şey karıştı. Anlayan varsa beri gelsin."

Yavuz çayını yudumlarken, dükkânın duvarındaki çivilerden birine asılmış tespihe gözü takıldı. Adama parmağıyla işaret ederek gösterdi, "Şu tespih kaç para?" diye sordu.

"Bak bu olmadı delikanlı. Önce, nedir ne değildir öğren, sonra ederini sor," dedi yaşlı adam.

Yavuz, "Nedir, ne değildir?" dedi gülümseyerek.

"O zaten satılık değil. Cellat Mezat'ından çıkma."

Yavuz, "Cellat mezatı nedir, ne değildir?" deyince, ikisi de gülmeye başladılar.

Yaşlı adam, "Bizim Osmanlı'da ta eskiden bir kurban cellada teslim edilince elbiseleri, üzerinden çıkanlar celladın olurmuş. Kellesi gidenlerden arta kalanlar, senede bir kez kurulan mezatta satışa çıkarılırmış. Toplanan para da cellatlar arasında paylaşılırmış. Bu mezatlarda hep kıymetli eşyalar görücüye çıkarmış. Sor bir niye?" dedi.

"Niye?" diye sordu, Yavuz.

"Çünkü kellesi kesilenler ya saray efradından ya da zengin memurlardan olurmuş. Yüzükler, kaftanlar, gömlekler, tespihler, köstekli saatler... Bu da elmas kakmalı Kaliningrad damlası."

"O tespihin kime ait olduğunu biliyor musun yani?"

"Biliyorum elbet."

"Kimin?"

"İlk sahibinin..."

"Satar mısın?"

"Bu tespihi ne koleksiyoncular istedi de vermedim. Cellat mezatlarının en uğursuz eşyasıdır bu garip."

"Sana, ben de cellatla buluşmaya, bir dava uğruna kellemi vermeye gidiyorum, desem..."

Eskici sustu, Yavuz devam etti; "İstanbul'a dadanan uğursuzları alt etmeye gidiyorum desem... Bu şehri düşürmeyi planlayanlara çomak sokmaya gidiyorum desem... O tespihi bana satar mısın?"

Eskici, delikanlının gözlerinin en derinine gözünü dikti bir süre. Sonra elini elinin üzerine koyup, "Satmam, hediye ederim," dedi.

Taburesinden kalkıp tespihi çividen aldı, çekmeceden süet bir kumaş parçası çıkarıp, temizlemeye başladı. Tanelerine gömülü elmaslar parladı, kehribarların rengi tatlandı. İmamenin ipek püsküllerini parmak uçlarıyla taradı ve tespihi Yavuz'a uzattı.

"Kiminmiş bu tespih?" diye sordu Yavuz.

"Boş ver, artık senindir," dedi yaşlı adam.

Yavuz tespihi alıp cebine koydu. Eskici dikkatle onun yüzüne bakıyor, nazarıyla göğüs kafesi delip yüreğine değiyordu.

Yavuz'un taze yağmış kar gibi pürü pak niyetini okudu sanki. "Hikâyeni sormayacağım delikanlı, çünkü beni öyle bir yerden vurdun ki binlerce yıllık yarayı deştin. İstanbul başka şehirlere benzemez! Halep düşerse üzülür insan. Kabil düşerse canın acır. Paris düşman postalını uzaktan görse orospu gibi bacaklarını aralar. Berlin ikiye ayrıldı, dünya gene de dönmeye devam etti. New York'un kalbine uçak sapladılar, düzen yeniden kuruldu. Ama İstanbul öyle mi, ya! Bu şehir dengede tutuyor dünyayı. Tahterevallinin ortası burası! İstanbul düşerse bil ki son yakındır!" dedi.

İsabetli yorum karşısında Yavuz'un nutku tutulmuş, beti benzi atmıştı, "Elimden geleni yapacağım," dedi.

"Elinden geleni değil, yüreğini koy ortaya," dedi eskici de.

Yavuz başına gelenleri, yaşanan tuhaf hikâyeyi tüm açıklığıyla anlattı. Bir saat konuştu, dört bardak çay içti.

Yaşlı adam hayatında ilk kez gördüğü bir delikanlının akla uzak, kalbe yakın öyküsünü dikkatle dinledi. Batı'nın sınır kalesi, Doğu'nun başkenti İstanbul üzerine oynanan oyuna inanmıştı.

Yavuz ayağa kalkıp birkaç hafta önce geldiği şehirde, beş nesildir aynı işi yapan gayri müslim bir İstanbulludan helallik istedi. Eskici, "Helal ettim," dedi.

Yavuz dükkândan çıkarken adam arkasından seslendi: "Sakın ölme delikanlı."

Yavuz uzaklaşınca yaşlı adam yalnız kaldığı dükkânda, *insanlar ikiye ayrılıyor. Yaşananlara, olan bitene, anlatılan hikâyeye, kısaca insanlığa inanmayı tercih edenler ya da etmeyip de belenenler,* diye düşündü.

Dizlerini tutarak ayağa kalktı, plaklarının arasından bir tanesini seçti. Yıpranmış kapağında büyük harflerle *RİNDLERİN AKŞAMI,* küçük puntolarla güfte Yahya Kemal Beyatlı, beste Münir Nurettin Selçuk yazan plağı parmak uçlarıyla tutup çıkardı, pikaba dikkatle yerleştirdi. Kolun ucundaki iğneyle öpüşen plaktan klasik bir eser yükseldi:

"Dönülmez akşamın ufkundayız vakit çok geç...
Bu son fasıldır ey ömrüm, nasıl geçersen geç...
Cihana bir daha gelmek hayâl edilse bile,
Avunmak istemeyiz böyle bir teselliyle...
Geniş kanatları boşlukta simsiyah açılan ve arkasında
güneş doğmayan büyük kapıdan geçince başlayacak,
bitmeyen sükûnlu gece..."

İstanbullu eskici huşu içinde şarkıyı dinledi, delikanlının hikâyesine inanmanın hazzıyla gülümsedi.

KEHANET VE KERAMET

Zeytinburnu'na vardığında hava iyice kararmış, bulutlar görünmez olmuştu. Gökyüzünde parlayan yıldızlara, açıklarda seyreden yük gemilerinin seyir fenerlerine baktı. Kiminin sancak tarafındaki yeşil ışığını, kiminin kıçındaki beyaz pupa fenerlerinin suya aksedişini seyretti.

Suya sırtını verdi, karşısında dikilen küp biçimdeki ışıksız taş yapıyı gördü. Ne penceresi vardı, ne de kapısı. Sadeliği, mimari yalınlığı huzursuz edici boyuttaydı. Bina öylesine karanlığa bürünmüştü ki, kuşlar duvarlarına çarpıp parçalanabilirdi. *Sadece yarasalar uçabilir civarında,* diye düşündü.

Deniz kıyısı boyunca belediye tarafından dikilen ağaçların arasında serpiştirilmiş banklardan birine oturdu. Eskiden tabakhane olarak kullanılan binanın tuhaflığını seyretmeye başladı. Korkut'un kalesiyle arasında çift yönlü sahil yolu akıyordu. Yoldan geçen arabaların farları yapının dış kontürlerini aydınlatıyor, küp şeklini açığa çıkıp sonra yine kayboluyordu.

Yavuz yüreğinde en küçük bir heyecan kıpırtısı taşımadan, yapının etrafındaki geniş alanı, arsanın sınırlarını belirleyen üç metre yüksekliğindeki demir parmaklıkları inceledi. Telaşlı değildi, kızgın ya da endişeli hissetmiyordu. Oysa yıllarca, ailesini katleden meçhul adamla yüzleşmek istemiş, onların intikamıyla yanıp tutuşmuştu. Şimdi ise eski bir tabakhanede onu dört gözle bekleyen katile karşı ne nefret ne de hırs vardı içinde. Trink Ali'nin, masum bir müezzinin öcünü almaya da gelmemişti. Hatta Ahmet Hoca'nın ya da sevdiği kızın ıstırabını dindirmeyi de beceremeyebilirdi. Orada olmasının sebebi ucuz kahramanlık yapmak, intikam peşinde koşmak olamazdı. Oradaydı... çünkü hayatın akışına karşı kürek çekmeyi bırakmış, kaderle barış imzalamış, önünde açılan yoldan ilerliyordu, hepsi bu. Sırt çantasındaki iki tılsım parçasını, üzerindeki gömleği Korkut'a kaptırmamak için her yolu deneyecekti, hepsi bu...

İstanbul'u korumak adına ona bir görev verildiyse elinden geleni yapacak, yüreğinin gücüyle direnecekti, hepsi bu! Goethe'nin lafını hatırladı: "Az ümit edip çok elde etmek hayatın sırrıdır."

Yaşanacakları önceden tahmin edemeyeceğinin bilinciyle banktan kalkıp yürümeye başladı. İki şeritli yolun ilkini geçti, refüjde durdu, taş duvarlara bir daha baktı. Hiçbir hareketlenme göremedi. Trafiğin hafiflediği, akan araç sayısının azaldığı ilk fırsatta diğer yolu geçti, yapının etrafını saran demir parmaklıklarına yanaştı. Birdenbire tabakhanenin etrafındaki onlarca projektör aynı anda yandı! Yavuz karanlık denizin ortasında sahil koruma botlarına yakalanmış mülteci tekneleri gibi ona doğrultulmuş beyaz ışıkların karşısında kıpırdamadan dikildi. Birkaç saniye içinde binanın dört tarafından ortaya çıkan korumalar ellerinde köpeklerle ona doğru koşmaya başladılar. İçlerinden kıdemli olan bir görevli demir parmaklıkların yanına geldi, etraftaki sayısız kameradan birine bakıp başıyla onay verdi.

Demir kapı hızla açıldı. Kıdemli koruma hiç konuşmadan eliyle "buyrun" işareti yaptı.

Yavuz xray tarama sisteminden çok bir simülasyon kabinine benzeyen kulübeden geçirildi. Korumalar, delikanlının vücudunu tarayan, sırt çantasının içindeki her eşyayı ayrıntısıyla gösteren ekrana dikkatle baktılar. Ellerindeki tasmalarla zor zapt ettikleri Alman kurtları hırlayarak paçalarını kokladı.

Kolunu sımsıkı tutan korumalarla tabakhanenin arkasına doğru ilerledi. Duvar kenarından ilerlerken kulağında tiz bir sesle çığırtan baş simyacıyı duymaya başladı: "*Yüzyıllardır Ayasofya'nın kubbesi altında beklemedeyim... Çıkarın beni.*"

Demirden dökülmüş, modern aksamlarla duvara çakılmış yüksek kapının etrafındaki kameralar hareket etti, kapı sağa kayarak duvarın içine doğru eridi. Açılan boşlukta, binanın güvenlik ekibi için hazırlanmış avlu göründü.

Yavuz içeri adımını atarken baş simyacının şiddeti artarak tıslayan tiz sesini susturmaya çalışıyor, beceremiyordu.

Avluya girdiklerinde, kıdemli koruma ona döndü, "İçeri tek başınıza gireceksiniz," dedi ve kameralarını kontrol eden bir panele yaklaşarak bir tuşa dokundu. "Korkut Bey, misafiriniz temiz. İçeri alabilirsiniz," dedi.

Yavuz avlunun on metre yüksekliğindeki tavanına, aydınlatma sistemine, bomboş duvarlarında asılı kameralara gözünü dikip beklemeye başladı.

Sonunda iç salona açılan kapı hareket etti, devasa genişlikteki alan görünmeye başladı. Sol duvar boyunca devam eden kurşungeçirmez camın ardındaki sorgu odasında, camla duvar arasına Orta Çağ döneminden kalma yüksek sırtlı, oymalı sandalyeler konmuştu. Sandalyelerde kıpırtısız oturan altı tarikatçı, siyah kapüşonlu pelerinleriyle, tek tip sakal ve saç tıraşlarıyla dikkatle ona bakıyorlardı.

Aralarında onu her yerde takip eden, boğazına bıçak dayayıp gözünü korkutmaya çalışan genç tarikatçı da vardı. Yavuz altı adamı da baştan aşağı süzünce giydikleri kıyafetler gözüne saçma göründü. *Korkuyu yendiğinde arda kalanlar komediye dönüşüyor,* diye geçirdi aklından.

Sonunda kapı tamamen açıldı, Yavuz içeri girdi. Geniş salonun ortasına yerleştirilmiş cam kaidenin içine yatırılmış Tılsımlar Kitabı'nı fark etti.

Korkut kaidenin yanında durmuş, delikanlının ilerleyişini seyrediyordu. Türk misafirperverliğine yakışır bir gülümsemeyi yüzüne sıvayarak iki kolunu açtı, "Hoş geldin!" dedi.

Yavuz yıllardır karşılaşmayı beklediği katilin bu teatral tavrını garipsemedi, cevap da vermedi. Salonun uzayıp giden sağ duvarındaki hücre kapılarına, karşısındaki duvara monte edilmiş cam kapaklı, soğutmalı metal kütüphaneye baktı. Kütüphanenin raflarında eski yazmalar, deri ciltli kitaplar, simya kazanlarından oluşan geniş bir koleksiyon sergileniyordu. Taş mabet bir müze kadar zengin, bir hapishane kadar korunaklıydı.

Korkut elinde karga topuzlu asayla Yavuz'a doğru birkaç adım yaklaştı, aralarına sınır çizen dijital göstergeli ekranlarla dolu metal masanın başında durdu. Sakalı, spor pantolonu, kareli gömleği, lacivert kazağıyla son derece sıradan görünen genci uzun uzun süzmeye başladı.

Yavuz onun elindeki asaya kilitlenmişti. Anne ve babasını öldüren cinayet aletine bu kadar yakın olmak kalbinin ritmini bozmuştu.

Korkut derin bir nefes aldı, turist rehberi edasıyla konuşmaya başladı: "Yavuzcum, şu arkamdaki kaidede milattan sonra 630 yılında yazılmış bir Tılsımlar Kitabı var. O eski kitap kırk simyacının yaptığı bir büyünün define haritası sayılır. Kitabı Baş Simyacı Zenon denen herif yazmış. İstanbul'u korumak için Doğu Bizans İmparatoru'nun ısmarladığı tılsımı yaparken bir bakmış ki ölümsüzlük iksirini de bulmuş. Yani senin anlayacağın tılsımın yan etkisi, kendinden daha değerli... Uzun lafın kısası, bizim Fatih Sultan Mehmet yüzünden kara büyü bozulmuş, tılsım dört parçaya bölünmüş. Sen ikisini buldun. Ben de diğer ikisini... Avantaj sende sayılır, çünkü halife gömleğinin gücü sende."

Yavuz hem Korkut'u dinliyor, hem de salondaki eşyaların yerleşimine, metal masanın üzerindeki düğmelere, köşede duran Chatwood marka antika kasaya, tavandaki metal borulara, ikisini dikkatle izleyen altı tarikatçıya bakıyordu.

Korkut "Neyse, kafanı şişirmeyeyim. Zaten Ahmet Amcan bunları anlatmıştır sana. Bayılır eski masallara," dedi.

"Üçünü de görmek istiyorum."

"Neredeyse korkudan küçük dilini yuttuğunu düşünmeye başlamıştım."

"Üçünü de nerede tutuyorsan çıkar."

"Emir kipine oldum olası alerjim vardır delikanlı!"

"Ahmet Hoca'yı, Güneş'i ve Aslı'yı görmek istiyorum."

"Merak etme yaşıyorlar. Yıllarca, inatla inandığım her şeyin gerçekleştiğine şahit olmuş biri olarak şunu söyleyebilirim ki, mucizelere tek başına tanıklık etmenin eğlenceli bir tarafı yok. O yüzden yaşıyorlar zaten."

"Hücrelerin kapısını açtır."

"Boşver şimdi onları. Bak ne yapacağız, sendeki tılsım parçalarını alıp kitaba yerleştireceğiz. Tılsım bu ya, kitabın son sayfasında bir simya formülünü görünür hale getirecek. Şu arkamda duran küçük simya kazanlarından birinde ben diyeyim 40 cc. sen de 50 cc. ölümsüzlük iksiri damıtacağım. Bir gözyaşı şişesini anca doldurur. Gerçi, bunları da Ahmet Amcan anlatmıştır sana."

Yavuz içinde tarif edemediği bir acıma hissiyle Korkut'a baktı. Peşinde koştuğu hayal o kadar çirkindi ki, *cehennem azabında kıvrandığını fark etmeyecek kadar hissizleşmiş,* diye düşündü.

Korkut, anlatmaya devam ediyordu; "E tabii, biz bunları yaparken, İstanbul'da bazı kaotik durumlar da yaşanacak. Orası beni pek ırgalamıyor. Muhtemel ki doğal afetler falan olacak. Sonra siyasi ve sosyal dengeler değişecek. Şu odadaki havalı beyler de Ayasofya'ya girmek istiyorlar falan..."

Yavuz, "Tılsım parçalarını almak istiyorsan üçünü de buradan uzağa göndereceksin. Yoksa bu saydıkların gerçekleşmeyecek," dedi.

"Yavuzcum, oğlum... Bak, bu bina depreme dayanıklı. Birazdan yaşanacak küçük kıyamet bitene kadar hepimiz güllük gülistanlık yaşayabiliriz burada. Şahsen tavsiyem bizimle kalmalarıdır. Malum dışarda yaşanacaklar pek keyifli olmayacak. Yağma, karmaşa, hastalıklar, karantina, ordu... Hepiniz misafirim sayılırsınız."

Yavuz aralarında topu topu 30-40 metre olduğunu, herifin üzerine atlasa boynunu tek hareketle kırabileceğini hesapladı. Sonra kendine hâkim olarak, doğru zamanda yapılmayan her hamlenin ters tepeceğini düşünüp masaya ilerledi.

Metal masanın üzerinde duran soğuk zincir kutusunun içindeki kan dolu tüplere baktı, "Kansızlıktan ölmek üzereler! Çıkar onları dedim!" dedi.

Korkut, "E madem bu kadar ısrarcısın, seni mi kıracağım," diyerek bir tuşa dokundu.

Tılsımlar Kitabı'nın cam kaidesi açıldı. Korkut eline deri bir eldiven giydi, elini Yavuz'a uzattı.

"Tılsımın üçüncü parçasını rica edeyim önce."

"Önce Ahmet Hoca'yı göreyim."

Korkut alaycı bir tavırla, "Ne inatçı delikanlısın," diyerek şifreyi girdi, hücrelerden birinin kapısını açtı.

Ahmet, ses geçirmeyen ışıksız odada bir kenara düşmüş, yarı baygın yatıyordu. Yavuz yanına koştu. Sırtlanıp dışarı çıkardı, salonun ortasına getirip yere yatırdı. Ahmet Hoca gözlerini araladı, "Neden geldin?" dedi.

"Geç kaldığım için affet hocam. Emaneti en başta kabullenmeliydim. Gelgitlerimi affet, olur mu?"

Ahmet "Sana yaklaşamayacaklarını biliyorsun değil mi?" diye fısıldadı.

"Anlamadım hocam?"

Ahmet kulağını iyice yaklaştıran Yavuz'a, "Gömleğe senden başkasının eli değdiği anda gücü hikmeti kaybolur. Sana dokunamazlar. Korkma," dedi.

Yavuz o an, neden Korkut'un onun yakınına gelmediğini, neden şimdiye kadar tarikatçıların onu öldürmediğini, Pamukkale Ekspresi'nde gömleği neden çalamadıklarını anlamıştı. "Korkmuyorum zaten," dedi.

Korkut uzaktan seslendi: "Ne anlatıyorsun Ahmet? Pes et artık. Yenildin! Gene ben kazandım!"

Ahmet ona gözünün ucuyla baktı, "Kibir, hataya gebedir. Böyle bir kibir eninde sonunda bir açık verir," dedi ve ateşler içinde titreyen vücudu baygın düştü.

Yavuz sırt çantasını yere indirdi deri eldiveni çıkarıp, üçüncü parçayı eline aldı. Tarikatçılar camın arkasında, oturdukları sandalyelerde heyecanla kıpraştılar.

Korkut avın kokusunu alan tazılar gibi burnunu havaya kaldırıp sessizleşti.

Yavuz tılsımın parçasını yere koydu, ayağıyla Korkut'a doğru itti. O da ayaklarının dibine kadar gelen tılsımı eğilip aldı, hızla cam kaidenin içindeki kitaba yerleştirdi. Üçüncü parça, kapaktaki nişe tam uydu. Kimyasal bir tepkimeyle civanın dağılan parçalarının birbirine akışı gibi diğer parçalarla kaynaştı.

Korkut'un gözleri heyecandan büyüdü, heyecanına yenilen bir iştahla, "Son parçayı da ver!" dedi.

Yavuz, "Önce Aslı'yı, Güneş Abla'yı çıkaracaksın. Sonra üçünü de ambulansa bindireceksin. Şu kameralardan ambulansla buradan ayrıldıklarını seyredeceğim," dedi.

Korkut göz ucuyla yaşlı tarikatçıyla bakıştı, kapüşonundan yüzünün bir kısmı görünen yaşlı adam kafasıyla onay verdi.

Korkut yetinmedi, "Şu gömleği görelim, bakalım yanında mı?" dedi.

Yavuz lacivert kazağını, mavi kareli gömleğini çıkardı, Yavuz Sultan Selim Han'ın gömleğiyle tıpatıp aynı olan şifalı gömlek göründü. Herkes büyülenmişçesine pamuktan yapılmış eski mintana bakıyordu.

"Ambulans çağır," dedi Yavuz.

Korkut gözlerini gömlekten zar zor ayırarak güvenlik elemanlarını odaya çağırdı. Güvenlik ekibinden birkaç kişi, aldıkları talimatla hücrelerin demir kapılarını açıp içeri girdiler.

Önce, ağzı ve elleri bağlı Aslı göründü. İki koruma elemanının kollarını sımsıkı tuttuğu genç kız, Yavuz'u fark edince belli belirsiz gülümsedi.

Yavuz, *aşk bu*, dedi içinden.

Aslı'ya yaklaşıp ağzındaki bantı tek hamlede çıkarırken, "Çok özledim seni," dedi.

Aslı'nın gözleri yavaşça kapandı.

Güneş ise bilinçsiz halde, bir korumanın kucağında hücreden çıkarıldı. Korkut karısına yaklaştı, "Sevgilim uyan. Bu son şansın," dedi alaycı bir fısıltıyla.

Güneş hafifçe gözlerini aralayıp başını diğer yana çevirince karısının çenesini tutup yüzünü kendine döndürdü.

"Her şeyden, herkesten öte sevdim seni. Ölümsüzlüğü teklif ettim be sana. Ama aptallığına çare bulamadım!" diyerek saçlarının alnıyla birleştiği yere son bir öpücük kondurdu.

Güneş kalan gücünü toplayarak Korkut'un yüzüne baktı, "Vazgeç artık," dedi.

Korkut'un içine, Güneş'siz sürecek sonsuzluğun acısı çöreklenmiş, görünmez bir el kalbini dürüp sıkmaya başlamıştı. Kadının bu salondan çıkması kıyameti olacaktı, biliyordu. Kabullenmek zorunda olduğu gerçeği nefsiyle süsledi, içine suçlama katıp küçümseme ekledi, omuzlarını dikleştirdi; "Apse gibisin. Canımı acıtsa da, bisturiyle kesip atmaktan başka çare bırakmadın bana," dedi.

Bin ömür kadar uzun süren birkaç saniye sonunda, dikkatle ona bakan tarikatçılarla göz göze geldi, çaresizce emir verdi: "Götürün."

Korumalar üçünü de salondan avluya taşıyıp bahçeye çıktılar.

Yavuz, kapı kapanır kapanmaz masanın üzerindeki ekranlardan birinin başına geçip beklemeye başladı. Birkaç dakika geçmişti ki, ambulanslar sahil yolunda dış kapıya yanaştı. Üçü de ambulanslardan inen sedyelere yatırıldı. İlk müdahaleyi yapan sağlıkçılar koşuştururken korumalardan biri ambulans şoförlerine tomarla para uzattı.

Ambulanslar uzaklaşınca Yavuz sırt çantasındaki son parçayı çıkarıp masaya koydu, birkaç adım geri çekildi.

Korkut ağzının kenarında mühtehsi bir gülümseme, elinde deri eldivenlerle metal parçayı aldı, Tılsımlar Kitabı'nın içindeki yuvaya yerleştirdi. Dört parçası da bir araya gelen Doğu Bizans Tılsımı hızla renk değiştirip karardı. Baş simyacının sesi Yavuz'un kulaklarında daha güçlü çınlamaya başladı: "Çıkarın beni!"

Aynı anda, taş binanın temellerinden sarsıldığı kuvvetli bir deprem yaşandı. Beklenen olay karşısında telaşsız ve soğukkanlı davranan tarikatçılar yerlerinden bile kıpırdamadan sarsıntının dinmesini beklediler.

Yavuz da, demir çivinin mıknatısa tutunduğu gibi bastığı zeminde dimdik duruyordu. Delikanlının bu korkusuz halini fark eden Korkut, *Gömleğin muhafızı giderek güçleniyor öyle mi? Göreceğiz*, diye geçirdi içinden.

Birkaç saniye içinde deprem dalgası durulmuş, tabakhane zemininden yükselen çıtırtılar susmuştu. Tılsımlar Kitabı'nın başına toplanan tarikatçılar merakla ortaya çıkacak formülü beklemeye başladılar. İlk harfler belirdi, baş simyacının kargasının gagası ve kendi kanıyla yazdığı cümle yavaş yavaş görünür hale geldi. Korkut sabırsızca tercümana baktı, adam metni okumaya başladı:

"Bakır tel ile tılsımı zırhla,
Benzesin mumyalanmış firavuna.
Beşgen kazanın içine yatır, sanki koyar gibi tabuta.
Su ilişmesin merdanesine.
Saf altın tozunu serp üzerine yavaşça.
Sevdiklerinin kanını akıt muhafızın gömleğine.
Kömürün ateşine asla güvenme."

Korkut nefesini tutmuş dinliyor, talimatları ezberliyordu.

"Kazan dönsün, dünyanın tersine.
Sen bekle...
Bir bakarsın ki içine attığın metaller dönüşmüş altına.
Şehrin kaleleri düşmüş gölgesinin dibine.
İslam çürütmüş kendini içten içe.
Son ayinimiz tamamlanır birkaç güne.
Musa'ya verilen sandık çıkar gün yüzüne.

Melekten kaçan, içsin kazanın dibinde kalan posayı.
Bilsin ki ölüm aslında bir hediye!"

Korkut koleksiyonların sergilendiği kütüphaneye yürüdü, fırına benzer, eskicide görülse satın alınmayacak basitlikte, beşgen simya kazanlarından birini kucaklayıp salonun tam ortasına taşıdı. Tarikatçılar birbirinden eski ve değerli kitapları kazanın altına yığdılar. Korkut içinde saf benzin olan bidonu kitapların üzerine dökmeye başladı.

Taş zeminin üzerinde biriken hazine değerindeki kitapları ateşe verdiler! Yavuz gözlerine inanamıyor, yanan kitaplar yüzünden içi acıyordu, "Allah belanızı versin!" diye bağırdı.

Gözünde tarihin en acı günlerinden biri canlandı. İçinde 900.000 elyazmasıyla Antik Çağ'ın en büyük kütüphanesi İskenderiye acımasızla yakılmıştı. Bilim, binlerce yıllık hazinesini kaybetmiş, matematikçi Öklides, mekanikçi Arkhimedes, tıp âlimi Herofilos'un rulo halindeki elyazmaları küle dönmüştü. Fanatik görüşlü Hıristiyanlar, tapınak sandıkları kütüphaneyi kiliseye dönüştürmek için yerle bir etmiş, içindeki eserler sonsuza dek yok olmuştu. Bağnazlık yaşanan devirden, kültürden, eğitimden bağımsız; insanlığın korkularının, kör tutkusunun eseriydi.

"Bilgi; insanlık tarihinde en çok korkulan, her fırsatta yok edilen!" diye isyan etti.

Korkut tılsımı bakır bir telle kundakladı, altında tutuşan kitaplardan iyice ısınan kazanın merdanesine yerleştirdi. Salonun modernliğiyle tezat oluşturan eski para kasasını açıp içinden şeffaf poşetlerde saklanmış altın toz keselerini çıkardı, ağızlarını açıp kazanın içine serpti. Tarikatçıların en genç olanı Ahmet'ten ve Aslı'dan her gün çekilen kanla dolu tüpleri kazana boşaltı.

Yaşlı Tarikatçı Yavuz'a gözlerini dikerek tercümana bir şeyler mırıldandı.

Tercüman, "Gömleği çıkart," dedi.

Yavuz omuzları dik, kendinden emin, korkusuzca yaşlı tarikatçıya bakıyor, kendi kalbinin hızlanan ritmini duyuyordu. Hiçbiri delikanlının göz bebeklerinde giderek belirleşen parlamayı, şahdamarında ısınan kanı göremediler. Günlerce aç, susuz yalnız kaldığı oyukta okuduğu kitaptaki dizeleri hatırladı:

Ektiğin kötülük tohumu kurumaz mı sanırsın?
Bir günde mahvolmaz mı üst üste koydukların?
Binlerce çekirge düşmez mi gökten?
Kırmızıya bulanmaz mı sular birden?
Her kötülüğe ceza kesilir de,
İyilik, ödül mü bekler sanırsın...

Korkut artan sabırsızlığına yenilerek, "Ver şu gömleği!" diye bağırdı.

"Gelip alman lazım," dedi Yavuz.

Korkut "Kes tatavayı. Ver şunu," diye bağırdı.

Yavuz başını dikleştirdi "Kehanetleri keramet sahipleri gerçekleştirir!" dedi.

"Ne geveliyorsun?"

Yavuz, "Zaman bana aralansın," diye mırıldanmaya başladı.

Korkut "Eh!" diyerek ona doğru hamle ettiği anda, yaşlı tarikatçı kemikli elini havaya kaldırdı ve bir şey mırıldandı. Komutu alan tercüman ve diğer tarikatçılar Korkut'un koluna yapıştılar.

Tercüman, "Dokunamazsın ona! Ya kalbiyle birlikte sök gömleği ya da asla dokunma," dedi.

Yavuz ise tam karşılarında durup gözlerini sımsıkı kapamış, aynı cümleyi zikredip duruyordu, "Zaman bana aralansın. Zaman dursun."

Zikrin kuvvetiyle içindeki gömlekten güçlü bir ışık yayılmaya, salonun dört duvarını aydınlatmaya başladı! Gömleğin üzerindeki ayetler, altı köşeli yıldız, rakamlar, gizemli geometrik desenler binanın duvarlarına yansıyor, çarpıp çoğalıyordu. Vücudundan yayılmaya başlayan ışık kör ediciydi. Işık dört yana genişlediğinde diğerleri onun bedeninden saçılan parlaklıkla ama dilenciler misali yere çöktüler, acıyla kıvranmaya başladılar. Baş simyacının çıldırtıcı sesi aniden kesildi, zaman durdu!

Korkut kolundan tutan tarikatçılara direnirken, yaşlı tarikatçı delikanlının kalbine gözlerini dikmiş bakarken donmuş kalmışlardı. Yavuz dışında herkes hareketsiz kalmış, adeta olduğu yere çakılmıştı. Uzun sürmeyeceğini bildiği bu akışsız aralıkta çabuk hareket etmesi gerektiğini biliyordu. Hızla koşup baş simyacının asasını eline aldı, olanca gücüyle tabakhanenin zeminine sapladı! Asa, yumuşak kuma batırılmış bir değnek gibi taştan içeri daldı. Asanın gücüyle delinen temeller sarsılmaya, bina dökülmeye, duvarlar çatlamaya başladı. Tabakhanenin tavanı çökmek üzere bel verdi.

Altında yanan kitapların ısısıyla merdanesi hızla dönmeye başlayan simya kazanına doğru hamle ettiği sırada, zaman yine akmaya başladı.

Korkut, onu tutanlardan kurtuldu, tercüman son cümlesini tamamladı;

"Muhafızın kalbini sökmeden gömleği alamazsın. Sakın dokunma ona!"

Yavuz zamanı aralamak için verdiği mücadeleyle yere yığıldı.

Taş bina yıkılmak üzereydi. Korkut, milyonlarca dolar harcayıp her santimetre karesini özenle planladığı mabedinin çökmeye başladığına inanamıyordu.

"Nasıl? Nasıl olur!" diye haykırıyordu.

Tarikatçılar çatırdayan duvarlara, başlarına çökmek üzere olan tavana şaşkınlıkla bakarken, delikanlı ayağa kalkmaya çalışıyor, harcadığı gücün etkisiyle her seferinde yere düşüyor, mırıldanmaya devam ediyordu;

"Ecdadın eli bendedir. İçimdeki güç şehit kanıyla yıkanmış toprağın muhafızıdır. Gömlek, geçmişimin gücüdür."

Korkut, salonun zemine saplı karga başlı asaya ilerledi, var gücüyle asıldı, çıkaramadı! Sonunda tabakhanenin tavanı büyük bir gürültüyle başlarına çöktü. Etrafı binlerce tonluk yığının toz bulutu sardı. Çöken duvarların altında kimse kıpırdamıyordu. Yavuz yerde hareketsiz yatıyordu. Nihayet, dakikalar sonra yıkıntıdan arta kalan toz yerçekimiyle yavaş yavaş aşağı indi, ortalık duruldu.

Korkut, kan çanağına dönmüş gözlerini araladı, harabeye benzeyen binanın zemininde acıyla ayağa kalmaya çalıştı. Bacak kemiklerindeki kırıkların ıstırabıyla, kollarından güç alarak vücudunu sürükledi, duvar bloklarının üzerinden geçerek yerde yatan delikanlıya ulaştı. Yavuz başından akan kan gönlünün ortasında hâlâ bilinçsiz yatmaktaydı. Korkut, onun üzerindeki şifalı gömleği yırtarak tek hamlede söktü aldı. Simya kazanının yanına kadar sürünüp kazanın kulpunu tuttu. Kulp o kadar ısınmıştı ki, avucundaki deriyi söktü, kaslarını yakıp elindeki kemiklere ulaştı. Acının yoğunluğundan hiçbir şey hissetmedi, sesi bile çıkmadı. Elinden tüten dumana aldırmadan, son gayretiyle tılsımlı gömleği kazana attı. O an, duvarlardan birine monte edilmiş demir konstrüksiyonlu kütüphane üzerine yıkıldı. Başına isabet eden sert darbeyle bayıldı.

Üst üste yaşanan depremler sebebiyle yerle bir olan avludan kaçan korumalar İstanbul sokaklarında yaşanan kaosa karıştılar. Taş binanın içinde çıt çıkmıyordu. Tarikatçıların birkaçı çöken tavanın altında cansız yatıyordu. Yaşlı tarikatçı, bir taşın altında can çekişiyordu.

ÖÇ

Birkaç saat sonra Korkut ıstırap içinde gözlerini açtı. Vücudundaki tüm kemiklerin kırıldığını, iç kanama yüzünden organlarının iflas etmek üzere olduğunu hissediyor, zorlanarak aldığı her nefes kırıntısıyla ölüme yaklaştığını biliyordu. Üzerine yığılmış demir ve taş blokların altında can vereceğinden emin, yattığı yerden başını hafifçe sola çevirip gözleriyle etrafı taradı. Tarikatçılar çoktan ölmüştü. Yavuz ortalarda yoktu. Boynunu geriye doğru yavaşça çevirdiği anda başında dikilen delikanlıyı gördü!

Yavuz ayağa kalkıp onun yanına kadar gelmiş, çıplak vücudundan sızan kanı elleriyle silmeye çalışıyordu. Korkut gözlerine inanamıyordu! Tılsımlı gömlekteki desenlerin tamamı delikanlının vücuduna dövme olmuş; her harf, her rakam delikanlının bedenine işlenmiş, ince ince kanıyordu!

Yavuz eğilip pantolonun paçasını yırttı, derisinin altına kazınmış ebcet hesapları, desenler, Arapça rakamlar, surelerle dolu göğüs kafesinden sızan kanı temizledi. Salonun tam ortasına yürüdü, taş zemine çaktığı karga başlı asayı yerinden oynatıp olanca gücüyle çekti çıkardı. Bu hareketiyle sarsılan binanın duvarlarındaki ayakta kalan blok taşlar da düştü, yaşlı tarikatçının kafatasını ezdi.

Korkut delikanlının acıyla büyüdüğünü, vücuduna işlenen dövmelerle yeniden doğduğunu görebiliyor, büyülenmişçesine delikanlıya bakıyordu. Yavuz, yanına iyice yaklaşıp kulağına fısıldadı: "O kazana gömleği değil, beni atman gerekiyordu."

Korkut daha çok acı çekmekten, yavaş yavaş ölmekten korkarak, "Öldür beni. Madem ölümsüzlüğüme engel oldun, kısa yoldan ölmeme yardım et!" diye yalvardı.

Yavuz cevap vermedi, simya kazanının kenarlarına saçılmış birkaç kitabı ateşten kurtarıp sırt çantasına koydu, arkasına bile bakmadan kapıya doğru yürüdü.

Tam kapıdan çıkarken Korkut'un ıstırap içindeki sesini tekrar duydu: "Öldür beni."

Yavuz dönüp baktı ama yine cevap vermedi. Korkut devam etti: "Ben ananı nasıl öldürdüysem, babanı nasıl geberttiysem sen de beni öldür, hadi!"

Delikanlı duyduğu cümlenin çirkinliğiyle olduğu yere çakılıp kaldı. Korkut; onun nefretini alevlendirip, intikamını körükleyip gafletiyle hareket etmesini istiyor, bir an önce yardımıyla ölmeyi diliyordu. Ağır ağır, lime lime yaklaşan ölümün korkusuyla tekrar konuştu.

"O günü hiç unutmadım. Ne de olsa seninkiler davamın ilk kurbanları. Ailenin yaşadığı o şirin eve girdiğim an bugünkü gibi gözlerimin önünde. Gazeteci olduğumu söylemiştim. 'Araştırma yapıyorum,' dedim, yediler. Tanrı misafiri gibi çaylarını içtim. Tılsımlı bir gömleğin varlığını bilip bilmediklerini öğrenmeye çalıştım önce. Ağızlarını aradım. Anladım ki gömü efsanesinden haberleri var ama ikisi de konuşmayacak. İnatçı çıktı seninkiler, söylemediler gömleğin yerini! Demek ki annen anlamış niyetimi, seni sepete saklamış."

Yavuz yumruklarını sıkmış, çenesi kilitlenmiş halde Korkut'u elleriyle boğmak arzusuyla mücadele ediyordu.

Korkut yangına körükle gitmeye devam etti, susmadı, "Ben de, peşimde meraklı şahitler bırakmamak için ikisini de gebertmeye karar verdim. Asamın ucuna taipan zehri sürülüydü. Taipan yılanının zehri adamı ne hale sokar bilir misin? Önce kaslar paralize olur, felç olursun. Sesin çıkmaz, kıpırdayamazsın, dilin ağzında şişer... Ama ben insaflı davranıp asayı birinin boğazına, diğerinin kalbine soktum. Ölüp gittiler. Sen de benim ıstırabıma son ver. Bana ölüm borçlusun! Yap şunu!"

Yavuz içinde bağrışan intikam çığırtkanlarını susturmakla o kadar meşguldü ki, bastığı yerin titrediğini hissetmedi. Nefsiyle verdiği mücadele binanın zeminini sallanıyor, tüm vücudu titriyordu.

Birkaç saniye sonra yumruklarını yavaşça açtı, Korkut'un yanına kadar yürüyüp yanına çömeldi.

Sesinde bir sükûnet, yüzünde bir huzur vardı. "Ben sana elimi süremem. Kirlenemem. Öcümü benden daha kızgın olanlar alsın senden," diyerek tabakhaneden çıktı.

Sahil yolundaki banklardan birine oturdu. Taş binanın büyük bir gürültüyle çöküşünü izledi. Yerle bir olduğundan emin olunca banktan yavaşça kalktı. Hüzünle, İstanbul semalarını inleten ambulans sirenlerini, feryatları dinledi. Birden tüm sesler sustu ve bir ağıt yükseldi içinden... Kulağında Ege yöresinin bir melodisi yankılanıyor, sanki onlarca dertli kadın toplaşmış ağıt yakıyordu. Hayatında hiç ağıt dinlememişti oysa.

Tavas kabristanlarına ne zaman gitse ne zaman ana babasının mezarı kıyısına otursa, ağzına üşüşen türküler misali, daha önce duymadığı, söylemediği bir ağıt İstanbul'da yakalamıştı onu.

"Âşıklara destan yazdırdın,
Löküs ile mezarlar kazdırdın,
Tabiplere derimizi yüzdürdün,
İdamlara mahkûm olsun yolların!"

Ölüm karşısında duyulan isyanın feryadını dile getiren Denizli ezgisini ıslıkla çalmaya başladı. Ciğerlerinden dudaklarına yükselen nefes ezginin notalarına basıyor, ıslığı İstanbul semalarında yankılanıyordu.

Duydukları tiz ıslık sesiyle ortaya çıkan Zeytinburnu fareleri, akın akın tabakhaneye dönmeye başladılar. Ne de olsa sürgün sona ermişti ve beslemeleri gereken aç yavruları vardı.

Üstelik eski yuvalarından mis gibi taze ceset kokuları yükseliyordu.

YEMİN

Yürüyerek Cankurtaran'a yaklaştı, yıllardır üzerinden tren geçmeyen rayların altındaki geçitten yürüdü, panik içindeki mahallelinin toplandığı meydana geldi. Herkesten uzakta, evinin kapısının önüne tabure atmış sakince oturan ihtiyar bir kadını fark etti. Yaşlı kadının tevekkülüne, sükûnetine doğru çekildiğini hissedip ona doğru ilerledi.

Yaşlı kadın delikanlının vücudundan sızan kanı görünce, "Aman oğlum, yaralısın!" diyerek koluna yapıştı. Yavuz üzerinde pazen geceliği, el örgüsü hırkasıyla kapı önündeki taburesinde artçı depremlerin geçmesini bekleyen nur yüzlü kadına bakınca o an çıplak olduğunu fark ederek utandı.

Yaşlı kadın, "Gel bakayım benimle," dedi.

"Eve girme teyzem. Her an tekrar başlayabilir."

"Yok, bitti artık. Kurtulduk."

Yavuz hayretle yüzüne baktı, ihtiyar kadın; onun verdiği mücadeleye son noktayı koymuştu!

Kadıncağız evden içeri girip nemli bir havlu, tentürdiyot şişesi, pamuk torbası ve birkaç kıyafetle geri döndü, elindekileri Yavuz'a uzattı, "Sil o kanı üzerinden, sonra bas tentürdiyotu," dedi.

Yavuz vücudunu temizlerken kadın gözlerini yere çevirince Yavuz yaşlı kadının edebine hayranlıkla baktı, verdiği kıyafetleri giydi, "Sağ ol teyzem," dedi.

Yaşlı kadın başını kaldırıp gözlerinden ip gibi inen yaşlarla, "Torunumundu. Şehit oldu... Sana kısmetmiş," dedi.

"Başın sağ olsun," dedi Yavuz üzgün.

Kadın, "Güle güle kullan," diyerek içeri girip kapıyı kapattı.

Yavuz, Cankurtaran Meydanı'ndaki aktör kahvehanesinde toplanmış halkın arasına karıştı. Bedava çay dağıtan kahvecinin uzattığı tepsiden bir çay alıp televizyon seyretmeye başladı. Gözleri yaşlı spikerler giderek artan can kayıplarından bahsediyor, şehirde yaşanan paniği durdurmaya gayret eden mesajlar veriyorlardı.

Arka cebinden cep telefonunu çıkarınca kırılmış olduğunu gördü. Yanında dikilen kahveciye en yakın hastaneyi sorduğunda adam, "Civarda en az on hastane var. Tabii hâlâ yıkılmadılarsa," diye cevap verdi.

Yavuz etrafta yıkılmış evlere, ağlaşan çocuklara, teselli veren görmüş geçirmiş ihtiyarlara hüzünle bakıp kahvehaneden çıktı. Yaralarını sarmaya çalışan İstanbul'da sevdiği üç insanı bulabilmek umuduyla Cankurtaran Meydanı'ndan ayrıldı.

Bütün gece, girdiği her hastanede, her poliklinikte yaşanan paniğe, doktorların, hemşirelerin insanüstü koşuşturmalarına şahit oldu. Şehir kazan, o kepçe dolaştı durdu. Uzaktaki her sese odaklanıp ayırdı, dinledi ama nafile! Ne Ahmet'i ne Aslı'yı duyabildi.

Sabaha kadar kâh yürüdü, kâh ailesini bırakıp görevinin başına koşan şoförlerin kullandığı otobüslere bindi, indi. Yardım çığlıklarına koşup onlarca insana el uzattı.

Eve geldiğinde güneş çoktan doğmuştu. Karşı binanın çöktüğünü gördü. Otel binalarının kapısında oturan endişeli turistlere su ikram eden mahalleliyi seyretti.

Eve girdi, odasına çıkıp aynanın karşısına geçti. Bir süre hayretle vücudundaki dövmelere baktı. Gömleğin motifleri oya gibi derisine işlenmiş, ebcet hesaplarıyla dizilmiş gizemli rakamlar, şifreli harfler tüm bedenini kaplamıştı. Boynunun arkasını, sırtını görebilmek için holdeki portmantonun yanına asılı gümüş aynayı almaya indi ki, telefonun sesiyle irkildi. Salona koşup yığının arasında telefonu buldu, heyecanla açtı, "Alo?" dedi.

Hızır Ağa heyecanla, "Oğlum, şükür! İyi misiniz?" diye sordu heyecanla.

"Bilmiyorum."

"Ne demek bilmiyorum?"

"Ahmet Hoca'ya ulaşamıyorum."

"Deme... Ben biletimi aldım, geliyorum oraya."

"Gel baba."

Hızır Ağa durdu, kulaklarına inanamayarak bir süre sustu.

Sesi titreyerek, "Ne dedin bakem sen bana?" dedi.

"Baba dedim. Sana demeyeceğim de kime diyeceğim?" dedi Yavuz. Hızır Ağa Yavuz'un ağzından ilk kez duyduğu o küçük kelimenin yarattığı sıcak dalgayla sarsılıyor, hıçkırıyor, ağladığı duyulmasın diye telefonun ahizesini eliyle kapatıyordu. İkisi de bu konuşmanın üzerine söylenecek şey bulamadı, karşılıklı sustular.

Bir süre sonra Yavuz, "Ne zaman geliyorsun?" diye sordu.

Hızır Ağa, "Tez zamanda. Allaha emanet ol," deyip telefonu kapadı.

Yavuz içine dolan çocuksu telaşla ayağa kalktı.

Çok yorgundu ve uykusu vardı. Yukarı çıkıp yatağa uzandı. Kaç saat uyduğunu bilmiyordu. Gözkapaklarıyla gözleri arasında oynaşan bir ışıkla uyandı. Gözlerini açtı ama tavanda dolaşan ışığın kaynağını anlayamadı. Üzerindeki yorganı itti, şaşkınlıkla vücuduna baktı. Göğüs kafesinin üzerindeki bazı harfler, kollarındaki bazı rakamlar parlıyordu! Derisinin altındaki pigmentlerinden yayılan beyaz bir ışık, vücudundaki dövmeleri sırayla aydınlatıyor, rakamlar tek tek belirginleşiyordu.

Yavuz gözlerine inanamaz halde hızla yataktan kalktı, "Hayda!" diye mırıldandı.

Aynanın karşısına geçip vücudunda sırayla parlayan, ışık saçan harfleri tek tek not aldı. Görevi bitmemiş miydi? Korkut da, tarikatçılar da ortadan kalkmamış mıydı? İstanbul artık tehdit altında değildi. Peki, bu mesaj neyin nesiydi!

Tam o sırada, evin kapısına sokulan bir anahtarın sesiyle düşüncelerinden sıyrılıp aşağı indi.

Karşısında bitik halde, gözleri belermiş, solgun ve endişeli Ahmet Hoca'yı gördü. Ahmet, Yavuz'u karşısında sağ salim görünce, "Seni gördüğüme çok sevindim çocuk... Öldün sandım," diyerek yığıldı.

Yavuz, hemen yanına koşup koluna girdi, "Bütün gece hastaneleri dolaştım. Hangisindeydiniz?" diye sordu.

“Yeşilyurt taraflarında bir hastaneye götürmüşler. Sahil yolundan gelirken binanın yerle bir olduğunu gördüm. Taksiden indim ama kimseyi göremedim. Ne oldu? Sen nasıl...”

“Bir bok beceremediler merak etme. Gel yatırayım seni.”

“Hastaneler yaralı dolu... Birkaç ünite kan verip eve yolladılar, beni. Cebimde bir antibiyotik var, onu içmem lazımmış.”

Yavuz mutfaktan bir bardak su doldurup yanına koştu. Ahmet’in ilacını içmesini bekledi. Koluna girdi, merdivenlerden çıkarlarken, “Güneş Abla, Aslı? Onlardan haberin var mı?” diye sordu.

“Git bul onları,” dedi Ahmet.

Yavuz odasına çıkıp elinde bir not kâğıdıyla geri döndü. Arapça harfleri not aldığı kâğıdı ona uzattı.

“Bu ne demek?”

Ahmet yazıyı okudu, “Yemin et,” dedi ve yatağa uzandı.

Yavuz “Yemin et mi yazıyor?” diye tekrar sordu.

“Evet.”

Yavuz mesajının ne anlam ifade ettiğini anlamamıştı ama üstelemedi.

Perdeleri çekti, sessizce odanın kapısını kapattı, Aslı’yı bulmak üzere evden çıktı.

AŞK BU

Kandilli'deki köşke geldiğinde etrafta onlarca arabanın park ettiğini gördü. Demir kapı sonuna kadar açıktı. Fıstık çamlarıyla dolu koruda ilerleyip, yarı açık kapıdan içeri girdi. Güneş salonda bir kanepeye yatırılmış, üzerine kareli bir pike örtülmüştü. Başında, verilen serumun bitmesini bekleyen hemşire salondaki misafirleri şaşkın gözlerle dinliyordu. Korkut'un öldüğünü duyan tanıdıklar eve akın etmişti. İstanbul'da binlerce yaralı, yardım bekleyen binlerce depremzede varken, zengin oldukları için kendilerine "üst tabaka" diyen bir kısım yalaka, sosyal notlarını yükseltme peşine düşmüştü.

Güneş, yattığı yerden ziyaretçilere kaçamak cevaplar veriyor, ödüllük bir oyunculuk sergileyerek taziyeleri kabul ediyordu. Salonun kapısında dikilen Yavuz'u görünce eliyle "yukarıda" işareti yaptı.

Yavuz üçer beşer merdivenlerden yukarı çıktı, kattaki bütün odalara baktı, Aslı'yı göremedi. Bir kat daha yukarı çıktı. Boğaz'ın hava akıntısıyla Karadeniz'den esen poyraz eve doluyordu. Yavuz açık kapıdan terasa çıktı, başını dama uzattı. Lila renkte pijama giymiş, üzerinde beyaz tişört ve sarı bir kazakla kiremitlerde oturmuş, Boğaz'ı seyreden Aslı'yı gördü, elini uzattı.

"İn oradan. Cevapları yükseklerde bulamazsın."

"Geç kaldın."

"Biraz kahramanlık yapmam gerekti."

Genç kız, Yavuz'un elini tuttu ve terasa atlarken "Esas şimdi kahramana ihtiyaç var. Şehirdeki enkazı kaldıracak insan aranıyor!" dedi.

"Önce senin iyi olduğuna emin olmam gerekiyordu."

"Ben ben sayılmam artık. Tanımadığım birinin kanını verdiler sabaha kadar."

"Eminim tanısa seni severdi. Ben seviyorum."

"Sen yanımda yokken çok şey değişti. Baba dediğim adam öldü. Başka birinin babam olduğunu öğrendim. Damarlarımda başkasının kanı dolaşıyor. En garibi de, sevgilimin sıra dışı güçleri olduğunu öğrendim."

"Hepimiz her an değişiyoruz. Aynı kalsak hayat çok sıkıcı olurdu."

"Birbirimize hislerimiz de değişiyor mu?"

Yavuz "Benim ki şimdilik aynı," diyerek genç kızı öptü. Kulağına "Tatil sözünü unutmadın değil mi?" diye fısıldarken, cüzdanından çıkardığı antika tespihi Aslı'nın avucuna koydu.

Aslı tespihe hayranlıkla baktı, "Bununla affedileceğini mi zannediyorsun?" dedi.

"Daha ne yapmam lazım?"

"Cevaplara ihtiyacım var."

"İnanılmaz şeyler anlatacağım."

"Hepsine inanacağım," dedi Aslı.

Yavuz duygularından emindi, *Kesin aşk bu*, diye düşündü.

Aşka sebep ve şiddet biçen çokbilmiş yazarların sıralamaları aklından hızla geçti. Ölüme yaklaşmak, ayrı kalmak, acı çekmek, birleşememek aşkı aşk yapıyorsa bu neydi? Aşkın kıymetini anlamak için gereken yaşanmışlıklara sahip miydiler? Erken hasat misali, aşk, onları bu kadar genç yaşta bulmuş olabilir miydi? Düşünerek cevabı bulamayacağını biliyordu. Genç kızın elini sımsıkı tuttu, "Hadi çıkalım buradan," dedi.

Aşağı indiler. Misafir furyası durulmuş, Güneş koltuktan kalkmış, serum askısını taşıyarak Korkut'un çalışma odasına girmiş, karşısında oturan aile avukatına talimatlar veriyordu.

Aslı odasında giyindi, Yavuz'la birlikte aşağı inip çalışma odasına girdiler. Kızını yanına çağıran Güneş, Aslı'nın elini tutup avukata baktı, "Ortalık biraz durulunca bütün gayrimenkulleri satın. Bu evi, dükkânı, koleksiyonları... Ne varsa satışa çıkarın. Hangi yardım derneklerine bağışlanacağını size bildireceğim. Kızım da bu konuda benimle hem fikir olacaktır," dedi.

Aslı başıyla annesine onay verdi.

Güneş gözlerini Yavuz'a çevirdi, "Çok zaman kaybettik. Mesafelere dayanacak gücüm yok, Ahmet'e yakın bir ev bulun bana," dedi.

"Olur."

Aslı "Önce arama kurtarma çalışmalarına katılacağız."dedi.

Güneş "Sen iyileşmedin daha. Dinlenmen lazım," dedi endişeyle.

Aslı"Benim derdime deva yanımda," diyerek sevgilisinin elini sımsıkı tuttu.

İki genç bahçeye çıktılar.

Aslı, motorun başına gelince sevgilisinin yüzüne, *ne dersin,* der gibi baktı. Yavuz pes etti.

Aslı'nın arkasına oturdu, motoru Kandilli yokuşundan aşağı saldılar. İstanbul'u bir uçtan diğerine kat ederlerken, Yavuz'un aklı, vücudundaki dövmelerde parıldayan mesaja takılmıştı, "Yemin et!"

DÖVME

Ahmet Hoca, kızı ve âşık olduğu kadın arka sokaktaki eve taşınacakları sabah çok telaşlanmıştı. Aslı'dan aldığı telefonla kahvaltı sofrasından kalkmış, Hızır Ağa'nın demlediği çaydan içmemiş, Yavuz'un kızarttığı ekmeğe elini sürmemişti. Genç kız telefonda, "Eşyalar bizden önce gelecek. Nakliyat kamyonunu karşılar mısın baba?" demişti. İlk kez duyduğu "baba" kelimesinin büyüsüyle hole yürümüş, evin kapısını açmış, iç dünyasını dışarıdaki hezeyandan ayıran keskin çizgide durmuş, eşikten ağaçların arasından sızan kırmızı ışığa, bulutsuz gökyüzüne bakmıştı. Yavuz onun gün ışığına çıkıp çıkamayacağını, aydınlığa adım atıp atamayacağını merakla beklemişti.

Ahmet hayattan aldığı davetle, yıllar sonra ilk kez, gündüz vakti sokağa ayak basmış, yüzünü güneşe dönmüş, arka sokağa yürüyüp eşya kamyonunu beklemeye başlamıştı.

Yavuz içinde kopan alkış duygusuna rağmen ses çıkarmadan arkasından gitmişti.

Hızır Ağa şehre geleli neredeyse yedi hafta geçmişti. İstanbul cenazelerini gömmüş, hastaneler depremzedeleri taburcu etmiş, belediyeler enkaz kaldırmaya başlamıştı. Yavuz günlerce arama kurtarma ekipleriyle çalışmış, yıkıntılar arasında derinde kalan yardım çığlıklarına, nefes seslerine odaklanmış, yetmiş dört kişinin yerini belirleyip hayatlarının kurtulmasına vesile olmuştu. Gönüllü ekibine katılırken Trink Ali'nin nüfus kâğıdını vermişti. Kurtarma çalışmaları bittiğinde, kimlik bilgilerinin ona ait olmadığını anlayan yetkiler, ödülünü almaya gelmeyen gizemli gence ekranlardan çağrılar yapmışlardı. Sonunda enkaz altındaki birçok depremzedenin nefesini duyan meçhul kahraman ağızdan ağıza yayılan bir "Trink Ali Efsanesi"ne dönüşmüş, gizemli delikanlı hakkındaki söylentiler yayıldıkça yayılmıştı. Bir muhabir ve bir köşe yazarının ilgisiyle tüm televizyon kanalları bu esrarengiz gencin peşine düşmüştü. Hatta uyanık yapımcılarından biri "Trink Ali" adında bir dizi yazdırdığını beyan etmişti.

Kadrolu kurtarma köpeklerinden daha çok insana ulaşan, vefat etmiş bir gencin adını kullanan muamma delikanlı gıyabında halk kahramanı ilan edilmişti. Yavuz, arkadaşının adını yaşatmanın yolunu bulduğunu düşünmüştü.

Korkut için cenaze yapılmış, farelerden arta kalan kemikleri sunta bir tabuta konmuş, cami avlusunu yüzlerce Kapalıçarşı esnafı, sahaf ve antikacı doldurmuştu.

Güneş, *"hayatımın en mutlu cenazesi"* dediği törene katılmış, Aslı, hastalık bahanesiyle o gün evden dışarı çıkmamıştı.

Aynı günlerde Ahmet Hoca, tarikatçıların cesetlerini almaya gelen olup olmadığını soruşturmuştu. Kimsesiz ilan edilen cesetlerin belediye tarafından Müslüman mezarlığına gömüldüğünü öğrenince günlerce gülmüşlerdi.

Ortalık durulunca Aslı'yla Güneş'in taşınmasına yardım etmişler, Mısır Çarşısı'nın arkasındaki yaşlı eskicinin dükkânında çay içip taş plak dinlemişlerdi. Hızır Ağa'nın yaşananları tekrar tekrar anlattırmasına, her seferinde ağzı açık dinleyip şaşırmasına kahkahalarla gülmüş, müezzinin kabrine gidip dua etmiş, geceler boyu olan biteni konuşmuşlardı.

Bu sabah ise Hızır Ağa'yı Topkapı Müzesi'ndeki Tılsımlı Gömlekler Sergisi'ne götürmeye söz verdiler. Müze ziyaretinden sonra Boğaz'da yürüyüş yapacaklar, balık yemek için Yeniköy'e gideceklerdi. Güneş'in kiraladığı yenilenmiş Osmanlı konağında toplanıp kahvaltı yaptılar, Meryem Abla'nın böreğinden yiyip evden çıktılar.

Ahmet, Güneş ve Hızır Ağa taksiye bindiler. Gençler Vespa'ya atlayıp onlardan önce müzeye vardı. Bilet alıp içeri girdiklerinde Hızır Ağa o kadar heyecanlanmıştı ki, sarayın her köşesini gezdi, her sergiye girdi. Aslı'nın özel rehberliğinde koleksiyon parçalarını dakikalarca seyretti. Genç kız anlatmaktan, o hayran olmaktan yorulmadı. Hepsi, yaşlı muhtarın ecdattan kalan emanetlere gösterdiği saygı karşısında hayrete düştü.

Hızır Ağa, "Burnunuzun dibinde olduğundan, bunların değerini sizler anlamazsınız. Biz uzaktakiler kıymetini daha iyi biliriz!" deyip durdu.

Padişah Kostümleri ve Tılsımlı Gömlekler Sergisi'ne

geldiklerinde Hızır Ağa camekânın içinde sergilenen Yavuz Sultan Selim'e ait gömleğin başına yürüdü. Merakla sormaya başladı, "Japon turistler şurada mı duruyordu?"

"Evet."

"Sen burada mı dikiliyordun?"

"Evet."

"Sonra zaman dondu, öyle mi? Işıklar parladı ha?"

"Hı hı."

"Ceketin düğmeleri asılı kaldı havada öylece, değil mi?"

"Evet."

Üst üste aynı şeyleri defalarca sordu, Yavuz sabırla cevapladı.

Sergiden çıkıp Hırka-i Saadet Odası'na girdiler. Hz. Muhammed'in ayak izini, sakalını, Dendan-ı Saadet'i, kabir toprağını, Mühr-ü Saadet'i, kılıçları, oku ve yayını, Sancak-ı Şerif'i, Sahabe-i Kiram'ın kılıçlarını, Hacer el-Esved Muhafazası'nı, Kâbe'nin altın su oluğu- nu, anahtar ve kilitlerini, Hz. Davud'un Kılıcı'nı seyrettiler. Sergiyi gezerken kutsal emanetlerin saklandığı odada, 24 saat Kuran okunduğu öğrendiler, 1518'den bu yana devam eden hatim geleneğine hayran kaldılar. Hızır Ağa tarihin yoğun hazzıyla, diğerleriyse dolaşmaktan bitap halde, müzeden çıktılar.

Boğaz'da balık yemek üzere Tarihi Yarımada'dan ayrıldılar. Yeniköy'e vardıklarında karınları zil çalıyordu. Lokantalardan birine girip kapının yanındaki deniz suyuyla doldurulmuş tanktan yiyecekleri balıklarını, kabukluları seçtiler. Masada tam Yavuz'un yanına oturan Hızır Ağa, ekmek sepetine uzanırken delikanlının saç diplerindeki dövmeyi ilk kez fark etti.

Yavuz'a eğilip fısıltıyla, "O boynundaki lekeler ne?" diye sordu.

Yavuz, yedi haftadır giydiği boğazlı kazaklardan sıkılmış, o gün içine bir tişört giymişti. Daha fazla saklayamayacağını anladı.

"Dövme gibi bir şey," dedi.

Hızır Ağa yüzü al al, Ahmet Hoca'ya bakıp hiddetlendi, "Aşk olsun Ahmet! Nasıl izin verdin dövme yaptırmasına?" dedi.

Ahmet gülmeye başladı. "Zamane bunlar! Seni beni dinlerler mi hiç!"

Hızır Ağa, delikanlıya küskün küskün bakıp sitemkâr bir ses tonuyla, "Göster bakayım şunları!" dedi.

Yavuz tişörtünü kaldırıp vücudundaki dövmeleri gösterdi.

Hızır Ağa "Hii... Bütün vücudunu sarmış! Ne yaptın oğlum sen kendine!" diye çığlık attı.

Yavuz gülümsedi, "Tercih hakkım olmadı."

"Vay başımıza gelenler... Bana bak, silinir mi zamanla bunlar ba?"

Ahmet, Aslı ve Güneş kahkahalarla gülerken, delikanlı ilk defa bir ailenin parçası olduğunu hissetti.

Tam yemekten çıkmışlardı ki, Yavuz karşı kaldırımda onlara dikkatle bakan birini fark etti.

"Bekleyin beni," diyerek karşıya geçti, ağzında sigarasıyla ona bakan sıska adama yaklaştı.

Mahmut izmaritin üzerine bastı, kafasını kaldırdı, "Kim olduğunu biliyorum," dedi.

Yavuz gülümsedi, "Öyle mi? Ben bile kim olduğumu bilmiyorum," dedi.

"Patronum Korkut Bey ölürken orada mıydın?"

"Genelde, o insanları öldürürken etrafındaydım. Ölürken sadece fareler vardı yanında."

Mahmut, üzerinde "özel dedektif" yazan özenti kartvizitini uzattı, "Araştırma, takip, adam bulma, gizli dinleme... Bu tip konularda iyiyimdir. İhtiyaç olursa ararsın," dedi.

Yavuz, "Sağ ol. Ben daha etkili kanallar kullanıyorum. Başka işveren ara kendine," dedi Yeniköy Caddesi'ni geçerek onu bekleyen ailenin yanına döndü.

Mahmut arkalarından bakarken uzaklaştılar.

YER'İN GÖBEĞİ

Kubbeli bir bazilikada dolaşıyorum. Duvardaki altın moz iklere dokunuyorum. Altı kanatlı Seraphim meleği gözlerini dikmiş beni izliyor. On altı teğet halka çizilmiş zemine. O dairelere basmamam gerek! Altında bir kuyu mu var? Yağmadan arta kalan mukaddesler saklanmış oraya. Kuyuya inmek yasak! Karga gagasıyla açıyor kapağını. Durdurmam gerek! Ezan mı okunuyor? Uyan gözlerim. Gafletten uyan.

Uyandı.

Ayasofya'da dolanmıştı rüyasında. Laptop'u açtı, arama motoruna, "Ayasofya" yazdı. Paragraflar arasını atlayarak okumaya başladı: "Ayasofya'nın derinleri kuyularla inilen su yollarına, gizemli dehlizlere açılır. Mahfilin yanında, zeminde, üzerine basılmasın diye kenarları çitle çevrilmiş bir alan vardır. Ayasofya inşa edilmeden çok önce ley hatlarının başladığı kavşakta bir tapınak inşa edilmiş ve buraya, "dünyanın merkezi" denmiştir. Omphalion, yani Yer'in Göbeği. Ayasofya bu gizemli yerin üzerine inşa edilmiştir. Haçlılar İstanbul'u ele geçirip mabedi yağmaladıklarında altın ve gümüşten ne varsa toplamış, Hz. İsa'nın kefen bezini, azizlerin kemiklerini, kutsal emanetleri çalmışlardır."

Eline bir kalem alıp rüyadaki detayları not aldı. İnternette, "Yer'in Göbeği" denen alanın bir fotoğrafını buldu. Zemine, renkli mermerlerle 16 halka işlenmişti.

Her seferinde çözmesi gereken yeni şifrelerle yüzleşmekten, hiç bitmeyen bir sınava girmekten yorulduğunu düşündü. Uyuyamayacağını biliyordu. Başucundaki saatte titreşen dijital rakamlara baktı, 04:54. Gökyüzü hâlâ karanlıktı. Giyinip sessizce evden çıktı. İp gibi yağan boz rengi yağmura aldırmadan yürümeye başladı. Rüyasında yaşadığı telaşı, yetersizlik duygusunu, huzursuzluğu bir türlü söküp atamadı içinden. Karganın kırmızı gözlerindeki zafer bakışını unutamıyordu. Her adımda sahile yaklaştı, gördüğü kâbus peşini bırakmadı.

Müzenin açılmasına daha saatler vardı. Açılır açılmaz, Ayasofya'ya gidip Yerin Göbeği'ne yakından bakmaya karar verdi. Arkasına takılan kulağı damgalı kısır sokak köpekleriyle Zeytinburnu'na doğru yürümeye başladı. Görünmez bir alkol balonu altında, yağmur damlalarına aldırış etmeden sızmış akşamdan kalmışların kıvrıldığı bankların önünden geçti, hızlı adımlarla sekiz kilometrelik mesafeyi bir saatte yürüdü. Hava nazlı nazlı aydınlanırken yıkılmış tabakhaneye vardı. Şehri sarsan o garip geceden beri ilk kez gelmişti buraya. Depremler, aniden peydahlanan yangınlar, hangi mikrobun sebep olduğu bilinmeyen ateşli hastalıklar yüzünden ölenleri hatırladı. Milyonlar kurtulmuştu belki ama sekiz bin bin kişi ölmüştü o gece!

Harabe haline gelmiş binanın üzerine binlerce mevtanın helal edilmemiş hakkı kara bir bulut gibi çökmüş, boyunlarının borcu havada asılı duruyordu. Deprem enkazına değil, savaş alanına benziyordu etraf. Muharebe bitmiş, meydandaki ölüler ordu tarafından toplanmış, karanlık baki kalmıştı sanki. Belediye vinci tabakhaneden arta kalan yığının kenarında dev bir bekçi köpeği gibi bekliyor, afet merkezinin dağıttığı ceset torbaları, rüzgârla havalanıp akbabalar gibi uçuşuyordu. Yıkılmış demir parmaklıklara, uzun bir bezin üzerine baskılanmış bir ilan asılmıştı: SAHİBİNDEN SATILIK ARSA

Huzursuz adımlarla yolun karşısına geçti. Bulutların arasından sızan cılız ışığın aydınlığında çökmüş çatıdan arta kalanlara baktı, yamulmuş demir kapıyı yavaşça itip içeri girdi.

Başının üzerinde daireler çizen kuşu görünce kalbi hızla çarpmaya başladı, "Neden bu karga yaşıyor? Neden hâlâ ortalarda!" diye mırıldandı.

Karakalem'in süzülerek konduğu yere yürüdü, arsanın arka cephesinde, kalıntılarının arasında bir yeri kızıl lekeli gagasıyla eşelediğini gördü. Yaklaştı. Simya kazanı taşların arasında sapasağlam duruyordu! Kazanın kapağında büyük bir delik vardı ve karga gagasını delikten içeri sokmuştu. Yavuz eline bir taş alıp fırlattı. Karakalem kanatlarına mermi gibi çarpan taşın acısıyla çığlığa benzer sesler çıkararak kaçtı. Kuş uzaklaşınca simya kazanının başına geldi, kazanın altına ellerini soktu, var gücüyle yığının arasından çekip çıkardı.

Elini kazanın içinde dolaştırdı, iç çeperini sıvadı, yokladı. Parmaklarına bir ıslaklık geldi. Eline bulaşan ıslaklığın paniğiyle birkaç adımda kazandan uzaklaştı.

"Olamaz... İksir olamaz bu! Gömleğin hükmü vücuduma geçti!" diyerek kendini ikna etmeye çalıştı.

Aklında sorular, kalbinde huzursuzluk... Korkut Zergüdan'ın yıkılmış mabedinden çıktı, bir taksi çevirip şoföre, "Ayasofya," dedi.

Taksiden indiğinde henüz işe yeni başlamış belediye işçileri, her gün on binlerce ayağın ezdiği yorgun meydanı süpürüyordu. Müze yakınlarındaki bir kafeye oturdu. Uykuya doyamamış bir garson masaları düzenliyor, sandalyeleri yerleştiriyordu. Delikanlının içmek için ne istediğini sormadan bir bardak çay bıraktı masaya. Yakında duran elektrikli sobanın düğünü döndürdü ve alaycı bir ifade takınıp, "Hayırdır paşam, rüyanda mı gördün burayı?" diye sordu.

Yavuz, "Öyle sayılır," dedi.

Garson kafasını sallaya sallaya çayhaneden içeri girdi. Üzerinde dumanı tüten bardağı kaldırdığında tahta masaya çakıyla kazınmış koca bir cümle dikkatini çekti: "Mavi gök kubbe çökmedikçe..."

Yavuz bu cümleyi bir yerde okuduğunu hatırladı. Hemen cep telefonundan internete girdi, arama motoruna cümleyi yazıp ekrana gelen yazıtı okudu:

"Üzerinde mavi gök kubbe çökmedikçe, Yerde yağız toprak yarılmadıkça, Senin ilini, töreni kim bozabilir!"

Göktürk Yazıtları'nın en çarpıcı cümlesini bir çakının ucuyla kazıyan yaşıtının el yazısına kafasını dayadı, müzenin açılmasını beklerken gözleri yavaşça kapandı. Bir saat sonra, meydanın soluna park etmeye çalışan otobüslerin balata gıcırtıları, yaşlı turistlerin kalender kahkahaları, yorgun rehberlerin çatlak sesleriyle uyandı. İçmediği çayın parasını masaya bırakıp kalktı. Esnafın kepenk açışını, fırsatçı sokak satıcılarının plastik şemsiye satışını izledi, gözü saatte sabırsızca dolaştı, durdu.

Sonunda müzenin bilet gişesi açıldı.

Yavuz, giderek kalabalıklaşan turist kuyruklarına takılmamak için Ayasofya'ya doğru hızla yürüdü, sıraya girip bir bilet aldı. Yerli turistleri gezdiren rehberin peşine takılıp içeri girdi. Rehber biteviye ve bıkkın bir sesle mütemadiyen konuşuyor, koca mabedin tarihini bakkal defteri okur gibi heyecansız anlatıyordu: "İmparator Kapısı, narteksten ana nefe açılan dokuz kapıdan biridir. Bu kapıdan geçip yüzyıllardır ayakta duran dünyanın en büyük kubbelerinden birini göreceğiz."

Yavuz ilk kez girdiği müzede başını kaldırıp muhteşem kubbeye baktı. Rehber devam ediyordu: "Bazı duvarlar, kapılar, sütunlar, binadan bile daha eskidir. Kimi Efes'teki Artemis Tapınağı'ndan kimi Mısır'daki Güneş Tapınağı Heliopolis'den, bazıları da Lübnan'daki Baalbek Tapınağı'ndan toplanmıştır. Dünyanın en eski katedralidir. 1453'ten 1935'e cami olarak hizmete devam etmiş, daha sonra müzeye çevrilmiştir."

Etrafına baktı, tek tanrılı dinlere inansın inanmasın, insanlığın kutsiyet adına inşa ettiği en büyük mabetlerden birinde dolaşan herkes sükûnet ve saygı içindeydi.

Rehberi dinlemeye devam etti. "Kubbeler gümüş plakalar, renkli camlar, pişmiş toprak ve renkli mermerlerin kullanıldığı kemer ve tonozlarla birbirine bağlanmıştır. Büyük salonu, III. Murat'ın Bergama'dan getirttiği Bektaşi taşından yapılma iki küp süsler. Duvarlarda

Kazasker Mustafa İzzet Efendi'nin dev ahşap panolara yazdığı sekiz Kuran hattı bulunur."

Kulağında farklı lisanların uğultusu, turistlerin şaşmış nidaları, rehberlerin virgülsüz cümleleriyle zihnini yormuştu. Rehberin peşindeki meraklı gruptan sıyrılıp rüyasında gördüğü yere yakından bakmak için uzaklaştı.

Gözleri Ayasofya'nın elli beş metre yükseklikteki kubbesinin altında uçan kumruların, serçelerin arasında Karakalem'i aradı. Karga'nın bir duvara yakın uçtuğunu, pike yaparak zemine doğru süzüldüğünü fark etti! Kalabalık kafileler arasında, kuşun konduğu yeri tam seçemedi.

Yer'in Göbeği denen alana geldi.

Etrafı, basılmasın diye kırmızı kadife halatlarla çevrili, on altı mermer daireden oluşan deseni inceledi. Hiçbir özelliği olmadığını görünce sıradanlığın ezoterik gizemleri saklamak için en iyi kamuflaj olabileceğini düşündü.

Yer'in Göbeği'ne yaklaşan, koyu gri ham kumaştan bir şalı başına sarmış, açık gri saçlı bir kadınla göz göze geldi. Uzun boyu, zarif yüz hatları, asaletiyle onca insanın arasında dikkatini çeken kadın iyice yaklaştı, çömeldi, on altı daireden birine elini sürdü. Başını kaldırıp Yavuz'a baktı, "Burası, tam bu nokta dinler tebliğ edilmeden binlerce yıl evvel yeryüzünün merkezi kabul edildi. Dünya bir çivi gibi bu noktaya çakılıdır. Manyetik alan değişir, depremler dünyanın eksenini kaydırabilir ama Yer'in Göbeği değişmez. İstanbul ayakta tutar düzeni. Burayı korumak bizim görevimiz," dedi.

Gri saçlı kadın ayağa kalktı, delikanlının ona soru sormasına bile zaman tanımadan kalabalıklar arasında gözden kayboldu.

Tam o sırada Karakalem, Yer'in Göbeği'nin hemen arkasındaki bir kuyu kapağının üzerinde tünedi. Paslanmış metal kapağın kenarındaki kırık taşın arasından, kızıl lekeli gagasından aşağı renksiz bir sıvı boşaltmaya başladı!

Kalbi öylesine hızlı çarpıyordu ki başı döndü, gözleri karardı. Kazanda hissettiği ıslaklık ölümsüzlük iksiri olabilir miydi? Karga, kazanın içinden taşıdığı iksiri gagasında saklayıp Ayasofya'nın dehlizlerine akıtıyor olabilir miydi? Yer'in Göbeği'nde saklanan, ölümden geri dönmeye çalışan baş simyacı mıydı? O anda kulaklarını çınlatan sesin zihinde yarattığı acıyla dizlerinin üzerine çöktü. Onun bu halini gören birkaç ürkek turist hemen yanından uzaklaştı.

Baş Simyacı Zenon'un sesi kulaklarında vızıldıyor, beyninin kıvrımlarında yankılanıyordu: "Hesaplaşma yakındır! Hesap günü yakındır!"

Sesi susturabilmek, ayağa kalkabilmek için gücünü topladı. Merakla başına üşüşen turist kalabalığından sıyrılıp hızla uzaklaştı. Müezzin mahfiline ilerledi, içine girip yere oturdu. Haftalar önce vücudundaki dövmelerden aldığı ilk ve tek mesajı hatırladı:

"Yemin et!"

Başını, secdeye varır gibi, soğuk zemine dayadı, yemin etti: "Batı ile Doğu'nun arasında duvar gibi duran dengelerin şehri İstanbul'u koruyacağıma, insanlığın kaderine hükmetmeye çalışan bağnazlıkla savaşacağıma yemin ederim!"

... Uyandı.

- BİRİNCİ KİTABIN SONU -

KARAKALEM SÖZLÜK

A

Abraham Zacuto: (1452 -1515) Yahudi astronom, matematikçi.

Acemi: Osmanlı'da enderun ya da kapıkulu askeri olarak yetiştirilenler.

Ahir zaman: Çeşitli dinlerde kıyamet öncesinde alametlerle kendisini belli edecek zaman dilimi.

Alametifarika: Bir değeri benzerlerinden ayırmaya yarayan işaret, özellik, marka veya amblem.

Altın Kapı: Doğu Bizans İmparatorlarının şehre girerken kullandıkları kapı.

Arkaik Latince: Klasik Çağ'da MÖ 75 yılına kadar kullanılan eski Latince.

Arzuhal: Dilekçe.

Apocalyptica: Finlandiyalı heavy metal müzik grubu.

B

Bab-ı Hümayun: Kutlu kapı. Topkapı Sarayı kapılarından bir.

Babüsselam: Topkapı Sarayı'nda devlet erkânının kullan-dığı kapı.

Başıbozuk: Osmanlı ordusunda savaşa katılan gönüllü asker.

Baş teşrifatçı: Osmanlı saraylarında protokol amiri.

Birun: Osmanlı idari teşkilatı.

C- Ç

Cellat Mezatı: Osmanlı cellatları yararına düzenlenen açık artırma.

Cohiba Puro: Fidel Castro için üretilen Küba puro markası.

Cülus: Osmanlı devletinde padişah tahta çıkınca yapılan tören.

Çile (erbain) çekmek: Allah'ın rızasını kazanmak maksadıyla maddi ve dünyevi kaygıları bir kenara koyup manevi hayatı yoğun bir şekilde yaşayarak ruhen arınmak için kapalı, dar ve karanlık bir hücrede kırk gün süreyle kendini ibadete vermek.

Darûlhadis medresesi: Hadis ilminin öğretildiği okul.

Darûlkurra: Orta Çağ'da İslam ülkelerinde Kuran okuma yöntemlerini öğreten okul.

Darüşşifa: Hastane.

Darûzziyafe: Saray, külliye ve medreselerde yoksullara ücretsiz yemek verilen özel lokanta.

Defterdar: Osmanlı devletinde maliye nazırı, padişah malının vekili.

Dendan-ı Saadet: Hz. Muhammed'in dişi.

Der Saadet: İstanbul'un lakaplarından biri.

Devlet-i Aliyye: Osmanlı İmparatorluğu.

Devlet Kethüdası: İçişleri bakanı.

Dilemma: İkilem.

Divan-ı Hümayun: Osmanlı meclisi.

Divit: Hokkadaki mürekkebe batırılarak yazı yazmakta kullanılan kalem.

Düz Haç: Yüzyıllardır farklı din ve kültürlerde kullanılmış geometrik desen.

E

Ebcet: Arap alfabesindeki harflerin sayısal değerini hesaplayarak gizli şifreleme ve gelecekteki olayların zamanını tespit etme. Kehanet için kullanılan hesap yöntemi.

Edirnekari: Edirne stili ahşap oyma sanatı.

Ehl-i Hiref: Osmanlı'da sanatçı ve hüner ehli kişilerden oluşan -minyatürcüler, hattatlar, ciltçiler, kumaşçılar vs.- bir teşkilat.

Elzem: Gerekli olan.

Enfiye: Toz haline getirilmiş tütün.

Enigma: Gizem veya bulmaca anlamına gelen Yunanca kelime.

Erkan: Bir topluluğun ileri gelenleri, büyükler, üstler.

Esma-ül Hüsna: Allah'ın güzel isimleri.

Eşref Saati: Bir işin olumlu yola girmesi için en uygun zaman.

Evla: Daha iyi, yeğ tutulan.

F

Fire: Her tür ticari malda kuruma, dökülme, bozulma vb. sebeplerle eksilme, ağırlık yitimi.

G

Gayb: Hislerle veya akılla bilinemeyen.

H

Hacerrül esved taşı: Kâbe'nin duvarındaki siyah ve parlak taş.

Hallac-ı Mansur: MS 858 - 922 yılları arasında yaşamış, zındıklıkla suçlanıp idam edilen spiritüalist yazar ve mistik şair.

Halvete girmek: Tasavvufta ibadet, zikir ile meşgul olmak üzere yalnız başına tenha bir odaya, tekkelerdeki halvethane denilen bir hücreye kapanmak.
Harem ağası: Kızlar ağası da denilir. Osmanlı devletinde haremden sorumlu, yüksek düzeydeki görevli.
Has Ahır: Padişahların atlarının bakıldığı saray ahırı.
Has Oda: Osmanlı sultanına yakın ve günlük hizmetinde olanların dairesi.
Helyofobi: Güneşten, ışıktan korkmak, gün ışığı fobisi.
Herend Porselen: "Porselenin Kraliçesi" denen, 1826 yılında Macaristan'da, Herend köyünde kurulmuş, dünyaca ünlü marka.
Hicap duymak: Utanmak.
Houduni: 1874-1926 arasında yaşamış, Macar asıllı Amerikalı illüzyonist.
Hubble Teleskobu: Uzay Mekiği Discovery tarafından dünya yörüngesine taşınmış uzay teleskopu.
Hz. Süleyman Yıldızı: Davud Peygamber'in oğlu, Hz. Süleyman'ın altı köşeli yıldız şeklindeki mührü.

İ

İcazet: İzin, onay, onaylama.
İmame: Tespihin ucundaki uzun parça.
İnsan-ı kamil: Tasavvufta insanın ulaşabileceği en üst makam.

K

Kadim: Başlangıcı bilinmeyen, eski, ezeli
Kaşıkçı Elması: Topkapı Sarayı müzesinde sergilenen, 86 karat, dünyada en çok tanınan elmas.

Katib-i kavuk: Memur sınıfın giydiği kavuk.
Kavas: Sarayda vezirleri korumakla görevli asker.
Kazasker: Askeri hâkim.
Kehkeşan: Samanyolu.
Kehribar: Bir çam türü olan "pinus succinifera" ağaçlarının fosilleşmiş reçinesi.
Kemha: Bir çeşit ipek kumaş.
Keramet: Mistisizmde Allah'ın veli kullara, ermişlere, özel insanlara bahşettiği olağanüstü kudret.
Kervansaray: Ticaret yolları üzerindeki kurulan yolcu konak yeri.
Kırba: Eski zamanlarda kullanılan, köseleden yapılan bir nevi su kabı.
Kızıldeniz Parşömenleri: Ölü Deniz Tomarları. İbranice ve artık ölü bir dil olan Aramice ile yazılmış kırk bin adet elyazmasından oluşan Hıristiyanlığın ve Museviliğin bilinen en eski yazılı kaynakları.
Koç Boynuzu: Denizcilik terimi. Halat volta etmekte kullanılan boynuz şeklinde iki kulaklı madenler.
Kripto: Şifre bilimi.
Kurt ağızı: Denizcilik terimi. Halatın güvertede geçirildiği ağzı açık demir.

L

Lazarus: Hıristiyan inancına göre Hz. İsa'nın mucizesiyle, ölümünden dört gün sonra canlandırdığı kişi
Levent: Osmanlı donanmasında er.
Libasyon: Eski çağ tapınaklarında kan kurbanı töreni.

M

Malahit taşı: Bazik bakır karbonattan oluşmuş parlak yeşil bakır cevheri.

Menzil - Menzilhane: Osmanlı devletinde merkezi yönetiminden çıkan emirlerin zamanında taşraya ulaştırılması, fermanların vaktinde istenilen yerlere ulaştırılabilmesi için anayollar üzerinde bulunan ve belirli aralıklarla konaklama yerleri.

Mil çekmek: Birinin gözlerini kızgın demir yaklaştırarak kör etmek.

Mirahur: Osmanlı'da has ahırın yöneticisi.

Mirim Çelebi: 1450-1525 yılları arasında yaşamış Osmanlı matematikçi ve gökbilimcisi.

Molla kavuğu: Ulema sınıfının giydiği bir tür kavuk.

Monsaj: Ev tipi asansör

Morfoloji: Dilbiliminde kelime biçimlerinin yapısının incelenmesi.

Musibet: Ansızın gelen felaket, sıkıntı veren şey.

Mühimme defteri: Divan-ı Hümayun'dan çıkan ferman, berat ve hükümlerin işlendiği kayıt defterleri.

Mühr-ü Süleyman: Davud peygamberin oğlu Hz. Süleyman'ın 6 köşeli yıldız şeklindeki mührü.

Mükellef: Eksiksiz, özenli bir biçimde yapılmış.

Müsebbip: Bir şeye sebep olan.

Müşkülat: Güçlük, zorluk.

Müteessir: Üzüntülü, duygulu.

Mütemadiyen: Devamlı, sürekli.

Mütevazı: Alçak gönüllü, gösterişsiz anlamlarına gelen bir sıfat.

N

Nal-ı Saadet: Hz. Muhammed'in sandaleti.

Namahrem: Aile dışından olan.

NASA: Ulusal Havacılık ve Uzay Dairesi. ABD'nin uzay programı.

Narteks: Bazilika tipi kiliselerde büyük hol.

Neceftaşı: Saydam camsı bir kuvars çeşidi.

Neil Amstrong: ABD'li astronot, Ay'a ilk ayak basan insan.

Nef: Bazillika tipi kiliselerde ana salon.

Nefer: Asker, er.

Neta: Denzicilik terimi; muntazam, düzgün, tertipli veya emniyetli.

O- Ö

Omphalion: Yunanca "Yer'in Göbeği."

Örf kavuğu: Osmanlı devlet adamlarının kullandığı kürevi kavuk.

P

Paratoner: Yıldırımsavar. Havadaki elektrik yükünü toprağa aktaran araç.

Posta tatarı: Osmanlı'da eskiden uzun mesafe postaları taşıyan memur.

Pehlevi Alfabesi: İran'da MÖ 2.-MS 7. yüzyıl arasında kullanılan yazı sistemi.

Prens Adaları: Marmara Denizi'nin kuzeydoğusunda, İstanbul iline bağlı, büyüklü küçüklü dokuz ada.

S– Ş

Saka: Çeşme, sarnıç gibi yerlerden su taşıyan ve satan esnaf.

Sandal ağacı: Hoş kokusu ve kaliteli ağaç dokusu sebebiyle ticari olarak da kullanılan tropik bir ağaç.

Seraser: Osmanlı devletinde bugünkü milli savunma bakanlığı görevine denk düşen unvan.

Ser müneccim: Sarayın kadrolu astronomlarının başı.

Sessizlik yemini: Hıristiyan din adamlarının kadınlarının ettiği bir yemin.

Seyr-i Sefain: İstanbul Deniz Hatları idaresinin eski adlarından biri.

Sıbyan mektebi: Osmanlılarda geneksel ilköğretim kurumu.

Sikke: Osmanlı para birimi.

Simya-Simyacı: Hem doğanın araştırılmasına hem de erken dönem bir ruhani felsefe disiplinine işaret eden terim. Kimya, metalürji, fizik, tıp, astroloji, semiyotik, mistisizm, spiritüalizm ve sanatı bünyesinde barındırır. Simyacı, simya ilmi ile uğraşan kişi.

Sipsi: Nargile marpucunun ucuna takılan, dumanın içinden çekildiği küçük ağızlık.

Sismolog: Yer hareketlerini ve depremleri inceleyen jeofizik bilim insanı.

Sunak: Adak adanan ve kurban kesilen dini yapı.

Sümbül Efendi: 1452-1529 yılları arasında yaşamış İstanbul'un büyük velilerinden. Sümbüliyye Sufi tarikatının kurucusu.

Sümer Yazıtları: MÖ 4000 - MÖ 2000 yılları arasında Mezopotamya'da ortaya çıkan ve medeniyetin beşiği olarak bilinen coğrafi bölgede bulunan ilkyazı ve astronomi kayıtları.

Şadırvan: Cami avlularının ortasında, çevresindeki musluklardan ve fıskiyeden su akan üzeri kubbeli abdest yeri.

Şeyhül İslam: Osmanlı devletinde dini konularda en yüksek yetkiye sahip devlet görevlisi.

Şimal Yıldızı: Kuzey Yıldızı. Demirkazık, Kutup Yıldızı da denir.

T

Tabhane: Misafirhane.

Tayy-i Mekân, Zeman: Mistisizmde zamanı ve mekânı bükerek değiştirmek, zaman ötesinde yolculuk etmek.

Tebaa: Tâbi olanlar, uyanlar.

Tefekkür: İslamda kâinatı, varlıkları, doğayı, yaratıkları, Allah'ı düşünmek.

Tekmil vermek: Astın, üste bilgi vermesi.

Tersane-i Amire: Osmanlı devletinde donanmanın savaş gemilerinin yapıldığı ve onarıldığı kurum

Tevazu: Alçakgönüllülük.

Teyakkuz: Karşısındakinin saldırısına karşı uyanık durma

Tonguzlu: Denizli'nin eski adı.

Trappist Rahipleri: Hıristiyanlığın Katolik mezhebinden Sistersiyen Tarikatı'nın bir kolu.

Tuğra: Padişahın ismi ve lakabı bulunan alamet, imza.

U

Usturlap: Astronomi ölçümlerinde kullanılmış tarihi bir ölçüm cihazı. Yıldız yakalayan.

V

Vakanüvis: Tarihçi.

Voila: Fransızca "işte" anlamında ünlem.

Y

Yasin-i Şerif: Mekke döneminde inen sure. 83 ayetten oluşur ve Kuran'ın 36. suresidir.

Yeni Saray: Topkapı Sarayı.

Z

Zembil: Sepet.

Zülfikâr: Hz. Muhammed'in damadı, dört büyük halifeden biri olan Hz. Ali'nin iki başlı kılıcının adı.

SON SÖZ VE TEŞEKKÜR

Elinizdeki roman edebi bir iddia taşımıyor, siyasi bir bakış açısı içermiyor. Yüreğimde büyüttüğüm hikâyelerden biri...

Medeniyetimizin zenginliğinden giderek uzaklaşan umutsuz gençliğe ilham, eşsizliği acımasızca katledilen şehrime ağıt olsun diye yazıldı.

Adı geçen tüm tarihi karakterler gerçektir. Tarihi şahsiyetlerin öyküye katılımında rızalarını alma gücümüz olmadığından, hata ettiysek affola... Allah hepsine rahmet eylesin.

Vicky Habif, Mehmet Karaca, Meriç Güleç'e, Cem Erciyes ve Senem Kale'ye... destek ve inançlarınızdan dolayı hepinize teşekkür ediyorum.

Hikâyenin -bir zamanlar- uzun metraj senaryo çalışmalarını beraber yürüttüğümüz Atilla Ünsal ve Aşkım Özbek'e de ayrıca teşekkür ediyorum.

N. İpek Gökdel